KB164599

다가올 날들을
위한 안내서

다가올 날들을
위한 안내서

THE GUIDE TO THE COMING DAYS

요아브 블룸 지음

강동혁 옮김

푸른숲

조니 뎁을 사랑하는 곱슬머리 소녀

시걸 푸치킨에게

차례

일러두기

- 이 책은 미치 긴즈버그^{Mitch Ginsburg}가 히브리어를 영어로 번역한 원고를 저본으로 삼아 우리말로 옮겼습니다.
- 본문 하단의 주석은 모두 옮긴이 주입니다.
- 단행본은 《 》로, 영화와 노래는 〈 〉로 묶었습니다.
- 일부 고유 명사는 널리 쓰이는 말을 따라 표기했습니다.

1

일단, 신뢰를 좀 쌓읍시다.

당신은 아직 옷을 입은 채 침대에 누워 있습니다. 최소한 신발은 벗었네요. 정말 다행입니다.

당신은 한 손으로 이 책을 들고 다른 팔로는 머리를 괴고서 이 책을 읽고 있습니다. 이제는 의구심이 들지요?

뭐, 근거 없는 의구심은 아닙니다. 하지만 일단 몇 줄 더 읽어야겠지요.

당신의 이불은 크림색입니다. 맞은편 벽에는 소름 끼칠 만큼 뻔한 노을 그림이 걸려 있고, 침대 옆 탁자에는 당신이 절대로 쓰지 않는 독서 등이 놓여 있습니다. 거기서 지지직거리는 소리가 날 때마다 당신은 미칠 것 같습니다. 저 그림도 떼어 버리고 싶지요. 이해합니다. 나라도 그럴 거예요. 꼭 호텔 방에서 자는 것 같잖아요. 이것보다는 개성 있게 방을 꾸밀 수 없었나요?

당신은 불과 한 시간 전에, 충동적으로 이 책을 샀습니다. 당신이름이 뒤표지에 적혀 있었기 때문이지요. 이상한 우연이라고 생각하겠지만, 아닙니다. 정말로요. 이 책은 당신을 위해 만들어졌고, 당신은 이 사실을 마음 깊이 받아들여야 합니다.

다가올 날들에는 이 책이 당신을 위해 만들어졌다는 사실을 아는 것이 당신의 생존에 영향을 줄 정도로 아주 중요해집니다.

무겁고 내부 질서라고는 전혀 없으며, 별 쓸모없는 인터넷 페이지 인쇄물과 (당연한 얘기지만 당신을 제외하면) 아무도 읽지 않는 책으로 넘칠 듯한 당신의 가방은 당신이 놔둔 그대로 문 옆에 놓여 있습니다.

하지만 가방을 계속 그 자리에 두는 건 현명하지 못한 일입니다. 누가 당신 집 현관문을 부수고 들어오면… 어디 보자, 11분쯤 뒤에 그런 일이 일어날 텐데, 그러면 그들이 찾던 바로 그 물건을 들어오자마자 발견하게 될 테니까요. 그건 바람직하지 않습니다. 프로답지 못한 일이에요.

게다가 당신 가방 옆 주머니에 붙어 있는 씹다 뱉은 껌도 딱히 당신답지는 않습니다. 알아요. 기억나지 않겠지요. 하지만 거기 껌이 있습니다. 역겨워요.

아니, 아뇨. 지금 책을 덮으면 안 되지요!

당신은 팔꿈치에 머리를 괴고 누워 있습니다. 여기서 한 발만 더 가면 당신은 책을 덮고 세수를 하러 가겠지요. 그러지 마세요.

지금 일어나는 일 때문에 심란한 건 알지만, 내가 당신 편이라는 사실을 믿어야 합니다.

당신의 이름은 벤입니다. 나이는 서른 살이고 지역 신문에 실리는 기사에 정보를 덧붙여 기사의 질을 높이는 일을 하고 있죠. 정작 본인은 잘 읽지 않는 신문이지만요. 당신도 당신 머릿속에 아무 상관없는 정보들이 엄청나게 많이 떠다니는 건 알고 있지요? 하지만 지금 그 얘기는 하지 않겠습니다. 더 긴급한 문제들이 있으니까요.

약점을 들킨 기분인가요? 그렇겠지요. 나는 그 비슷한 감정조차 느껴 본 적 없지만, 읽고 있는 책이 내 머릿속 생각과 조용히 대화를 나누고 있다는 사실을 알면 마음이 좀 불안해지리라는 건 상상할 수 있으니까요.

심호흡을 해 보세요. 코로 공기를 한껏 들이마신 다음, 입으로 천천히 내뱉는 겁니다.

입으로 내뱉으라니까요.

좋습니다.

괜찮아요. 여유를 가지세요. 나는 당신을 믿습니다.

책을 옆에 내려놓고, 몸을 뒤로 기댄 다음 호흡으로 주의를 돌리세요. 긴장을 푸십시오.

네, 이제 얼마든지 가서 세수를 해도 좋습니다.

하지만 돌아오세요. 책은 마저 읽어야 하니까요.

자, 좀 나아졌나요?

좋습니다.

잘 들으세요. 자리에서 일어나서 천천히, 당황하지 말고 창문 쪽으로 가세요.

창문으로 갈 때는 당신이 다가오는 걸 아무도 볼 수 없도록 옆에서 접근하세요.

커튼을 약간 걷고 거리를 내다보십시오. 검은 재킷에 남색 야구 모자를 쓴 남자를 찾으세요.

그는 멀찍이 떨어져 있지만 창문을 지켜보고 있으니, 당신이 보고 있다는 사실을 들키지 마세요. 그런 다음 내게 돌아오십시오.

좋습니다. 돌아왔군요.

그건 그렇고, 재채기 한번 대단하던데요. 커튼에 그렇게 많은 먼지가 낄 수 있다니 놀랍습니다. 하지만 이 얘기는 나중에 하지요.

당신은 아마 그 남자를 봤을 겁니다.

요점만 말하자면, 몇 분 뒤 그는 기다리다 지쳐 당신이 사는 건물 쪽으로 움직이기 시작합니다. 천천히 계단을 올라올 거예요. 어떻게 보면 평온해 보이기까지 합니다. 그런 다음 초인종을 누를 겁니다. 몇 차례 문을 두드렸는데도 당신이 문을 열지 않으면 문을 부수고 들어와 이곳을 뒤지기 시작할 거예요.

뭐, 전통적인 방식으로는 아니고요. 거실에서 다 비워진 서랍들을 발견하거나 욕조에 베개 속 깃털이 가득 담겨 있는 모습을 보는 일은 없을 겁니다. 그는 그런 식으로 일하지 않으니까요.

그는 평범한 빈집 털이가 아닙니다. 그는 집 전체를 다 뒤지겠지만, 당신은 돌아왔을 때 지문 하나조차 발견하지 못할 거예요.

그게, 당신은 아주 특별한 물건을 가지고 있거든요. 특정 집단의 사람들이 그 물건을 노리고 있습니다.

지금 이 순간, 그 물건은 문 옆, 당신의 가방 속에 있습니다.

당연한 일이지만, 저 남자에게 문을 열어 준다면 당신은 훨씬 더 큰 곤경에 빠지게 됩니다. 그는 눈 하나 깜짝하지 않고 당신을 제거할 수 있어요. 오히려 당신과 내가 신발 밑창으로 바퀴벌레를 뭉개 버릴 때 받는 충격이 더 클 겁니다. 최근에 바퀴벌레를 밟았을 때를 생각해 보세요. 겉으로 드러내지는 않았지만 5분 내내 혼란이었잖아요?

하지만 바깥에 있는 저 남자 같은 사람들, 금방이라도 당신의 아파트로 올라올 저 사람들은 새로운 본능을 가진 자들입니다. 당신은 눈에 뭐가 들어가면 눈을 깜빡이지요. 저 남자는 뭔가가 자기 앞을 막아서면 두개골을 부숴 버립니다. 비슷한 작용 원리지만, 다르죠.

저 남자에게는 당신이 장애물입니다. 그가 저 문으로 들어올 때 여기 있고 싶지는 않을 거예요.

여기서 내가 개입하는 겁니다.

잘 들으세요. 아니, 주의 깊게 읽으라고 해야 할까요?

서재로 가서 구석에 있는 작은 배낭을 집어 드십시오.

안을 비우세요.

화장실에 있는 구급함 속 붕대와 칫솔, 문 옆의 가방에 들어 있는 위스키병과 함께 이 책을 배낭에 넣으십시오. 물론, 지갑도 챙겨야 겠지요.

다 하고 나면 최소한 오늘 밤은 이 집을 떠나 있을 준비를 하세요. 하지만 나의 새로운 친구여, 이 단계에서 저 문으로 나갈 방법은 없습니다. 야구 모자를 쓴 남자가 건물로 들어오기 직전이니까요. 안됐지만 창문으로 나가야 합니다. 침실 말고 서재 창문이요. 네, 그 창문 말입니다.

걱정하지 마세요. 밖에는 발 디딜 공간이 충분합니다. 벽에 튀어 나온 부분이 있거든요. 따뜻한 재킷 같은 걸 걸치고 배낭을 멘 다음 창문으로 나가세요. 처음 2.3미터 정도는 조심조심 나아가야 합니다. 한 발을 딛고, 다음 발을 바싹 붙여서 디디다 보면 벽에 붙어 있는 배수관이 나올 겁니다. 아직도 외벽에 배수관이 붙어 있는 건물에 살다니, 참 다행이군요.

그 관을 타고 내려가세요. 이번에도 조심해야 합니다. 그리고 아침이 될 때까지 돌아오지 마세요. 사흘 동안 안 오면 더 좋고요.

자, 가장 중요한 부분인데….

나를 데려가는 걸 잊지 마세요.

앞으로의 날들은 좀 정신없을 수 있습니다. 하지만 당신이 이 책을 제대로 사용하기만 한다면 나를 믿어도 됩니다. 그 점을 알아 주면 좋겠습니다.

필요할 때마다 이 책을 가져다가 아무 페이지나 펼치고 읽으세요. 하지만 정말로 필요할 때만 그렇게 해야 합니다. 아시겠지요?

때가 되면 뭘 해야 할지 알려드리겠습니다.

이제 가세요. 당신에게 남은 시간은 겨우 1분, 1분 30초입니다.

또 만나요.

2

아주 이상한 대기실이었다.

벤은 이 방으로 그를 안내한 사람이 굳이 소파라고 부른 물건(그는 "저기 소파에 잠깐 앉아 계시면 금방 올게요"라고 했다)에 앉아 있었는데, 그 소파는 벤이 움직일 때마다 불안하게 삐걱거리는 소리를 냈다. 숨만 쉬어도 말이다. 오른쪽으로 몇 뼘 움직이면 등을 좀 더 푹신한 곳에 기댈 수 있을 것 같았지만, 그러면 소파가 시끄럽게 비명을 지를 것 같았다. 뭐라 변명할 겨를도 없이 무장한 경비들이 소파를 경호하러 달려올까 봐 걱정스러웠다.

전체적으로 이 방의 가구는 무질서라는 원칙에 따라 배치된 듯했다. 예를 들어 방 한쪽에 놓여 있는 책장에는 전등갓과 양피지 두루마리처럼 보이는 작은 뭉치를 비롯해 책이 아닌 것들이 엄청나게 많이 들어차 있었다.

벽은 연녹색과 상아색의 서로 다른 색깔의 페인트로 진하게 칠해져 있었다. 벽 사이에 팽팽하게 당겨 깐 카펫은 폭이 좁고 북슬북슬했다. 이 색깔 저 색깔이 마구 섞여 있는 그 카펫을 쳐다보고 있으려니 소란스러운 환각 여행을 한 듯한 기분이 들었다. 한때는 틀림없이 벽에 걸려 있었을 박제된 호랑이 머리가 트럼프 카드에 둘러싸인 채 깔개 위의 낮은 커피 탁자에 놓여 있기도 했다. 마치 포커 게임에서 진 후 오랜 시간 동안 좌절감에 포효하고 있는 것 같았다.

벤은 박제된 호랑이 머리가 변호사 대기실에 어울리는 물건이라고 생각한 사람이 대체 누구일지 궁금해졌다. 카펫도 수수께끼였다. 세상에는 다른 사람 머릿속에 들어가 보지 않고서는 알 수 없는 일들이 많았다. 특히 의아한 것은 창문이었다. 그 창문은 널찍하고 공업적인 느낌을 주었다. 만일 그 창문이 텔아비브* 중심부의 사무용 건물 50층에 있었다면 그 창문으로 도시를 파노라마처럼 내려다볼 수 있었을 것이다. 하지만 여기는 겨우 4층이었고 창문은 동쪽을 향해 나 있었다. 그 창문을 통해 볼 수 있는 건 기바타임**의 지붕들을 장식하는 다양한 온수기뿐이었다.

해가 바다 쪽으로 떨어지기 시작했다. 평평한 지붕 가장자리에 놓여 있는 태양열 난방기들이 마지막 햇빛을 탐욕스럽게 먹어 치웠다.

지금쯤 벤은 생각에 잠긴 채 집으로 어슬렁어슬렁 돌아가고 있

---

* 이스라엘 서부 지중해 연안에 있는 도시. 정치와 경제의 중심지로 실질적인 수도다.
** 텔아비브 동쪽에 있는 이스라엘의 도시.

어야 했다. 직장에서의 외로움과 집에서의 고독함을 잇는 솔기를 따라 걸어가는 시간. 벤은 금을 밟지 않으려 조심하며 고요히 걸어가는 이 퇴근길에만 생각의 속도를 늦출 수 있었다. 벤은 금을 밟지 않는 의식이 그 자체로 중요한 건 아니라고 자신을 타이르고는 했다. 단지 재미를 위해서 하는 행동일 뿐이었다. 더 솔직하게 말하자면, 불안을 달래기 위해서.

집까지는 대략 3분이 걸렸다. 걸음 수로는 3,500보에서 4,000보쯤 됐다. 물론 날씨나 벤의 정신 상태에 따라서 조금씩 달라지기는 했지만 말이다. 불안한 마음이 들 때나 비가 내릴 때면 벤은 더 빨리 걸었다. 가끔 늦은 시간에 회사를 나설 때면, 보폭을 넓게 해 거의 3,000보 안에 집에 도착할 수 있었다.

벤은 두 발 사이에 짐이 잘 놓여 있는지 다시 확인했다.

가방에는 오래전에 파쇄해야 했을 종이들과 이틀 전에 할당받은 기사를 개선하기 위해 읽어야 하지만 아직 읽지 못한 책들이 들어 있었다. 더 안쪽에는 망가진 작은 계산기, 둘 중 어느 쪽인지 도저히 알 수 없지만 하늘인지 바다인지를 나타낸 퍼즐 한 조각, 껌 종이 몇 장, 마름모꼴로 찢어진 종이, 오래된 동전 몇 개, 유통 기한이 지난 최루 가스 통, 기적적으로 지금까지 형태를 유지하고 있는 두유 한 팩, 상상할 수 있는 가장 쓸모없는 방식으로 둘둘 말려 있는 잡지 몇 권이 구조의 손길을 인내심 있게 기다리고 있었다.

아, 하나 더 있었다. 벤의 인생이 거의 다 저장되어 있다고 할 수 있는 들고 다니기 편한 노트북 컴퓨터였다. 벤도 자료를 백업하는 게 꼭 필요한 일이라고 생각했다. 다만 그런 생각을 끝까지 밀어붙일 시간을 찾지 못했을 뿐이다.

소파 옆의 문이 확 열리더니 여자의 실루엣이 나타났다. 그녀가 빠르게 몇 걸음 걸어왔다.

반짝이는 검은 머리를 짧게 자른 젊은 여자였다. 그녀는 짙은 색 청바지에 아무 무늬가 없는 검은 셔츠를 입고 있었다. 한 손에는 위스키 한 병을, 다른 손에는 봉투를 들고 있다가 봉투를 청바지 뒷주머니에 집어넣은 그녀는 미동 하나 없는 얼굴로 벤이 앉아 있는 소파를 지나쳤다. 대기실을 벗어나 바깥세상으로 나가기 직전에 그녀는 벤 쪽을 힐끗 보고 입 가장자리를 7분의 1쯤 올려 미소 짓더니 문을 닫았다.

짧은 커트 머리를 한 여자가 나간 후, 잿빛 머리카락이 빈약하게 덮여 있는 머리가 나타났다.

"이제 들어오시죠, 슈워츠먼 씨." 머리는 그렇게 말하고는 다시 안으로 사라졌다.

벤은 소파에 붙다시피 한 몸을 떼어 내고(소파는 불쾌한 듯 비명을 질렀다) 가방을 집어 들었다.

그는 티셔츠 가장자리를 쭉 늘이고 머리카락을 쓸어 넘겼다. 만남에 대비하려는 건 아니었다. 벤은 자신이 왜 불려 왔는지도 모르고 있었다. 이 동작은 그저 벤의 불안을 조금이나마 덜어 줄 그만의 준비 의식일 뿐이었다.

벤은 닥치는 대로 사람을 만나는 경험을 별로 좋아하지 않았다.

그는 머뭇거리며 사무실로 들어갔다.

"들어와요. 어서 오세요." 머리가 벗겨져 가는 남자가 손짓하며 말했다. 그는 유리로 덮인 넓은 책상 뒤에 앉아 있었다. "자, 앉으시죠." 그는 맞은편 의자를 가리키며 말했다.

대기실과는 반대로 사무실은 완벽하게 정리되어 있었다. 거의 미래주의적인 모습이었다.

변호사의 등 뒤에는 먼지 한 톨 없는 기다란 책장 위에 책이 여러 줄 꽂혀 있었고, 뿌연 유리가 그 책들을 안전하게 보호하고 있었다. 책상에는 반짝이는 흰색 노트북이 놓여 있었다. 한 입 깨문 사과가 노트북 뒷면에서 빛났다. 그 옆에는 평범한 가족사진과 연필꽂이가 배열되어 있었다. 스토시버그 변호사는 높다란 검은색 사무실 의자에 앉아 있었다. 책상 맞은편에 있는 의자도 안전하게 앉을 수 있는 가구로 보였다.

바닥은 나무 조각으로 시공한 마루였다.

벽에는 변호사의 사진이 걸려 있었다. 사진 속 그는 주로 정부 관료들과 함께 있었다. 어느 사진에서는 얼어붙은 듯한 미소를 띤 톱모델과 함께 있기도 했다.

에어컨 바람이 불어왔다.

벤은 자리에 앉아 가방을 바닥에 내려놓았다. 가방은 늘 그렇듯 조금 벌어졌다. 그는 0.5초쯤 늦게 인사를 해야 한다는 사실을 떠올리고 탁자 너머로 손을 내밀었다. "안녕하세요." 그가 말했다.

스토시버그는 씩 웃으며 힘없는 벤의 손을 꽉 잡았다. 그가 말했다. "와 줘서 고마워요. 내 전화를 받고 놀랐겠군요."

벤은 어깨를 으쓱했다. 그는 사람들이 뻔한 소리를 늘어놓을 때 대체 어떻게 해야 할지 알 수 없었다.

변호사는 탁자에 두 손바닥을 올려놓았다. "자," 그는 손가락으로 탁자를 타닥타닥 두드리며 말했다. "지금 상황이 말이죠."

그는 책상 위에 놓여 있던 사진 액자 하나를 벤 쪽으로 돌려놓았다. "이 사진 속 사람들을 알아보겠습니까?"

벤은 가까이 다가가 안경을 고쳐 썼다. "음, 오른쪽에 있는 남자는 변호사님인 것 같네요."

"맞습니다."

"그리고 왼쪽에 있는 사람은, 제 생각이 맞다면 하임 울프로군요. 두 분 다 사진 속에서는 좀 젊으시네요."

스토시버그는 미소 지으며 고개를 끄덕였다. "훨씬 젊지요." 그가 말했다. "40년 전에 찍은 사진이니까요. 우리 둘 다 젊고 아름다웠을 때 말이죠. 슈워츠먼 씨가 우리를 알아봐서 다행입니다. 특히 울프를요."

울프라니? 울프 때문에 벤이 여기에 온 걸까?

"하임 울프와 나는 이 사진을 찍기 두 달 전에 만났습니다. 하나 분명한 건, 울프를 만난 지 15분 만에 내가 그를 좋아하게 됐다는 사실이에요. 울프는 분명 나보다 나이가 많았습니다. 한 열다섯 살쯤 많았을 거예요. 그래도 우리는 친한 친구가 됐어요. 오랜 세월 아주 신나는 일들을 함께 겪었죠. 최근에는 그런 일이 별로 없었지만 말입니다. 울프와 연락이 끊겼었거든요. 울프가 어떻게 지내는지 전혀 몰랐는데, 어느 날 울프에게 전화가 왔어요. 그게 작년 일입니다.

울프는 양로원에서 지낸다고 하더군요. 자기를 만나러 오는 친척이 아무도 없다면서요. 그리고… 어떻게 말해야 하나, 상태가 별로 좋지 않다고 했습니다."

벤은 지난주에 하임 울프가 자다가 죽었다는 소식을 듣기 전까지만 해도 그는 자신이 아는 가장 건강하고 행복한 노인이었다고 말할 뻔했다. 그러나 맞은편의 남자는 이야기에 한창 심취한 것 같았고 벤은 뻔한 사실을 들이밀어 말을 끊는 것이 불편했다.

"울프는 자기를 보러 와 달라고 하더군요. 당연히 그러겠다고 했지요. 즐거운 만남이었습니다. 그렇게 오랜 세월이 지났는데도 울프는 여전히 유머 감각이 좋더군요. 아마 인생의 경험이 그에게 훌륭한 통찰력을 준 것이겠지요. 아무튼, 우리는 근황을 주고받으며 내 인생을 거쳐 간 여러 여자들과 울프를 돌봐 주는 간호사들에 대해 이야기했습니다. 그런 다음, 나는 울프가 나를 부른 이유가 유언장을 쓰기 위해서라는 걸 알게 되었지요. '내가 아는 변호사는 자네뿐이거든.' 울프가 그러더군요. '자네도 알겠지만, 나는 자네 업계 사람 대부분과 그리 잘 지내지 못하네. 내게는 믿을 수 있는 사람이 필요해.'

그날 저녁, 우리는 자리에 앉아 유언장을 썼습니다. 그렇게 이상한 유언장을 초안한 건 처음이었어요. 울프는 자신의 소유물 전부를 자신을 돌보던 직원들에게 남겼습니다. 최소한 양로원의 작은 방에 보관하고 있던 물건은 말이지요. 그 외에 울프가 다른 사람에게 남기고 싶어 한 물건은 딱 두 개였어요. 오래된 위스키 두 병이었지요. 내 생각에는 울프가 그 위스키에 감정적으로 애착을 느꼈던 것 같습니다."

그는 의자에 앉은 채 몸을 돌리며 책상을 몇 차례 더 두드리더니 벤을 곁눈질했다.

"울프와는 어떻게 아는 사이인가요?"

벤은 변호사가 어떤 버전의 이야기를 듣고 싶어 할지 고민하다가 짧은 이야기를 선택했다. "가끔 울프를 만나러 가곤 했어요. 우린 앉아서 이야기를 나눴어요. 체스도 많이 뒀죠. 울프가 체스를 무척 좋아했거든요. 특히 이기는 걸요."

스토시버그가 고개를 끄덕였다. "맞아요. 이기기를 좋아하는 사람이었죠." 스토시버그는 머릿속을 빠져나가려는 생각을 달래듯 이마를 문질렀다. "변호사 일을 그만둔 지도 거의 10년이 되어 갑니다." 그가 말했다. "은퇴했거든요. 공식적으로는 아니지만, 사실상 은퇴한 셈이죠. 요즘에는 연극계에 발을 담그고 있어요. 인테리어 디자인에도 좀 관심이 있고요. 다 취미 생활이에요. 돈은 수집가들과 거래하며 벌고 있습니다. 그 사람들이 전화를 걸어 희귀한 물건들을 찾아 감정해 달라고 하거든요. 덕분에 나는 전 세계를 돌아다녀요. 수수료도 나쁘지 않죠. 변호사로 살 때보다는 훨씬 나아요. 하지만 울프는 그 사실도 모르고 이 망할 위스키 두 병을 믿고 맡길 사람은 나밖에 없다고 고집을 부렸습니다."

그는 몇 초 동안 고개를 푹 숙이고 있더니 자리에서 일어나 뒤쪽 벽으로 향했다. 벤이 변호사의 새 직업 중 어느 쪽이 대기실 인테리어를 저 모양으로 만들었을지 생각하는 동안 스토시버그는 책장의 우윳빛 유리문 한쪽을 열더니 눈높이에 있는 금고에 다섯 자리 암호를 입력했다.

삑 소리와 함께 자물쇠가 미끄러지는 소리가 났다.

변호사(겸 연극계 인사 겸 인테리어 디자이너 겸 수집품 감정사)가 쾅 하고 책상에 병을 내려놓자 벤은 움찔하며 물러났다.

"글렌피딕입니다." 스토시버그가 말했다. "30년산이죠. 아주 좋은 위스키예요." 그는 사랑스럽다는 듯 병의 경사면을 따라 손가락을 쏠어내렸다. "깊은 맛이 나면서도 과일 향이 돌죠. 부드러운 꿀맛도 납니다. 훈연 향이 나는 뒷맛이 오래 가지요."

그가 벤을 힐끗 보았다. "내가 무슨 말을 하는지 감도 안 오는군요?"

"제가 술을 안 마시거든요." 벤이 말했다. "저는… 어… 알코올 체질이 아니라서요."

"괜찮아요." 스토시버그가 말했다. "난 술을 많이 마시는데도 내가 무슨 소리를 하는지 모르겠습니다. 울프한테 이 위스키를 받고 나서 한번 훑어봤어요. 꿀맛이 들어간 것도 그래서 알았죠. 하지만 세상에는 직접 경험해야만 배울 수 있는 것도 있습니다." 그는 서랍에서 반짝이는 유리잔 두 개를 꺼냈다. "한잔 하실까요?"

벤은 잠시 그를 빤히 바라보다가 정신을 차리고 말했다. "어, 아뇨. 전 술을 안 마셔요. 지금은요. 아껴 놨다가 특별한 일이 있을 때 마시는 게 좋을 것 같네요."

수집가들의 대리인은 실망한 듯 입을 비죽거렸다. "뭐, 그럼." 그가 말했다. "하지만 위스키 제대로 마시는 방법은 알아 두면 좋을 겁니다."

그는 허리를 숙여 숫기 없는 젊은이를 보더니 단호한 동작으로 탁자에 손가락을 올려놓았다.

"이 위스키를 제대로 존중하세요. 이 술은 30년 동안 나무통 속에서 때를 기다려 왔습니다. 30년을요! 유리병 속에서 보낸 시간은 빼고 말입니다. 세상에는 40년, 50년 된 위스키도 있습니다. 이 술은 세상에 대해 좀 배운 술이에요. 오직 슈워츠먼 씨의 입에 들어갈 때만을 기다리며 그 오랜 시간을 보낸 거지요. 그러니까 흠뻑 취하겠다는 생각으로 마구 마셔 버리지는 마십시오. 술을 입안에 몇 초간 머금은 채 돌려 보고 씹어 보세요. 그게 당신이 할 수 있는 최소한입니다. 그럴 만한 가치가 있을 거예요. 맛이 아주 강하게 느껴지다가 참을 만해지고, 참을 만한 정도에서 흥미로움으로, 흥미로움에서 어떤 이야기로 바뀌어 갈 겁니다.

그리고 이 술은 정신을 딴 데 팔고 싶을 때가 아니라 정신을 안정시키고 싶을 때 쓰세요. 위스키는 인생의 본질이나 역할에 대한 대화를 할 때, 어느 저녁 사랑하는 사람과 조용히 눈길을 주고받을 때, 오랜 친구와 농담을 나눌 때 함께 마시기 위해 만들어진 술입니다. 취하고 싶다면 보드카를 드세요. 위스키는 초보자에게 어울리는 술이 아닙니다. 우리를 둘러싼 거짓말의 층을 걷어 내기 위해 마시는 술이죠.

무엇보다 중요한 점은 혼자 위스키를 마셔서는 안 된다는 거예요. 남자든 여자든, 누군가와 잔을 부딪치세요. 그 사람들이 뭘 마시는지는 중요하지 않습니다. 중요한 건, 다음번에 위스키를 마실 때 떠올릴 만한 누군가가 생긴다는 것이지요."

그는 자기 말에 만족한 듯이 의자에 기대앉으며 자신의 조언을 절대 따르지 않으리라는 걸 알면서도 젊은이들에게 기어코 조언을 하고야 마는 노인 특유의 시선으로 벤을 힐끗 보았다.

벤은 변호사와 위스키병을 번갈아 보았다. 그의 한쪽 눈썹이 실룩거렸을 때 벤은 거의 "좋아요"라고 대답할 뻔했지만, 스토시버그는 이미 미소 지으며 이렇게 말하고 있었다. "솔직히 말해, 어떤 안내서에서 읽은 이야기예요. 진짜 그런지는 전혀 모르겠어요. 나는 와인 취향입니다. 대충 맞는 말 같기는 하지만요."

변호사는 의자에서 펄쩍 뛰다시피 일어나더니 위스키병의 목을 잡고 벤에게 내밀었다.

벤은 어색하게 자리에서 일어나 위스키를 한 손으로 받아 들고, 지퍼가 활짝 열린 채 바닥에 놓여 있던 가방에 그대로 쑤셔 넣었다. 한 번, 두 번, 세 번 시도한 끝에 가방이 닫히며 위스키병을 통째로 삼켰다. 마치 또 한 권의 둘둘 말린 과학 잡지처럼.

그들은 조용히 악수한 다음 책상을 사이에 두고 잠시 서 있었다.

벤은 손을 어떻게 해야 할지 몰랐다. 그의 두 손이 지나치게 익힌 스파게티처럼 상체 양옆에 늘어져 있었다. 상대는 그가 뭔가 말하기를 기대하는 게 분명했다. 고맙다는 인사를 넘어선, 어떤 최종 변론 같은 것을 기대하는 듯했다. 어쩌면 울프의 마지막 소원이 이루어진 방식에 대해서 말해야 하는지도 몰랐다. 혹은 맞은편의 남자가 충실하게 임무를 완수했다는 점에 대해서 이야기해야 하는지도. 이번 만남을 멋지게 마무리 지을 만한 말을 해야 할 것 같았다.

"82번 버스, 지금도 다니나요?" 결국 벤이 물었다.

"잘 모르겠네요." 변호사가 말했다.

벤은 "그럴 줄 알았어요"라고 말하듯이 고개를 끄덕이며 손을 들어 어정쩡하게 작별 인사를 하고, 카드 게임에 취해 있는 호랑이와 녀석의 동료들을 재빨리 지나쳐 사무실을 나왔다.

벤은 문을 여는 데 잠시 애를 먹다가, 뒤돌아서 스토시버그가 지켜보고 있는지 확인하고 싶은 충동을 억누른 다음 허둥지둥 계단을 내려갔다. 그는 계속 내려가다가 지하층에 이르러서야 다시 올라가야 한다는 것을 깨달았다.

3

두꺼운 참나무로 만든 문인데도 집 안쪽에서 초인종 울리는 소리가 들렸다.

그는 인내심 있게 기다리며 감시 카메라에 자신의 얼굴이 확실히 잡히도록 했다. 그는 가정 방문용 복장을 하고 있었다. 그에게 잘 어울리는, 약간 광택이 있는 검은색 블레이저. 바람이 잘 통하면서도 점잖아 보이고 비상시에 빠르게 움직일 수 있는 헐렁한 흰색 면 셔츠. 비싸 보이는 천으로 만든 맞춤 바지와 가벼우면서도 우아한 검은 신발. 그러나 선글라스는 쓰지 않았다. 가정 방문 때는 눈을 보여야 하니까.

그 밖에도 몇 가지를 조정해야 했다. 가정 방문에는 스너비*와 신발 밑창에 숨길 수 있는 얇은 칼, 접어서 목 조르는 끈으로 쓸 수 있는 허리띠가 필요했다. 가정 방문 때는 최대한 조심해야 했다. 그를 제거하려는, 그의 입을 영원히 다물게 하려는 시도들이 이미 있었

---

* 총열이 10센티미터 이하로 짧아 작고 가벼운 권총.

다. 옷은 그의 평판을, 나머지 장비는 그를 지키기 위한 것이었다.

그는 신경 써서 침착하게 서 있었다. 오른손은 바지 주머니에 느슨하게 넣어 두었고, 왼손은 레드 와인 한 병이 들어 있는 선물 상자의 손잡이를 잡고 있었다. 그는 이곳의 일 처리 방식을 잘 알았다. 세 단계를 거쳐야 했다. 카메라를 지켜보는 후임 경비와 출입을 허가하는 선임 경비, 그리고 명령에 따라 문을 열어 주는 보초. 그들은 꽤 효율적으로 일했다. 모든 단계를 거치는 데 30초 이상 걸리지 않을 것이다.

문이 열리고, 거의 턱만 보이는 얼굴이 빠르게 그를 훑어보았다. 남자는 그 얼굴을 이미 알고 있었다. 속으로 그를 5호라고 불렀다. 그가 세어 보기로 보스를 수행하고 저택을 지키는 사람은 현재 일곱 명이었다. 그들 모두가 똑같이 탁한 눈빛을 하고 있었다. 하지만 5호는 갈색 눈동자였으며 어깨에서 시작해 셔츠 소매 밑까지 이어지는 문신을 하고 있었다. 그의 이두박근은 누군가에게 고통을 준 경험이 있을 게 분명했다.

남자는 혼자 미소 지으며 이 고릴라가 무슨 일이 일어났는지 미처 깨닫지도 못하는 사이 그의 두개골을 부숴 버리는 데 필요한 간단한 단계들을 확인했다. 물리적 힘을 쓰는 것보다는 속도와 예측을 활용하는 편이 나았다. 5호는 사실상 문을 여는 것밖에 일거리가 없는 일종의 집사로 전락했지만, 아마 노름빚이나 다른 감정적인 제약 때문에 보안 팀에 남아 있는 것이리라.

5호는 머리를 살짝 끄덕이고 문을 열어 그를 맞이했다.

이야기를 나눌 필요는 없었다. 그들은 모두 일 처리 방식을 알고 있었다. 말을 적게 할수록, 아는 것이 적을수록 엉뚱한 정보에 노출될 걱정도 적어졌다. 이런 방문에서는 '꼭 알아야 할 것만 안다'는 지침이 모두의 이익을 위한 것이었다.

그는 변한 것이 있는지 로비를 빠르게 살펴보았다. 오른쪽에는 여전히 꼴사나운 조각상이 있었고, 계단 근처에는 거대한 화분이 변함없이 놓여 있었으며, 거울도 이전과 같이 닦여 있었고, 가문 조상들의 초상화 또한 전처럼 맞은편 벽에 걸려 있었다. 과거가 중요하다는 것을 보여 줄 만큼 눈에 띄지만 그렇게까지 중요하지는 않다는 것을 나타낼 만큼 주변적인 자리였다. 발레리나의 유화가 맞은편 벽의 같은 자리에 걸려 있었고, 전구가 없는 샹들리에가 여전히 꼼짝하지 않고 천장에 매달려 있었다.

그는 여느 공간에 들어갈 때마다 그러듯 공격당했을 때 어떻게 반응할지 머릿속으로 계산했다. 무엇을 무기로 쓰고 무엇을 방어하는 데 쓸지, 어떤 공간을 활용해 안으로 교묘히 들어갈지. 현관홀에는 바뀐 것이 아무것도 없었기에 그는 스스로에게 경계심을 평소 수준으로 돌려도 좋다고 허락해 주었다.

5호는 작게 손짓하며 왼쪽 복도를 가리켰다. 그 손동작의 의미는 '이쪽입니다. 도서관에 계십니다'였다.

남자는 돌아서서 걷기 시작했다.

그의 현재 고용주는 한때 여름 별장 혹은 손님용 방이었던 곳을 도서관으로 바꿨다. 그곳에 가려면 뜰에 있는 지붕이 덮인 통로를 건너야 했다. 거기서 기다란 수영장이 보였다. 남자는 그 수영장에서 누군가가 수영하는 모습을 한 번도 보지 못했다. 6호가 늘 제자리에서 무슨 일이 벌어지지 않는지 지켜보고 있었지만, 그런 일은 한 번도 일어나지 않았다.

남자는 가끔 그런 종류의 일을 하는 게 과연 어떤 기분일지 생각해 보았다. 아침에 일어나 얇은 정장을 걸치고, 폴리에스테르 바지 허리춤에 권총을 쑤셔 넣은 다음, 아무것도 없는 긴 널빤지를 '지킨'답시고 하루에 여덟 시간, 열 시간, 열네 시간씩 수영장 옆에 앉아 있다가, 집으로 돌아가 전자레인지에 음식을 데우고, 텔레비전을 보다가 잠자리에 드는 인생. 말 그대로 다른 누군가의 인생에 주석으로 달리는 삶을 살아간다는 것. 하루 24시간 경계심을 품고 똬리를 트는 대가로 돈을 주는 사람을 위해서, 경비원 신분으로는 결코 들어가지 못할 반짝이는 수영장 앞의 담장이 둘러쳐진 인적 드문 뜰에 자신을 배치한 사람을 위해서 살아간다는 것.

남자는 지붕 덮인 통로를 어슬렁어슬렁 지나갔다. 왼편에는 머나먼 곳에 가 있는 보스의 사진이 걸려 있었다. 남아메리카의 피라미드 옆에서, 인도의 갠지스강 앞에서, 여객기 조종석에서, 브라질 카니발의 마구 뒤엉킨 군중 사이에서. 뭔가를 평가하는 듯한, 흠을 찾는 것처럼 보이는 보스의 차가운 시선은 절대 카메라를 똑바로 바라보지 않았다. 가늘고 곧은 입술에 미소의 기색이 어리는 일도 거의 없었다. 한두 장의 사진에서 아주 희미하게 입술이 말려 올라간 모습이 보였지만, 가까이서 들여다봐도 얼굴에 드리워진 빛과 그림자가 장난을 친 건지, 어떤 변화로 인한 경멸이 그의 입술에 아주 희미한 미소의 흔적을 번지게 한 건지 알 수 없었다.

세계의 지도자와 찍은 사진은 없었다. 정치인도, 록 스타도, 영화 배우도 없었다. 이번 보스는 남의 눈에 띄지 않는 편을 좋아했다. 모르는 사람을 상대로 싸움을 준비하는 사람은 아무도 없으니까. 그의 계좌에는 카메라 플래시를 쫓아다니며 할리우드 파티장에 억지로 들어가거나 정치인에게 돈을 쏟아부어 권력자의 친분을 사려는 거물들보다 훨씬 많은 돈이 들어 있었다. 보스는 그런 자들을 경멸했다. 정말로 큰일은 무대 뒤에서 보이지 않게, 조용히 일어난다. 그는 사람들에게 좋은 인상을 남기느라 바쁜 게 아니었다. 돈을 버느라 바빴다.

통로 오른편에는 천장을 받치고 있는 고전 그리스식 기둥이 2미터 간격으로 서 있었다. 그 너머로 잔디밭 전체에 펼쳐진 수영장과 넓은 정원이 있었다. 6호가 작은 눈으로 그의 뒤를 쫓았다.

그는 기둥을 지나가면서 권총을 꺼내는 생각을 재미 삼아 해 보았다. 그는 자신이 총을 쏘면 6호에게 반응할 시간이 없으리라는 사실을 알고 있었다.

도서관은 뜰 저쪽 끝에 있는 거대한 건물이었다.

이곳이 만약 다른 장소이고 안에 사는 사람이 다른 사람이었다면, 그 건물은 그림 같은 숲 한가운데에 있는 휴양지 오두막처럼 보였을 것이다. 창문이 없다는 사실을 무시할 수만 있다면 말이다.

그는 주먹으로 문을 한 번, 두 번, 다시 한 번 두드렸다.

"그래." 안에서 목소리가 들렸다.

그는 문을 열고 들어갔다.

도서관은 안에서 보는 게 더 인상적이었다.

방은 크기가 크고 길쭉했으며, 전부 나무로 만들어져 있었다. 창문 하나 없는 벽 전체를 따라 책장이 펼쳐졌다. 한쪽 벽에는 책이 가득했다. 귀족적이고 지적인 취향이 남긴 묵직한 향기가 그 책장을 이불처럼 덮고 있었다. 반대쪽 벽에는 책이 아니라 유리병이 있었다. 다양한 와인과 위스키, 럼, 오래되고 특이한 맥주는 물론 보드카도 더러 보였다. 이쪽은 그렇게까지 가득 차 있지는 않았다. 책이 가지런하고 촘촘하게 꽂혀 있는 데 비해 유리병들은 간격을 두고 서서, 때때로 당황스러울 만큼 헐벗은 선반을 드러냈다. 어떤 병은 가득 차 있었고, 어떤 병은 반만 차 있었다.

방 저쪽 끝에는 독서 등이 놓여 있는 커다란 나무 책상이 한가롭게 돌아가는 금속 실링 팬 아래에 놓여 있었다. 문 가까운 곳에는 살짝 닳은 소파가 놓여 있었고, 그 옆에는 낮은 탁자가 있었으며 탁자 위에는 작은 대리석 재떨이 옆에 책 세 권이 놓여 있었다.

소파에 앉아 있는 보스는 그때까지도 문 혹은 문으로 걸어 들어온 남자를 보지 않고 있었다. 진홍색 스모킹 재킷을 입고서 통통한 시가를 뻐끔거리는 중이었다.

팔다리가 두꺼운 남자였다. 손가락은 두께가 싸구려 핫도그만 했고, 아래턱은 얼굴에서 축 늘어져 그의 목에 지방 덩어리를 드리우고 있었다. 작은 두 눈은 끝이 위로 솟아 있었다. 살짝 짜증스러운, 흔들림 없는 표정을 더해 주는 검은색 눈썹 때문에 눈이 더 작아 보였다. 숱이 없어져 가는 검은 머리는 조심스럽게 빗어넘겨져 그의 정수리를 덮고 있었다. 언뜻 보면 이 인물에게 뭔가 우스꽝스러운 점이 있다는 기분이 들었다. 하지만 그와 2분 동안만 같은 공간에 있어도 매끄러운 몸짓이나 곁눈질, 말의 선율 모두에서 마음만 먹으면 사람을 뭉개 버릴 수 있는, 모든 것을 파괴할 때만을 기다리는 힘을 뿜어내는 남자가 드러났다. 그는 스스로 에너지를 끌어내는 힘의 원천, 인간의 형태를 한 무한 동력 기계와도 같았다.

그는 자리에 서서 소파에 앉은 남자가 입을 떼기를 기다렸다.

그는 이 도서관이 싫었다. 이곳에는 창문이 없었고 문도 한 곳뿐이었다. 탈출하기에는 나쁜 장소였다. 게다가 소파는 무기로 쓰기에 너무 무거웠고, 나무 책상은 나사로 바닥에 박혀 있었다. 이 역시 상황을 악화하기만 했다.

더 나쁜 건 이 공간이 숨 막힐 듯한 짜증 나는 느낌으로 가득 차 있다는 것이었다. 마치 공간이 주인의 성격을 흡수한 것 같았다. 이곳에서 엉뚱한 생각을 떠올리기라도 했다간, 이 공간 자체가 그 생각을 감지하고 벽을 좁혀 와 그를 뭉개 버린 다음 마치 파리를 다 소화한 식충 식물처럼 다시 방이 넓어지고 커다란 실링 팬이 신선한 공기를 불어 넣어 남은 그의 체취마저도 지워 버릴 것 같았다.

"일찍 왔군." 소파의 남자가 말했다. "최소 2개월은 걸릴 거라고 예상했는데."

"생각보다 간단했습니다. 그자는 적절한 보호를 받지 못하고 있더군요."그가 말했다.

"뉴스를 봤네. 자네가 어떻게 들어갔는지 전혀 모르는 것 같던데."

"놈들이 전혀 모르는지는 확실하지 않습니다만, 이 단계에서 그들에게 딱히 저를 찾을 동기가 있지는 않은 듯합니다."

백만장자는 얼굴은 여전히 움직이지 않은 채 그에게로 눈을 돌렸다. "이번에는 무엇을 넣었나? 거기에는 뭐가 담겨 있지?"

그는 가방에서 와인병을 꺼내 낮은 탁자 위의 재떨이 옆에 내려놓았다.

"계획이 들어 있습니다." 그가 말했다. "박물관으로의 침투, 강도, 이어지는 사흘간의 인간 사냥입니다. 추격전도 좀 있습니다. 몇 시간 분량이죠."

시가가 재떨이에 가만히 놓였다. 실크 재킷을 입은 남자는 와인병을 들어 눈앞에서 빙글 돌리며 뚫어지게 바라보았다. "카베르네 소비뇽이군." 그가 프랑스어 발음을 흉내 냈다.

"네. 이번 와인은 미국산입니다. 카베르네 프랑과 혼합되어 있습니다. 이 조합으로 도난 이후에 벌어진 인간 사냥의 격렬함과 더불어 준비 과정의 느린 맛, 계획의 세부 사항까지 즐기실 수 있습니다."

"정확히 어떻게 탈출할 수 있었지?" 검은 눈썹이 씰룩였다.

그는 침묵을 지켰다.

소파의 남자는 알겠다는 듯 고개를 끄덕였다. "그래, 그래. 스포일러는 안 되지." 그가 말했다. "그런데 왜 다이아몬드였나? 전에 우리 둘 다 작은 조각품도 괜찮겠다고 이야기하지 않았나? 당연히 그걸 보여 줄 수도 있었을 텐데."

"다이아몬드 쪽이," 남자가 말했다. "더 큰 도전이었습니다."

"그럼 다이아몬드는 어떻게 했나?"

"놈들을 따돌린 게 확인되자마자 박물관에 다시 우편으로 보냈습니다."

고용주가 시가를 집어 들었다. "한 달 반 동안 박물관에 침입할 계획을 세우고, 박물관에 들어가 네덜란드 왕실 소유의 2,500캐럿짜리 다이아몬드를 훔친 다음, 경찰을 따돌리는 데 성공하고, 그 다이아몬드를 다시 박물관에 보냈다?"

"등기로요."

"등기로?"

"다이아몬드는 제 목표가 아니었습니다. 훔친 다이아몬드를 보관하는 건 불필요하고 위험한 일이었죠. 놈들이 다이아몬드를 돌려받았으니 저를 추적하는 데 쓰일 자원도 현저히 줄어들 겁니다." 그가 말했다.

"좋군. 전문가다워. 마음에 드네. 난 자네가 마음에 들어."

"감사합니다."

"새로운 일거리가 있네."

"말씀하십시오."

남자가 소파에 깊이 기대앉아 자리를 잡자 그의 스모킹 재킷에서 부드러운 소리가 났다.

"작년에 자네가 가져온 메를로 기억나나?"

"몬테카를로 것 말씀이십니까?"

"그래."

"기억납니다."

"그런 게 한 병 더 있었으면 좋겠군. 나뿐 아니라 한 친구를 위해서이기도 하네. 함께 마시고 싶어."

"알겠습니다." 친구라, 그러시겠죠. 친구가 있기라도 한 것처럼 말씀하시네요. 그냥 당신이 얼마나 피에 굶주렸는지 드러내고 싶지 않은 것뿐이잖습니까. 괜찮아요. 나도 압니다.

"너무 사치스러운 건 됐네. 거물급 목표물은 잊어버리게. 그냥 기본적인 것, 날것의 경험만이 필요해. 몬테카를로까지 갈 필요도 없네, 친구. 단순하고, 가까운 걸로. 내 생각에는 노숙자의 뒤통수에 총알을 박는 것만으로도 충분할 것 같군."

"알겠습니다."

"교살도 괜찮고. 뭐든 자네가 가장 좋다고 생각하는 걸로."

"네."

"중요한 건 내가 원하는 대로 일을 처리해야 한다는 걸세. 약간 극적이면 좋겠어. 이야기도 좀 하고, 분위기도 챙기고. 무슨 일이 일어나는지 깨달은 그자의 눈을 보고 싶다네. 그리고… 너무 멀지 않은 미래였으면 좋겠어."

"문제없습니다. 이틀 혹은 사흘만 주시면 새로운 메를로를 가지고 돌아오겠습니다. 그런데, 꼭 메를로여야 합니까?"

"아니, 하지만 메를로가 가장 좋을 것 같네. 내 경험에 따르면 멀리서 바라보는 신나고 폭력적인 사건에는 메를로가 잘 어울리니까. 자네 생각에는 다른 게 좋겠나?"

"아뇨, 아닙니다. 사실 별 상관 없습니다."

그가 다시 시가를 한 모금 피운다.

공기에 깃든 사색이 1초 더 이어진다.

"그게 전부네. 가도 좋아. 카베르네의 값은 오늘이 마무리될 때쯤 전달될 걸세."

"감사합니다. 좋은 하루 보내십시오."

그는 홱 돌아서서 도서관을 떠났다. 바깥에는 이미 해가 져 있었다. 6호가 수영장 건너편에서 그에게 탁한 눈길을 내리꽂았다.

4

벤처 부인은 작은 쇼핑 카트를 끌고 있었다. 바퀴가 묘지의 포장된 길을 따라 덜컹거렸다.

날이 저물자 묘지의 공기가 천천히 식었다. 숨쉬기가 조금 편해졌다. 그녀는 평소처럼 도시를 한 바퀴 돌러 나가기 전에 무덤에 와보는 게 좋겠다고 생각했다. 그럴 생각이었는데 묘지에 도착해서는 엉뚱한 곳에서 방향을 틀어 길을 잘못 접어든 모양이었다. 하임 울프가 이번에는 대체 어디에 몸을 숨긴 것인지 찾느라 노을 속에서 눈을 가늘게 뜨고 묘비 사이를 걸어 다녀야 했으니까.

결국 왔던 길을 되밟아 알맞은 곳에서 방향을 꺾은 그녀는 그 통로 끝에서 새로 파 놓은 작은 흙더미에 이르렀다. 그녀는 덜컹거리는 카트를 끌고 재빨리 다가갔다. 그러고는 새 무덤 옆에 멈춰서서 헐떡였다. 흙더미 위에는 막내가 하나 꽂혀 있고, 거기에 판지로 만든 팻말이 붙어 있었다. 팻말에는 '하임 울프'라고만 간단히 적혀 있었다.

누군가가 이미 와 있었다.

그는 키가 크고 깡마른 몸에 셔츠를 느슨하게 걸치고 있었다. 셔츠 깃 위로 목이 힘없이 나와 있었고, 그 목 위에는 주름이 깊게 팬 얼굴이 있었다. 살짝 굽은 등과 아래로 숙인 머리, 내리깐 시선은 속임수였다. 진실은 지팡이를 쥔 그의 손에서 드러났다.

그는 보통의 노인들처럼 지팡이에 기대 있는 게 아니었다. 그건 다른 종류의 손아귀였다. 마치 지팡이의 머리를 잡고 흙에 눌러 꽂는 것 같았다. 지면이 위로 떨어지지 않도록 지탱하려는 듯이.

"어떻게 지내나, 헤르슈코?" 벤처 부인이 물었다.

예샤야후 헤르슈코비츠 교수는 눈을 들어 그녀를 보았다. "벤처." 그가 미소 지었다. "그렇게 오랫동안 대체 어디에 있었나?"

"같은 곳에." 벤처가 말했다. "와서 인사 정도는 할 수 있었을 텐데, 이 망나니 같으니."

"바빴지, 이 벌레 같으니."

"바쁘긴 뭣 때문에 바빠? 항문 검사? 똥 멍청이 같은 놈."

"당신 엄마랑 노느라고." 헤르슈코비츠 교수가 말했다. "그래서 바빴던 거야. 엄청나게 오래 걸렸다니까."

"머저리."

"할망구."

둘은 몇 분 동안 가만히 서 있다가 무덤을 보았다.

"이렇게 만나서 반갑네, 벤처." 노인이 말했다. 그의 눈은 여전히 팻말을 향해 있었다.

"나도 그래, 헤르슈코. 나도 마찬가지야." 벤처가 말했다.

"그래서, 이제 울프도 떠났군." 헤르슈코가 말했다.

"그래, 뭐. 일이 어떻게 돌아가는지는 알잖나. 저 위는 지내기 좋은 게 틀림없어." 벤처가 말했다. "결국 모두가 떠나는 걸 보면."

"그 녀석, 잘 지내고 있으면 좋겠군."

"분명 그럴 거야. 잘 지내는 방법이야 옛날부터 알던 녀석이잖나. 저 위 사람들이 잘 지내는 법을 모르면 직접 알려 줄 녀석이지."

"그러니까 말이야." 헤르슈코가 투덜댔다. "살면서 아무리 많은 일을 해도 결국 작은 흙더미 하나 남기고 떠나다니. 미래의 사람들이 이 아래에 있는 남자의 진짜 한계가 어디까지였는지 알아보려나 모르겠군."

"울프의 일부는 수많은 장소와 사람들 속에 있어. 자네도 알겠지만."

"알아. 그래도 이 흙더미를 보고 있으니 슬퍼지는군."

"그야 이 묘지 전체가 그렇지." 벤처가 말했다. "이름이 새겨진 대리석 판이 수천 개나 있고 그 아래마다 완전한 이야기가 있는데, 대부분이 잊혔다니."

"꼭 죽지 않아도 그렇게 되지." 헤르슈코가 말했다.

"무슨 뜻인가?"

"날 보게." 그가 말했다. "나는 세상에서 가장 높은 산 네 곳을 정복했고, 셀 수 없이 많은 독일인들을 맨손으로 죽였어. 헝가리의 서커스단과 함께 다닐 때는 코브라와 싸워 본 적도 있고, 달려서 미국을 횡단하기도 했지. 그런데 우리 아파트 건물에 세 들어 사는 여자애들은 발코니에 앉아서 담배를 피우며 나를 '5호에 사는 귀여운 할아버지'라고 부르더군. 무슨 뜻인지 알겠나? 내가 젊었을 때는, 내가 방에라도 들어가면 걔들 또래 여자들이 얼굴을 붉히며 두 손을 어쩔 줄 몰랐다고. 그런데 이제는 '저 할아버지 쓰레기 버리러 가는 것 좀 봐. 너무 귀여워', '쇼핑백 들고 다니는 것 좀 봐. 너무 귀여워' 하는 식이라고. 오늘 아침에는 내가 계단을 서둘러 올라가니까 다정하게도 먼저 지나가게 해 주더라니까….'"

"그래도 자넬 좋아하긴 하는군." 벤처가 말했다.

헤르슈코는 손을 내저으며 일축했다. "손톱에 이상한 그림을 그리고 다니는, 남자에 대해서나 담배에 대해서나 취향이 끔찍한 멍청이들일 뿐이야." 그가 말했다. "나야 별 소리를 다 들어 봤지만, 귀엽다는 말은 처음이라고."

벤처 부인은 쇼핑 카트를 뒤져 유리병을 하나 꺼냈다.

"거기엔 뭐가 들었나?" 헤르슈코가 물었다.

"난 장례식에 안 갔어." 벤처 부인이 말했다. "그래서 여기에 와서 울프한테 건배라도 해야겠다고 생각했지. 울프도 괜찮다고 할 거야. 같이 할 텐가?"

"무슨 술인데?"

"별거 아냐." 벤처가 말했다. "잭 다니엘."

"스트레이트? 아니면 뭘 좀 섞었나?" 헤르슈코가 물었다. "다른 게 섞였다고 무슨 문제가 있는 건 아니지만, 그냥 마음의 준비를 하고 싶어서."

"스트레이트라네." 벤처 부인이 말했다. "위스키만."

"그럼 좋네." 헤르슈코가 말했다.

벤처 부인은 작은 유리잔 두 개를 꺼내 하나를 노인의 손에 쥐어 주었다. 그런 다음 술병을 열어 코밑에 대고 향을 맡고서 술을 부었다.

"누구 먼저 할까?" 헤르슈코가 물었다.

"자네부터 하지." 벤처 부인이 말했다.

교수가 잔을 들었다.

"사랑하는 울프. 당신을 알아서 기뻤습니다. 당신과 함께 일해서 즐거웠고요. 내 인생에 일어난 모든 위대한 일은 당신의 요청을 받아, 당신 때문에 한 겁니다. 그 과정에서 우린 서로 얽혀 가끔 다투기도 했지요. 하지만 결국에는 당신의 목표가 가치 있고 고귀했음을 압니다. 당신은 인간이 서로를 이해하기를 원했고, 서로에게 친밀감을 느끼며 살아가기를 원했지요. 그 점에 대해서 당신에게 경의를 표합니다. 울프, 우리는 한 세대의 마지막 남은 사람들입니다. 우리 중 가장 젊은 사람들조차도 빠르게 시들어 가고 있어요. 하지만 당신은 두드러졌습니다. 거인이었지요. 당신이 '인생'이라 부른 그 위대한 경험의 파편들이 세계 곳곳에 흩어져 있어요. 당신의 생각이 다른 사람들의 머릿속에 휘몰아치고 있는 한, 당신은 아직 살아 있습니다. 잘 가요, 오랜 친구여."

그는 유리잔을 들고 벤처 부인에게 살짝 미소 지어 보였다.

"울프." 벤처 부인이 말했다. "장례식에는 못 갔어요. 기분 나빠하지 않았으면 좋겠군요. 당신은 한 번도 자기 분노 속에 뒹구는 사람이었던 적이 없었으니 이제 와서 그럴 이유는 없겠지요. 당신은 나의 진정한 친구이자 한 사람의 생애에 벌어질 수 있는 것보다 훨씬 많은 일들을 인생에 욱여넣은 사람이에요. 당신을 무척 좋아했고, 모든 점에서 당신에게 고마워요. 당신의 마지막 나날에 당신을 만나러 가지 않은 것을 용서해 주세요. 어떤… 방해가 있었어요. 다시 만날 날까지 잘 지내요. 그게 너무 금방은 아니었으면 좋겠지만요."

그들은 잔을 비웠다.

"좋은 술이군." 헤르슈코가 말했다.

"한 세대의 마지막 남은 사람들이라고?" 벤처가 물었다.

"걱정스러운 소문을 들었어." 헤르슈코가 말했다. "미얀마에서 한 명이 실종됐고, 두 명은 교통사고로 죽었네. 오스트레일리아에서 미심쩍은 화재가 일어나기도 했지. 남아메리카에서 높은 암벽을 등반하곤 하던 친구와는 연락이 끊겼고."

"혹시 누가…?"

"그건 잘 모르겠어." 헤르슈코가 말했다. "누가 왜 그런 짓을 하고 싶어 하겠나? 이 직업에도 나름의 위험이 따르는 건 사실이지만, 지난 5년 동안은 이상한 사고들이 연이어 일어났어. 사람들이 실종되고 있네. 회원들이 사라져 간다고. 최소한 내가 듣는 얘기는 그래. 솔직히 나는 그렇게까지 소식이 빠른 사람도 아닌데 말이지. 자네만큼 빠른 건 당연히 아니고."

"남아메리카의 그 친구 얘기랑 차 사고 얘기는 들었어. 미얀마 얘기는 못 들었는데." 벤처가 말했다. "정말 걱정되는군."

"자넨 새로운 세대를 양성해야 해." 헤르슈코가 말했다.

"지금 당장 생각할 문제는 아니야. 그럴 자원이 없어."

"이 일이 아주 중요한 임무가 되어 가고 있다고."

"두고 봐야지." 벤처가 대답했다.

그들은 몇 분간 침묵을 나눴다.

"자," 벤처가 결국 말했다. "가야겠군. 저녁 순찰을 해야 해. 앞으로 무슨 일이 또 생길지 두고 보자고."

"행운을 비네." 헤르슈코가 말했다.

"자네는 계속 있으려고?"

"잠깐 있을 생각이야. 어디 서둘러 갈 데도 없고."

벤처는 카트를 가지고 걷기 시작했다.

"만나서 반가웠네요, 교수님." 그녀가 말했다.

"나도 그래. 나도." 헤르슈코가 말했다.

"교수님 전공 분야가 뭐라고 하셨더라?"

헤르슈코는 미소만 지을 뿐 아무 말도 하지 않았고, 벤처 부인은 돌아서서 떠났다. 카트가 오솔길을 따라 그녀의 등 뒤에서 덜컹거렸다.

5

놀랍게도 그날 밤 '바 없는 바'는 비교적 북적거렸다.

오스나트는 빈 의자를 찾아 바를 둘러보았다. 없었다. 바에 스툴 세 개가 비어 있었지만, 흩어진 테이블에는(이 비좁은 공간에 뭐든 '흩어질' 수 있다면 말이지만) 이쑤시개 하나 꽂을 자리도 없었다.

오스나트는 몇 시간 전 저녁에 이곳에 도착했다. 회색 빗자루로 테이블 주변을 쓸고 있는 벤처 부인에게 오스나트는 손을 들어 "잠깐만요!" 하고 외친 다음, 2층에 있는 자기 집으로 달려 올라가 아까 받은 술병을 꺼내 놓고 그날 밤에 틀고 싶었던 새로운 시디 몇 장을 챙겼다. 그녀는 모두가 즐길 수 있도록 더 스미스와 오아시스, 라디오헤드, 비틀즈도 몇 곡 섞기로 했다. 밤이 좀 더 깊어지면 음악을 잘 아는 사람들을 위해 서브웨이 노래를 몰래 몇 곡 끼워 넣을 수 있을지도 몰랐다. 다시 내려왔을 때 벤처 부인은 떠나고 없었고, 그날 밤의 첫 손님이 바에 앉아 그녀가 나타나기만을 기다리고 있었다.

"당근 스틱." 나티는 주방과 바 사이에 있는 작은 창구에 접시를 내려놓으며 말했다.

바 없는 바에는 웨이터도, 웨이트리스도 없었다. 오스나트가 바텐더 겸 웨이트리스 겸 디제이였다. 전화가 울릴 때 전화를 받는 사람도 그녀였다(어찌나 다재다능한지!). 문제가 생기거나 누군가 폭력을 쓸 조짐이 보이면 그녀는 창구 쪽으로 "나티!"라고 소리쳤고, 그러면 나티가 주방에서 나왔다. 그는 존재감만으로 주변을 진정시켰다. 그를 본 사람들은 모든 문제가 정중한 대화로 해결될 수 있을 거라는 확신을 품을 수 있었다. 그는 덩치가 컸고 눈이 툭 튀어나와 있었으며, 왼쪽 귓불에서 목까지 이어진 굵은 흉터를 지니고 있었다. 그 흉터는 네 살 때 안전하지 않은 그네에서 떨어진 고약한 사건의 흔적이었지만, 술집에서 몸싸움을 벌이려 하는 사람들에게는 효과가 무척 좋았다.

오스나트가 접시를 든 채 사람들에게 소리쳤다. "소스 곁들인 당근 스틱 주문하신 분?"

지나치게 꽉 끼는 셔츠를 입은 남자가 테이블에서 일어나 손을 들었다.

오스나트는 바에 접시를 내려놓고 쓴웃음을 지으며 접시를 가리켰다.

"고마워요." 남자는 그렇게 말하고 테이블로 접시를 가져갔다.

"맛있게 드세요." 그녀가 말했다. "눈에 좋아요."

테이블을 놓아둔 건, 이유는 알 수 없지만 이 공간을 서로 알아가기에 적당한 장소라고 생각한 소수의 친구들이나 연인들을 위해서였다. 그보다 외로운 사람들은 바에 앉았다. 너무 말이 많은 사람도, 절대 말을 하지 않는 사람도. 오늘 저녁에는 오스나트가 가장 좋아하는 조용한 유형의 손님들이 와 있었다. 초록색 야구 모자를 쓴 엄지가 짧고 날카롭게 옆을 곁눈질하는 나이 지긋한 남자라든가, 목 근처에 작은 구멍이 난 민소매 셔츠에 반바지를 걸치고 맥주를 마시면서 계속 핸드폰을 만지작대는 길 건너 건물에서 온 눈이 예쁜 남자라든가, 공책을 가지고 와서 가끔 단어 몇 개를 적으며 콜라 한 병을 천천히 마시는 깡마르고 사시안을 가진 남자도 있었다.

바는 최근에 설치한 것이었다. 이곳의 원래 주인은 별로 넓지 않은 공간 때문인지 바 정도는 양보해도 괜찮겠다고 생각했다. 그래서 그는 4인용 테이블을 하나 더 들여놓고 바 대신 책상처럼 생긴 작은 접이식 판자를 마련했다. 그 판자는 바에서 흥청대며 술을 마시는 사람들의 수에 따라 펼치거나 접어 둘 수 있었다. 결국 주인들은 이 지역에서 진짜 바가 없는 바는 이곳뿐이라는 것을 알아차리고, '기시감'이었던 가게의 원래 이름을 좀 더 이 주점만의 특징을 반영한 것으로 바꾸었다.

그래서 이곳은 '바 없는 바'가 되었다. 요즘에는 틀린 이름이 되었지만 말이다. 지금은 작고 흰 책상을 나사로 바닥에 고정하고 얇은 나뭇조각을 덧붙여, 줍게 이어진 나무 단상을 만들고 주변에 연못처럼 생긴 나무 의자들을 가져다 두었다. 하지만 '바 없는 바'라는 이름이 '기시감'보다는 훨씬 나았다.

문이 열리고 이십 대 남자 한 명이 들어왔다. 주름진 회색 정장에 하루 꼬박 자란 듯한 까칠한 수염, 눈언저리의 지친 표정. 그가 터덜터덜 걸어와 앉더니 말했다. "맥주요."

"특별히 원하는 종류가 있으세요?" 오스나트가 물었다.

"아무거나." 그는 손을 내저으며 말했다. "발효된 액체면 됩니다."

오스나트는 맥주 한 잔을 꺼내 그의 앞에 내려놓았다. 그는 오스나트를 보더니 지친 듯 고개를 끄덕였다.

"힘든 하루였나 봐요?" 오스나트가 물었다.

그는 다시 고개를 끄덕이고 맥주를 조금 삼켰다.

"그럼 이 말 한마디만 할게요." 오스나트가 바 건너편으로 허리를 숙이며 말했다. "보이는 게 전부는 아니에요. 그런 일은 일어나면 안 되는 거였어요. 그놈은 개자식이지만, 최소한 월급은 주잖아요. 당신을 죽이지 못하는 고통은 당신을 더 강하게 만들 뿐이에요. 바꿀 수 없는 것과 싸워봤자 아무 의미 없어요. 어쨌든 그 여자는 당신한테 어울릴 만큼 좋은 사람이 아니었어요. 형편없는 일자리였으니 떠난 게 낫죠. 다음엔 성공할 거예요. 다 지나가는 과정이니까 인내심을 가져요. 어느 순간에는 거절할 줄도 알아야 해요. 밝은 면을 봐요. 현실을 바꿀 수 없다면 접근하는 방법을 바꿔야 할지도 몰라요."

"네?" 그가 말했다.

"저는 이런 말을 들으면 기분이 좋아지더라고요." 오스나트가 어깨를 으쓱하며 말했다. "이 중 하나는 통하겠죠."

남자가 살짝 미소 지었다. "고마워요. 난 괜찮습니다."

"네, 아주 좋아 보이네요. 훨훨 날아다니고 있어요." 오스나트가 말했다. "앗, 내 실수. 이런 뻔한 말은 다른 사람한테 가져가야겠네요."

그는 맥주를 한 모금 더 마셨다. "아뇨. 그냥 다 끝난 일이라서요."

"그럼 말해 봐요." 오스나트가 말했다. "여기선 절망에 빠진 사람한테 특별 할인을 해 주거든요."

그는 다시 미소 지었고, 오스나트는 오래전에 깨끗해진 유리잔을 계속 닦았다.

"뭐가 문제예요?" 그녀가 조용히 물었다.

"사랑에 빠졌습니다."

"상대방은 아니고요?"

"그런 문제가 아니에요. 난 그저 사랑에 빠졌을 뿐이에요. 그것만으로도 나쁘지 않아요?"

"그게 왜 나빠요?"

"장난해요? 끝났다니까. 다 끝났어요. 난 종점에 와 버렸다고요."

"도대체 무슨 말이에요?"

"난 아직도 시간이 남아 있는 줄 알았어요. 해야 할 일이 엄청나게 많은데. 여자들도 너무 많이 남아 있고! 세상에, 대체 하느님은 왜 하필 지금 그 여자를 데려다 준 걸까요? 낭비잖아요. 엄청난 낭비." 그는 믿을 수 없다는 듯 고개를 저었다. "난 덫에 걸렸다고요."

"단단히 걸렸네." 오스나트가 말했다. "아주 단단히 걸렸어요."

물론, 오스나트는 여기서 일하면서 이상한 놈들을 만날 만큼 만나 봤다.

"여긴 처음이죠?"

"네." 그가 말했다.

"첫째 잔은 공짜예요." 그녀가 말했다.

"고맙군요."

"두 번째 잔은 두 배 가격이고요."

"뭐라고요?"

"농담이에요. 긴장 풀어요." 그녀가 말했다. "한잔 해요. 지금 이 순간 맥주를 마시고 있는 이 세상 사람의 90퍼센트는 기꺼이 그쪽이랑 입장을 바꾸고 싶어 하리라는 점도 기억하고요."

바의 다른 쪽 끝에 앉아 있던 초록색 야구 모자를 쓴 턱수염 난 남자가 웃음을 터뜨렸다.

"왜요, 비조?" 그녀가 물었다. 그의 이름이 정말 비조였느냐고? 당연히 아니었다. 하지만 남자가 처음 나타났을 때 자신을 그렇게 소개했기에 오스나트도 그냥 장단을 맞춰 주었다.

"절망에 빠진 사람들한테는 특별 할인을 해 준다고 했던 것 같은데." *그*가 말했다.

"비조, 당신은 절망에 빠지지 않았잖아요. 우리가 알고 지낸지도 꽤 됐는데 내가 그걸 모르겠어요?"

"하지만 여기 음식 맛은 누구라도 절망에 빠뜨릴 만하다고."

"다 들립니다!" 주방에서 외치는 소리가 들렸다.

"여기 샐러드드레싱에서는 아무 맛도 안 나!" 비조가 마주 소리쳤다. "이렇게 아무 맛도 안 날 수가 없어."

"사우전드 아일랜드 드레싱 말하는 거예요?" 오스나트가 물었다.

"픽이나. '사우전드 아일랜드'면 섬이 천 개라는 뜻이잖아? 저 드레싱에는 섬 삼백 개도 없어." 그가 말했다. "거기다 지금은 내가 절망에 빠지지 않았더라도 마찬가지야. 픽시스 노래가 한 곡만 더 들리면 난 자리에서 일어나 집에 갔다가, 화염 방사기를 가지고 돌아와서 이 술집이랑 여기 있는 인간들을 모조리 태워 버릴 거라고."

"언제부터 화염 방사기가 있으셨나?" 오스나트가 히죽 웃으며 물었다.

"하나 구해야지." 그가 말했다. "친구가 선물로 사 줄지 아나? 오늘은 내 생일이니까 누가 깜짝 선물로 줄지도 모르잖아. 내가 집에 가자마자 발이 걸려 넘어지도록, 아주 예쁘게 포장해서 문 옆에 놔두었을지도 모르지."

"오늘이 생일이에요?" 오스나트가 미소 지었다. "왜 말 안 했어요?"

"뭐, 이제 말했잖아. 내가 정말 갖고 싶은 선물이 있는데, 줄래?"

"위스키 한 잔 더? 비조, 당신 나이에는 간을 살살 다뤄야 한다고요."

"그건 아니지. 난 위스키만 마시고도 살 수 있는 사람이야."

"그래요?"

오스나트는 험프리 보가트 무용담이 또 시작되려나 보다고 생각했다.

"험프리 보가트가 누군지 알아? 들어 본 적은 있나, 아니면 너무 어려서 모르나?"

"들어는 봤죠."

"1951년에 험프리 보가트와 캐서린 햅번 주연의 〈아프리카의 여왕〉이 촬영됐을 때, 촬영장에서 장내선충에 걸리지 않은 사람은 보가트랑 다른 남자 하나뿐이었어. 그 이유가 뭔지 알아?"

"뭔데요?"

"그 둘은 남들과 달리 물을 마시지 않았거든. 대신 위스키를 마셨지."

오스나트는 마음속으로 신음했다. 단어 하나까지 늘 똑같은 이야기였다. 하지만 그녀는 미소 지으며 다시 물었다. "알았어요. 어쨌든 오늘이 생일이라면 비조 씨도 특별한 선물을 받을 자격이 있죠. 뭘 갖고 싶은데요?"

그는 손바닥을 서로 문지르고 눈을 가늘게 뜨며 그녀를 보았다. "내가 뭘 원하는지 알 텐데."

오스나트는 놀란 시늉을 했다. "그건 말도 안 돼요. 알잖아요."

"왜 이래, 오스나트. 늙은이를 좀 기쁘게 해 주라고."

"그건 원칙에 어긋나는 일이에요."

"약속했잖아." 그가 징징댔다. "기억 안 나? 두 달 전에 말이야. 그때 네가…"

오스나트는 그를 오랫동안 응시하다가 다시 작은 미소가 떠오르도록 놔두었다. "다들 주목! 잠깐이면 되니까 여기 집중해 주세요!" 그녀가 두 팔을 들자 술집의 떠드는 소리가 잦아들었다. "이분은 비조라는 단골손님인데, 대체로 꽤 귀여운 사람이에요. 오늘은 이분 생일이고요. 그러니까 일단, 모두 박수!"

비조가 자리에서 일어나 그들에게 살짝 허리를 숙이자 술 마시던 사람들이 손뼉을 쳤다.

"비조는 바 없는 바의 우리들이 선곡할 기회를 줌으로써 자기 생일을 축하해 줘야 한다고 하네요. 자, 여러분도 제가 여기서 트는 음악에 얼마나 신경을 쓰는지는 잘 아실 테고…."

"독재자!" 나티가 주방에서 고함쳤다.

"그게 올바른 일이라는 것도 아시겠죠." 오스나트는 나티의 말을 못 들은 체하고 말했다. "모든 쓰레기에 들어 줄 만한 가치가 있는 건 아니에요. 하지만 오늘은 비조의 생일이니까, 앞으로는 이런 일이 없으리라는 점을 분명히 해 두는 한에서 이번만큼은 비조가 노래를 고르도록 하죠. 골라보세요, 아저씨."

"〈마카레나〉." 비조가 환한 얼굴로 말했다.

"뭐라고요?!" 오스나트가 헛숨을 들이켰다. "절대 안 돼요. 그건 상도덕이 없는 거지!"

"아무 노래나 괜찮다고 했잖아." 비조는 그렇게 말하며 사람들을 돌아보았다. "〈마카레나〉 어때?"

술 마시는 사람들은 환호로 답했다. 위스키에 취한 비조는 승리감에 콧김을 뿜으며 오스나트를 돌아보았다. "틀어." 그가 말했다.

오스나트는 믿을 수 없다는 듯 고개를 저으며 옆쪽에 있는 작은 컴퓨터 책상으로 걸어갔다. "죽겠네. 이러다 나 진짜 죽을지도 몰라요, 알죠? 그 노래가 있는지조차 모르겠다고요."

"있어. 확실히 있어." 비조가 말했다. 그는 당김음이 잔뜩 들어간 첫 화음이 울리기 시작하자 두 손을 번쩍 들었다. "아싸!"

나티는 창문으로 다가가 오스나트 뒤에 서서 말했다. "내 귀가 안 믿어지는데."

"나티 씨 귀에는 지금 아무 소리도 안 들리는 거야." 오스나트가 뒤를 돌아보지도 않고 말했다. "이건 현실이 아니라고."

"난 누가 네 음악에 손을 대도록 놔두느니 절벽에서 뛰어내릴 줄 알았어." 그가 말했다.

"그건 베이스 점핑*이라는 거예요, 바보 씨. 다음에 나티 씨도 같이 가요."

"미안한데 나는 네가 빠져 있는 그런 미친 짓거리에 별 매력을 못 느껴."

"미친 짓이 아니라니까. 이게 삶이라고요. 언젠가는 나티 씨도 한번 인생다운 인생을 살아 봐요." 오스나트는 그렇게 말하고 돌아서서 그에게 혀를 내밀었다.

비조는 오스나트가 바 없는 바에서 일하는 동안 상대해야 했던

---

* 건물, 다리 등 높은 곳에서 낙하산을 타고 내려오는 스포츠.

(좀 이상하기는 해도) 해롭지 않은 손님들 중 하나였다.

시간이 지나면서 그녀는 손님을 일련의 집단으로 나누어 분류하는 방법을 알게 됐다. 보통 그녀는 두어 마디를 나누거나 보디랭귀지를 빠르게 훑어보는 것만으로도 상대의 정체를 알 수 있었다.

지금 바 없는 바에는 지난번과 같은 자리에 시끄럽게 원을 그리고 앉아 그때와 똑같은 농담을 하는 젊은 사람들이 있었다. 이 세상에 자신들뿐인 것처럼, 지휘하는 사람 없이 모여 있는 것 같은 모습이었다. 지난번에 여기 왔던 거 기억 나? 그때 여행에서 우리가 했던 일 기억 나? 그들의 결속력은 학창 시절부터 이어져 왔을 오래된 연대에 뿌리를 두고 있었다. 그 연대에 타성과 두려움으로 이루어진 우정을 덧바른 채, 그들의 우정이라는 영역을 넘어서는 외부에 도사리고 있을 무언가에 대한 불안으로 단결하고 있었다. 알코올이 죽음과 상심, 실패, 우주의 쓸모없음이 남긴 모든 흔적을 취소하고 모든 것을 희뿌연 기억으로, 의식의 주변부에 있는 작은 점으로 바꿔 준다고 믿으면서.

그 스펙트럼에서 한 발 더 나아가면, 근원을 알 수 없는 그리움이 갑자기 솟구치는 바람에 찾아온 이들이 있었다. 그들은 한때 바 혹은 가장자리가 뭉그러진 공원 벤치에 누군가와 함께 앉아 있다가 그게 바로 인생이라고 생각한 사람들이었다. 그때 이후로, 그들은 그 기억에 대한 미련을 버리고 새로운 감정들을 만드는 대신 그 순간을 다시 만들어 내려 애쓰고 있었다. 그들은 바에서 만나 각자의 영혼에 그려진 불분명한 그림을 연출해 어떤 진실을 만들어 보다가, 답답하고 혼란스러운 마음으로 이번에는 거의 성공했으며 다음에는 그 순간이 완벽하게 재현될 거라고 확신하면서 떠났다.

　다른 한편으로는 외톨이들이 있었다. 아직 자신들이 패배자라는 것을 깨닫지 못했거나 그 사실을 깨달았지만 남의 도움 없이 스스로 그 처지에서 탈출할 수 있을 거라고 생각하는 패배자들. 그들은 바에 앉아 무슨 영화에 나오는 등장인물이 된 것처럼 굴고는 했다. 그들을 가엾게 여겨 초대했을 뿐 이 패배자들이 한 번도 속한 적 없는 종족이 만든 언어로 이야기하는 사람들 사이에 끼기도 했다. 그럴 때면 이 패배자들은, 그들을 초대한 사람들의 기대와는 달리 자동차 헤드라이트를 보고 놀란 토끼처럼 꼼짝없이 앉아 있기만 했다. 이들은 버스 옆자리에 있으면 피하게 되는 사람들이었다. 그 사람들이 나빠서가 아니었다. 그 사람들 근처에 앉으면 그들과 우리의 차이가 부각될 뿐이라는 사실을 무의식적으로 깨닫게 되는데, 그들이 찌릿한 불편함을 만들어 내기 때문이었다. 그들은 상대방이 예의를 차리느라 귀 기울이는 시늉이라도 하면 자기 의견을 시시콜콜 늘어놓는 사람들, 별다른 인생이랄 것이 없는 사람들이었다. 이들은 일단 실행하기만 하면 세상을 바꿀 수 있다지만 절대로 실행하지는 않을 비밀스럽고 혁명적인 계획을 세우는 사람들이었으며, 이웃이 실제로 하는 일이라고는 세탁기를 돌리는 것뿐인데도 그들이 관계 맺는 소리를 듣겠다고 벽에 귀를 바싹 대는 사람들이었다. 세탁기는 삐걱거리니까. 특정한 박자에 맞춰서. 그래서 세탁기는 이런 사람들에게 오해를 일으키기 십상이었다.

시간이 지나면서 오스나트는 뻔한 징후를 모두 알아볼 수 있게
됐다.

절망을 연료로 삼는 분노를 품은 사람들, 행복한 사람에게 운도
따른다는 태도로 손목에는 시계조차 차지 않는 사람들, 삼류 약쟁
이들, 겸손하게 굴려고 애쓰는 허영심 넘치는 사람들. 바에는 그들
모두를 위한 자리가 있었다. 하지만 어떻게 응대할지 이미 정해진
사람들도 있었다. 오스나트는 바 없는 바에서 일하기 시작하자마
자 그 사람들에 대해 주의 사항을 전달받았다.

그들은 덩치도, 체형도, 외모도, 헤어스타일도 다양했다. 하지만
눈빛이 달랐다. 더 굶주려 있었다. 이미 삶을 살았지만, 더 많은 삶
에 갈증을 느끼는 사람들.

그들은 들어와서 리쿠아도 위스키나 암비리아 와인, 혹은 미오
샤인이라는 콜라를 주문했다. 오스나트는 재고를 파악하고 있었지
만 한 번도 그런 위스키나 와인은 들어 본 적이 없었다. 그런 콜라
는 들어 보지 못한 게 확실했다. 인터넷에도 이런 술에 대해서는 아
무런 얘기가 없었다. 그러나 벤처 부인은 누가 들어와서 한 번도 들
어 본 적 없는 술을 달라고 하면 위층으로 와 자기를 부르라고 미리
알려 주었다. 그런 손님은 자기가 직접 처리하겠다고 말이다. 벤처
부인은 대부분 가게를 비웠지만, 어째서인지 그런 손님들이 와서
전화를 걸면 늘 받았다. 벤처 부인이 그 손님들에게 '소란 통에서
벗어나' 자기를 따라 위층으로 오라고 하면 그들의 눈이 밝아졌다.

〈마카레나〉의 마지막 리듬이 잦아들고 비조가 눈에 거슬리는 울렁울렁 춤을 그만두었을 때 문이 열렸다. 꿰뚫어 보는 듯한 초록색 눈의 키 큰 남자가 들어왔다. 그는 검은 머리카락을 바짝 깎고 있었다. 슈퍼히어로처럼 보이는 몸에 폴로셔츠가 딱 달라붙었다.

와, 끝내주는데. 바텐더로 일하다 보면 이런 손님은 약과였다.

그가 바에 앉자 오스나트는 그에게 관심을 기울였다.

"뭘로 드릴까요?" 그녀가 미소 지었다.

"마티니요." 그는 오스나트의 눈을 들여다보며 조용히 말했다.

"아, 네. 마티니요." 오스나트가 말했다. "우리 가게에서 자주 받는 주문은 아니네요. 미리 섞어서 드릴까요, 제임스 본드 씨? 아니면 직접 저어 드시겠어요?"

"상관없습니다." 남자가 말했다. "맞는 잔에만 따라 주시면야."

그녀는 차가운 마티니 잔을 남자 앞에 내려놓고 물었다. "네이키드로 드시겠어요, 웨트로 드시겠어요?*"

"네이키드요." 남자는 그렇게 말하고 미소 지었다. 저 웃는 것 좀 봐. "얼음 넣어서요. 올리브도 있었으면 좋겠네요. 네이키드에도 올리브 넣어 주시죠?"

"전 아무 데도 올리브를 넣지 않는데요." 그녀가 어깨를 으쓱하며

말했다.

"좋아요." 그가 말했다. "하지만 저랑 같이 마셔야 해요. 알았죠? 난 절대 혼자서 술 마실 생각이 없으니까. 누구랑 꼭 잔을 부딪혀야겠습니다."

"그래요." 그녀가 남자에게 술을 따라 주며 말했다. "하지만 마티니는 제가 갈 길이 아닌 것 같네요. 그쪽만 괜찮다면, 저는 좀 더 흥미로운 길로 가려고요."

그녀는 바에 샷 잔을 꺼내 놓고, 자기가 마실 반 고흐 더블 에스프레소 보드카 샷을 능숙하게 따랐다.

"그게 술이고, 그쪽이 나랑 함께 마셔 주기만 한다면야 뭐든 좋아요." 그가 말했다.

"그럼 나도 좋아요." 그녀가 말했다.

남자는 구석 쪽으로 고개를 기울였다. "저기 혼자 앉아 있는 이상한 사람은 누굽니까?"

오스나트가 보았다. "저 사람이요? 슈키요. 시인이에요. 거의 매일 밤 여기 오는데, 술은 마시지 않고 그냥 구석에 앉아서 생각에 잠겨 있어요. 하지만 친구들하고 같이 올 때면 정말 짐승이 따로 없어요. 맥주를 끝도 없이 원샷한다니까요."

그녀는 맞은편의 남자를 돌아보았다. 그는 이미 마티니 잔을 들어 올리고, 입술에는 가느다란 미소를 걸치고 있었다.

오스나트도 잔을 들어 부딪친 다음 한 모금에 샷을 털어 넣었다. 오스나트는 남자에게로 다시 눈을 돌리며 그가 더욱 활짝 미소 짓고 있는 것을 보았다.

그들은 몇 초 동안 서로를 바라보았다. 오스나트는 내면에서 부글거리는 듯한 감각이 따뜻하고 달콤하게 넘실넘실 흘러넘치는 것을 느꼈다. 그녀는 자제할 수 없어 미소 지었다.

"뭐," 그가 말했다. "나한테 키스라도 할 거예요? 온종일 기다리기는 했지만. 지금 당장 이리로 오시죠, 아가씨."

그녀는 좁다란 바 너머로 허리를 숙였다. 둘의 입술이 몇 초 동안 길게 맞닿았다.

"정말이지, 어떤 하루를 보낸 거야?"

"아직 안 끝났어." 스테판이 말했다. "지금도 사무실에 들러서 내일 처리해야 하는 프로젝트를 준비해야 해. 그냥 잠깐 들러서 인사하고 싶었어."

오스나트는 그의 두 뺨에 손바닥을 대고 누르며, 손가락으로 귀여운 물고기 입술을 만들었다. "웩. 넌 너무 귀엽고 배려심이 많아." 그녀가 말했다. "마티니 때문에 온 것 아니고?"

"50 대 50이라고 해 두자." 그가 말했다.

오스나트는 그의 얼굴을 누르는 걸 그만두고 그에게 입을 삐죽거렸다. "알았어, 이제 가도 돼. 인사는 했으니까. 나도 일해야지. 오늘 밤은 바쁘네. 이만 꺼져 주세요."

남자는 몇 번 만에 빠르게 마티니를 꿀꺽꿀꺽 마셨다. "아무렴요." 그가 말했다. "근데 열쇠 좀 줘. 잠깐 네 아파트에 들러서 거기놔둔 가방을 가져가야겠어."

오스나트는 뒷주머니에서 열쇠고리를 꺼내 그에게 던졌다. 남자는 허공에서 열쇠를 잡았다.

"5분이야." 그녀가 말했다. "벤처 사장님은 내가 낯선 사람한테 열쇠 주는 걸 싫어하신단 말이야."

"낯선 사람?" 그가 코웃음 쳤다.

"그냥 빨리 가져오기나 해. 알았지?" 그녀가 말했다.

"알았어."

"그리고 다시 키스해 줘, 바보야." 오스나트가 말했다.

스테판은 다시 그녀에게 입을 맞췄다. 그녀는 그의 입맞춤 밑에 깔린 가느다란 미소를 느꼈다. 그는 몸을 빼고 말했다. "금방 올게." 자리에서 일어난 그는 오스나트에게 잠깐 시선을 주고는 떠났다.

그제야 오스나트는 반바지에 러닝 셔츠를 입은 젊은 남자와 비조가 당황한 표정으로 얼굴을 늘어뜨린 채 그녀를 보고 있다는 사실을 알아차렸다. 쳐다보라지, 내가 알 반가?

"어이, 오스나트." 주방에서 나티의 목소리가 들렸다. "무슨 일이야? 언제부터 남자 친구가 있었다고?"

"나한테 뭐가 있든 없든 당신이 무슨 상관이에요?" 오스나트가 말했다. "주방이 한가한가 봐요?"

"그냥 낯설어서 그러지." 오스나트는 나티의 눈썹이 어색하게 치켜 올라가는 것을 보았다.

"악. 귀찮게 굴지 마요." 그녀는 손을 내저어 그를 뿌리치며 말했다.

'아, 스테판, 스테판. 당신은 누가 뭐래도 멋진 깜짝 선물이야.'

오스나트와 그가 함께한 지 얼마나 됐을까? 몇 주? 몇 달? 꼭 시간이 고무줄처럼 늘어난 듯했다. 오스나트가 떠올릴 수 있는 것이라고는 그의 눈과 미소, 향기가 배어 있는 몇몇 순간들뿐….

이렇게 될 줄 누가 알았을까. 오스나트는 깊은 관계를 싫어하는 성격이었다. 그녀는 사랑과 관련된 모든 문제에 대해 열정적인 무신론을 펼쳤으며, 모든 형태의 구애에 퇴짜를 놓는 데 선수였다. 오스나트가 보기에는 다 시간 낭비였다. 나티가 이미 그녀에게 최소 다섯 명의 친구를 소개해 주려 했지만, 오스나트는 늘 거절했다.

남자를 아예 피하는 것은 아니었다. 하지만 그녀는 이 문제에 대해서만큼은 절대로 취하지 않고 늘 냉철한 정신을 유지했다. 그녀는 나름대로 즐기되 그게 다라는 걸 언제나 확실히 밝혔다. 사랑이란 시간을 보내는 방법이자 단조로움의 날을 무디게 할 방법 중 하나일 뿐이었다. 관계가 끝나면 그냥 끝난 것이었다. 그녀에게 관계란 모험이지 감옥이 아니었다. 그녀는 인생에 나타나는 모든 새로운 남자를 '미래의 전 남자 친구'로 평가했다. 그걸로 충분했다. 그녀는 그 이상의 무엇도 기대하지 않았고 뭘 더 바라지도 않았으며, 누구도 속이지 않았고 누구에게도 속지 않았다.

그럼 그는, 이 스테판이라는 남자는 어떻게 몰래 들어온 걸까? 그는 언제 그녀의 머릿속에, 마음속에 들어온 걸까? 근본 없는 싸구려 로맨스와의 전쟁을 벌이는 잔다르크에게?

오스나트는 바에 기대선 채 자신의 두 다리가 살짝 떨리는 것을 느꼈다. 위험한 스카이다이빙을 한 것만 같았다.

3분 30초의 만남과 두 번의 짧은 키스가 그녀를 이런 상태에 빠뜨렸다니 믿을 수 없었다. 오스나트의 생각이 맞다면, 그녀는 아마 얼굴을 붉히고 있었을 것이다.

하지만 어째서인지 그녀는 신경 쓰이지 않았다. 그녀는 일을 계속했고 음악은 잦아들었으며 손님들이 웅성거리는 소리도 희미해지다가 사라졌다. 다음 순간, 그녀가 원하는 것이라고는 둘이 함께 보낸 순간들을 추억하는 것뿐이었다. 그런 순간이 몇 번이더라? 둘이 실제로 함께한 시간이 얼마나 되더라?

이 따뜻하고 재미있는 남자가 그녀의 인생에 들어온 게 언제였을까? 거리낌 없고 자제력 있는 이 남자, 그녀를 슈퍼맨처럼 하늘로 쏘아 보내는 동시에 거의 강아지 같은 상냥함으로 그녀를 물웅덩이처럼 녹여 버릴 수 있는 이 남자가? 그는 날 서 있는 냉소주의자이자 늑대라는 가면 속에 숨어 있지만, 실은 누군가가 쓰다듬어 주기만을 기다리는 온순한 새끼 양이었다.

'아, 스테판. 넌 어디서 온 거야?'

그녀는 파리로의 짧은 여행을 떠올렸다. 스테판은 아침에 오스나트에게 짐을 싸라고 했고, 그날 오후 두 사람은 공항에 있었으며, 밤에는 에펠탑이 보이는 작은 호텔에 있었다. 천천히 거리를 거닐고 센강을 내려다보며 오랫동안 대화를 나눈 마법 같은 나날들. 둘다 병가를 내고서 얇은 담요와 갓 구운 빵 몇 개, 치즈, 과일을 싸서

외진 언덕의 숲으로 차를 타고 가 해가 질 때까지 거의 온종일 먹고, 낮잠을 자고, 머리 위에 엉켜 있는 나뭇가지들을 바라봤던 그때도.

여러 모로 오스나트에게 그들의 관계는 기쁨의 순간을 모아 둔 것처럼 보였다. 잘 편집한, 반짝거리는 순간들처럼.

"여기!" 오스나트는 문 근처에서 누가 외치는 소리를 들었다.

스테판이 비싼 반지라도 되는 것처럼 손가락 사이에 열쇠고리를 끼고 서 있었다. "받을래?"

오스나트가 조용히 고개를 끄덕이자 스테판은 비조의 머리 너머로 열쇠고리를 던졌다. 열쇠를 받은 오스나트는 미소 지으며 그에게 손을 흔들어 작별 인사를 했다.

스테판은 그녀에게 입맞춤을 날렸다. "나중에 봐." 그는 그렇게 말하고 사라졌다. 그가 떠난 뒤 문이 닫혔다.

"채식 미니 버거 한 개." 나티가 조리대에 접시를 내려놓으며 말했다.

"채식 버거 주문하신 분?" 오스나트가 손님들이 모여 있는 공간에 소리쳤다.

"저요." 머리가 희끗한 남자가 자리에서 일어나 다가왔다.

그녀는 아랑곳없이 그에게 접시를 내밀었다. "아무리 맛없어도 환불은 안 돼요." 그녀가 말하자 그는 미소 지었다.

6

벤은 버스에서 내린 뒤에야 자신이 두 정거장 먼저 내렸다는 것을 깨달았다.

그는 혼자 씁쓸하게 미소 지었다. 불만감이 어깨에서 시작해 다리까지 천천히 방울방울 떨어지며 온몸을 적셨다. 두 발은 점점 무거워졌다. 최근에는 잠깐의 부주의조차 완전한 실패로 보였다. 그는 관객의 입장에서 상황의 우스운 점을 보기가 힘들었다.

그는 정신을 차리려고 고개를 저은 다음, 몸을 옆으로 조금 처지게 하던 무거운 가방을 끌어 올리고 걷기 시작했다.

밤은 이미 도시 전체에 번져 있었다. 벤은 넓은 인도를 따라 빠르게 성큼성큼 걸었다.

그의 앞길에는 작은 장애물들이 가득했다. 카페 의자, 신문 가판대, 건설용 기둥, 자전거를 타고 다니는 안경 낀 젊은 여자들이 모두 그의 앞으로 들어왔다 나갔다 했다. 그는 불만투성이 고구마 줄기라도 된 것처럼 인도를 우회할 수밖에 없었다.

그는 팔라펠 가판대에 앉아 있는 사람들을 지났고 축구 경기가 나오는 화면들을 피하려 했다. 땅에 시선을 붙박은 채 힘차기는 하지만 지나치게 공격적이지 않은 걸음걸이를 유지했다. 불필요한 관심은 끌고 싶지 않았으니까.

그래 봤자 소용없었다. 마음속 깊은 곳에서는 모든 사람이 자신을 지켜보는 것을 느낄 수 있었다. 모두들 그가 지나갈 때마다 시선으로 그를 찔렀다. 카페에 죽치고 있는 사람들, 반대편에서 다가오는 보행자들, 벤 옆에 멈춰 서는 버스 안의 지친 학생들. 학생들은 축 늘어져 창문에 머리를 기대고 있었다. 거의 신경질적인 그들의 시선은 어디에도 머물지 않았다. 모두가 그를 발견하고 그를 제멋대로 평가했을 게 분명했다. 그의 지나치게 공격적인 걸음걸이, 너무 심하게 흔들리는 두 눈, 축 늘어진 어깨에 점수를 매겼을 게 틀림없었다.

아무도 그를 눈여겨보지 않는다는 사실을 벤도 알고 있었다. 당연했다. 벤은 녹은 버터를 칼로 가르는 것처럼 그들의 의식을 가르고, 그들에게서 잠깐의 곁눈질조차 받지 않은 채 그대로 빠져나왔다. 그럼에도 벤은 중요한 강의가 시작하기 전, 청중들을 앞에 두고 서 있을 때처럼 배 속이 뭉쳐 왔다.

모두가 자신을 지켜보고 있다는 감각과 아무도 그를 눈여겨보지 않는다는 분명한 사실 사이의 부조화, 공들여 머리를 빗는 투명 인간과도 같은 그 이질감 때문에 벤은 자신의 외모와 태도, 말투를 어떻게든 비집고 들어오는 어색함과 서투름의 모든 깜빡임을 예민하게 의식했다. 그는 무시했어야 하는 사건들을 돌아보았다. 미소 짓거나 주머니에 손을 집어넣거나 어깨를 으쓱하고 싶은 마음을 참았어야 했던 순간들, 위로의 말을 건네거나 장난스러운 말 혹은 깊은 생각을 유도하는 말을 했어야 하는 시간들을 분석하며 스스로를 괴롭혔다. 동작 하나하나가 다른 사람들에게 감명 깊은 인상을 주기 위해 공들여 쌓아 올려야 하는 중요한 행위로 보였다.

하지만 깊이 생각해 보면 그 사실을 알아챈 사람, 그를 평가한 사람, 그가 하려던 말이 무엇인지 궁금해한 사람이 자신뿐이라는 것을 깨닫게 됐다. 다른 모든 사람들은 그를 장식품처럼 대했다.

그는 다른 사람들, 완전한 인생을 살아가며 주변에 있는 것들과 쌍방향 대화를 하는 사람들의 배경이었다. 두 가지 모순되는 감정이 하나인 것처럼 매끄럽게 떠올랐다. 벤은 완벽한 배경이 되고 싶었다. 아무도 그의 존재감을 느끼지 못할 만큼 조용하고도 빠른 무생물 같은 움직임으로 그들 사이를 지나다니고 싶었다. 행인 중 한 명이 무심코 던진 시선이 그가 있는 쪽에 닿으면, 낯선 사람의 머릿속에 모욕적인 생각과 찰나의 판단이 형성될지도 모른다는 생각이 그의 가슴에 묵직하게 내려앉았다.

벤이 정말로 머릿속에서 연기하는 인물이 된다면, 그런 사람으로 존재할 때 좀 더 편안함을 느낄 수 있었다면 느낌은 달라졌을 것이다. 벤에게는 포옹이 부족했다. 벤은 포옹을 하거나 받을 때마다 그 부위의 피부가 조여든다고 생각했다. 그렇게 충분히 포옹을 받은 다음에야 우리는 우리 자신에 대해, 우리 자신의 피부 안에서 편안함을 느끼기 시작하는 것이다.

오른쪽에 불이 켜진 서점 창문이 보였다.

안을 보니 시간이 늦었는데도 몇 사람이 여전히 책장과 책들이 진열된 테이블을 훑어보고 있었다. 지친 표정의 여자도 아직 계산대에 앉아 있었다.

어쩌면 그가 찾던, 벌들에 관한 책을 가져올 기회가 온 걸지도 몰랐다. 벤은 문을 열고 안으로 들어갔다. 그의 눈이 책을 찾아 이리저리 헤맸다.

그는 벌들의 춤과 양자 물리학의 관계에 관한 책이 필요했다. 어려울 것 없지.

1년 전, 벤은 샤울을 만났다. 그냥, 아무 이유 없이, 거리에서.

샤울은 바람이 잘 통하는 검은 정장에 작은 선글라스를 끼고 서서 택시를 기다리고 있었다. 벤은 퇴근길이었는데, 자기가 지나갈 때 샤울이 알아볼지도 모른다고 기대했다. 하지만 샤울은 깊은 생각에 잠겨 있거나, 혹은 그냥 길바닥에 집중하고 있는 듯했다. 벤은 상대방을 그제야 알아본 시늉을 하며 몇 발짝을 되돌아가야 할지, 아니면 그냥 없었던 일로 치고 계속 가야 할지 결정해야 했다. 결정할 시간은 0.5초밖에 없었다. 결국 벤의 두 발이 대신 결정을 내렸다.

"샤울?" 벤은 방금까지 그의 얼굴을 전혀 알아보지 못했다는 듯 물었다.

샤울은 벤을 돌아보며 선글라스를 벗더니 한참 동안 그를 바라 봤다. 벤이 지레 포기하고 "죄송합니다. 사람을 잘못 봤네요"라고 말한 다음 가던 길을 가야겠다고 생각할 때 갈색 눈이 미소를 짓더 니 정장을 입은 남자가 소리쳤다. "벤? 벤 슈워츠버그?"

"슈워츠먼이야." 벤이 말했다.

"아, 그랬지." 샤울이 손을 내밀며 말했다. "와, 엄청 오랜만이네! 잘 지냈어?"

"응, 아주 잘 지냈어." 벤은 반사적으로 말하며 악수했다. "뻔하 지, 뭐. 일하고, 살고. 넌 어떻게 지내?"

"잘 지내. 세상에, 여기서 뭐 하는 거야? 이 동네에서 일해?"

"중앙 도서관 사서야." 벤은 늘 그렇듯 이 직함이 존중할 만한 것 으로 들리는지 아닌지 궁금해하며 말했다.

"여기 도서관이 있어?"

"안 멀어. 두 블록 걸어가서 왼쪽으로 꺾었다가 오른쪽으로 가면 돼. 꽤 낡은 건물이야."

"그렇구나. 일은 마음에 들고?"

벤은 어깨를 으쓱했다. "뭐, 나야 책도 좋아하고 책 읽는 것도 좋 아하니까. 도서관이 대체로 조용하기도 하고…. 가끔 이상한 사람 들이 올 때도 있고 유독 짜증나게 구는 사람들이 나타날 때도 있지 만 지나고 보면 그냥 일이지, 뭐."

"기자 같은 게 되고 싶다고 하지 않았어? 고등학교 때 네가 교지 에 실을 기사를 썼던 기억이 나는데." 샤울이 오래전에 묻어 둔 기억을 휘저어 올리며 말했다. 그걸 어떻게 기억하는 거지?

"그랬지…." 벤은 조심스럽게 말했다. "그 생각도 잠깐 해 봤는데, 어쩌다 보니 조금 다른 길을 가게 됐어."

샤울은 장난스러운 눈길로 벤을 보았다. 그가 평소에 짓던 표정이었다. 같은 반 아이가 멍청한 질문을 던지거나 선생이 아무 의미 없는 숙제를 내거나 쉬는 시간에 그의 옆자리에서 심오한 척하는 토론이 열기를 더할 때마다 샤울이 그 표정을 지었던 게 기억났다.

둘은 4년 동안 같은 반이었지만, 서로에게 건넨 말은 열 마디도 안 되는 것 같았다. 세월 탓인지 반에서 가장 뛰어난 운동선수였던 녀석도 조금은 변했다. 정장 아래로 약간 살찐 배가 나와 있었고 입 양옆에는 주름이 두세 줄 그어져 있었으며 지나치게 반짝이는 시계가 손목에 자리 잡고 있었다.

"재미있네." 샤울이 말했다.

"뭐가?" 벤이 말했다.

길 저쪽에 택시가 나타났다. 대화는 오래 이어지지 않을 것이다.

"우리가 이런 식으로 만난 것도 그렇고, 하필 지금 이런 일이 일어났다는 것도 그렇고." 샤울이 말했다. "지난달부터 신문사 편집자로 일하고 있거든."

"그래?"

"응." 샤울이 말했다. 그는 벤에게 대리석 색깔의 명함을 내밀었다. "새로 뽑은 거야. 이제 막 받았어. 그 명함을 받는 사람은 네가 처음이야."

벤은 명함을 보았다. 샤울은 지금 이 지역에서 가장 인기 있는 지역신문사의 편집장이었다. "어쩌다가?" 벤은 그렇게 묻고, 이 질문을 다른 방식으로 던져야 했는지 고민했다.

샤울은 웃었다. "그러게. 어쩌다가 이렇게 됐을까? 좋은 질문이야." 택시가 천천히 멈춰 섰다. "처음에는 신문 귀퉁이에 실리는 스포츠 코너에 글을 쓰기 시작했어. 그러다가 문화부 기자가 됐고, 그다음에는 칼럼을 하나 맡았지. 신문 편집도 좀 했고. 처음에는 누가 해고를 당하고 누구는 출산 휴가를 떠나서 그렇게 된 건데, 그다음에는 아예 일을 맡았어. 그래서 지금은, 짜잔, 편집장이 됐지."

"축하해." 벤이 말했다. 그는 자신이 질투라는 줄무늬가 켜켜이 들어간 저녁 시간을 향해 가고 있다는 사실을 빠르게 깨달았다. "행운을 빌어."

"고마워." 샤울은 미소 지으며 말하더니 미안하다는 듯 덧붙였다. "가야겠다. 중요한 회의가 있거든. 보통은 이런 정장을 입고 다니지 않는데…."

"괜찮아." 벤이 말했다.

샤울은 그와 악수하고는 허리를 숙이고 택시에 탔다. 그는 벤에게 손을 흔들었고 벤도 마주 손을 흔들었다. 택시가 움직이기 시작했다.

몇 미터 가던 택시가 멈추더니 창문이 내려왔다. 샤울이 머리를 내밀었다. "벤?"

벤은 돌아봤다. "응?"

"지금도 기자 하고 싶어?"

"어, 그렇지 뭐…."

"그럼 혹시 스크랩해 둔 것 있어? 네가 쓴 기사 말이야."

아니, 그런 건 전혀 없었다. "좀 모아 볼 수는 있는데…."

"잘됐다. 준비해서 내 비서한테 연락해서 약속을 잡아. 한번 해 보자고. 우리 둘이 일을 성사시킬 수도 있을 거야." 샤울이 말했다. "그 시절에 네가 썼던 기사들을 기억하고 있거든. 나쁘지 않았어."

"좋아." 벤은 고개를 끄덕이고 어깨를 으쓱한 다음, 발뒤꿈치를 디딘 채 몸을 앞뒤로 흔들며 두 팔을 약간 들었다. 모두 치솟는 흥분을 감추려는 행동이었다.

"그럼 연락하는 거다." 샤울이 외쳤고, 택시는 약간 충격을 받은 사서를 남겨 둔 채 다시 사라져 갔다.

한숨도 못 자고 하룻밤을 꼬박 설친 벤은 이번 기회가 머리채라도 휘어잡아야 하는 기회라는 사실을 분명히 알게 됐다. 그런 표현이 있는지는 모르겠지만 말이다. 아무튼, 무슨 일이 있어도 놓쳐서는 안 되는 기회였다.

잔잔한 강에 떠다니는 비닐봉지처럼 오랜 세월 시간의 흐름에 몸을 맡긴 채 이리저리 떠다닌 끝에 그의 시간이 온 것이다.

물론 벤에게는 모아 둔 기사가 없었다. 있을 이유가 없잖은가? 하지만 그에게는 써야만 하는 기사 아이디어가 천 가지는 있었다. 아무도 쓰지 않았거나, 쓰긴 썼는데 중요한 점을 자세히 설명하지 않고 조잡하기만 한 기사들 말이다.

아침에 그는 진짜 기자에게 필요할 법한 물건들을 구하러 나갔다. 아직 자신이 파트타임으로 일하는 사서라는 사실은 무시했다. 그는 공책과 색깔이 다른 노트 패드 다섯 개, 주머니에 들어가는 크기의 디지털 녹음기, 펜과 형광펜, 여러 가지 크기의 접착식 메모지와 아이디어를 요약할 수 있는 화이트보드, 네 가지 색깔의 보드 마커를 샀다. 프린터 잉크도 사고, 밤에 깨어 있을 수 있도록 커피도 샀으며, 담배를 피우지는 않지만 담배도 샀다. 서로 다른 네 가지 종류의 담배를 사서 하나씩 다 피워 본 다음 기자라는 자신의 새 인격, 대중이 소비할 수 있는 문장을 깎아 내는 인물에게 어울리는 담배가 어떤 것인지 알아볼 생각이었다.

그는 특집 기사를 한 편 쓰기로 했다. 길고도 종합적이어서 샤울이 놀란 나머지 의자에서 떨어질 법한 기사. 뛰어난 독창성으로 벤을 신문 제목 근처에 이름이 실리는 상위 계급까지 곧장 끌어올려 줄 기사. 벤은 그만의 기발한 언어로 그 자리까지 올라갈 생각이었다. 탁월함이 마구 발산되는 기사, 퓰리처상을 받을 만한 기사를 제출하기로 했다. 지난 50년간 사회적 말하기가 변해 온 방식에 대한 심층 탐사 보도면 좋을 것 같았다. 과거에 대한 도시적 시각의 중심적 변화를 문화와 학술의 렌즈를 통해 드러내는 기사. 도시 문학의 역사에 대한 90년대 이후의 접근을 다룬 기사가 되겠지. 과거에 대한 경멸이나 기억의 중심성에 관한 기사면 좋을 것 같았다. 아니, 오히려 이 지역 저편에 있는 양로원 거주자들과의 심층 인터뷰 모음집이 나으려나?

어쩌면 벤도 반쯤 치매에 걸린 노인들과의 인터뷰 모음집이 그를 신문 제목 근처에 이름이 실리는 자리까지 순식간에 쏘아 올리지는 못하리라는 걸 알았어야 할지 모른다. 그러나 당시에는 그게 좋은 생각으로 보였다.

벤은 서점 책장 사이를 유령처럼 지나다니며 과거에도 수백 번은 보았던 제목들을 훑었다. 어쩌면 이번에는 새로운 책이 그의 눈을 사로잡을지도 몰랐다. 몇 미터 떨어진 곳에는 머리가 길고 눈이 초록색인 젊은 여자가 발까지 내려오는 흰 원피스 차림으로 서서 책을 읽고 있었다. 그녀는 섬세하고 여성스럽고 아름다웠다. 여자가 꼭 아름다워야 한다는 얘기는 아니다. 아름다움의 흔적만으로 충분하다. 흩날리는 머리카락, 장난기 어린 곁눈질, 가는 목과 매력적인 손목의 아른거림.

벤은 그녀에게 다가가 몇 마디를 건넬 수도 있었다. 무거운 가방을 내려놓고 책을 찾는 것처럼 그녀의 곁에 서 있다가 그녀가 읽고 있는 책을 우연히 알아본 것처럼 "아, 《디스크월드》네요. 그 책 어때요? 그 시리즈를 오랫동안 찾고 있었는데" 같은 말을 할 수도 있었다. 아니면 그냥 선반에서 책을 한 권 꺼내 그녀에게 내밀며, 잘 안다는 미소를 짓고 "저기, 이 책도 최소한 그만큼은 좋아하실 것 같은데요"라고 말할 수도 있었다.

그게 아니라도 그녀에게 다가가 그녀의 머릿속에 들어갈 방법은 천 가지도 더 있었다. 당신과 나, 우리 둘은 비슷한 사람, 같은 종족에 속한 사람이며 그래서 우리가 여기에 같이 서 있는 거라고, 그래서 운명이 우리를 같은 책장으로 이끈 거라고 전할 방법은. 우리는 같은 동아리에 속해 있어요. 서로를 알아가는 게 좋을 것 같아요. 책 페이지를 잡고 있는 모습에서 드러나는 당신의 능숙한 솜씨와 이토록 조용하게 접근하도록 해 준 내 능숙한 솜씨를 섞고, 당신의 고결함과 나의 기사도 정신을 섞는다면 좋을 거예요.

하지만 물론, 벤은 이런 말을 한마디도 하지 않을 터였다. 그냥 그 자리에, 몇 미터 떨어진 곳에 어깨를 파고드는 가방을 메고 서서 시선은 책 제목에 고정하고 필요할 때마다 침을 삼키기만 하겠지. 그러면 혹시 그녀가 다가와 눈을 들고, 무슨 이유에서든 그에게 뭔가 말을 걸지 몰랐다. 어쩌면 말이다.

벤은 바다가 갈라질 거라고 기대하면서 바다에 뛰어드는 사람이 아니었다. 일단 바다가 갈라지고, 더 나아가 모두가 마른 땅으로 인도받고 난 뒤에야 물에 들어가야겠다고 확신하는 사람도 아니었다. 그는 바다가 갈라지는 건 멋진 일이지만, 지금이 정말 이집트인들의 성질을 돋우기에 좋은 시절일까 고민하는 사람이었다.

벤은 학년 전체가 자리를 박차고 일어나 땡땡이를 치기로 했던 날을 생각하며 몇 년 동안이나 자신을 괴롭혔다. 2교시와 3교시 사이 쉬는 시간에 밖으로 나가 울타리를 넘는 남녀 학생 백 명. 그들은 무리 지어 시내로, 해변으로 가서 영화를 빌려 보거나 부모님이 자리를 비운 누군가의 집으로 갔다.

모두가. 전부가. 벤만이 예외였다.

그는 화장실에 숨었다. 쉬는 시간이 시작될 때 화장실에 들어갔다가, 그저 우연히 대탈출의 기회를 놓쳤을 뿐이라는 듯 쉬는 시간이 끝날 때 나왔다. 그는 화장실 칸막이의 문을 닫고 변기에 앉아, 허벅지 밑에 두 손을 깔고 앉은 채 가슴을 파고드는 발톱 같은 느낌을 누그러뜨리려 애썼다. 바깥세상은 혼란스러웠다. 사람들은 모두 "너 자신이 되어라! 너 자신을 위해 목소리를 높여라!" 같은 메시지를 던졌다. 하지만 현실의 뱀 같은 속성은 그보다 더 복잡했다. 화장실에 혼자 있기보다는 어딘가에, 어디에라도 속하고 싶다는 욕망이 그의 가슴 한복판에서 타올랐다. 그가 보기에 주변 사람들은 다른 사람에게 사랑받기 위해 자신의 참 모습을 포기하는 상태와 아무에게도 사랑받지 못할 가능성을 무릅쓰며 자신의 참 모습을 찾는 상태 사이에서 흔들리고 있었다. 하지만 그는 단지 옳은 일을 하고 싶었다. 착한 아이가 되고 싶었다. 그러면 보상이 있을 테니까….

아무 타협 없이 자신의 진짜 모습을 찾는다는 건 의심스러운 성취로 보였다. 그건 지나치게 높은 대가, 따돌림이라는 대가를 요구하는 행동이었다. 벤은 허리를 굽히고 화장실 바닥에 놓인 책가방으로 손을 뻗어 천문학 책을 꺼냈다. 그는 책을 펼치고 내면에서 충돌을 일으키는 욕망들을 잠재우려고 노력하며 그 숫자들에 파고들었다. 지구와 태양 사이의 거리는 1억 4,900만 킬로미터였다. 지구와 금성 사이의 거리는 겨우 1억 800만 킬로미터에 불과했다. 간단하고, 계산 가능하고, 소화할 만한 숫자들.

선생이 들어왔을 때는 오직 그만이 교실에 있었다. 선생은 문을 넘어 몇 걸음 들어오더니 멈춰 서서 물었다. "다들 어디 갔어?"

"모르겠어요." 벤은 거짓말했다. 엄밀히 말하면, 아이들이 각자 어디에 있는지 모르기도 했다.

선생은 불분명한 말을 중얼거리더니 돌아서서 교실을 나갔다. 벤은 교실에 앉아 있었다. 선생은 벤을 다시 보지도 않았다. 그냥 돌아서서 화가 난 채 나갔다. 벤은 옳은 일을 하겠다는 알량한 마음 때문에 사회적 단두대에 목을 들이밀고, 자신의 얄팍한 입지를 위험에 빠뜨린 것만 같은 기분이 들었다. 그 느낌조차 조용히 하수구 주위를 빙빙 돌며 빠져나갔다. 선생은 그를 높이 평가하지 않았다. 자기 앞에 오들오들 떨며 앉아 있는 벤을 알아보지도 못했다.

저주받은 고등학교 시절.

대학 입학시험 준비를 제대로 해 주지 못한 선생에 대해 같은 반 학생들이 불평을 쏟아 낼 때, 벤은 누구든 관심을 보이는 사람에게 방과 후에 수학 문제와 방정식을 푸는 몇 가지 비법을 가르쳐 주겠다고 자원했다. 처음에 그는 세 명을, 그다음에는 열 명을, 그다음에는 거의 학급 전체를 가르쳤다. 모두가 늦게까지 남아 정답으로 가는 벤의 지름길과 기술을 따랐다.

벤은 교실 앞에서 자신의 비법을 설명하며 자신이 암호를 풀었다고 생각했다. 이제야 자신의 학업 적성과 호기심, 이해하고 분류하고 분석하려는 욕구(벤은 바로 이런 것들이 고등학교 시절 내내 그가 고립됐던 중요한 이유라고 생각했다)를 받침대로 사용해 친구들 사이에 존중받는 입지를 구축하고 확립할 수 있는 길을 찾았다고 느꼈다. 하지만 그건 망상이었다. 벤의 수업이 끝나면, 학생들은 그에게 한마디도 건네지 않고 자기들끼리 떠들며 교실을 줄지어 빠져나갔다.

그는 쓸모 있는 외부인이었다. 일시적이지만 편리한 쓸모가 있는 외부인. 벤은 자신만의 껍질에 너무 깊이 처박혀 있었기에 무슨 일을 하는 *자신이 그들에게* 고마움을 느껴야 한다는 것을 알고 있었다. "이리 와!"라는 명령을 받을 때마다 신나서 날쌔게 달려오는 강아지처럼 말이다. 벤이 더 이상 필요 없어지면 그들은 다시 물러났다. 잔인하지는 않지만 조용하게. 벤은 혼자만 맞다고 생각하는 외톨이로 남아 있었다. 그를 무리 안에 받아 줄 이유는 없었다.

게다가 대니 서킨이 대학 입학 시험지 한 부를 훔치는 데 성공한 후부터는 벤이 받아야 할 기본적인 감사 인사도 사라졌다. 학생들을 가르친 그 모든 시간이 아무 의미도 없어졌다. 게다가 자신이 모든 내용을 이미 가르쳐 주었으니 부정행위를 할 필요가 없다는 벤의 약한 권고마저 자만심 넘치는 금발의 대니를 자극했다. 그는 벤의 목덜미를 잡고, 반의 모두가 지켜보는 앞에서 "내부 고발 따위는 하지 않는 게 좋을 거야. 좆만아"라고 말했다.

샤울은 당연하게도 그의 기사를 통과시켰다.

시내 중심가에 있는 샤울의 낡은 사무실에서 처음 만났을 때, 둘은 서로 미소 지으며 어린 시절 이야기를 주고받았다. 샤울은 벤을 별로 기억하지 못했고 벤이 샤울에 대해 품고 있는 것은 공허한 추억 몇 가지뿐이었으므로 둘은 서로의 공통된 지인에 대해서만 초점을 맞추려고 애썼다. 하지만 대화는 물 흐르듯 이어졌고, 그 안에는 익숙하지 않은 유쾌함이 들어 있었다. 벤은 자신이 여기 와 있는 이유는 그저 샤울이 그를 불쌍하게 여기고 과거의 벤을 대했던 방식을 후회하기 때문인 건 아닐까 궁금해졌지만, 그 느낌을 머릿속 한구석으로 다시 밀어 놓았다. 설령 그가 이 자리에 와 있는 이유가 과거를 보상하기 위해서라고 해도 그게 잘못은 아니었다. 사람들은 그보다 못한 이유로도 일자리를 얻었으니까.

벤은 수다를 다 떨고 나서 샤울에게 기사를 건넸다. 고품질 종이에 인쇄한 버전과 시디에 기록한 버전 두 가지였다. '지혜의 정원'이라는 양로원 입소자들의 관점에서 본, 인생에 관한 5,000개의 생각을 불러일으키는 향수 어린 단어들. 시디에는 인터뷰 대상자들의 사진과 역사적 기록물, 두 번째 알리야* 시간에 찍은 마을의 삽화 사진들이 들어 있었다. 편집장은 자료를 이메일로 보낼 수도 있었을 거라는 식으로 웅얼거리더니, 디스크를 받고 미소 지으며 최대한 빨리 살펴보겠다고 말했다.

---

* 유대교 예배의 한 의식. 토라를 낭독하기 전후에 회당 단상의 작은 테이블로 다가가는 일을 말한다.

일주일 뒤 샤울은 전화를 걸어, 기사가 감동적이기는 했지만 명단이 정확하지 않았고, 신문사에서는 약간 다른 것을 찾고 있으며 다른 후보자들도 몇 명 후보에 올라 있다는 등등의 말을 했다. 벤이 신문사에서 골라 준 주제로 다른 기사를 쓰겠다고 제안하자 샤울은 안타깝게도 결정을 내리는 사람이 자신만은 아니며, 다른 사람이 이미 일자리를 얻었고 정말로 벤과 함께 일하고 싶었던 만큼 무척 유감이라고 말했다. 그는 이 말에 사탕발림 같은 변명을 좀 끼얹고 그 표면에 동정이라는 양념을 좀 더 뿌려서 거절의 맛을 달게 만든 다음 그쯤에서 문제를 정리했다.

최소한 보름은 말이다.

보름이 지나고 샤울이 다시 전화를 걸었다. "너한테 어울리는 일을 찾았어." 그가 말했다. "정확히 기자 자리는 아닌데, 네가 이 아이디어를 마음에 들어 할지도 몰라. 기회가 되면 사무실에 잠깐 들러."

편집장이 제안한 일은 벤이 아는 그 어떤 일자리와도 달랐다.

"문제가 하나 있어." 샤울이 말했다. "기사는 잘 쓰는데, 세부 사항에 약한 기자들이 있거든. 다른 모든 면에서는 매력적이지만 그런 작은 실수 때문에 꼼꼼하게 기사를 읽는 사람들의 눈에 들지 못하는 기사들 때문에 애를 먹고 있다는 얘기야. 단조롭고 딱딱하게만 나오는 기사들도 있고. 우린 그런 기사들을 읽고 맥락이나 통계 자료를 덧붙여 기사를 풍부하고 깊이 있게 만들어 줄, 엄청난 지식을 가진 사람이 필요해."

"무슨 말인지 모르겠어." 벤이 말했다. "연구원을 하라는 거야?"

"아니, 아니." 샤울이 말했다. "난 네가 강화제가 되어 줬으면 하는 거야. 평범한 기사들을 가져다가 여기에 반쪽짜리 문장, 저기에 4분의 1짜리 문장을 덧붙여 줬으면 해. 그러면 그 기사들이 지적으로 보이게 될 거야. 네가 고등학교 시절에 썼던 기사나 네가 이번에 쓴 기사가 마음에 들었던 이유도 그래서거든. 너는 아무 관련이 없는 것 같은 내용을 계속 참조하는데, 그 정보들이 독자에게는 글쓴이가 자기가 하는 이야기를 잘 알고 있다는 인상, 광범위한 지식을 인용한다는 인상을 줘. 어디에는 관련 철학자의 이름을 넣고, 또 어디에는 역사적 사건을 넣고. 나한테 필요한 건 그런 거야. 코르셋의 역사를 한 줄 반 정도 언급한 패션 기사, 믹 재거와 모차르트의 관계를 시사하는 로큰롤 기사 같은 것. 설문 조사를 했는데, 독자의 45퍼센트가 우리 신문이 사건을 다루는 방식을 얄팍하고 피상적이라고 느낀대. 그래서 우리는 신문 분량을 늘리고, 각 기사에 최소한 지식 비슷한 것을 집어넣을 생각이야."

"신문을 학구적인 것처럼 보이게 만들어 줄 것들 말이지?"

"그래, 바로 그거야! 하지만 너무 학구적이면 안 돼. 얄팍하고 피상적인 것들을 좋아하는 독자들을 소외시키고 싶지는 않거든. 결국은 그 사람들이 아직도 다수니까. 55퍼센트잖아. 솔직히 말할게. 신문 기자가 되고 싶다는 꿈을 꾸었을 때만 해도 나는 좀 더 고귀한 명분을 품고 있었어. 내 마음속 신문 편집실은 대중에게 믿음직

스럽고 매력적인 방식으로 소식을 전달하고자 싸우는 사람들의 벌집 같은 곳이었다고. 모두가 〈대통령의 사람들〉*이 데일리 플래닛**을 만난 것 같은 모습 말이야. 이 모든 사람들이 오늘 여기에 앉아 있는 모습을 볼 수 있는 것도 그래서야. 집에서 잠옷을 입고 고양이가 키보드에 커피를 쏟은 지 얼마 되지도 않아서 기사를 이메일로 보내는 사람들이 아니라, 전화기와 책상이 딸린 진짜 뉴스 편집실에서 일하는 사람들 말이지. 다 집에서 일하게 하면 비용을 줄일 수 있다는 걸 나라고 모를까 봐? 돈이야 당연히 덜 들겠지. 하지만 나는 신문사다운 분위기를 원해. 사무실의 벌들이 서로 꽃가루를 주고받았으면 좋겠다고. 나는 매일 이 문제를 놓고 사장과 싸우고 있어. 하지만 고귀한 이상을 위해 글을 쓰는 일은 더 이상 이 판에서 중요하지 않아. 내가 자부심을 느낄 수 있는 기사가 한 편 있다면, 제자리에서 밀려나지 않기 위해서라도 해야만 하는 일종의 매춘 같은 기사는 60편이 있어. 형식적인 탐방 보도로 기업들을 지원해야 하고 충분히 많은 부수를 찍어 냄으로써 우리 신문을 매력적인 광고 수단으로 만들어야 해. 신문에는 이해 당사자 개인이나 기관의 필요를 반영하는 내용이 거의 없어. 우연히도 다음 주에 새로운 싱글 음반을 내게 된 가수에 대한 폭로성 기사라든지, 발행인이 통과되는 걸 보고 싶어 하는 입법안에 대한 분석 기사라든지…. 모

---

* 미국 워터게이트 사건을 소재로 한 1976년작 영화.

** DC 코믹스 사의 만화에 등장하는 허구의 신문사.

든 기사에는 드러난 것이든, 감춰진 것이든 맥락이 있지. 게다가 구글의 관심을 끌 수 있는 온라인 버전도 써야 해. 그래야 클릭 수를 올리고, 광고주들이 값을 치를 테니까. 글은 대체로 수단일 뿐이야. 검색어를 싸고 있는 포장지, 클릭을 위한 미끼 같은 거지. 하지만 그런 건 문제도 아니더라. 이런 문제야 다들 있으니까. 문제는 최종적인 기사의 내용이 똑같은 경우가 너무 많다는 거야. 틀에 넣고 찍어 낸 것 같은 내용이지. 사람들은 2년 전에 읽은 것과 정확히 똑같은 기사를 읽고 있다는 사실을 알아채기 시작했어. 똑같은 사실과 얼굴들이 다시 씹히고 되새김질된다는 것 말이야. 나는 네가 우리 신문에 깊이를 더해 줬으면 좋겠어. 너는 상식을 엄청 많이 알고 있으니까, 그걸 기사에 추가해 줘. 괄호 사이에, 작은 조각으로."

"내가 할 일이 신문을 훑어보고 유사 지식을 괄호 안에 집어넣는 거라는 얘기야?"

편집장은 곰곰 생각하더니, 정직이 최선의 방책이라고 생각한 듯했다. "맞아."

그야, 물론 괜찮았다. 첫술에 배부를 수는 없으니까. 게다가 이 일자리는 벤을 위한 맞춤형 일자리였다. 넓은 분야에 두루 걸쳐 있는 지식과 아무 쓸모없는 사소한 사실들의 나열을 뒤섞을 수 있는 능력이 필요한, 다방면에 걸친 자리.

실은 이 일에 더 잘 어울리는 사람을 떠올리기가 힘들었다. 어른이 된 이후로 벤은 인생 대부분을 사실과 숫자들, 이론과 과학적 발견들을 모아들이며 보냈다. 그는 중력과도 같은 욕구로 그런 것들을 자신에게 끌어당겼다. 머릿속을 역사적 순간과 양자 이론, 인류학적 연구와 거의 알려지지 않은 수학 정리로 채웠다. 비밀이지만, 그는 자료를 충분히 모으면 그라는 존재의 기본적인 윤곽선이 드러날 것이고 자신의 인생이라는 익살극 이면에 있는 무언가를 이해하게 될 거라고 믿었다. 모든 것이 괜찮아지도록 만들기 위해 무엇을 해야 하는지 깨닫게 될 거라고. 그는 숫자로 이루어진 두꺼운 담요로 자기 모습을 가렸고, 외부 세계의 혼돈과 무의미로부터 자신을 방어했다. 그러니 당연하게도, 이 역할은 하얗게 질린 손에 낀 장갑처럼 그에게 잘 맞았다.

하지만 가장 중요한 사실은 이 일자리를 통해 업계에 발을 들일 수 있다는 점이었다. 신문 편집실에 벤만의 책상과 일이 생길 터였다. 지금은 그냥 괄호 속에 사소한 정보를 집어넣는 일일지 모르지만, 미래에는 회사에서 그를 믿고 작은 관련 기사 한 꼭지를 채워 보라고 할 수도 있었다. 누가 병가를 내면 완전한 기사를 쓸 수도 있었다. 이백 자. 그거면 충분했다.

벤은 흥분한 채 집으로 돌아갔다. 이제부터는 신문 편집실에서 일하게 된다. 새 출발이었다. 완전한 새 출발. 이거야말로 새 출발의 정의였다. 변화할 기회, 새로운 무언가로 변신할 기회였다. 투명인가 벤이여, 안녕!

벤은 집에 있는 가구를 이리저리 옮기며 그날 저녁을 보냈다. 새로운 사람이 사는 것처럼 새로운 모습으로 바꿀 셈이었다. 그는 그날 밤이 오래된 벤과 새로운 벤의 경계선이라고 생각했다. 그 선은 이곳에서 저곳으로 옮겨지는 소파의 이동 경로, 책상의 새로운 위치, 이쪽 찬장에서 저쪽 찬장으로 옮겨지는 접시들, 반대편 벽으로 이동한 책장을 따라 그어질 터였다. 사실 냉장고는 달리 둘 데가 없어서 살짝 기울여 놓았다. 화장실에 있는 방향제는 변기 반대편으로 옮기고, 벽에 걸린 사진들도 다시 배치했다.

아침이 되자 그는 새로운 하루를 맞았다. "나는 달라졌어"라고 선언이라도 한 기분이었다.

실제로 그는 달라졌다.

출근한 그는 자신의 책상이 사흘 전에 해고당한 사람의 것이었다는 사실을 알게 됐다. 책상 표면에는 접착식 메모지가 여전히 붙어 있었고, 키보드 옆에서는 커피 찌꺼기로 더럽혀진 커다란 파란색 머그잔이 그를 빤히 쳐다봤으며, 컴퓨터는 아무도 모르는 암호로 잠겨 있었다. 계속해서 전화가 울려 도론이라는 사람을 찾았다. 그들은 도론이 돌아오지 않는다는 걸 알게 되면 전화를 끊었다.

하지만 벤은 푸대접을 받았다는 이유로 이 기회를 망치지 않을 생각이었다. 그는 이 일자리를 진지하게 받아들이기로 결심했다. 기술적인 문제를 다 처리하고 그는 자리에 앉아 일을 시작했다.

그는 이미 존재하는 주요 기사("화요일 경기는 축구에서 리더십이 얼마나 중요한지 다시 한번 증명했다. 베타르 팀에는 바로 그런 리더십이 없었다")를 가져다가 내용을 덧붙였다("제브 자보틴스키*급의 인물을 찾을 필요는 없는 없지만 말이다"). 어느 연예부 기자가 밴드의 리드 가수가 얼마나 많은 맥주를 마시는지 언급했을 때도 벤은 한마디를 덧붙였다("다행인 점은, 화요일에 그가 공연을 한 곳이 1920년대의 루이지애나주가 아닌 텔아비브였다는 사실이다"). 한 패션 기자가 특정 브랜드의 홍보 기사에서 우산 디자인의 새로운 유행을 선언했을 때는 벤이 "우산은 오늘날 그 어느 때보다도 인기가 높다. 군중 가운데서 눈에 띄고 싶은 사람은 누구든 '엄브렐라 맨'이 되도록 도와 줄 브랜드를 찾고 있다(댈러스나 케네디 대통령의 자동차 행렬 근처라면 안 되겠지만 말이다**)"라는 한 줄을 추가했다.

물론, 그가 추가한 내용이 받아들여지지 않는 경우도 있었다.

예를 들어 "부상당한 여성은 병원으로 이송되어 O형 혈액 다섯 팩을 수혈받았다"고 쓰인 기사를 만났을 때, 벤은 "일본에서는 긍정적인 성격을 가진 사람들이 보통 갖고 있다고 생각되는 혈액형이다"라고 덧붙였다. 기자가 "진정한 마돈나를 아는 사람은 아무도 없는 것으로 보인다"라고 적었을 때도 비슷한 일이 일어났다. 이때 벤은 "어쨌거나, 인간의 이해 및 지식과 언어의 차이에 대한 존 로크의 중요한 수필이 나온 이래로는 그 누구도 타인의 진정한 모습도 알 수 없는 것 같지만 말이다"라고 첨언했다.

"우리는 시상의 발코니에 앉아 있고, 시장은 오렌지를 자르고 있

---

*   이스라엘의 작가이자 유대인 민족주의 지도자.

**   엄브렐라 맨은 전 미국 대통령 J.F. 케네디 암살 용의자를 지칭한다. 케네디는 댈러스에서 암살되었다.

다"는 문장을 가져다가 "바나흐 타르스키 역설*"을 증명하려는 사람처럼 말이다"라고 덧붙였을 때는 벤 때문에 사무실에 한바탕 소동이 일었다.

하지만 괜찮았다. 편집장의 스윗스팟**을 언제나 맞힐 수 있는 사람은 없으니까.

작업 자체는 매력적이었다. 그는 단 한 줄의 괄호 속 문구를 덧붙이기 위해 인터넷과 두꺼운 책들을 샅샅이 뒤지며 온종일 연구했다. 보수가 하늘을 찌를 듯이 높은 것은 아니었지만, 지적 자극도 일종의 보상이었다.

하지만 이곳에서도 그를 눈여겨보는 사람은 아무도 없었다.

사람들이 그의 책상에 다가와 그가 끼워 넣은 논평에 대해 묻곤 한 것은 사실이었다. 그들은 실제로 그를 괄호맨이라는 별명으로 부르기 시작했다(이상한 별명이라도 별명이 없는 것보다는 낫다는 게 그의 생각이었다). 하지만 그를 점심 식사에 초대하는 사람은 아무도 없었고, 그에게 추파를 던지는 여자 기자도 없었으며, 한 주간의 문제를 정리한 뒤 모두가 술을 마시러 나갈 때 그에게 "벤, 갈 거야?"라고 큰 소리로 외치는 사람도 없었다.

---

*   삼차원의 공을 유한개의 조각으로 잘라서 재조합하면 원래의 공과 부피가 같은 공 두 개를 만들 수 있다는 정리.

**   야구에서 배트로 공을 치기에 가장 효율적인 곳으로 넘치지도, 모자라지도 않은 적절한 지점을 말한다.

벤도 몇 번은 자기 의지로 그들과 어울린 적이 있었다. 하지만 그는 옆으로 비켜 앉은 채, 동료들이 더 작은 규모의 그룹으로 나눠 앉는 것을 보았다. 그들이 웃으며 술잔을 부딪치는 것을 지켜보았다. 그는 눈치를 챘다.

직장 동료들은 일종의 조용한 연극을 하는 것처럼 보였다. 벤의 책상 주위에 쳐 둔 넘어설 수 없는 투명한 원형 경계선 너머에서 벌어지는 연극 말이다. 벤의 시점에서는 같은 층에 있는 거의 모두가 보였다. 벤은 그들을 멀찍이서 보아 알고 있었다.

버튼다운 셔츠를 좋아하고 사무실의 모든 여자가 자신에게 빠져 있으며 그렇지 않다면 그 이유는 단지 그들이 경험을 통해 자신들의 주제를 파악했기 때문일 뿐이라고 확신하는 젊은 남자.

진한 구릿빛 피부를 가지고 있어 그녀가 책상 근처를 지나갈 때면 벤이 자기도 모르게 움파룸파 노래를 흥얼거리게 되는 정신없이 바쁜 비서. 그녀는 어느 좋은 날 스치듯 지나가면서 용기 내 벤에게 미소까지 지어 주었다. 벤은 '멋진데, 방금 나한테 미소 지었어'라고 생각하는 대신 스케일링을 받기 위해 치과 예약을 해야겠다고 생각했다.

헬스장에서 한 번 본 어떤 여자를 만나려고 집착하듯 계속 헬스장에 가는 남자도 있었다. 그는 이후로 그 여자와 우연히 만난 적이 한 번도 없었지만, 그녀를 보고 싶다는 희망이 그를 계속해서 헬스장으로 끌어당긴 끝에 그는 거구가 됐다.

늘 미소 짓고 다니는 호인도 있었다. 벤은 그에게 바지 주머니나 소파 쿠션 사이 공간에 20셰켈짜리 지폐를 숨기는 버릇이 있다고 확신했다. 그렇게 하면 그 지폐의 존재를 잊고 나서 한참이 지난 미래의 어느 순간 공돈을 발견하고 기쁘게 놀랄 수 있을 테니까.

비밀리에 쇼콜라티에*가 되고 싶어 하며, 손에 잡힐 듯 말 듯한 우아함과 고귀함을, 숨겨진 소박함을 뿜어내는 조용한 패션 기자도 있었다. 모두가 브리트니 스피어스 식의 웃음을 터뜨리는 곳에서 그녀는 오드리 햅번 같은 미소를 지었다.

벤은 그녀를 좋아했다. 멀리서, 조용히.

한번은 그녀가 쇼핑몰의 카페에 친구와 함께 앉아 있는 것을 보았다. 그녀는 벤을 등지고 앉아서 거대한 머그잔에 담긴 카푸치노를 조심스럽게 마시고 있었다. 벤은 이제 막 조조 영화를 다 보고, 서로의 얼굴을 빨아 대는 데만 집착하던 고등학생들과 함께 나온 터였다. 그는 에스컬레이터를 타고 내려가다 그녀를 발견했다.

에스컬레이터에서 내려 그녀의 뒤쪽인 오른쪽으로 방향을 틀어야 할지, 그가 보이지 않을 왼쪽으로 방향을 틀어야 할지 결정할 시간은 몇 초밖에 없었다. 혹시 몰랐다. 어쩌면 그녀는 벤을 알아보고, 인사를 건네고, 심지어 옆에 앉으라고 할지도 몰랐다. 그녀의 곁에 앉아 있는 동안 고등학생들이 낸 희한한 소리를 묘사하면서 그녀를 웃게 만들 기회가 생길지도 몰랐다.

하지만 그녀는 벤을 알아보지 못할지도 몰랐다. 혹은 못 알아본

---

* 초콜릿을 만드는 일을 전문으로 하는 사람.

척하거나. 그녀는 벤의 존재에 당혹감을 느끼고, 친구와 함께 앉아 카푸치노를 홀짝이는 것보다 대낮에 혼자 영화 보러 가는 걸 더 좋아하는 그를 별나고 이상한 사람이라고 생각할지도 몰랐다. 그 작은 웃음소리로 웃으며, 작은 손으로는 당황해 입술을 가리면서.

등 뒤의 남자가 부딪혀 조용히 욕설을 내뱉자, 벤은 자신이 빙빙 도는 생각들 사이에 갇혀 에스컬레이터 맨 아래에 너무 오래 머물러 있었다는 사실을 깨닫고 오른쪽으로 돌았다.

벤은 가끔 그녀의 책상을 지나치면서 그녀에게 말을 붙여 볼까 고민했다. 어떻게 지내요? 저는 그럭저럭 잘 지내요. 요즘은 무슨 작업하세요? 일이란 항상 똑같은 것 같아요. 쇼콜라티에라, 아주 멋진데요. 프랄린**에 대한 좋은 아이디어가 몇 가지 있는데, 들어 보실래요?

그가 집으로 돌아와 자신은 가구가 다르게 배치된 아파트에 사는 변함없는 벤이라는 사실을 깨닫기까지는 한 달도 채 걸리지 않았다. 유일하게 달라진 점은 집에 있을 때조차 더 이상 집에 있는 것 같은 기분이 들지 않는다는 것뿐이었다.

그가 지금 심화하려 애쓰고 있는 기사는 꿀에 관한 내용이었다.
새로운 꿀 수입상이 시장에 쳐들어왔고, 신문은 지역 꿀의 장점

** 견과류를 설탕 시럽에 조린 과자.

에 대한 직설적인 기사를 실었다. 기사는 꿀 케이크 레시피 몇 가지를 비롯해 이 지역 꿀 제조업자들이 필적할 상대가 없을 만큼 '기술적으로 우월'하다는 인터뷰를 담고 있었다. 물론, 지역의 꿀 제조업자 명단에는 주로 광고주의 이름이 들어갔다.

벤은 벌에 관해 괄호 속 설명을 덧붙이고 싶었다. 20세기 후반에 일어난 벌 개체 수의 이유 모를 감소에 대해서나 서로에게 좋은 꿀이 있는 곳을 알려 주기 위해 벌들이 추는 춤에 관한 상세한 내용 같은 것들 말이다. 벤은 어디선가 벌의 춤을 분석하면 벌들이 6차원적으로 생각한다는 사실과 원자보다 작은 아원자인지 뭔지의 행동을 감지하는 능력이 있다는 사실을 알 수 있다는 글을 읽은 기억이 났다. 그 문제를 진지하게 다룬 책이 필요했다. 그래야 품질이 높고 좋은 근거 자료를 갖춘 괄호 속 문장을 쓸 수 있었다.

그는 책이 놓여 있는 서점 한가운데의 탁자를 빙 돌며 눈길을 사로잡는 제목을 찾았다. 방금 옆에 서 있던 젊은 여자는 아직 그에게 다가오지 않고 있었다. 이번에도. 벤의 일부는 벽에다 머리를 찧고 있었고, 다른 일부는 통계적으로 볼 때 그 여자와의 관계는 어쨌든 실패하게 되어 있으니 그녀가 먼저 말을 걸어 주기를 기다린 것은 합리적인 행동이었다고 설명했다. 최소한 그렇게 하면 관계의 실패도 벤의 탓이 아니게 될 테니까. 벤은 그런 내면의 대화를 마음속 깊은 곳으로 밀어 넣고 다시 책으로 관심을 돌렸다.

쌓여 있는 책 더미에는 번역된 스릴러 소설, 눈길을 끄는 제목의 대중 과학 서적, 격렬한 가족사에 관한 수기, 수수께끼 같은 표지에 이해할 수 없는 제목이 붙은 뻔한 책들이 뒤섞여 있었다.

한 진열대 끝에 놓인 책 표지가 서점의 불빛을 받아 표지가 반짝였다. '다가올 날들을 위한 안내서'라는 제목은 별 기대를 불러일으키지 않았지만, 흰 원피스를 입은 여자가 미끄러지듯 곁을 지나가자 벤은 자기도 모르게 책을 집어 들고 그녀와 눈을 맞추지 않으려고 책 뒤표지를 자세히 들여다보았다.

그는 정신이 팔린 채 빠르게 그 단어들을 읽었다.

그런 다음 다시 읽었다.

아니, 이건 말이 안 되는데.

뒤표지가 그에게 직접 말을 걸고 있었다. 책은 벤의 이름을 언급했고, 벤이 그 자리에 서서 그 책을 읽고 있다는 사실도 이야기했다. 벤은 긴장한 웃음을 짧게 터뜨렸다.

그는 세 번째로 글을 읽은 다음 태연한 척 천천히 눈을 들어 진열창 너머로 거리 쪽을 보았다.

길 건너편에서 파란색 야구 모자를 쓰고 검은색 긴 외투를 걸친 남자가 오랫동안 그를 뚫어지게 보았다.

벤은 휙 돌아서며 창문을 등졌다. 대체 이게 무슨 일이지?

"문 닫습니다." 판매원이 말했다. "계산하실 분은 계산대로 와 주세요."

벤은 두 귀가 불처럼 빨갛게 달아오르는 것을 느끼고, 가슴팍에 책을 안은 채 계산대로 성큼성큼 다가갔다. 벌에 관한 기사는 나중 일이었다.

7

다시 만났네요. 아무 때나 나를 펼쳐 봐도 된다는 말은 지루할 때마다 펼치라는 게 아니라 도움이나 안내가 필요할 때 펼쳐 보라는 뜻이었지만요.

그래요. 당신은 여기, 문이 닫혀 있고 자물쇠까지 채워진 지하실에 할 일이라고는 하나도 없이 앉아 있지요. 그래서 내게 관심을 돌린 거고요. 하지만 다음에 뭘 해야 할지 알고 싶어서 나를 펼치진 않았잖아요. 그저 단순한 호기심이겠지요. 당신은 문이 열리자마자 집으로 가야겠다고 확신하고 있지요.

근데, 정말로 이야기를 듣고 싶으세요? 자 여기, 한 가지 이야기가 있습니다.

당신은 아마 그리스의 영웅 테세우스에 대해서 들어 봤을 거예요. 그리스인들은 자기네 영웅을 열정적으로 알리니까 말이지요. 그들의 영웅은 날 때부터 영웅적이죠. 영웅주의적인 운명을 타고 태어나서 어떻게 할 방법이 별로 없는 사람들이에요. 아무튼, 지금은 그런 이유로 그 영웅들을 나쁘게 보지 맙시다.

테세우스는 미노타우로스(크레타섬에 있는 왕의 미로에 갇힌, 반은 사람이고 반은 황소인 괴수)를 죽이고 영광에 젖어 집으로 항해했습니다. 그는 집으로 가는 길에 자신을 사랑하는 여자를 외딴 해변에 버릴 기회를 찾았지요. 그리고는 돛을 검은색에서 흰색으로 바꾸는 걸 잊어버렸습니다. 그 바람에 테세우스의 아버지는 테세우스가 미노타우로스에게 살해당했다고 생각하게 됐어요. 테세우스가 아버지한테, 자기가 이기면 흰 돛을 달겠다고 했거든요. 이모든 것으로 보아 눈에 보이는 것을 가볍게 여겨서는 안 된다는 사실을 알 수 있지요. 테세우스의 아버지는 상심해서 바다에 몸을 던져 목숨을 끊었으니까요. 단지 아들이 천을 갈지 않았다는 이유만으로 말입니다.

아무튼 테세우스의 배는, 노가 서른 개나 있고 어쩌고 한 인상적이고 아름다운 배였다는데, 몇 년 동안 아테네 항구에 머물렀습니다. 아테네인들은 빛나는 사랑과 영예를 담아 그 배를 테세우스의 업적에 대한 증거로 보존했어요.

하지만 시간이 좀 지나자 널빤지 일부가 썩고 몇몇 나사에는 녹이 슬기 시작했습니다. 그래서 아테네인들은 그것들을 빼고 새 널빤지와 나사를 끼워 넣었지요. 몇 년 뒤에는 널빤지 몇 개를 더 갈고 돛대도 갈았어요. 나중에는 로프와 돛도 갈았고요. 끔찍하게 곰팡이가 슬었거든요. 몇 년에 걸쳐 조금씩 교체하다 보니 결국 원래의 부품은 하나도 남지 않게 되었습니다. 그런데도 사람들은 그 배를 테세우스의 배라고 부르죠.

하지만 그리스의 철학자들은 그 배가 정말로 이전과 같은 배인지 논쟁하기 시작했어요. 만일 같은 배라면 모든 게 교체되었다는 사실은 어떻게 이해해야 하고, 같은 배가 아니라면 그게 더 이상 테세우스의 배가 아니게 된 시점은 정확히 언제냐는 거지요. 첫 번째 널빤지가 교체됐을 때? 100번째 널빤지가 교체됐을 때? 혹시 마지막 널빤지가 교체됐을 때는 아닐까요? 무언가의 정체성을 결정하는 요소는 뭡니까?

당신도 알겠지만, 모든 것은 변합니다. 그리스 신화 속 영웅들의 배만이 아니에요. 모두가 바뀌지요. 단지 속도가 느릴 뿐입니다. 물건도, 장소도, 사람도. 성격이라는 구조적 판들이 행동이라는 대륙 덩어리 아래에서 움직이는 거예요. 모두가 분명한 자아의식을 가지고 있다는 사실 때문에 우리는 안정감을 느끼고 아무것도 변화하지 않는 것처럼 느낍니다. 하지만 우리 주변의 세상은 변화하고 반응하며 인과의 법칙에 응답하고 있어요. 배에서 태어나 한 번도 그 배를 떠나 본 적이 없는 사람처럼 우리는 우리가 고정된 채로 남아 있다고 확신하지요. 오히려 다른 모든 것이 우리 주변을 항해하며 움직인다고 생각합니다.

하지만 실제로는 우리 자신을 포함한 모든 것이 움직이고 있어요.

바로 우리가 테세우스의 배입니다. 우리는 새로운 널빤지로 오래된 널빤지를 교체합니다. 사소한 경험을 하거나 새로운 아이디어에 노출된 결과 지속적으로 변하지요. 그러면 우리는 다른 사람이 되는 건가요? 같은 강물에 두 번 몸을 담글 수는 없는 것처럼, 같은 사람을 두 번 만나는 일은 불가능할까요?

당신은 당신이 정말로 어제의 벤과 같은 사람이라고 생각합니까? 이 모든 말도 안 되는 일이 벌어지기 전의 그 벤과 말입니다. 어쨌건, 최소한 당신 안의 널빤지 하나는 그때 이후로 교체되었는 걸요.

우리가 '나'라고 말할 때의 '나'가 무엇인지, 남아 있는 것이 무엇인지 이해하는 데 도움을 주는 건 그 무엇보다도 우리 내면의 변화입니다. 이상한 일이지만, 오직 우리가 인식하는 자신과 달라질 기회를 스스로에게 허락할 때, 우리가 정말로 변할 수 있다는 사실을 감히 믿을 때에야 비로소 우리 정체성 내면의 한 부분이 드러납니다.

그리고 당신은, 어쨌거나 변화를 무척 바라고 있지요.

난 당신에게 이야기나 해 주러 온 게 아닙니다. 도와주려고 왔지요, 이미 말했지만.

지금까지 몇 년째 당신은 진정한 자기 자신을 발견하려고 애써 왔습니다. 자아의 깊은 곳에 뛰어들어 당신이 되고 싶은 남자가 되어 수면 위로 떠오르려고 했지요.

머잖아 저 문이 열리면 당신은 떠날 수 있게 될 겁니다. 널빤지 한두 개만 바뀐 채 귀가해 예전의 삶으로 돌아갈지, 아니면 변화에 몸을 던질지 결정해야만 하는 순간이 되겠지요.

청하지는 않았지만, 충고 하나 하겠습니다. 일어날지도 모르는 일들을 포기하지 마세요.

당신의 이야기를 끝내지 마십시오. 당신이 찾는 게 변화라면, 여기 그대로 머무르세요.

8

집을 나선 지 몇 시간 뒤, 벤은 자기도 모르는 사이 같은 모퉁이를 세 번째 돌면서 최근에 이 시간에 깨어 있었던 게 언제인지 생각했다.

하지만 한밤중에 3층짜리 집 창문에서 나와 건물 벽을 타고 내려와서 이웃집 뜰을 가로질러 달려가며 겁에 질린 채 뒤를 돌아보는 일도 그리 평범한 사건은 아니었으니, 늦게까지 깨어 있는 것은 별로 걱정할 일이 아니었다.

서점에서 사 온 이상한 책의 첫 장을 읽은 뒤, 벤에게는 그가 읽고 있는 문장들이 정말로 그를 위해 쓰였다는 이론을 받아들일지 말지 결정할 시간이 몇 초 주어졌다.

온몸의 합리적인 부분이 뼛속까지 이 생각을 거부했다. 무슨 속임수가 분명했다. 틀림없었다. 누군가 그를 놀리려는 것이었다. 하지만 문장을 읽는 순간마다 책이 그가 하려는 일을 알고 있었다는 점, 특히 창밖으로 본 남자의 외모는 이번만큼은 직감에 항복해야 한다는 확신을 심어 주었다. 그리고 그 직감은 이상한 일이 일어나고 있으며, 그 일을 믿어야 한다는 것이었다.

벤은 상체부터 창밖으로 빠져나가면서 자신의 이성이 실제로 얼마나 불안정한지 알아채기 시작했다.

그는 지금 일어나는 일을 밑바닥까지 파악해야 했다. 그를 위해서 쓰인 책이 위스키 한 병을 찾고 있는 수상쩍은 인물들에게서 탈출하는 방법에 관해 맞춤형 조언을 해 준다는 것보다는 합리적인 설명이 있을 게 틀림없었다. 하지만 벤은 그런 것들은 일단 단단한 땅을 다시 딛게 됐을 때, 그리고 좀 더 바란다면 안전한 곳에 있게 됐을 때 처리할 법한 걱정거리라고 생각했다.

벤은 인적이 없어져 가는 거리를 걸으며 자신이 가진 선택지들을 헤아려 보았다. 배낭에 넣어 둔 위스키병과 책이 서로 갈리듯 부딪혔다. 둘 다 수수께끼였지만, 그중에서도 더 신비로운 물건은 있었다. 과연 병에 무엇이 들었기에 사람들을 꾀어 그의 집까지 따라오게 만들고, 한밤중에 그의 집에 쳐들어오게 만드는 걸까? 과연 그에게는 책을 아무 데나 펼쳐서 다시 읽을 용기가 있을까?

결국 벤은 보도에 주저앉아 두 발 사이에 배낭을 내려 두고 지퍼를 홱 열었다.

그는 뭘 먼저 꺼내야 할지 고민했다. 지금 이 시점에 책은 너무 무서웠다. 괜찮은 이유가 생기지 않는 한 책을 펴 보고 싶지는 않았다.

그는 병을 돌려 가며 자세히 살펴봤다.

벤이 보기에는 평범한 병이었다. 긴 병에 위스키의 이름과 숙성

기간, 술에 관한 다른 건조한 사실들을 전해 주는 평범한 상표가 붙어 있었다. 병 자체의 디자인은 현란하지 않았다. 맨 위 근처에 옴폭 들어간 곳이 한 군데 있었을 뿐이다. 더 자세히 살펴보니 병이 봉해져 있지 않다는 걸 알 수 있었다. 뚜껑은 닫혀 있었지만 전에 개봉된 것이었다. 벤이 보기에는 누군가가 봉인을 뜯고 마시지는 않은 것 같았다.

벤은 마개를 열고 향을 맡았다. 강한 냄새가 났다. 또렷한 알코올 냄새와 해변의 모닥불과 꺼지기 일보 직전의 깜빡거리는 불씨가 떠오르는 향이 감돌았다. 인도 위를 걸어오는 연인이 스쳐 지나갔다. 벤의 머릿속에서 자정이 한참 지난 시간에 도보에 주저앉아 위스키병 냄새를 맡고 있는 모습이 어떤 행인들에게는 이상하게 보일지도 모른다는 경고가 울려 퍼졌다. 그는 재빨리 병마개를 막다가 병목에 붙어 있는 작은 흰색 스티커를 발견했다.

'바 없는 바에서 제조'. 스티커에는 흐릿하게 지워지고 남은 서명 옆에 아주 작은 글씨로 그 문구가 적혀 있었다. 가느다란 검은색 선들이 스티커의 경계선 너머까지 흘러나와 병목에 문대져 있었다. 스티커가 병에 부착된 다음 서명을 휘갈겨 썼다는 사실을 보여 주는 듯했다.

그는 병을 다시 가방에 집어넣고 책을 가만히 들여다보며 조금 읽어 볼까 생각했다. 결국 벤은 그 충동에 저항하기로 했다. 꼭 필요할 때가 아니면 책을 펴지 않을 생각이었다. 이 모든 게 무슨 일인지 다 이해할 때까지는 논리와 지략, 혹은 달리 뭐라고 불러야 할지 모르겠지만 내면에서 두근거리는 두려움의 물결을 동원해 앞으로 나아갈 생각이었다. 일단은 그 주점을 찾는 것이 합리적일 듯했다. 바 없는 바라는 주점 말이다.

처음 계획은 인터넷을 사용할 수 있는 곳으로 가는 것이었다. 하지만 놀랍게도 지나가는 사람에게 간단한 질문을 던지자 필요한 모든 정보를 얻을 수 있었다.

하긴, 이 도시의 밤 문화에 대해 조금 아는 사람이 아니고서야 누가 이 시간에 와인에 취해 가느다란 미소를 지으며 돌아다니겠는가? 벤은 부랑자나 변태, 혹은 둘 다에 해당하지 않는 것처럼 보이는 첫 번째 사람에게 바 없는 바를 아느냐고 물었다. 대답은 쭉 가다가 세 번째 골목에서 오른쪽으로 꺾은 다음 거기서 다시 물어보라는 것이었다. "그 근처에 있으니까요."

안내받은 대로 가다 보니 골목과 모퉁이가 몇 개 더 나왔다. 그는 결국 고요하고 생기 없어 보이는 어느 거리에 이르렀다. 하지만 좀 더 생기 있는 대로로 돌아가려는 노력은 막다른 골목으로 이어졌고, 거기에서 벤은 '바 없는 바'라는 문구가 적힌 간판을 발견했다.

50분 이상 찾아다닌 끝에 비로소 벤은 묵직한 문을 열고, 그가 찾던 곳으로 보이는 장소에 들어갔다.

벤이 도착했을 때는 시간이 꽤 늦었는데도 아직 몇몇 사람들이 남아 있었다. 그들은 두셋씩 나뉘어 사회적 제약을 피할 수 있을 만큼은 알딸딸하지만 대화의 맥락을 놓칠 만큼 취하지는 않았을 때

할 만한 이야기를 하고 있었다. 입술을 굳게 다문 남자 두 명이 좁은 바에 앉아 있었고, 그 바 뒤에는 짧은 머리의 젊은 여자가 둥글게 원을 그리면서 와인 잔을 닦다가 그를 보고 말했다. "주방은 마감입니다."

그는 "괜찮아요"라는 신호를 보내려는 듯 한 손을 들며, 어디에서 그 여자의 얼굴을 봤는지 떠올리려 애썼다. 정말로 그녀를 만난 적이 있는 걸까, 아니면 예쁜 여자는 누구나 '우리 어디서 본 적 있지 않나요?' 하는 거짓된 감각을 일으키는 걸까?

벤은 곧장 다가가 그녀 쪽으로 몸을 숙이며, 자신감 있는 분위기를 가장하려고 애쓰면서 말했다. "사장님을 만나러 왔는데요."

"지금은 안 계세요." 바텐더가 이미 마른 유리잔을 계속 닦으며 말했다. "메시지 남기시겠어요?"

"언제 돌아오세요?"

"모르겠어요. 언제든 돌아오실 수 있죠. 내일 아침일 수도 있고. 여기저기 다니면서 저한테 보고하시는 건 아니니까."

"그… 그러면 기다리겠습니다."

"그래요." 바텐더가 말했다. "하지만 마지막 손님들이 떠날 때까지 오시지 않으면 문을 닫아야 할 것 같아요. 아침까지 여기 있을 수는 없어요."

"모두가 떠날 때까지도 사장님이 돌아오시지 않으면, 내일 아침에 다시 올게요."

바텐더는 유리잔을 내려놓고 다른 잔을 집어 들었다. "정말 그렇게 급한 일이에요?"

"그런 것 같아요."

"그런 것 같다?"

"급해요. 확실히 급해요."

바텐더는 어깨를 으쓱했다. "앉고 싶은 데 앉으세요." 그녀가 말했다. "한잔 드릴까요?"

"물로 주세요." 그가 말했다.

그는 구석 자리를 찾아, 긴장하지 않은 것처럼 보일 만한 자세를 잡았다.

벤이 모르는 노래가 리버풀 억양으로 흘러나오고 있었다. 바텐더는 냅킨과 찬물 한 잔을 내려놓았다. "고마워요." 그는 지금이야말로 영리하게 추파를 던질 기회라는 사실을 의식했지만, 대신 고개를 한 번 끄덕였다. 보통 때도 그는 영리하게 추파를 던질 만큼 빠르게 생각하지 못했다. 오늘 밤에는 이런저런 사건도 겪었으니, 영리함과 추파는 이미 폐기된 임무나 마찬가지였다.

그는 유리잔을 들고 물을 몇 차례 길게 들이켜 마음을 안정시켰다.

진짜 사나이였다면, 벤은 바텐더에게 말을 걸었을 것이다.

벤은 그녀가 떠나는 모습을 보고 조용히 한숨지었다. 그녀가 위험한 존재라는 걸 알아차리는 데 필요한 시간은 몇 초면 충분했다. 그녀의 발걸음에 깃든 태평한 움직임, 음악의 박자에 맞춰 까닥이는 그녀의 고갯짓. 그녀의 몸에는 세상 모든 일이 단순하고 쉽다고 생각하게 만드는 근사한 태평함이 배어 있었다. 그 모습을 보다 보면 그 여자의 인생에 발을 담그는 것까지도 쉬운 일로 느껴졌다. 하지만 그렇게 발을 담그는 순간, 좋은 게 좋은 거라는 식의 유혹적인 태도는 꿀 발린 함정으로 변해 버릴 터였다. 상대를 빨아들이는 동시에 갑옷을 철컥 닫아 버리는 고혹적인 미끼로. 그녀는 그런 여자였다.

벤은 이런 유형을 잘 알았다. 잘 웃고, 사근사근하고, 자신만만하고. 인류라는 종의 여성에 대한 모든 신뢰를 회복시켜 주는 지적인 여자. 그러나 시간이 지나면 사람은 끼리끼리 어울린다는 말을 그 어느 때보다도 속속들이 깨닫게 된다.

벤의 세계에 로맨스는 별로 없었다. 얼마 안 되는 로맨스는 전부 짝사랑이었다.

얻기 힘든 사람일수록 아름다워 보인다. 역으로, 아무리 끝내주는 여자라도 그를 알아봐 주는 순간 빛을 잃는다. 벤은 청소년기 대부분을 이런 식의 잘 알려진 현상과 자명한 이치로 느껴지는 비과학적인 사실들을 숙고하며 보냈다. 벤은 이것을 남자의 비극이라고 불렀고, 그다음에는 여자의 비극이라고 불렀으며, 그다음에는 생각의 흐름을 놓치듯 이 문제 전체를 한쪽으로 치워 두었다.

결국 그는 첫사랑의 여파가 남긴 시큼한 향기를 흔적으로 품게 됐다. 벤의 첫사랑은 그의 마음에 가짜 희망을 심어 줄 만큼 친절하고 상냥한 소녀였지만, 한편으로는 부주의하고 손에 잘 잡히지 않으며 안전한 방어막을 유지하는 데 무척 신경을 쓰는 아이였다. 그래서 벤에게는 거절당할 기회마저 주어지지 않았다.

솔직히 말해, 신문사의 그래픽 디자이너 한 명이 벤을 눈여겨보긴 했다. 하지만 벤이 좋아할 만한 방식은 아니었다.

벤은 자신의 이름이 언급된, 듣지 말아야 할 대화를 엿들었다. 속삭이는 소리와 낄낄거리는 웃음, '찌질이 패배자'라는 단어가 어느 순간에 튀어나왔다. 그때 끼어들어 무슨 말이라도 했어야 한다. 그 정도는 벤도 분명히 알았다. 하지만 웅변에 가까운 그의 반박은 나중에, 단계적으로, 이어지는 며칠 밤에 걸쳐 만들어졌다. 주로 샤워를 하는 도중에. 벤은 물줄기를 맞고 서서 머릿속으로 그 여자를 나무랐다. 자신감 있게, 또박또박.

내가 패배자라고요? 정말로요? 그래요. 그럴지도 모르죠. 사실이에요. 그게 뭐 어때서요? 우리는 모두 패배자예요. 모두가요. 지금 살아 있고 결국은 죽어 갈 모든 사람이 정의상 패배자라고요.

우리는 모두 이곳을 배회하고 있어요. 우리 모두가 실제로는 열망으로 가득 차 있을 뿐인데, 이 모든 게 선택의 문제라도 되는 것처럼 주변에서 일어나는 일에 반응하죠. 우리는 언제나 뭔가가 필요해요. 공기, 음식, 포옹, 소속감, 진실, 시간 같은 것들 말이죠. 우리의 본질이 굶주림, 궁핍함, 결핍이니까요. 이보다 패배자 같은 게 있나요? 게다가 아무도 승자처럼 자기 일을 처리하지는 않아요. 아무도 주변의 현실을 간단히 극복하고 영원을 향해 나아가지 않는다고요.

샤워기의 물줄기 아래에서, 정신없이 피어오르는 거품 속에서,

그는 연설을 했다. 우리가 조금이라도 덜 패배자 같아지는 순간이 있다면, 그런 찰나가 있다면 그런 순간은 우리가 용기를 내 뭔가를 내줄 때 찾아오는 거예요. 벤은 그 여자에게 설명했다. 우리 자신의 일부를 포기하는 행위의 본질이 우리 자신에게 그런 힘을 부여한다고요. 그때가 되면, 그런 행위야말로 우리 자신을 힘으로 가득 채우는 능력이라는 사실이 드러나요. 그런 일은 아주 잠깐 사이에 일어나죠. 우리가 조금은 덜 한심해질 때, 조금은 덜 굶주려질 때 말이에요.

당신에게는 방금 그럴 기회가 있었어요. 제게 힘을 줄 기회가 있었죠. 믿음, 공감, 관심, 흥미 같은 것들을요. 당신에게는 아무 해가 되지도 않았을 테고, 어느 쪽으로든 당신의 가치를 떨어뜨리지 않았을 찰나의 순간이죠. 하지만 그런 순간에도 당신은 실패했습니다.

그럼 패배자는 누구인가요? 네? 누구죠?

그런 다음 벤은 거품을 씻어 내고 수도꼭지를 잠갔다.

그는 앓는 소리를 냈다. 그는 아직도 어린아이에서 성인 남자로의 이행을 마치지 못했다. 남성성의 자세한 성분 목록 같은 것은 어디에서도 본 적 없었지만, 상상 속에서 입심 좋게 누군가를 나무라는 일은 아마 그 목록 위쪽에 올라와 있지 않을 터였다. 벤도 알고 있었다. 그에게는 몇 가지 중요한 요소가 부족했다.

그는 가방에서 위스키병을 꺼내 탁자에 세워 놓았다. 어느 순간에는 위스키를 맛봐야 할 것이다. 위스키는 진지한 사람들이 마시는 술이었다. 찬물이라니, 왜 이러서. 그는 바텐더가 다시 한 번 그가 있는 쪽으로 호기심 어린 시선을 던지는 것을 보았다. 집에서 가져온 위스키병을 끌어안고 바에 앉아 있자니 좀 어색한 느낌이 들었다.

그래서 뭐? 안 될 건 뭐야? 이게 엄격하게 금지된 행동이기라도 해? 그는 어느새 병을 열고 있었다. 기분이 내키면 한 모금 마실 생각도 있었다. 잔도 필요하지 않았다. 그는 바텐더의 눈을 똑바로 들여다볼 생각이었다. 시선에는 어둠의 마법을 품고, 겁내지 않으며, 강하게 병을 들어 짧게 건배한 다음, 깊이 몇 모금을 마시는 내내 꿰뚫어 보는 듯한 시선을 그녀에게서 떼지 않을 생각이었다. 그런 다음 유리병을 다시 내려놓고…. 아, 하늘에 계신 아버지, 페타크틱바*의 도시적 병폐를 만든 분이시여, 이 페인트 맛 나는 거지 같은 게 대체 뭐란 말입니까?

그 맛은 벤의 혀를 태우고 입 전체를 휘감아 돌며, 산酸에 맞은 그렘린**이 그랬듯 자기 목젖에 질식하고 말 거라는 느낌이 들 때까지 그의 치아 사이로 스며들었다. 본능적으로 빠르게 술을 삼키자 위스키의 불길은 깊은 곳으로 들어가 호박색 용암을 그의 가엾은 목구멍에 대고 눌렀다. 그는 위스키를 지금 처음 마신다는 사실을

---

* 이스라엘 서부의 도시.
** 기계에 고장을 일으키는 것으로 여겨지는 가상의 존재.

깨달았다. 그런데 너무 많이 삼켰다. 얼만큼을 삼키든 벤에게는 너무 많이 삼킨 셈이었겠지만. 벤은 눈에 눈물이 고였고, 액체가 목구멍을 다 태우고 위장까지 내려오는 것을 느꼈다. 위 내벽에는 신경이 없다는 걸 확실히 알고 있었는데도 말이다.

벤의 입에서는 물에 빠져 죽어가면서 공기를 들이마시려고 몸부림치는 듯 길고 절박한 기침이 터져 나왔다. 남자다운 척하려던 모든 몸짓은 부서졌다. 주점의 모든 사람이 이야기를 멈추고 그를 돌아보았다. 최소 열 명의 눈이 지켜보는 동안 그는 기침을 하다가 숨을 들이쉬기를 반복했다. 그가 질식하기 전에 일어나서 도와줘야 하는 건 아닌지 사람들이 고민하는 소리가 들렸다.

벤은 그 시선들을 안심시키려는 듯 두 손을 들었다.

"다… 괜찮아요…." 그가 꺽꺽댔다. "그냥, 전 그냥… 얘기하려다가… 이제 진짜, 괜찮아요."

그들은 다시 대화를 시작했고, 벤은 천천히 자기 목구멍을 다스릴 수 있게 되었다. 오직 바텐더만이 숨기려 해도 숨길 수 없었는지 가느다란 미소를 띠고 계속 그를 보고 있었다. 결국 그녀가 다가와 조용히 물었다. "물 한 잔 더 줄까요?"

그는 시선을 피하며 고개를 끄덕였다.

"바로 가져올게요." 그녀가 말했다. "좀 더 센 게 필요하시면 알려 줘요. 그쪽이 좋아할 만한 걸 찾을 수 있을지도 몰라요. 그러니까, 지금 마신 것보다 좋아할 만한 거요." 그러더니 그녀는 돌아섰다.

한 시간 뒤 문이 열리고 주인이 들어왔다.

바 없는 바에는 여섯 사람만 남아 있었다. 벤과 바텐더, 아무 말 없이 절망감을 두르고 바에 앉아 있는 남자, 테이블에 계속 남겠다고 고집을 부리는 시끄러운 세 사람. 주점으로 들어온 여자는 이곳에 속한 사람 같지 않았다. 굵직한 잿빛 곱슬머리는 조심스럽게 매만진 듯했다. 스프레이를 많이 써서 딱딱하게 형태를 잡은 게 분명했다. 바깥 날씨와는 별로 상관없는 갈색 모직 조끼가 그녀의 상체를 덮고 있었다. 마찬가지로 갈색인 두꺼운 천 치마는 종아리 가운데까지 내려왔다. 그녀는 한 손으로 문을 열고 다른 손으로는 밝은 파란색의 낡은 쇼핑 카트를 끌고 있었다. 분홍색 비닐봉지가 겁 먹고 도망치려는 해파리마냥 펄럭였다. 묵직한 신발과 닳아빠진 검은색 손가방이 그 이미지를 완성했다.

그녀는 문간에 서서 안을 훑어보더니 쇼핑 카트를 끌고 주점을 가로질렀다. 그녀가 다가오자 바텐더가 좁은 바 너머로 허리를 숙이더니 그녀의 귀에 뭐라고 속삭이며 벤을 가리켰다. 나이가 지긋한 사장은 벤을 보더니, 작은 카트를 쿵 하는 소리와 함께 세워 놓고 다가왔다.

"날 만나러 왔다고?" 그녀가 물었다.

"네." 벤이 말했다. "반나서 반갑습니다, 저…."

"벤처라고 하네." 그녀가 말했다. "늦은 시간인데, 젊은이. 무슨 일이지?"

"하임 울프에 대해서 이야기하려고요."

벤의 도박에는 그럴 만한 가치가 있었다. 벤처의 눈썹이 1밀리미터쯤 올라갔다. 그녀는 벤을 보더니 다시 주점의 사람들을 보았다. 마지막으로 그녀는 다시 벤을 보았다. "하임 울프와는 어떻게 아는 사이지?"

"가끔 만나러 갔어요. 오늘 그분 유언에 따라서 뭘 받았고요."

"뭘 받았는데?"

"술병이요. 위스키병."

벤처 부인은 그의 입에 얼마나 많은 진실이 담길 수 있는지 재어 보려는 듯 그를 빤히 보았다. "좋아. 하지만 여기선 안 돼. 위층으로 가지. 따라오게."

그녀는 자기 카트 쪽으로 걸어가기 시작했다. "여긴 좀 어떠신가들?" 그녀가 테이블에 앉아 있는 세 사람에게 말했다. "아직 다 안 마셨나? 그게 말이지, 이제 문을 닫을 시간이라서 말이야. 집에 가라고들. 내일 학교 가야지."

"할머니, 우리 학교 안 다닌 지 오래 됐어요." 그중 한 명이 말했다.

"가서 너희 엄마한테나 할머니라고 해." 벤처가 말했다. "그리고 멍청이처럼 살면, 매일이 학교 가는 날이 되는 거야. 가자, 오스나트를 괴롭히지 말라고. 오스나트도 좀 자야지. 슬슬 정리해."

그녀는 카트를 챙겨서 바를 지나 가던 길을 계속 가며 벤에게 따라오라고 손짓했다. 그녀는 마지막 손님에게 가까워졌을 때 고개를 기울이고 조용히 말했다. "집에 가, 미카. 아내가 기다리고 있다고. 나도 다시 전화를 받고 싶지는 않아. 마지막으로 한 모금 마시고, 심호흡 한 번 하고 집에 가."

미카는 굳이 잔을 비우지도 않았다. 그는 엉덩이가 의자에서 미끄러지게 놔두고, 셔츠 단추를 꼼꼼히 채우더니 조용히 떠났다.

"잘 자거라, 오스나트." 벤처 부인은 바가 끝나는 지점까지 계속 걸어가며 손을 흔들었다. "뒷정리는 문제없겠지?"

"그럼요." 오스나트가 말했다. "안녕히 주무세요."

벤처와 벤이 바 끝에 이르자―벤처는 지친 발을 터덜터덜 끌었고, 벤은 적당한 거리를 유지하려 애쓰며 그녀를 따라갔다―노파가 문을 열었다. 계단실이 드러났다.

"지금은 이 건물 전체가 다 내 거야." 그녀는 그렇게 말하더니 불을 켰다. "1층에는 주점이 있고, 2층에는 나와 오스나트의 집이 있고, 꼭대기 층은 주인이 없지. 몇 년 전까지만 해도 울프가 거기 살았는데 지금은 다 닫아 놨어. 카트 옮기는 것 좀 도와주겠나?"

그들은 천천히 계단을 올라갔다. 건물은 낡았고 계단은 닳아빠졌지만, 깨끗하고 바람이 잘 통하는 공간이었다. 벤처 부인은 2층 층계참에서 커다란 열쇠고리를 조끼 주머니에서 꺼냈고, 불이 꺼지기 직전에 가까스로 맞는 열쇠를 자물쇠에 밀어 넣었다.

벤은 반대편 문을 보았다. 스누피가 개집 지붕에 납작하게 누워 있고, 그 위에는 '오스나트'라는 이름이 적힌 낡은 그림이 붙어 있었다.

벤처 부인의 거실은 벤의 예상을 벗어나지 않았다. 벤처 부인처럼 생긴 여자라면 이러저러하게 집을 꾸며 놓으리라고 생각했던 모습 그대로였다.

커다란 꽃무늬 소파와 책으로 가득한 한쪽 벽, 맞은편 벽에 걸려 있는 햇볕에 그을린 카우보이모자 차림의 남자 사진, 꼭대기에 흑백 사진이 놓여 있는 장식장과 생화인지 조화인지 모를 꽃이 가득 담긴 꽃병, 그리고 전구 몇 개만 켜진 샹들리에가 천장에 매달려 있었다. 벤처 부인은 벤에게 소파에 앉으라고 손짓하고, 카트를 구석에 세우고는 주방처럼 보이는 곳으로 들어갔다. 벤은 고분고분하게 소파에 앉았다. 가방은 바닥에 내려놓았다. 벤처 부인은 작은 쿠키 봉지와 물 한 잔을 가지고 돌아왔다.

"여기서 잠깐 기다려." 그녀는 그렇게 말하고 어두운 복도를 지나 사라졌다.

벤은 방을 더 자세히 살펴보았다. 텔레비전도, 라디오도 없었다. 비교적 작은 암갈색 장식장이 소파 옆에 놓여 있었으며 그 위에는 사진이 몇 장 더 있었는데, 이번에는 컬러 사진이었다. 벤은 그 사진들을 유심히 보았으나 어디에도 사람은 없었다. 그저 사람들이 미래에 휴가를 떠날 만한 곳으로 생각하는 장소가 담긴 풍경 사진이었다.

벤처 부인은 로브를 걸치고 플리스 슬리퍼를 신고 돌아와 소파 옆 안락의자에 앉았다.

"쿠키에는 손도 안 댔네." 그녀가 말했다.

"별로 배고프지 않아서요." 벤이 말했다. "쿠키를 먹기에 딱히 좋은 시간 같지도 않고요." 벤은 이곳에 시계가 없다는 사실도 알아차렸다.

"차를 좀 줄까?" 그녀가 물었다.

"어… 아뇨." 그가 말했다. "괜찮아요. 감사합니다."

그녀는 어깨를 으쓱했다. "뭐, 그래. 그래서, 하임 울프라고 했나?"

"네."

"하임 울프는 좋은 이웃이었어. 착한 사람이었지. 나랑은 알고 지낸 지 좀 됐고. 실은 이 건물을 지은 사람이 바로 울프야. 그 사람이 바 없는 바도 처음 만들었지. 울프는 양로원에 들어가기로 했을 때 헐값에 이것들을 전부 나한테 팔았다네."

"그게…" 벤이 말했다. "하임 울프 씨는 돌아가셨어요."

벤처 부인은 물을 작게 한 모금 마시고 말했다. "그래, 알아."

"혹시 모르실까 봐 걱정했어요." 벤이 말했다.

"아니야. 알고 있어."

"저는… 저는 다음 날이 되어서야 알았어요. 평소 만나던 날에 양로원에 갔다가 알게 됐죠."

"울프랑은 어디서 알게 됐나?"

"집 근처 양로원에 대한 기사를 쓰다가요." 벤이 말했다. "제가 뭐랄까, 음, 거기 사는 어르신들 모두를 인터뷰했거든요. 그분들이 저한테 살아 온 이야기를 해 주셨죠."

"기자인가?"

"아뇨…. 딱히 그런 건 아니고요. 하지만 당시에는 거의 기자가 될 뻔했어요. 솔직히 말씀드리면, 그 기사는 신문에 실리지 않았어요."

"그럼 거기 늙은이들하고는 전부 다 연락을 하고 지낸 건가? 아니면 울프하고만?"

"울프 씨하고만요."

"왜지?"

"왠지는 모르겠지만 친해졌거든요. 뭐라고 해야 하나…. 모두가 흥미로운 이야기를 들려주었어요. 정말로요. 하지만 울프의 이야기는 늘 조금 더 흥미로웠어요. 언제나 뭔가 특별한 일과 관계되어 있었죠. 울프는 이야기와 통찰력으로 가득했고, 울프와 이야기하는 건 환상적인 일이었어요. 아주 멋진 분이기도 했고요."

벤처 부인은 미소 지으며 고개를 끄덕였다. "그래, 울프한테 확실히 있는 게 한 가지 있다면, 자기 자신에 관한 이야깃거리를 아주 많이 가지고 있다는 점이었지."

"저와 울프는 일주일에 한 번씩 만나서 체스를 두고 커피를 마셨어요. 가끔은 뜰에 내려가서 산책하면서 잠깐씩 이야기를 나누기도 했고요. 좋았어요. 늘 만나러 갈 수는 없었지만, 울프는 제가 만날 기회를 놓치더라도 신경 쓰지 않았죠."

"그러다가 친해진 건가?"

"아뇨…. 그러니까, 그런 것 같지는 않아요. 서로 사적인 얘기는 안 했거든요. 그냥 단조로운 관계였어요. 사실 꽤 평범한 사이였죠. 가끔은 체스를 한 판 뒀을 뿐인데 제가 출근해야 할 시간이 됐고, 가끔은 울프가 건강이 좋지 않아서 침대에서 일어나지 못하고 그냥 과거 이야기만 해 줬어요. 어쨌든 저는 친밀하다거나 중요한 관계라고 생각해 본 적이 한 번도 없어요. 울프는 제가 머리를 식히고 싶을 때 만나러 갈 만한 사람이었어요."

"그런데?"

"그런데 울프 입장에서는 이런 만남들이 중요했나 봐요. 울프가 저한테 유산으로 뭔가를 남겨 줬어요. 중요하게 여긴 물건인 게 분명해요. 그 물건을 보관했다가 전달하는 간단한 임무를 맡기려고 변호사를 고용했을 정도니까요."

"어떤 병이라고 했지?"

"바 없는 바에서 만들어졌다고 적혀 있는 유리병이에요." 벤이 말했다.

벤처 부인의 얼굴에 긴장한 기색이 드러났다. "그 병은 어디에 있나?" 그녀가 물었다.

"여기요." 벤이 말했다. 그는 가방으로 손을 집어넣어 유리병을 꺼내 탁자에 올려놓았다.

벤처 부인은 잠자고 그 병을 바라보았다. 방 전체가 조용해졌다.

"이 병이 왜 중요한 거죠?" 벤이 물었다.

"그게 중요하다고 누가 그러던가?" 벤처 부인이 말했다.

"오늘 누가 저를 미행하더니, 이걸 가져가려고 제 집까지 침입했어요." 벤이 말했다. 갑자기 뭔가 깨달은 느낌이 들었다.

벤처는 숨을 내쉬더니 그를 돌아보았다. "누가?"

"모르겠어요." 벤이 말했다. "분명 이걸 정말로 갖고 싶어 하는 사람이겠죠."

벤처 부인은 병으로 다시 관심을 돌렸다. 그녀는 아직도 그 병에 손을 대지 않고 있었다. 그녀는 허리를 숙이고 병을 자세히 들여다보더니 일어나서 장식장 쪽으로 간 다음, 장식장 위에서 안경을 내렸다. 그녀는 코에 안경을 걸치고 소파로 돌아와 다시 유리병을 이리저리 돌려 보았다.

갑자기 그녀가 허리를 펴고 벤을 보았다.

"이걸 마셨나?" 그녀가 물었다.

"어…. 네…." 벤이 말했다. "방금, 사장님을 기다리면서요. 뭐랄까, 잠깐 충동이 들었거든요. 보통은 술을 아예 안 마시는데."

"얼마나 마셨지?" 벤처 부인이 곧바로 물었다.

"한 모금요." 벤이 말했다.

"많이? 조금?"

"제 생각에는…. 많이 마신 것 같은데…."

"얼마나?"

"솔직히 말하면, 그 순간 마실 수 있었던 최대한으로요…."

벤처는 의자에 등을 기대고 안경을 벗어 목의 체인에 늘어뜨렸다. 그녀는 눈을 감고 물었다. "그리고 나서 무슨 일이 일어났나?"

"아무 일도 없었어요." 벤이 말했다. "그러니까, 삼킬 때 꽤 뜨겁

긴 했죠. 위스키 마시는 일이 딱히 익숙하지는 않거든요. 기침을 좀 했어요."

벤처 부인이 눈을 떴다. "그게 다였다고?"

"네. 특별한 일은 없었어요. 왜…. 무슨 일이 일어났어야 하는 건가요?" 벤이 물었다.

벤처 부인은 어깨를 으쓱할 뿐 아무 말도 하지 않았다.

그녀는 머리를 젖혀 소파에 기댔다. 그녀의 시선은 여전히 유리병에 머물러 있었다. 그녀의 두 손이 마치 자신만의 의지를 가진 듯 움직이더니, 손가락들이 서로 맞닿아 작은 삼각형을 이루었다.

"이번엔 대체 무슨 짓을 한 거야, 이 늙은 멍청이가." 그녀가 중얼거렸다. "우리한테 뭘 남긴 거냐고?"

그녀는 눈을 감았다. 벤은 소파에 앉아 자기도 뒤로 기대야 할지, 딱딱한 태도를 유지해야 할지 생각했다. 뭔가 말하는 게 적절할까? 아니면 몇 초가 지나고 노인이 자리에서 일어날 때까지 입을 다물고 있어야 할까? 그는 손바닥이 축축해지는 것을 느끼고 바지 앞부분에 손을 닦았다. 벤처 부인은 아직도 움직이지 않고 있었다. 결국 그는 더 이상 침묵을 견딜 수 없었다.

"그래서 이 유리병이 뭔가요?" 그가 물었다.

벤처 부인이 손을 들어 허공에 손가락을 들어 올렸다. '잠깐만'이라고 말하는 듯했다.

몇 초 뒤 그녀가 눈을 떴다. "한잔 마셔야겠군." 그녀가 말했다.

그녀는 놀랍도록 쉽게 소파에서 일어나더니 주방으로 걸어갔다.

벤은 냉장고가 열리고 유리잔이 탁 하며 조리대 위에 놓이는 소리, 액체가 한 용기에서 다른 용기로 부어지는 소리를 들었다. 마침내 그녀가 거의 가득 찬 잔을 들고 다시 나타났다. "오렌지 주스야." 그녀가 말했다. "중요한 비타민 C 공급원이지."

그녀는 잔에 담긴 음료를 한 모금 마셨고 벤은 예의상 입을 열었다.

"집이 참 좋네요." 그가 말했다. "사진이 정말 아름다워요."

"고맙네." 벤처 부인은 그렇게 말하더니 별 생각 없이 덧붙였다. "정말 예의 바른 젊은이군."

"장식장이 비싸 보이는데요." 벤은 참지 못하고 말했다. "틀림없이 고급일 것 같아요. 그건 그렇고, 저쪽 구석에 걸려 있는 사진이요. 카우보이모자를 쓴 나이 든 남자 사진. 저 사람은 누구예요?"

"모르겠네." 벤처 부인이 말했다. "그냥 마음에 들어서 놔뒀어. 예전부터 카우보이들한테 뭐가 있어서."

"이상하네요. 제가 거의 아는 사람처럼 보이는데."

"젊은 사람들이 쓰는, 그 인터넷인지 뭔지로 알아보면 되지." 벤처 부인이 말했다. "인터넷에서라면 분명 이름을 찾을 수 있을 텐데."

"음, 확실히 멋진 사진이잖아요. 석양도 있고, 이래저래." 벤이 말했다. "왜 지하실에 있던 걸 여기로 가져오셨어요?"

"이제는 지하실에 거의 안 내려가거든." 벤처 부인이 무시하듯이 손을 내저으며 말했다. "아무도 없는 곳에 저 사진을 놔둔다는 건 낭비처럼….”

그녀는 순간 벤에게로 고개를 홱 돌렸다. “그걸 어떻게 알았지?” 그녀가 물었다.

“뭘요?”

“저 사진이 지하실에 있었다는 사실을 어떻게 알았느냐고?” 그녀가 물었다. 다급한 목소리였다.

“저는…. 전…. 어떻게 알았는지 모르겠어요.” 벤이 머뭇거리며 말했다. “그러니까, 그냥 저 사진이 지하실에 있었던 게 기억났어요. 저 아래에요.”

“난 이 건물에 지하실이 있다는 얘기조차 하지 않았는데.”

“저는…. 잘 모르겠어요.” 지금 벌어지는 일에 겁을 먹은 그는 갑자기 이해했다. “방금 저 사진이 지하실 한쪽 구석, 책을 올려놓은 선반 근처에 걸려 있는 모습이 떠올랐어요. 선반은 세탁기 위쪽에 있고, 세탁기는 칠판 근처에 있고, 칠판에는 분필과 숫자들이….”

그는 벤처 부인을 보았다. 그녀의 눈이 휘둥그레져 있었다. “이게 무슨 일이죠?” 벤이 떨리는 목소리로 물었다.

“너는 위스키를 마셨지.” 그녀가 말했다.

“…그래서 취한 건가요?” 벤이 당황해서 물었다.

갑자기 벤치 부인의 머리가 뒤로 홱 젖혀졌다. 그녀가 웃음을 터뜨렸다. “이런 짓을 했다니 믿을 수가 없네. 이봐요, 울프. 도저히 못 믿겠다고요.”

“누가요? 뭘 해요? 지금 무슨 일이 벌어지는 거죠?” 벤이 물었다.

"저한테 무슨 일이 일어나는 거예요?"

벤처 부인은 심각해져서 오렌지 주스를 탁자에 내려놓았다. "괜찮아." 그녀가 말했다. "너한테 위험한 일이 일어나지는 않으니까. 따라와." 그러더니 그녀는 문 쪽으로 돌아섰다.

"어디 가세요?" 벤이 물었다.

"지하실에." 벤처 부인이 말했다. 그녀는 로브를 여미며 그를 돌아보았다. "그건 그렇고, 젊은이는 이름이 뭐지?"

"벤 슈워츠먼이요." 벤이 말했다.

"으흠. 이제 인생이 바뀌게 되었네, 벤 슈워츠먼. 따라오게. 술병 가지고."

9

벤처는 밖으로 나와 문을 닫았다.

"지하실에는 왜 내려가는 거예요?" 벤이 물었다.

"네 기억을 일깨우려는 거지." 벤처 부인이 말했다.

"저한테 무슨 일이 일어나는 거죠?" 그가 다시 물었다.

계단을 타닥타닥 오르는 발소리가 들렸다. 오스나트의 머리가 나타나더니, 한 계단 한 계단 올라오면서 그녀의 나머지 몸도 시야에 들어왔다.

"마감했어요." 오스나트가 말했다. "문도 다 닫았고요."

"애송이들도 갔고?" 벤처 부인이 물었다.

"8번 테이블의 세 사람 말이에요?" 오스나트가 미소 지었다. "네, 갔어요. 오늘 밤은 끝이에요. 그건 그렇고, 그 셋 별로 질척거리지 않던네요."

"애송이들." 벤처 부인이 말했다. "아마 극장에도 청바지를 입고 갈 거야."

"사장님 생각이 그러시다면야." 오스나트가 미소 지었다. "아무튼 오늘 밤 영업은 다 끝났어요."

"잘했구나." 벤처 부인이 말했다. "여기 젊은이랑 나는 잠깐 아래
층에 내려갈 생각이야. 잘 자거라."

"안녕히 주무세요." 오스나트는 그렇게 말하고 복도 건너편 문으
로 돌아섰다.

"잠깐만요!" 벤이 외쳤다. "당신을 어디서 봤는지 생각났어요!"

오스나트는 놀라서 그를 바라보았다. "네, 저야 아래층에서 일하
는 바텐더니까요. 그쪽이 10분 전에 본 바로 그 여자요."

"네, 그렇죠. 하지만 그때만 본 게 아니에요." 벤이 말했다. "오늘
오후에 변호사 사무실에서 당신을 봤어요. 그 변호사 이름이 스토
시버그였죠. 제가 막 들어왔을 때 당신이 나갔어요. 저 기억 안 나
요? 그 이상한 소파 한쪽에 앉아 있었는데."

"미안해요. 별로 집중하지 않고 있어서." 오스나트가 말했다. "거
기 있는 줄 몰랐네요. 하지만 네, 변호사 사무실에 간 건 사실이
에요."

벤은 벤처 부인에게 말했다. "그 사람이 저한테 술병을 준 변호사
예요." 그는 위스키병을 살짝 흔들었다.

벤처 부인이 오스나트를 돌아보며 부드러운 목소리로 말했다.
"오스나트, 그 사람에게서 받은 게 있니?"

"네." 그녀는 어깨를 으쓱하며 말했다. "하임 울프가 남긴 술병을
하나 받아 왔어요. 가끔씩 울프를 만나러 갈 때 바 없는 바에서 술
을 가져갔거든요. 살짝 보답을 한 것 같은데요."

"그 술병은 지금 어디 있고?" 벤처 부인이 물었다. 목소리는 여전히 상냥했다.

오스나트는 문 쪽으로 고개를 기울였다. "저 안에요. 전에 사장님이 주신 주류 보관장에 넣고 문을 잠궈 놨어요."

"마셨나?"

"아뇨. 특별한 때를 위해 아껴 놔야겠다고 생각했어요. 꽤 비싼 술이었거든요. 울프가 정말 제대로 힘을 썼던데요. 친절하기도 하지." 오스나트가 한숨을 쉬었다.

"그럼 너도 우리와 함께 아래층에 가는 게 좋겠구나."

"방공호에요?"

"방공호든 지하실이든 뭐가 중요하겠니? 아래층 말이야. 술병이야 보관장에 넣고 잠궈 뒀다면 괜찮다. 나중에 가져가자꾸나."

"무슨 일인데요?" 오스나트가 벤에게 물었다. 벤처 부인은 서둘러 계단을 내려가기 시작했다. 그녀가 발을 디딜 때마다 슬리퍼가 조용히 자박거리는 소리를 냈다.

"저도 모르겠어요." 벤이 말했다.

"사장님, 내일 아침에 이야기하면 안 돼요? 너무 피곤한데." 오스나트가 내려가는 분홍색 로브의 뒷모습에 대고 말했다.

"안 돼." 벤처 부인이 말했다. "가자, 둘 다. 아래층으로."

벤처 부인은 묵직한 방공호 문에 도착하자 열쇠를 하나 꺼냈다. 그녀는 문에 걸쳐 있는 막대의 자물쇠를 열더니 벤을 가리켰다. "젊은이가 나보다는 힘이 셀 것 같은데. 열어 봐."

벤은 씨름 끝에 간신히 막대를 돌리고 문을 열었다. 벤처 부인이 안으로 손을 뻗어 불을 켰다.

방공호 안의 공기는 퀴퀴하고 텁텁했다. 벤처 부인이 스위치를 탁 켜자 환풍기가 돌아가면서 잠들어 있던 공기를 휘저었다. 단 하나 있는 전구에서 나온 누런 빛이 잘 정리되어 있지만 먼지 낀 내부를 비추었다. 의자 몇 개가 놓여 있고 묵직한 책장 두 개가 벽에 바짝 붙어 있었다.

벤은 구석의 탁자 위에 체스 판과 상자에 든 백개먼 게임이 놓여 있는 것을 보았다. 다른 상자들은 먼지가 너무 많이 끼어서 알아볼 수 없었다. 커다란 녹색 칠판이 탁자 위에 걸려 있었고, 분필 몇 개가 칠판 아래쪽의 튀어나온 선반 위에 놓여 있었다. 방 한가운데에는 알록달록한 무늬의 크고 둥근 깔개가 있었다.

"앉게." 벤처 부인이 의자 쪽을 가리키며 말했다.

"하지만 일단…." 벤이 입을 열었다.

"앉아, 앉으라니까." 벤처 부인이 참을 수 없다는 듯 말했다.

그들은 자리에 앉았다.

"자." 벤처 부인이 말했다. "세탁기는 어디에 있었지?"

"저쪽에요." 벤은 한쪽 구석을 가리키며 말했다.

"카우보이 사진은?" 그녀가 물었다.

"그 위에요."

"어떤 벽이지? 이쪽? 저쪽?"

"저쪽이요." 벤이 손가락질하며 말했다.

벤처 부인은 주위를 둘러보았다. "의자들이 다 쌓여 있을 때는 어디 있었나?"

"탁자 옆, 저쪽에요." 벤이 말했다.

"그리고 저기, 책장 위." 벤처 부인이 말했다. "체스를 놔두던 곳은 몇 번째 칸이지?"

"어," 벤이 말했다. "저 칸인 것 같은데요." 벤은 가장 아래쪽 선반을 가리켰다.

벤처 부인이 깊이 숨을 들이쉬었다. 그녀는 짧고 빠르게, 벤에게 그가 모르는 유럽 어느 언어의 농익은 욕설처럼 들리는 자음들을 줄줄이 쏟아 냈다.

"지금 무슨 일이 벌어지고 있는지 말해 주실 분?" 오스나트가 물었다.

벤이 두 손을 들며 고개를 저었다. "보지 마세요. 난 모르니까."

"사장님?" 오스나트가 물었다.

벤처 부인은 외투 주머니에 손을 넣었다.

"정말이지 두 사람에게는 설명을 좀 해 줘야겠네." 그녀가 말했다. "하긴 울프가 두 사람에게 술병을 주었다면 두 사람을 믿었던 게 틀림없으니. 너한테는 어자피 언젠가 말해 주러 했고."

그녀는 외투에 두 손을 넣은 채 방공호를 어슬렁거리며 돌아다녔다. 그녀의 두 눈은 바닥에 붙박여 있었다. 잠시 방공호 안에서 들려오는 유일한 소리는 그녀의 슬리퍼가 타닥거리는 소리와 환풍기가 웅웅 돌아가는 소리뿐이었다. 마침내 그녀가 움직임을 멈추고 그들을 보았다.

"뭘 하고 싶지?" 그녀가 물었다. "그러니까, 하고 싶지만 할 만한 용기가 없거나 없었던 일이 뭐지?"

"아니, 그게 대체 무슨 소리예요?" 오스나트가 투덜거렸다.

"네?" 벤은 어리둥절해져서 물었다.

"예를 들어서, 태국 여행 같은 것 말이다." 벤처가 말했다. "아니면 5만 명의 사람들로 가득한 경기장에서 밴드 공연을 한다든지. 해 보고 싶었지만 하지 못한 어떤 경험이 있나? 은행 강도단을 추격한다든지? 외국에서 스파이 활동을 한다든지? 캄 노우*에서 골을 넣는다든지?"

"그게 왜요?" 오스나트가 물었다.

"바 없는 바에서 파는 게 그런 거거든." 벤처 부인이 말했다. "최소한 예전에는 그랬지."

"바를 책임지고 있는 사람으로서, 저는 사장님이 무슨 말을 하시는지 전혀 모르겠는데요."

벤처 부인이 벤을 돌아보았다. "울프가 브라질에 대해서 뭐라고 하던?"

"브라질이요?"

"그래."

"카니발을 보러 세 번 갔다고 하셨어요." 벤이 말했다. "상파울로에는 괜찮은 음식점이 다섯 곳밖에 없고, 사람들이야 뭐라고 하든 브라질의 해변은 세계 3위밖에 되지 않는다고도 하셨죠."

"바닷가 얘기는 저한테도 했어요." 오스나트가 말했다. "저도 울프랑 생각이 같아요. 코스타리카의 해변에 가 보면 브라질 바다는 부끄러울 정도예요. 코스타리카에서야말로 유리처럼 투명한 파도를 탔거든요."

"브라질에는 얼마나 있었다던?" 벤처 부인이 벤에게 물었다.

"석 달이요." 벤이 말했다. "카니발을 한 번 보러 갈 때마다 한 달씩 계셨다던데요."

"하임 울프는," 벤처 부인이 말했다. "브라질에서 거의 3년을 보냈어. 내가 아는 한 그중 단 한순간도 카니발을 구경하며 보내지는 않았고. 울프는 그 시간 대부분을 아마존 밀림 깊은 곳에서 보냈다. 오늘날까지도 나는 그가 거기에서 뭘 했는지, 또 누구를 만났는지 몰라."

"그럼 왜…?"

"아마존에서 나왔을 때," 벤처 부인이 말했다. "울프는 서구 사람들 중에는 아는 사람이 거의 없는 지식을 가지고 있었어. 한 사람에게서 다음 사람에게로 경험을 전달하는 방법을 알아낸 거야."

그녀는 입을 다물고 침묵이 점점 자라나도록 놔두었다. 그녀의 등 뒤에서 환풍기가 웅웅거렸다.

"그게 무슨 뜻이에요?" 오스나트가 물었다.

"예를 들어서, 네가 정말로 브라질의 카니발에 갔다고 하자." 벤처 부인이 말했다. "넌 누군가에게 그 경험을 말해 주고 싶지만, 아무리 잘 전달해 봐야 그런 설명이 완전한 경험을 전달하는 데는 실패하리라는 걸 알고 있어. 그 색채며 냄새, 흥분, 어쩌면 혼란까지 아무것도 전할 수 없겠지. 세상에는 말로 전할 수 없는 것들이 있거든. 하지만 울프는 한 사람의 정신에서 다른 사람의 정신으로 경험을 옮기는 방법을 발견한 거야. 그 경험을 새로 전달받은 사람이 마치 경험의 주인이 된 것처럼 느낄 수 있는."

"그 말은⋯."

"무슨 일이 일어났든, 무슨 일을 했든 그 경험을 밖으로 내보낼 수 있는 기술이 있다는 얘기다. 경험을 보존하는 기술이라고도 할 수 있지. 예를 들어 술은 특히 좋은 보존제야. 그래서 그토록 많은 기억과 경험이 와인, 위스키, 브랜디에 저장되는 거고. 하지만 경험은 사실 어떤 음식이나 음료에도 보존될 수 있다. 물은 예외지만. 물론, 빨리 썩지 않는 것에 보관하는 게 좋겠지. 기름, 식초, 꿀, 가끔은 설탕도 쓰고, 말려서 보관하는 곡식도 좋아. 꼭 한 발 양보하겠다면 피클에 보관할 수도 있고."

"그러다가 누가 그 음식을 먹으면⋯." 오스나트가 느릿느릿 말했다.

"누가 그 음식을 먹거나 마시면, 그 경험을 얻는 거야. 마치 자기 경험인 것처럼 전달받은 경험을 떠올리게 되지. 그 사람은 상대의 경험 자체를 경험한 셈이 돼. 카니발에 갔던 게 되는 거야."

"말도 안 돼요." 오스나트가 일어서며 말했다. "초현실적인 얘기 같은데, 전 좀 자야겠어요."

"여기 이 친구한테 물어보거라." 벤처 부인이 말했다. "이 친구는 울프가 남겨 준 위스키를 마셨고, 이제는 울프가 여기 지하실에 내려와서 했던 경험을 기억하기 시작했어."

"방공호요."

"아무튼. 중요한 건 울프가 뭔가를 남기고 떠나면서 그 일에 너희 둘을 참여시키기로 했다는 거야. 울프는 그걸 너희들의 손에 맡기고 싶어 했어. 너희들을 믿은 게 분명하다."

"사장님은 그걸 어떻게 알아요?" 오스나트는 다시 앉으며 물었다.

"나도 울프와 함께 일했으니까." 벤처 부인이 말했다. "내가 울프의 경험자 중 한 명이었어."

"울프의 뭐였다고요?"

"이스라엘로 돌아왔을 때," 벤처 부인이 말했다. "울프는 자기가 배워 온 기술을 사용하기로 했다. 젊은 사람들을 모아 경험을 보존하는 방법을 가르쳤지. 울프는 우리를 전 세계로 보내 이것저것 경험하게 했어. 코스타리카에서 번지 점프 하기, 비엔나에서 필하모닉 오케스트라 지휘하기, NBA에서 포인트 가드로 뛰기 같은 온갖 일들을 말이다. 울프는 시장에서 요구하는 경험을 가진 사람들의 네트워크를 조직했고, 그 사람들은 울프에게 자기 경험을 보내 주었어. 경험을 보존하는 최고의 방법이 술을 사용하는 것이었기 때문에 울프가 바 없는 바를 차린 거야. 울프는 바 없는 바를 평범한 주점처럼 운영했지만, 특별한 술도 팔았지. 이런 가게가 성공할 수 있을 것 같으냐? 그 시절에 이스라엘 사람들은 술 마시는 걸 별로 좋아하지도 않았어. 설령 좋아했더라도 당시에는 이 동네 목이 별로 좋지 않았고. 울프에게는 실제로 파는 것, 즉 경험을 감출 외형이 필요했던 거야."

"그래서 사장님이…. 경험을 한 사람 중 한 명이라고요?"

"그래. 나는 대학에서 영문학을 전공하고 나서 울프를 만났다. 대체 영문학 학위로 뭘 해야 할지 모르고 있을 때였어. 그때 울프가 일자리를 제안하더니, 한 달 만에 그 기술을 가르쳐 주고는 침낭과 백 달러를 쥐어 주고 나를 전 세계로 보냈어. 나는 11년 동안 떠돌아다녔다. 너희가 상상할 수 있는 모든 곳에 가 봤어. 말도 안 되는 일들을 했지. 결국에는 돌아와서 잠시 쉬며 울프가 바 없는 바 운영하는 걸 돕기로 했다. 어느 순간에는 그런 인생도 살만큼 살았다고 느껴지거든. 어른이 돼서 열이 식는 거지. 그래서 집으로 가는 거야. 그러다가 어떤 경험이 하고 싶어지면, 언제든지 경험자들 중 한 명에게 나 대신 그런 경험을 해달라고 부탁한 다음 그가 돌아오면 술을 한잔 같이 하면 됐다."

벤은 멍해져 그녀를 바라보았다. "불가능해요." 그가 마침내 말했다.

"왜지?" 벤처 부인이 물었다. "사람들은 늘 자기가 모든 걸 다 안다고 생각하지. 10분 전에는 세상이 평평하지 않다는 게 밝혀졌고,

30분 전에는 DNA가 발견됐고, 이틀 전에는 상대성 이론이 만들어졌고…. 우리는 언제나 세상을 뒤흔드는 발견이 이미 이루어졌다고 느껴. 남아 있는 것들은 전부 세세한 것들뿐이라고 말이야. 어찌나 순진한지….”

벤은 고개를 저으며 말했다. “하지만 그건…. 그건 논리적이지 않아요.”

벤처 부인은 외투 주머니에서 손을 빼지 않은 채 두 팔을 벌렸다. “누가 논리적이라나? 하지만 이건 사실이야. 네가 지금 느끼고 있잖아. 어쨌건, 관심이 간다면 나한테 남아 있는 표본이 좀 있어. 비틀즈 공연을 보러 가서 무대 바로 곁에 서 있던 날 밤을 담고 있는 브랜디도 있고, 첫 달 착륙 텔레비전 생중계를 보존해 둔 사랑스런 레드 와인도 있고.”

“지금 얘기하시는 건 기억 이식이에요.” 벤이 말했다.

“아니, 기억이 아니야. 경험이지.” 벤처 부인이 말했다. “경험은 단순한 기억을 넘어서는 거라고.”

“기억을 ‘넘어선다’뇨?”

“3 곱하기 5는 몇이지?” 벤처 부인이 물었다.

“네?”

“그냥 대답해 봐. 3 곱하기 5.”

“15요.” 벤이 말했다. “왜요?”

“그걸 지금 계산했니? 연산한 거야? 3이라는 숫자를 다섯 번 가져다가 답이 나올 때까지 곱했니, 아니면 그냥 머릿속의 곱셈표를 가져다가 대답을 뱉은 거니?"

"저는⋯."

"1차 세계 대전이 시작된 해가 언제지?"

"1914년이요." 벤이 말했다.

"수소 원자에는 전자가 몇 개 있지?"

"하나요. 근데 무슨 말씀을 하시려는 거예요?"

"내가 하려는 말은 가장 기본적인 수준에서 기억이란 사실과 숫자에 관한 것이라는 얘기야. 굳이 그걸 경험할 필요는 없지. 기억은 머릿속에 저장한 자료의 한 조각이니까. 경험은 완전히 다른 문제야. 경험은 사람을 변화시키니까. 우리가 파는 것도 그런 거란다. 정보가 아니라 변화."

그녀는 방공호를 한 바퀴 돌더니 다시 그들을 보았다.

"어쨌거나 너도 사람들이 뭘로 만들어져 있는지 알고 있지? 사람들은 경험으로, 자신들이 겪어 온 모든 것으로 이루어져 있어. 그래, 물론 시작점은 있지. 유전자에 의해 결정되는, 우리의 성격이 형성되는 중심점으로서의 최초의 핵은 분명히 존재해. 하지만 우리의 경험과 선택이 우리를 만들어 나가고 변화시키지. 사람이 영웅이 되는 건 학교에서 영웅주의에 대해 배운 다음 나가서 용감한 행동을 하기 때문이 아니야. 용감한 행동을 하기 때문이지. 행동이야말로 사람을 만든다. 행동이 내면의 여러 부분을 움직이게 하고 사람을 짜 맞춰 그 자신으로 만드는 거야. 울프가 이해한 게 그 점이었어. 그게 울프의 천재성이었지. 울프가 팔았던 것도 그거고. 물론, 그냥 어느 장소에 가서 어느 행동을 했다고 주장하고 싶다는 이유만으로 이곳에 오는 사람들도 있었어. 울프는 그 사람들을 관광객이라고 불렀지. 하지만 우리의 진짜 고객들은 변화하고 싶어 하는 사람들, 뭔가를 경험하고 싶어 하는 사람들이었다. 고소 공포증이 있었지만 스카이다이빙 경험을 사고 나서 그 두려움을 떨쳐 버린 사람들. 사회적 상호 작용에 익숙해지기 위해 그런 상황이 가득 들어 있는 작은 레드 와인병을 궤짝으로 사갔다가 치솟는 불안증을 멈출 수 있게 된 수줍은 사람들. 기업을 세운 경험을 사간 기업가들. 창의적 사고력을 일깨우고 싶어 예술가와 음악가들의 경험을 사간 사람들. 울프는 경험이 사람을 만든다는 점을 이해했고, 사람들에게 자신을 바꿀 방법을 제공했어. 그들은 여기에서 그냥 기억만을 얻어간 게 아니란다. 정신을 조금씩 조율한 거야."

그녀가 벤을 돌아보았다. "울프가 너에게 무언가 전해 주고 싶었던 모양이야. 그게 네 인생을 변화시킬 경험일지도 몰라. 물론 단순히 울프가 경험한, 네게 알려 주고 싶어 한 일인지도 모르고."

"그럼 전 그 경험을 직접 한 것처럼 느끼게 되겠군요."

"그래. 정말 그렇게 느껴지지 않나?"

"잠깐, 잠깐, 잠깐만요. 기다려 봐요!" 오스나트가 말했다. "그래서 그 사업은 어떻게 됐는데요? 제 말은, 다들 어디 있느냐고요? 그 경험자라는 사람들요."

벤처 부인이 한숨을 쉬었다. "상황은 가만히 남아 있지 않아. 어느 순간 울프는 새로운 기술을 찾고 싶다고 생각했고, 대부분의 날을 아파트에서 연구하며 보냈다."

"연구요?" 벤이 물었다. "인간들 사이에 기억을 이전시키는 방법을 알아냈는데, 그것만으로는 만족하지 못했다는 건가요?"

"기억이 아니라 경험이래도." 벤처 부인이 말했다.

"아, 경험이요."

"어느 순간 울프는 이 아이디어가 온전한 잠재력을 다 발휘하지 못하고 있다고 느꼈어." 벤처가 말했다. "울프는 경찰과 얽히는 걸 싫어했다. 이 기술이 엉뚱한 사람의 손에 들어갈까 봐 걱정하기도 했고. 그래서 광고를 하고 싶어 하지 않았지. 하지만 울프가 풀고 싶어 하는 문제들은 있었어. 그가 여전히 시도해 보고 싶어 한 온갖 아이디어가 있었다는 얘기야."

"예를 들면요?"

"예를 들어, 경험을 물에 보존한다든지 하는 것 말이다. 깨끗한 물은 모든 물질 중에서도 경험과 사건을 저장하기 위한 보존제로 사용되지 못하는 유일한 물질이었거든."

"왜죠?" 오스나트가 물었다.

"그건 아무도 몰라." 벤처 부인이 어깨를 으쓱하며 말했다.

"하지만 울프는 그 문제를 해결하려 했다. 처음에는 경험 이식을 활용할 수 있는 방법을 최대한 많이 찾아보려 했지. 연인들이 상대의 눈으로 자신을 보고, 서로에 대한 감정을 알 수 있다고 상상해 보거라. 교사가 학생들의 사고 과정과 이해로 가는 길의 모든 장애물을 완전히 이해할 수 있다면 어떨까? 서로가 상대방의 관점을 이해할 수 있기에 논쟁이 절대로 격화되지 않는다면? 의식이라는 감옥에서의 해방, 이질감의 종말…. 그게 울프의 최종 목표였어. 하지만 나도 울프의 실험이나 여행이 성공했다는 이야기는 한 번도 들어 보지 못했다는 걸 인정할 수밖에 없구나. 울프는 자기가 하고 있는 일에 대해 늘 신중했어. 아무튼, 그게 울프가 경험자들을 관리하는 데 시간을 덜 쓰게 된 한 가지 이유란다.

처음에 울프는 긴 시간 여행을 떠나거나, 자기 아파트에 오랫동안 틀어박혀 있었지. 경험자들이 경험을 맡기러 돌아왔는데 그 경험을 받아 줄 사람이 아무도 없는 상황이 벌어졌어. 그 경험을 받아 든 사람이 그걸 어디에 넣어야 할지 모르는 일도 생겼고. 그러면서 많은 것들이 하나둘 사라지기 시작했다. 수업도 미뤄졌고, 강의는 취소됐어. 결국 울프는 둘 다 얻을 수는 없다고 판단했다. 울프는 우리에게 바를 운영하도록 하고, 우리에게 경험자 집단을 관리하는 방법을 가르쳤어. 하지만 훈련 과정은 없앴지. 울프는 가끔씩 새로운 학생을 받아 방법을 알려 주었지만, 그 이상은 아니었다. 나머지 시간은 연구에만 바쳤어.

그러다가 울프에게 뇌졸중이 온 거야. 간신히 전화를 걸어 빨리 병원으로 이송됐지만 말이다. 피해는 심각하지 않았지만, 뭔가 달라지기는 했지. 울프의 단기 기억이 일부 손상되고 말았어. 울프는 자기가 평생 해 온 작업을 생각할 때 이런 기억 상실이 우스운 역설이라고 생각했어. 아무튼 그때 입은 손상 때문에 울프는 실험을 전혀 할 수 없게 됐단다. 실험을 시작했다가, 한창 실험을 하던 중에 자기가 뭘 했는지 잊어버렸거든. 울프는 두 달 동안 그렇게 씨름하다가, 어느 날 실험 중에 엉뚱한 방식으로 용액들을 섞었어. 그 바람에 폭발 사고가 일어나 손가락을 하나 잃고 말았지. 폭발음을 듣고 위층으로 달려갔다가 실험실에서 자기 손가락을 들고 웃고 있는 그를 보았던 기억이 나는구나. '확실히 이젠 장갑을 벗을 시간이네.' 울프는 그렇게 말했다. '이제는 나도 좀 쉴 차례야.' 울프는 그렇게 양로원에 들어갔고, 석 달에 한 번씩 간병인과 함께 해외로 장기 여행을 떠났어. 양로원에서는 사람들이 건망증 문제를 도와줬지. 내가 듣기로는 그런 문제가 일어나는 빈도가 점점 줄었다더구나. 울프는 자기 인생에 꽤나 만족했어. 그러는 한편, 이곳에 들르는 경험자들의 수는 점점 적어졌지. 울프가 없으니 이곳도 매력을 잃었고, 경험자들은 프리랜서로 일하는 편을 선택했어. 개인에게 직접 경험을 판 거야."

"요즘은 내가 이 판을 운영하고 있단다." 벤처 부인이 말을 이었다. "우리와 독점 계약을 맺고 있는 다른 경험자가 세 명 있는데, 그 사람들이 가끔 들러서 경험을 맡기고 가. 하지만 보통은 내가 이 도시를 돌아다니며 경험들을 모은단다. 독립적으로 길거리를 돌아다니는 경험자들이 있는데, 내가 그 사람들을 하나씩 찾아다니면서 제안하는 거야. 너도 내 카트 봤지? 남은 경험도 별로 없고 그나마 품질이 그리 뛰어나지 않은 건 인정한다만, 아직도 그 경험들을 원하는 자들이 있단다. 오늘 오후에는 석 달 만에 어느 노인을 설득해서 새 경험을 사 왔어. 위층에 있지. 오늘에야 그 영감이 내 제안을 받아들이더구나. 2차 세계 대전 때 러시아군과 싸웠던 사람의 거의 완전한 경험이야. 드문 거지. 하지만 그런 경험만 있는 건 아니야. 예컨대 얼마나 많은 젊은이들이 손자를 기르는 경험을 갖고 싶어 하는지 알면 놀랄 거다."

"그러니까 사장님을 찾는 손님을 위층으로 올려 보낼 때마다…" 오스나트가 말했다.

"그 사람들은 경험을 사러 온 우리 단골이지." 벤처 부인이 말했다. "아니면 유통 업자나 판매원일지도 모르고. 간단히 말해, 자기가 찾는 게 뭔지 정확히 알고 있는 사람이지. 모두가 서로 다른 종류의 경험을 전문 분야로 삼고 있어. 요즘 사업 규모가 그리 크지 않은 건 인정한다만, 뭘 어쩌겠니? 그럴 여유가 있는 사람들은 개인 경험자를 두고 있어. 정확히 원하는 경험을 자기 대신 해 주는 사람을 고용하는 거지."

"네, 말도 안 되는 소리네요. 완전히 정신 나갔어요." 오스나트는 눈을 반짝이며 말했다.

"왜 공급이 없나요? 경험자들은 다 어디로 간 거예요?" 벤이 물었다.

"몇몇 경험자들은 말했듯 개인적인 연락망을 가지고 있다." 벤처 부인이 말했다. "그런데 최근에 이상한 일이 일어나고 있어. 경험자들이 사라지고 있거든."

"사라진다고요?"

"처음에는 그냥 우연처럼 보였어. 누구는 남극에 갔다가 돌아오

지 않았고, 누구는 아프리카 사파리에 갔다가 사라졌지. 물론 일어
날 수 있는 일이야. 하지만 최근에는 점점 더 많은 경험자들이 은퇴
하거나 사라지거나 기이한 사고로 죽었단다."

"누가 경험자들을 죽이고 있다는 건가요?"

"모르지." 벤처 부인이 어깨를 으쓱하며 말했다. "하나씩 떼어 놓
고 보면 사고일 수도 있고 판단 실수일 수도 있지만, 너무 많은 사
건이 몇 년 사이에 일어나면 수상해 보이지. 이 세상에서는 경험자
의 수가 점점 줄고 있고, 그중 상당수는 어떤 사람 혹은 조직이 자
신을 쫓고 있다고 생각해서 일찍 은퇴하고 있어. 요즘에는 시장에
서 경험을 구하기가 점점 힘들어지고 있다."

"잠깐만요. 하나 확인하고 싶은데요." 오스나트가 말했다. "그런
사람이 몇 명이나 돼요? 음식에 '뭔가'를 넣을 수 있는 사람들이요."

"음, 지금 당장은 수십 명쯤 되는 것 같구나." 벤처 부인이 말했
다. "최근까지는 수백 명은 됐는데."

"수백 명이요?" 오스나트가 움찔하며 말했다. "네, 그럼 됐어요.
이제 다시는 술 안 마실 거야."

"꼭 술일 필요는 없다잖아요." 벤이 그녀에게 일깨워 주었다.

"세상에." 오스나트가 머리를 꽉 움켜쥐며 말했다. "내가 여기서
뭘 마셨을지 대체 누가 알겠어요?"

"우리가 바에 보관하는 술은 완전히 깨끗한 것들이야." 벤처 부인
이 말했다. "하지만 아주 정직하게 말하자면…. 나도 이 도시의 모
든 바에 관해 보증할 수는 없으니…."

"이건 말도 안 돼요." 오스나트가 말했다. "완전히 돌았어. 아주 급진적인 방식이지만, 그래도 정신 나간 소리라고요."

"이해가 안 돼요." 벤이 큰 소리로 궁금증을 표현했다. "울프가 원한 게 제가 세탁기의 위치를 기억하는 거였다고요?"

"아니, 아니야." 벤처 부인이 말했다. "분명 다른 거겠지. 네가 그 사진과 세탁기를 눈여겨본 건 그냥 우연이야. 그 술병에는 온전한 사건이 들어 있을 거야."

벤은 술병을 쥐고 바라보았다.

"한 모금 더 마시지 그래?" 벤처 부인이 제안했다.

벤은 그녀를 보았다. 한 모금 더 마시라니, 제정신인가?

"그럴 필요는 없을 것 같아요. 시간을 좀 주세요. 어쩌면 안 마시고도 기억할 수 있을지 몰라요."

그는 눈을 감았다. 이 아래에서 정확히 무슨 일이 일어났더라?

그는 심호흡을 하며 지하실의 공기를 들이마셨다.

"화요일이었어요." 벤이 말했다. "화요일이었고, 겨울이었어요. 제가 스웨터를 입고 있던 게 기억나요."

"울프가 스웨터를 입고 있었다는 얘기죠?" 오스나트가 벤처 부인에게 속삭였다.

벤처 부인이 고개를 끄덕였다. "벤의 관점에서는 이 일이 자기한테 일어나는 거야. 하지만 뭐, 네 말이 맞다."

"지하실에 들어가서 불을 켰어요. 주위를 둘러봤죠. 그때는 지금

보다 먼지가 적었어요. 그런데 그때… 그때… 저는 몇 분 동안 돌아다니면서 이것저것 살펴보고 어떤 건 만져 봤어요. 벽, 책의 겉표지, 의자를 손가락으로 쓸어 보고….”

“이 방을 기억하기를 바랐구나.” 벤처 부인이 조용히 혼잣말했다.

“저는 이 방을 둘러봤어요. 카우보이 사진을 봤을 때,” 벤이 말했다. “그 사진을 보면서 ‘안녕하세요, 빌 씨’라고 말했어요.”

“그런 다음에는…?”

“그런 다음에는 칠판으로 갔어요.”

“이 칠판?” 벤처 부인이 등 뒤의 초록색 칠판을 가리켰다.

벤은 눈을 떴다. “네.” 그는 그렇게 말하고 다시 눈을 감았다.

“제가 칠판으로 가서 뭔가 쓰기 시작했어요. 숫자를요. 분필로. 그런 다음 저기 쌓여 있는 의자를 하나 가져다가, 칠판 맞은편에 앉아서 칠판을 바라봤어요. 칠판과 숫자를 한 5분 동안 쳐다봤네요. 그러다가 어떤 소리가… 무슨 소리가 들렸는데….”

“무슨 소리가 들렸지?” 벤처가 물었다.

“당신이 위층에서 소리쳤어요. ‘울프, 뭐하는 거예요? 손님이 이렇게 많은데 나를 여기에 오랫동안 혼자 내버려 둘 셈인가요? 당장 올라오라고요!’”

벤처 부인이 고개를 끄덕였다. “그래, 그럴싸하구나. 나는 울프에게 화를 내곤 했으니까.”

“그런 다음 제가 위를 향해 소리쳤어요. ‘갑니다.’ 그러고는 일어나 칠판으로 가서 숫자를 다 지웠어요.”

"그러고 나서는?"

"그런 다음 조용히 말했어요. '행운을 빈다.' 그게 전부예요."

"그게 다라고?"

"그게 다예요. 그다음에 무슨 일이 일어났는지는 기억나지 않아요."

벤처 부인은 고개를 숙이고 어슬렁거렸다. 벤과 오스나트는 돌아다니는 그녀를 지켜보았다.

"숫자를 써 보거라." 마침내 그녀가 말했다. "그 숫자들을 보자."

벤은 칠판으로 가서 분필을 집어 들었다. 그는 잠깐 망설였다. 분필이 칠판에 닿지 않고 허공에 잠시 떠 있었다. 그런 다음 그는 이렇게 적었다.

$$38^2 \qquad 473^2 \qquad 432^5 \qquad 9^2 \qquad 228 \qquad 81^2$$
$$300 \qquad 126^2 \qquad 24^5 \qquad 37 \qquad 458 \qquad 4 \qquad 6^3$$

"저게 대체 무슨 뜻이죠?" 오스나트가 물었다.

"모르겠어요." 벤이 어깨를 으쓱하며 말했다. "그냥 숫자만 기억나요."

"저 숫자가 확실해?" 벤처 부인이 물었다.

"네." 벤이 말했다.

"금고가 있었나요?" 오스나트가 물었다.

"아니." 벤처 부인이 말했다. "그런 건 없었어. 이건 퍼즐의 반토

막일 뿐이야."

그녀가 오스나트를 보았다. "네 술병이 필요해. 울프가 우리에게 전하고 싶었던 것의 나머지 반이 그 안에 들어 있다."

"위층에 있어요." 오스나트가 말했다. "마시고 싶어 죽겠네요."

"첫 번째 술을 벤이 마셨으니, 나머지도 벤이 마셔야 해." 벤처 부인이 벤 쪽으로 고갯짓하며 말했다. "한 사람 안에 통합된 경험이 있는 편이 낫거든."

벤은 위스키의 타는 듯한 맛을 떠올렸다. "뭐라고요? 잠깐만요! 꼭 제가 마셔야 할지…."

"그래, 내가 마시마. 그게 뭐 중요하겠니." 벤처 부인이 쏘아붙였다. "그냥 당장 가져오자꾸나."

10

술병이 더 이상 그곳에 없다는 사실은 문을 열자마자 세 사람 모두에게 자명해졌다.

오스나트의 방이 완전히 뒤집어엎어진 것은 아니었다. 하지만 무질서의 파도를 보니 누군가가 그리 오래되지 않은 어느 시점에 이 방에 들어왔다는 사실과 그 사람이 이곳을 뒤졌다는 사실은 분명히 알 수 있었다. 빠르게. 몹시 흥분해서.

오스나트는 충격을 받은 채로 천천히 성큼성큼 집으로 걸어 들어갔다. 빈집 털이는 그리 애쓰지 않고도 찾던 물건을 찾을 수 있었을 것이다. 그러나 서랍장 문은 전부 활짝 열려 있었고 거실의 가구는 서슴없는 수색을 하느라 옮겨져 있었다. 오스나트는 뱃속에서 욕지기가 치미는 것을 느꼈다. 누군가가 그녀의 집에 들어왔다. 그녀의 동의를 받지 않은 채 그녀의 인생에 고랑을 내고 지나갔다.

그녀는 심호흡을 하고 말했다. "누군지는 몰라도 지난 네 시간 안에 벌어진 일이에요."

"그걸 어떻게 알지?" 벤처 부인이 집으로 들어오며 물었다.

"남자 친구가 네 시간쯤 전에 여기 있었거든요. 깜빡하고 제 방에 놓고 나온 가방을 가지러 위층에 올라갔었어요. 집이 이런 상태인 걸 알았다면 말해 줬겠죠. 누구든 여기 침입한 사람은 스테판이 떠나고 난 뒤에 들어온 거예요."

"남자 친구가 있는 줄은 몰랐는데." 벤처 부인이 말했다. "이런 식으로 내게 비밀을 숨기는 게냐?"

오스나트는 그녀를 째려보고 짜증난다는 듯 한숨을 쉬었다.

"그래, 미안하다, 미안해." 벤처 부인이 말했다. "난 그냥 우리가 뭐든 함께 이야기하는 사이라고 생각해서."

"지금 그 걱정할 때예요?"

"뭐, 남자 친구가 생긴 건 꽤 큰일 아니니?" 벤처 부인이 말했다. "아무튼, 술병은 어디에 보관했지?"

오스나트는 방 한구석의 나무 보관장을 가리켰다. 문은 활짝 열려 있었고 그중 하나는 부서져 있었으며, 선반에는 다양한 크기의 술병들이 놓여 있었다.

"제 주류 보관장을 억지로 열었네요." 오스나트가 말했다. "그리고 그 술병만 가져갔어요."

그녀는 보관장으로 가서 경첩을 손가락으로 문질러 보았다. "누굴 좀 때리고 싶네요." 그녀가 말했다. "세게."

"자, 그래." 벤처 부인은 작은 노란색 소파에 앉으며 말했다. "그 술병에 벌어질 수 있는 일은 이미 벌어졌구나."

벤은 입구에 서 있었다. 그는 한 발씩 번갈아 가며 몸무게를 실었다.

"그 사람들이 제 아파트에도 침입하려고 했어요." 그가 말했다.

"침입을 한 건 아니고?" 벤처 부인이 물었다.

"오늘 변호사 사무실에서 나오는 길에 절 미행했어요." 벤이 말했다. "그때 그 사람들이 거리에서 저를 기다리고 있는 걸 제가 봤고요."

"그 사람들이 누구냐?"

"여러 명은 아닐지도 몰라요. 남자였어요. 파란색 야구 모자에 긴 검은색 코트를 걸친 사람이요." 책에 대한 이야기는 할 수 없었다. 그건 터무니없는 소리로 들릴 테니까. "어느 순간에 보니 그 사람이 더 이상 거리에서 기다리고 있지 않더라고요. 저는 그 사람이 문을 억지로 비틀어 열려는 소리를 듣고 창문으로 도망쳤어요."

"그 사람을 막지도 않았어요? 그쪽 집이잖아요!" 오스나트가 물었다.

"전⋯. 그 사람이 무기를 가지고 있는 걸 본 것 같아서요." 벤은 거짓말을 했다.

"경찰은 왜 안 불렀어요?"

"경찰이 도착할 때쯤이면 그 사람이 집에 들어왔을 거예요." 벤이 말했다. "저는 술병과 함께 꼭 필요한 물건 몇 가지를 가방에 넣고 도망쳤어요."

"술병은 왜?"

"저는⋯. 술병이 중요하다고 생각했거든요. 사람들이 저를 미행한 이유이기도 하고 그러니까….” 벤이 웅얼거렸다.

“그런 다음엔?”

“그런 다음에는 술병 목에 붙어 있는 스티커를 발견했어요. ‘바 없는 바에서 제조’.” 벤이 말했다. “그래서 여기에 왔죠.”

오스나트는 주방으로 가서 서랍장들을 닫고 물건을 제자리에 돌려놓기 시작했다. 벤은 문지방을 넘어 집으로 들어갔다.

“그럼 이제 어쩌죠?” 오스나트가 주방에서 물었다. “경찰을 부를까요?”

“불러서 뭐라고 하게요?” 벤이 물었다. “누가 침입했는데, 위스키 한 병을 도둑맞았다고 할까요?”

“지금은 아무것도 하지 말자.” 벤처 부인이 말했다. “기다리는 거야.”

“뭘 기다려요?” 오스나트가 주방에서 돌아오며 물었다.

“누가 연락하기를 기다리는 거지.” 벤처가 말했다. “우리한테 퍼즐 반쪽이 있고, 누군지는 모르지만 저들에게도 퍼즐 반쪽이 있으니까. 다른 반쪽이 없으면 누구도 울프가 무슨 말을 하려고 했는지 알 수 없어. 어느 순간 그자들이 오스나트의 위스키를 마시고는 우리가 가지고 있는 위스키가 필요하다는 사실을 깨달을 거다. 그러면 거래를 하려고 연락해 오겠지.”

“아니면 그냥 돌아와서 두 번째 병도 훔치려 하겠죠.” 오스나트가 말했다.

“그럴 수도 있고.” 벤처 부인이 말했다.

"혹시…. 혹시 이걸 여기 어디에 두고 가도 될까요?" 벤이 두려워하며 물었다. "금고 같은 거 없을까요?"

"그냥 네가 가지고 있는 편이 가장 좋을 거다." 벤처 부인이 말했다.

"하지만…."

"어쨌든, 술병을 찾지 못하면 그 사람들은 너한테 갈 거야." 그녀가 말했다. "네가 숫자를 알려 줄 수 있도록 말이지."

벤은 침을 꿀꺽 삼켰다. 마음에 들지 않았다.

"그 남자 친구라는 사람은 믿니?" 벤처 부인이 갑자기 물었다.

"스테판이요? 당연하죠!" 오스나트가 말했다.

"혹시 이런 짓을 한 사람이…."

"말도 안 돼요." 오스나트가 말했다. "절대 그럴 리 없어요. 그러기에는 제가 스테판을 너무 잘 알아요."

"확실해?"

"네, 완전 확실해요." 오스나트가 투덜거렸다. "제가 아침에 스테판한테 전화를 걸어서, 혹시 우리가 놓친 걸 보지는 않았는지 확인할게요."

"왜 지금은 안 걸어요?" 벤이 물었다.

"지금은 한밤중이니까요! 게다가 스.테.판은 잠. 자. 러. 갈 때 전화를 꺼 둔다고요."

"그래." 벤처 부인은 그렇게 말하고 일어섰다. "어쩌면 지금은 자러 가고, 이 모든 일은 아침에 우리 모두 기운을 차리면 처리하는 게 좋을지도 모르겠구나. 내가 나티에게 전화해서 내일은 출근하지 말라고 하마. 다시 연락할 때까지 출근하지 말라고 해야 할지도 모르겠어. 우리가 이 일을 완전히 이해할 때까지는 가게 문을 완전히 닫았으면 좋겠구나."

"하지만⋯." 벤이 말했다.

"아직은 나한테 호의를 입은 사람들이 있단다. 그 사람들이 우리 위스키를 노리는 사람이 누군지 알아내도록 도와줄 거야."

"잠깐만요⋯." 벤이 말했다.

"너는 문을 잠그고 자러 가거라." 벤처 부인이 오스나트에게 말했다. "그 사람들이 다시 돌아올 이유는 없을 테지만, 만일을 대비해야지. 지금은 좀 어떠니?"

"처음에는 이 모든 일에 좀 놀랐어요." 오스나트가 말했다. "저 아래 지하실에서 사장님이 하신 말씀도 정신 나간 소리라고 생각했고요. 하지만 누군가가 정말로 원하는 어떤 물건이 우리한테 있는 게 틀림없다는 점은 인정해야겠네요. 저는 괜찮아요. 10분쯤 정리하고 나면 전과 똑같은 모습이 되겠죠."

"잠깐만요⋯." 벤이 웅얼거렸다. "그럼 저는요?"

"내일 아침에 돌아와." 벤처 부인이 말했다. "벨을 누르면 내가 문을 열어 주고⋯."

"하지만 전 갈 데가 없는데요." 벤이 말했다. "그 사람들이 제 아파트 앞에서 기다리고 있을 게 틀림없어요."

오스나트가 한숨을 쉬었다. "복도 끝 방에 접이식 간이침대가 있어요." 그녀가 말했다.

"잘 됐네요. 감사합니다." 벤이 말했다.

"그걸 방공호로 가지고 내려가서 자면 될 거예요."

"어…. 그건 그렇게 잘된 일은 아니네요." 그가 말했다.

"이봐요, 방금 내 집에 도둑이 들었다고요. 잘 알지도 못하는 사람하고 같은 집에서 잘 수는 없잖아요." 그녀가 말했다.

"따라오너라." 벤처 부인이 말했다. "침구를 좀 가져다 주지. 우리가 내일 아침에 깨워주마."

이건 하나도 재미없는 일이라고, 벤은 생각했다. 눈곱만큼도 재미없었다.

11

포근한 밤이었다. 못생긴 샘은 잠을 푹 잘 수 있으리라 기대하고 있었다. 비가 오거나 고양이들이 온통 그에게 덤벼들지만 않으면 말이다.

그가 지난 2년 동안 지내 온 골목은 이미 집이 되었다. 기분 좋고 아늑하게 느껴지는 구석과 그에게는 익숙한 풍경화처럼 보이는 오래된 낙서도 있었다. 가끔 고약한 냄새가 나는 지역 쓰레기통과 건물의 누군가가 물을 내릴 때마다 덜덜거리는 하수관이 있기는 했지만, 그는 전반적으로 괜찮은 집을 찾았다고 느꼈다.

그는 지난 7년간 이 거리를 알고 지냈다. 이 거리도 그를 알았다. 누구에게든 못생긴 샘이 누구냐고 물으면, 그 사람은 짐이 넘치도록 실려 있는 낡은 슈퍼마켓 카트를 가지고 공업지구의 입구에서 구걸하며 늦은 밤 교차로에서 이따금 노래를 부르는 남자를 가리킬 터였다. 오늘 밤은 조용히 노래하기에 아주 좋은 밤이었지만, 못생긴 샘은 잠을 잘 계획이었다. 오늘은 비교적 배가 불렀다. 노래는 보통 배고픔 때문에 즐기 힘든 밤을 위해 아껴 놓는 것이었다. 그는 힘이 다 빠질 때까지, 너무 피곤해서 배고픔이 무뎌질 때까지 노래를 부르곤 했다.

아무도 그를 본명으로 부르지 않았다. 어쩌면 그게 최선일지도 몰랐다. 그의 본명은 다른, 좀 더 단순한 삶에 속한 것이었다. 이따금 누군가가 끌어안아 주는 어린이의 삶, 꿈을 품은 청소년의 삶, 인생의 전성기를 맞은 젊은이의 삶. 테 없는 모직 모자를 쓰고 낡아빠진 쇼핑 카트를 끌면서 절뚝이는 다리로 아무 생각 없이 거리를 헤매고 다니는 요즘, 광장에서 자는 정신 나간 여자와 대화하고 공장 뒤의 술주정뱅이와 일상적으로 싸우는 요즘에는 그냥 그렇게, 본명이 아니라 못생긴 샘이라고만 불리는 편이 나았다. 그 예쁜 이름을 현실로 오염시키는 건 말이 되지 않았다.

못생긴 샘은 종이 박스에 자리를 잡았다. 한때는 50인치 평면 텔레비전이 들어 있던 고급 박스였다. 파나소닉이었다. HD, LED, 무선 인터넷, 온갖 출력 장치와 호환이 가능한. 못생긴 샘은 사양이 적혀 있는 표를 몇 번이나 읽어 보았다. 하누카*에 도넛을 나눠 주는 젊은이와 함께 공원에 앉아 있을 때 그 청년이 이게 다 무슨 뜻인지 설명해 주었다. 지금은 사실 기억나지 않지만. 중요한 건 이 상자가 두껍고 두 겹으로 된 상자라는 점이었다. 그것도 한 면이 두 겹이었다. 상자를 섞어 그 위에 누우면 두께가 두 배가 됐다. 사실상 네 겹짜리 상자인 셈이다. 생각해 보면 텔레비전을 쌌을 때보다

---

*　유대교 축제일.

도 두꺼워지는 셈이었다.

쓰레기통이 대부분의 행인들로부터 그를 가려 주었다. 골목 입구에 흩어져 있는 쓰레기 때문에 사람들은 잘 접근하지 않았다. 보통 이런 날씨에는 고양이들이 나와 돌아다니지 않는 한 하룻밤 내내 잘 수 있었다. 그렇다고 고양이가 전혀 싫지는 않았지만. 오히려 그 반대였다. 고양이들은 귀엽고 독립적이었으며 지루함을 깨는 데 도움을 주었다. 하지만 밤에는 녀석들이 꽤 큰 소란을 일으킬 수도 있었다. 뭔가가 고양이들을 놀라게 하기라도 하면 녀석들이 곧장 샘에게 달려들지도 몰랐다. 녀석들은 일단 샘의 몸 위로 뛰어내린 다음에야 그가 살아 있다는 것을 알아차리곤 했으니까. 매일 밤 자러 가기 전 샘은 지역 쓰레기통이 닫혀 있는지, 거리에 흩뿌려진 쓰레기 중 음식물 찌꺼기가 없는지 확인했다. 보통은 그 정도로 충분했다.

오늘은 그리 나쁘지 않다고, 그는 생각했다.

그는 평소처럼 돌아다니면서 꽤 많은 유리병을 모았다. 내일이면 몇 셰켈과 바꿀 수 있을 것이다. 그렇게 모은 돈으로 가끔 콜라한 병이나 팔라펠을 살 정도가 됐다. 아니면 보드카를 조금 사거나.

평소처럼 그는 조명 가게 근처에 있는 곳에서 음식을 먹었다. 입구에 식당 간판이 붙어 있지만, 모두 그곳이 무료 급식소임을 알았다. 입구에서 지불할 능력이 있는 사람 모두에게 상징적으로 1세켈을 내라고 요구한다고 해서 그곳이 진짜 식당이 되지는 않았으니까.

음식은 괜찮았지만, 메뉴가 좀 반복적이라는 사실은 인정할 수밖에 없었다. 솔직히 말해 기름도 너무 많이 썼다. 건강에 좋지 않았다. 샘은 슈니첼을 먹기 전에 꾹 눌러 기름을 최대한 짜내는 습관이 생겼다. 미소를 짓고 있긴 하지만 어쩐지 조바심을 내는 듯한 자원봉사자들이 접시를 가지고 오면, 샘은 그들의 손이 아래쪽에서 접시를 받치고 있는지 아니면 엄지로 소스를 침범했는지 꼭 확인했다. 그런 일이 일어나면, 샘은 더럽혀진 부분을 빼고 먹었다.

하지만 그날 이른 시간에는 모든 게 괜찮았다. 껍질 콩도 맛있었고 닭고기도 괜찮았다. 게다가 한 번은 아침 10시에 문을 열었을 때, 또 한 번은 급식소가 문을 닫기 직전인 2시 30분에, 총 두 번 들를 수 있었다. 하루에 두 끼나 번 것이다. 가끔은 아침과 점심을 모두 놓치는 날도 있었지만, 오늘은 아니었다.

게다가 어찌어찌 탄산음료도 큰 병으로 한 병 몰래 가지고 나올 수 있었다. 급식소에서는 사람들이 가지고 나가지 못하도록 뚜껑 없이 음료를 제공했지만, 이번에는 샘의 식탁에 반쯤 찬 병 하나가 있었다. 샘은 그것을 가방에 쑤셔 넣은 뒤 콜라를 몸에 쏟거나 누구의 눈에도 띄지 않고(최소한 누구도 그를 막으려 들지 않았다) 가지고 나올 수 있었다.

김빠진 콜라는 오후 내내 그에게 도움이 됐다. 콜라 병도 분명 쓰임새가 있을 터였다.

게다가 못생긴 샘은 반쯤 차 있는 담뱃갑을 발견한 것 외에도 바로 눈앞에서 경찰이 벌컥 화를 내며 난동을 피우기 시작한 마약쟁이를 채포하는 모습을 보았다. 그리 나쁘지 않은, 심지어 재미있는 하루였다.

다음번에 그 늙은 여자가 오면 아까의 경험을 팔 수 있을 것이다. 그 여자가 보드카 한 병을 주면 그가 하루나 이틀쯤을 술에 섞어 넣는 것이다. 알고 보니 세상에는 못생긴 샘처럼 사는 것이 어떤 삶인지 알고 싶어 하는 사람들도 있었다. 여자는 값을 잘 쳐줬고, 샘은 늘 그 돈을 현명하게 쓰겠다고 자신과 약속했다. 하지만 결국은 2주도 지나지 않아 그 돈 전부가 사라지곤 했다. 여자는 한 번 이상 거리에서의 삶을 청산할 방법들을 제시했지만, 샘은 정중하게 거절했다. 진짜 돈벌이가 되는 일자리와 여자의 자선 사업은 다른 것이었으니까.

불현듯 다가오는 헤드라이트 불빛이 그의 머리 위로 골목 벽을 가르며 방향을 틀었다. 이 늦은 밤에 다가오는 자동차는 별로 없었다. 대부분의 경우에는 빛이 들어오지 않는 쪽으로 돌아누워 계속 잠을 잘 수 있었다. 하지만 이번에는 자동차가 두 건물 사이의 틈새 바로 앞에 멈춰 섰다.

못생긴 샘은 엔진이 꺼지는 소리와 문이 달칵 열리는 소리를 들었다.

한 남자가 나타났다. 그는 한 손에 작은 접이식 의자를, 다른 손에는 와인병처럼 보이는 것을 들고 있었다. 샘은 자기 몸을 작게 만들어 그림자 속으로 사라지려 했지만, 텅 빈 상자들 사이를 걸어가는 사람에게는 그의 존재가 전혀 방해되지 않는 듯했다. 남자는 묵직하고 자신 있는 발걸음으로 성큼성큼 골목길을 따라오더니 커다란 녹색 쓰레기통 바로 앞에서 접이식 의자를 펼쳐 인도에 놓았다. 그런 다음 그는 자리에 앉아 벽에 기대고 와인병을 옆에 내려놓았다. 가로등의 약한 불빛이 골목으로 새어 들어와, 꼼짝하지 않고 있는 노숙자에게 침입자의 옆얼굴을 드러냈다.

하지만 그 정도 움직이지 않는 것으로는 부족했던 모양이었다. 의자에 앉은 남자는 무릎에 팔꿈치를 괴고 못생긴 샘이 누워 있는 쪽으로 얼굴을 돌렸다.

"안녕?" 남자가 말했다.

"약 없어요." 샘이 반사적으로 말했다. "아무 짓도 안 했어요."

남자는 손을 내저어 그의 말을 일축했다. "알아. 당연히 그렇겠지." 그가 말했다. "당신이 뭘 했다고 비난하는 것도 아니야." 그는 의자에 앉은 채로 허리를 쭉 펴더니 재킷 안주머니에서 어떤 물건을 꺼냈다. 빛이 약해서 무엇인지 알아보기가 힘들었다.

몇 초가 지났다. 못생긴 샘은 자기 상자에 뻣뻣하게 앉아 있었고 의자에 앉은 남자는 침묵을 지켰다. 그의 곁에서 와인병이 아른아른 빛났다. 그는 알아볼 수 없는 검은 물체를 가슴에 꽉 대고 있었다.

"누구세요?" 노숙자가 마침내 물었다.

"내가 누구냐고?" 남자가 그의 말을 따라했다. "아니, 그건 별로 중요한 문제가 아니야. 당신은 알 필요 없어. 하지만 당신이 뭘 알아야 하는지 말해 주지. 이거 알아봐?" 그는 앞서 정장 재킷에서 꺼낸 물건을 흔들었다.

"총이군요." 노숙자가 말했다.

"아니, 그냥 '총'이 아니야." 남자가 말했다. "우리가 지금 보고 있는 건 글록 19야. 정말 아름다운 무기지. 글록 17보다 좀 작지만, 개인 호신용으로는 잘 어울려. 총알이 열다섯 발 들어가지만 그리 무겁지 않지. 얼마나 편리한지 만져 보라고 하고 싶지만, 뻔한 이유로 그러지는 말아야겠다는 생각이 드네. 그거 알아? 사람들은 일반적인 총을 경멸해. 사람을 제거하기 위해서는 레이저 조준기니 뭐니 하는 것들이 다 필요하다고 생각하지. 하지만 현실 세계에서는 글록의 총구에서 나온 9밀리미터 구경의 총알도 레밍턴이나 AR-15에서 나온 총알만큼 사람을 잘 처리할 수 있어. 무기를 쥐고 있는 손이 중요하지. 그런데 나는 글록을 좋아하거든. 사람들은 '글록은 손이 작은 사람들에게나 좋은 총이야'라고 말해. 손이 작은 사람은 무기를 들어서는 안 된다는 것처럼 말이야. 뭐, 난 손이 별로 작지 않지만 글록 19의 편리함이 좋아. 글록 17이 대표작이긴 하지만, 글록 19가 들고 다니기에도 더 편하고 감추기도 쉽거든. 글록 26처럼 너무 작은 것도 아니고. 딱 평균인데, 당신한테도 알려 주겠지만 가끔은 평균이 괜찮은 타협책이 돼. 귀엽기도 하고. 정말이야. 가끔은 이걸 닦으면서 실제로 재미를 느낀다니까."

샘은 다리가 슬슬 떨려 오는 것을 느꼈다. 의자에 앉은 남자는 거리에서 새어 들어오는 제한된 빛으로 무기를 살펴보더니 말했다. "그리고 솔직히 말해서, 당신 같은 사람이 죽을 방법은 수천 가지나

돼. 어쩌다 주삿바늘을 깔고 앉거나 싸움에 휘말릴 수도 있고, 그냥 폐렴에 걸릴 수도 있지. 전문가가 들고 있는 글록 19에 목숨을 잃는 다니 영광으로 생각해야 돼. 쉽고 괜찮을 거야, 내가 약속하지."

그는 다시 권총을 끌어안고 쓰레기통 뒤의 노숙자 쪽으로 고개를 기울였다. "이제 무슨 일이 일어날지 알아?" 그가 조용히 말했다.

샘은 아무 말도 하지 않았다. 이런 미친놈들을 상대할 때는 입을 다물고 있어야 했다. 놈들이 자기만의 시스템에 따라 문제를 뱉어 내도록 놔두어야 했다. 그러고 나면 놈들은 포기하기도 하고, 지루해져서 물건을 챙겨 떠나기도 했다.

"이제부터 당신한테 일어날 일은 말이지." 의자에 앉은 남자가 말했다. "몸에 아드레날린이 흘러넘치는 거야. 그 과정 전체를 살펴볼 필요는 없겠지? 당신의 뇌와 시상, 편도체, 그 모든 부위에서 일어날 일들을 말이야. 다만 중요한 건, 이 어두운 곳에서도 당신의 동공이 커지고 있고 혈압은 높아지고 있다는 거야. 심장이 두근거리기 시작하지. 평범한 과정이야. 당신 몸이 싸울 것이냐, 도망칠 것이냐 하는 질문을 스스로 던지고 있는 거지. 이번 경우에는 둘 중 무엇도 별 소용이 없겠지만."

샘의 왼쪽 다리가 심하게 움찔거렸다. 그는 근육에 힘을 주어 가라앉히려 했다.

"그게 말이지." 의자에 앉은 남자는 눈에 보이지 않는 먼지를 바지에서 툭 털며 말했다.

"한때 사람들은 세상을 네 범주로 나눴어. 무생물, 식물, 동물, 말

159

하는 자들.《시골과 도시》에 나오는 분류와 비슷한데, 좀 더 실존주의적이라는 점만 달라. 각 범주 사이에는 심오하고도 본질적인 차이가 있다는 생각이야. 말을 할 수 있는 존재는 그 순간 다른 모든 동물들 위로 올라선다는 거지. 양은 양이 뜯는 풀보다 높아지고, 꽃은 꽃이 자리잡고 있는 바위보다 높아지는 것처럼. 그것도 뭐 괜찮아. 이런 분류 덕분에 사물에는 질서가 생기니까. 덕분에 사람들은 자신의 중요성과 이 세상에서 자신들이 띤 중심성을, 존재의 핵심과 인생의 정점을 떠올리게 되지. 우리한테는 참 좋은 일이야.

하지만 사람들은 결국 뭔가를 알게 됐어. 우리 자신이 연속선상에서 조금 더 나아간 조그만 매듭이라는 사실을 알게 됐지. 동물과 말하는 자 사이에는 본질적 차이가 없어. 우리가 양과 다른 길을 걷게 된 건 겨우 몇 가지 유전적 변화, 뇌가 조금 성장할 수 있게 해 주는 환경적 조건, 무작위로 일어난 발전 때문일 뿐이야. 갑자기 우리는 구분된 층위가 있는 것이 아니라 세상이 기다란 단 하나의 차원이라는 것을 알게 됐지. 경사가 있을지는 모르지만, 그렇다 해도 층위가 다른 건 확실히 아니라는 거야. 우리 모두는 진동하는 원자들이 모여 분자를 이루고 분자들이 세포를 만들고 세포들이 모여 덩어리를 이루고 그 덩어리들이 복잡하게 행동하면서 우리가 인생이라고 부르는 것을 만들었기에 살아가게 된 존재일 뿐이야. 우리는 인생이라는 말을 만들었지만, 진정으로 이해하지는 못하지. 우리가 우리 자신의 우짖는 소리를 단어로 번역한다는 이유만으로 새롭거나 높은 존재가 되는 건 아니라고.

이 모든 게 그냥 또 하나의 우연이야. 우리는 우리 자신이 중요하다는 오만한 생각에 잔뜩 부풀어 세상을 활보하지만, 사실 우리의 존재는 그저 엔트로피를 향해 가는 우주의 딸꾹질 중 하나일 뿐이지. 엔트로피가 뭔지는 알아? 중요한 건 아니지만. 이제 와서 모든 것을 배우기에는 너무 늦었잖아. 원칙은, 인간은 진실보다는 쾌락을 좇는다는 거야. 진실은 결국 욕구에 맞춰서, 하나의 수단으로서 만들어지지. 그런데 그거 아나? 우리의 인생 전체는, 이 연속선 전체는 우주가 파괴로 가는 길에 거치는 과속 방지 턱에 불과해. 우리가 서로에게 말하려 들지 않는 단순한 진실이 바로 이거야."

샘은 도망치려 해보았다. 뻣뻣해진 근육에 순식간에 힘이 들어갔다. 그는 한쪽 손을 등 뒤의 거친 벽으로 젖히며 벌떡 일어나려 했다. 하지만 발밑의 상자가 미끄러졌다. 그는 팔이 벽에 긁히고 무릎이 단단한 바닥에 부딪히는 것을 느꼈다. 그런 다음에는 온몸이 무너져 내렸고 그의 얼굴도 땅에 부딪혔다.

"뭘 하려는 거야?" 의자에 앉은 남자가 말했다. "도망칠 생각이라고는 하지 말아 줘. 그러면 당신이 출발하기도 전에 쏴 버려야 할 테니까. 나를 위해서라도 일을 망치지 마. 당신이 거쳐야 할 과정이 있다고. 그분은 내가 총을 쏘기 전에 당신을 가지고 노는 편을 좋아하셔. 공포가 자리 잡는 모습을 보는 걸 즐기시지. 이런 식으로 끝내 버리지는 말자고. 알았지?"

샘은 조용히 흐느꼈다. 입에서 침이 뚝뚝 떨어졌다.

"어디까지 했더라?" 총을 든 낯선 이가 말했다. "아, 그래. 진실.

진실은 단순해. 진실은 인간이 더럽고 오만한 피조물이라는 거야. 무관심이라는 무감각 상태에 빠져 세상을 배회하는 존재. 손 닿는 곳 안에 들어오는 건 뭐든 붙들려 드는 존재. 인간들은 자신의 마음이라는 어둠 속에서 스스로를 미화하지. 다른 것들을 멋대로 판단하면서, 자신이 재단당하는 건 거부해. 마음속에서 울부짖는 욕망에 '꿈'이라는 딱지를 붙이고 자신과 비슷하지 않은 모든 것에는 경멸을 보이지. 인간은 천 개의 머리를 가진 괴물이고, 그 머리는 각기 다른 것을 원해. 그러니 어떤 식으로든 스스로 찢어질 수밖에."

샘은 밤에 가끔 경찰차가 이 거리로 와 모든 것이 질서 있게 돌아가고 있는지 확인한다는 사실을 떠올렸다. 평소에 그는 경찰차 헤드라이트 때문에 잠이 깨면 화가 났다. 하지만 지금은 골목 끝에서 경광등이 반짝이기만을 기도했다. 혹시 오늘 밤에는 오지 않을까? 혹시 말이다.

"길거리를 걸어가면서 사람들을 봐." 의자에 앉아 있는 남자가 말을 이었다.

"눈에 보이는 사람은 누구나 음식을 소비하고 배설물을 배출하는 고깃덩어리일 뿐이야. 우연히 이 저주받은 행성을 살아가게 된 가장 아름답고 상냥한 여자일지라도 말이지. 가죽 자루, 똥자루 수백만 개가 이 땅을 걸어 다니면서 채워졌다가 비워지고 있어. 그게 진실이야. 무생물과 말을 할 수 있는 존재들은 같은 차원에 있다는 것. 아주 작은 차이는 그 복잡성의 정도에 있는 것이지, 그 존재의 본질에 있는 게 아니야. 인간이 된다고 해서 다른 차원으로 올라가는 건 아니라고. 무생물이 된다고 해서 한 차원 아래로 떨어지는 것도 아니고. 삶도 기적이 아니고 죽음도 비극이 아니야. 그저 같은 그래프의 두 점일 뿐이지. 살인은 그리 극적인 사건이 아니야. 들꽃을 꺾거나 커다란 바위를 수많은 조각으로 부수는 것보다 극적인 일이라고는 절대 말할 수 없고. 앞으로 30초가 지나면 말이야, 내 글록의 총알 한 발이 당신의 두개골을 꿰뚫을 때면…. 총알이 하게 될 일이 바로 그런 거야. 당신의 두개골을 뚫고 지나가며 당신 몸에 구멍을 내고, 당신을 생산적인 배설물 주머니에서 비생산적인 배설물 주머니로 바꿔 놓는 것. 그러니 당신도, 나도 이 문제를 불쾌하게 여길 이유는 없어. 꼬챙이로 풍선을 터뜨리는 것과 전혀 다르지 않다고. 톡! 방금 풍선이 있었는데…. 자, 없어졌네요."

이 단계에서, 상자 위의 노숙자는 더 이상 귀 기울이지 않고 있었다. 그의 뇌는 구멍을, 피신할 곳을 처절하게 찾고 있었다. 공포에 몸이 굳는 것 같았다. 생각은 같은 자리를 빙빙 돌고 똑같은 궤도를 내달리며 아무 가망 없는 동일한 해결책들을 시험해 보고 똑같은 시작점으로 돌아왔다.

의자에 앉은 남자가 무기를 환한 곳으로 들어 올렸다. 차가운 금속성이 들렸다.

그는 총구를 셈에게 겨누고 두 손으로 총을 쥐었다. 그는 여전히 의자에 앉아서, 두 다리를 땅에 단단히 박아 넣고 있었다.

"일어나."

노숙자의 몸은 움직이기를 거부했다. 그는 두려움에 꽉 다물린

입으로 뭔가 말해 보려 했지만, 겨우 끌어낸 건 작고 쉰 목소리로 중얼거린 "제발…"이라는 한마디뿐이었다.

"아, 이러지 마, 진짜." 의자에 앉은 남자는 약간 짜증이 난 것 같았다. "그냥 일어나라고. 이 말이 그렇게 어려워?"

노숙자는 아주 느리게, 벽에 몸을 대고 그 힘을 활용해 몸을 일으켰다. 그는 덜덜 떨리는 두 발을 딛고 섰다.

"좋아." 글록을 쥔 남자가 말했다. "자, 그냥 재미를 위해서 거래를 하나 제안할게. 여기서 큰길까지 거리가 얼마나 될까? 10미터? 15미터? 하나 약속하지. 도망치게 해 줄게. 내가 맞히기 전에 큰길에 도착할 수 있으면 나도 쫓지 않겠어. 어때? 당신의 도망치는 능력과 내 총 다루는 능력을 겨루는 거야. 얼른, 뛰어."

쓰레기통 뒤의 남자가 몸을 떨었다. 아무래도 두 다리를 움직일 수 없었다. 시간 안에 빛이 있는 곳까지 갈 방법이 없었다.

"뛰어!" 총을 든 남자가 소리쳤다. "가! 가라고! 하나! 둘! 하나! 둘! 할 수 있어! 해낼 수 있어!"

샘은 몸을 살짝 기울였다. 아니, 시간 안에 해낼 방법은 전혀 없었다.

"가! 너 자신을 믿으라고! 달려!"

이번 경주는 목숨을 건 경주가 될 것이다.

"겨우 10미터야. 어서! 하나! 둘!"

이런 식은 아니야. 이런 식으로는 아니야. 이건 안 돼. 이런 식으로 죽지는 않을 거야. 이건 불공평해.

"셋! 출발!"

못생긴 샘은 달리기 시작했다. 두 다리를 마구 휘두르며, 입은 바짝 마른 채로. 그는 눈물 어린 두 눈으로 점점 다가오는 네모난 빛이 있는 곳까지의 거리를 거듭 헤아렸다. 겨우 스무 걸음, 열다섯 걸음, 열 걸음만 더 가면 됐다. 하느님, 저라고 이런 식으로 죽어야 마땅한 건 아니잖습니까?

단 한 발의 총알이 발사됐다. 그 소리를 듣고 깨어난 것은 고양이 몇 마리뿐이었다.

12

지하실 문 반대편에서 나는 부산스러운 소리는 1, 2초 만에 금속이 긁히는 소리에 자리를 내주었다. 커다란 강철 막대가 움직이자 문이 삐걱거리며 휙 열렸다.

벤은 책에서 눈을 들었다. 오스나트가 문 앞에 서 있었다. 그녀는 허리를 숙이더니 바닥에서 커피 잔 두 개를 들었다. "좋은 아침." 그녀가 말했다. "커피 마실래요?"

그녀는 벤에게 머그잔 하나를 건넸다. 벤은 책을 덮어 옆에 내려놓은 다음 일어나서 그녀를 맞이했다. 그러고는 머그잔을 받자마자("조심해요, 뜨거우니까.") 다시 침대에 앉았다. "좋은 아침이네요." 그가 쉰 목소리로 말했다.

벤은 이미 최소 한 시간은 깨어 있었다. 하지만 문이 밖에서 잠겨 있다는 것을 알아차리고 어쩔 수 없이 다시 앉아 있던 터였다. 그는 그리 멀지 않은 때에 누군가가 자기를 기억하고 찾아오기를 기대할 수밖에 없었다. 어딘지 모욕적인 곤경이었다.

그는 돌아다니며 발걸음으로 방공호의 지도를 그려 보았다. 생각에 잠긴 채 손가락으로 책장에 꽂혀 있는 책들의 책등을 쓸어 보고, 표지의 질감을 익혔다. 결국 이렇게 될 운명이었던 걸까? 이렇게 방공호에서 잊힌 채 죽어 가는 건가?

집에 있을 때는 밤에 침대에 누워 있으면(그는 일찍 잠자리에 들었다. 딱히 할 게 없었으니까) 때때로 자신이 언제 망가질지 궁금해졌다. 내면의 뭔가가 터져 그가 마침내 자제심을, 통제력을 잃게 될 때가 언제일지. 아무 죄 없는 종업원에게 소리를 지르거나 관공서에서 진상을 부리거나 좌절감을 잔뜩 실은 주먹으로 벽이나 잘난 체하는 얼굴, 혹은 무심하고 불운한 탁자를 쳐 버리는 게 언제가 될지. 하지만 그런 일은 벌어지지 않았다. 벤은 이 모든 광기에 대해, 지난 몇 년간 점차 익숙해진 이 모든 거지같은 상황들에 대해 자신이 믿을 수 없는 인내심을 가지고 있다는 것을 알게 됐다. 그의 마음속 기관은 오래전부터 적응력과 갈등을 유연하게 회피하는 능력을 길러 왔다. 그 결과 내면의 불길은 참을 수 있는 온화한 수준으로 잦아들었다. 세상에는 온갖 기술이 있지만, 그중 벤이 갖추게 된 기술은 어떤 싸움을 해야 할지 현명하게 선택하고 전면적으로 화를 내는 상황을 피하는 능력이었다. 필요할 때 혁명을 일으킬 수 있는 기민함이 있었다면 더 좋았을 텐데. 벤의 살갗 아래에서는 언제나 자기혐오가 부글부글 끓었다. '규칙에 따라서', '사회의 더 큰 이익을 염두에 두고' 계속 살아가기 위해 작은 욕망들을 죽이는 자신에게 화가 났다. 내면의 증오심은 그의 축 처진 어깨와 남들의 판단을 기꺼이 받아들이려는 태도, 세상의 눈에 투명 인간으로만 보인다는 사실에서 느껴지는 편안함을 조롱했다. 벤의 마음 한구석에 있는 무언가는 사회의 불알을 걷어차고 돌아서서 뒤돌아보지도 않고 떠나 버리고 싶어 했다. 하지만 결국 그 존재는 별로 대단하지 않았다.

길게만 느껴지는 몇 분 동안 벤은 우리에 갇힌 동물처럼 어슬렁거리다가 팔굽혀펴기를 몇 번 했다. 호흡이 제 박자를 찾았다. 가슴 옆쪽과 팔에 힘이 들어가는 느낌에 집중력이 돌아왔다.

그는 불과 몇 년 전에야 신체적 활동이 위로가 될 수 있다는 걸, 반복적으로 힘을 소모해 마음을 누그러뜨릴 수 있다는 걸 깨달았다. 그는 집에서 그리 멀지 않은 쇼핑센터 1층의 작은 헬스장에서 운동을 시작했다. 주변의 스텝 머신에서는 딱 달라붙는 형광색 옷을 입은 젊은 여자들이 운동을 했고, 두셋씩 몰려다니는 남자들은 자기들이 쓰레기차의 유압식 압축 엔진이라도 된 듯 매번 큰 소리로 "쓰으읍" 소리를 내며 엄청난 무게를 들어 올렸다.

그는 헬스장에 나타나, 달리고 노 젓기 운동을 하고 모든 기구를 돌며 어두운 과거를 가진 사제처럼 헌신적으로 운동했다. 몇 달이 지나자 덩치가 커지고 힘이 세지기 시작했다. 근육이 붙어 몸이 불어났다. 하지만 벤이 형광색 옷을 입고 열심히 운동하는 여자들에게 감히 다가가지 못했다는 사실은 변하지 않았다. 운동하는 벤의 등 뒤에서 그가 들어 올리는 무게를 보고 감탄하는 사람이 아무도 없었다는 사실이나, 그가 끔찍한 배경 음악을 바꿔 달라고 말할 용기를 도저히 낼 수 없었다는 사실도. 빠르게 훑어보며 평가하는 듯한 단골 회원들의 눈길만으로도 벤은 자신이 그들에게 어떻게 보이는지 알 수 있었다. 처음 운동하러 왔을 때 역기에 끼워진 중량 원판을 빼지 못하고 그대로 벤치 프레스를 하려다가 결국 봉 밑에서 꼼짝 못하던 그 불안한 남자. 그때 벤은 가슴을 묵직하게 짓누르는 무게에 "누, 누가 좀 도와 주실래요…?" 하며 꾸르륵대는 소리를 냈다.

아무도 그에게 말을 걸지 않은 채로 꼬박 1년이 지나고 나자 벤은 더 이상 헬스장에 나가지 않았다. 그래도 해변이나 공원에서 달리거나, 주방 바닥에 얇은 두루마리식 매트를 펼쳐 놓고 하는 운동은 계속했다.

몸의 근육은 영혼의 근육보다 발달시키기 쉬웠다. 그냥 뭔가를 누르고 밀면 된다. 하지만 내면은 어떻게 해야 할까? 마음에는 의지할 만한 안정적인 물체가 하나도 없는데 말이다.

단 하나의 분명한 믿음도, 힘을 돋워 주는 단 하나의 사실도, 사랑을 믿고 의지할 수 있는 단 한 명의 친구나 배우자도, 추진력을 불러일으키는 내면의 정열도, 절대적인 것은 하나도 없었다. 모든 것이 상대적이고 변화하며 마치 배처럼 움직이는데 어디에 몸을 기대고 밀어야 할까? 모든 것이 발밑에서 흘러내리는 모래와도 같고, 매일 관성을 먹고 살아가는데 어디에 매달려야 할까? 벤은 자신을 이해해 보려 애썼다. 조금씩 조금씩, 점점 더 많이 자신을 발견하려고 노력했다. 그는 최소한 세심한 조사를 통해 세상에 균열을 내 보려고 했다. 세상에 관한 모든 것을 배워 인생을 이해하려는 그의 시도는 이따금 스스로 인정했듯이 딱히 성공적이지 않았다. 하지만 그는 모두에게 공통적으로 있으리라고 생각되는 본능, 즉 행복을 추구하는 본능 또한 세상을 제대로 연구하면 얻을 수 있을 것이라는 희망을 놓지 않았다. 1, 2년에 한 번씩 그는 '뛰쳐나가서' '인생의 진흙탕으로 두 손을 더럽힐' 때가 왔다고 생각했다. 하지만 그는 언제나 영혼이라는 성의 문을 벗어나기 직전에 굴복하고 익숙한 일상으로 돌아왔다.

그래도 가끔은 작은 지식 한 조각이 그의 인생의 한 모퉁이를 밝혀 주었다. 예를 들면, 외로운 고래에 관한 기사가 그랬다. 태평양 깊은 곳 어딘가에서는 과학자들이 52헤르츠라는 별명을 붙인 고래 한 마리가 헤엄치고 있다. 고래류의 다른 모든 개체가 15~25헤르츠의 주파수로 의사소통을 하는 데 비해 어떤 이유에서인지 이 고래만은 52헤르츠로 노래를 부른다. 다른 어떤 고래도 녀석에게 응답하지 않는다. 그 고래는 다른 무리와 합류하지 않고 수십 년 동안 허공에 음을 발사하며, 아무 응답도 받지 못한 채 헤엄치고 있다.

벤은 그 기사를 읽고 의자에 깊숙이 기대 눈을 감았던 순간이 떠올랐다. 어쩌면 벤 역시 그랬는지도 몰랐다. 벤 또한 자신만의 주파수로 방송을 하며, 다른 어떤 고래도 쓰지 않는 언어로 말하고 있는 것일지도 몰랐다.

우리는 모두 외로운 고래다. 모든 사람에게는 각자의 주파수가 있다.

벤은 접이식 간이침대에 앉아 엷은 형광등 불빛 아래서 문이 열리기 직전까지 그 익숙한 생각으로 돌아가 있었다. 그는 이런 생각들이 정신을 스쳐 지나가고 사라지는 것을 느꼈다. 자신을 포함해 모든 사람이 하루만 지나면 잊어 버릴 명상의 아주 작은 조각들. 잃어버린 생각들의 비극. 아무에게도 들키지 못하고 이 세상을 지나치는, 이음쇠 없는 필라멘트처럼 가느다란 수백만 개의 아주 작은 느낌들과 발언들. 그의 곁에 누워 있는 여자가 없었다는 이유만으로 얼마나 많은 통찰이 사라졌을지 과연 누가 알겠는가? 누구에게도 속삭일 수 없었기에, 눈 깜빡임의 잔인한 찰나를 극복할 수 없던 생각이 과연 몇 종류나 될지 말이다.

이런 순간이면 벤은 차라리 세상에 아무 의미가 없기를 바랐다. 그러면 모든 것이 훨씬 더 쉬워질 테니까.

그는 가방을 뒤져 전날 산 책을 꺼냈다. 누군가 그를 기억하고 지하실 문을 열 때까지 시간을 보내는 데 쓸 만한 책이 책장에 수십 권 있었지만, 온몸에 번진 무력감과 지하에 갇혀 있다는 엷은 우울함 때문에 손이 가방으로 향했다. 그는 아무 페이지나 펼치고 읽기 시작했다.

문 맞은편에서 부스럭거리는 소리가 들리자 그는 페이지의 마지막 단어들을 서둘러 마저 읽고 책을 덮었다.

"일어난 지 꽤 됐나 보네요." 오스나트가 말했다.

"네." 벤이 말했다. "일어난 다음에야 그쪽이 날 가둬 놨다는 게 생각났어요. 한 시간 반 정도 여기를 돌아다닌 것 같네요. 덕분에 이 방에 대한 기억이 흐릿했는데 지금은 아주 익숙해졌어요. 이젠 바닥 타일 한 장까지도 알 것 같아요."

"미안, 늦잠 잤어요." 오스나트가 말했다. "일찍 일어나는 새는 벌레를 잡지만, 일찍 일어나는 벌레는 날카로운 부리에 쪼이게 되니까요. 그러니 내가 새인지, 벌레인지 알기 전까지는 운을 시험하지 않을 생각이에요."

"벤처 부인은 어디 계세요?"

"나갔어요. 얘기하고 의논하고 싶은 사람이 아주 많다네요. '거리의 친구들'에게 정보를 모은다나 뭐라나."

"그렇군요."

"이런 식으로 여기 놔둬서 미안해요."

벤은 아무렇지 않다는 손짓을 하려고 했지만 결국 등에 쥐가 난 것처럼 보이는 일련의 동작을 하고 말았다. "괜찮아요." 그가 말했다. "당신의 작은 도서관에는 기다리는 동안 읽을 만한 책이 꽤 많이 있던데요."

"벤처 사장님의 도서관이죠." 오스나트가 말했다. "난 이 모든 것과 아무 관계가 없어요."

"네, 뭐. 벤처의 도서관이라고 하죠." 벤이 말했다. "그건 그렇고, 사장님은 이름이 뭐예요? 성 말고요."

오스나트는 커피를 홀짝였다. 문틀에 기대서 있는 그녀의 파란색 운동복이 엉덩이를 타고 내려와 맨발까지 이어져 있었다. 군사 훈련을 수료하고 받은 것 같은 흰색 티셔츠도 작은 어깨에 무심하게 늘어져 있었다. "몰라요." 그녀가 말했다.

"여기서 일한 지는 얼마나 됐어요?"

"4년 좀 넘었나."

"그런데 사장님 이름도 몰라요?"

그녀는 어깨를 으쓱했다. "늘 벤처 부인이라고 부르면 통했거든요. 사장님도 내 성은 모를걸요."

그녀는 지하실로 들어와 의자를 하나 가져가더니 벤의 맞은편에 앉았다.

그는 커피를 홀짝이다가 자신이 들고 있는 것이 끔찍하게 쓴 커피라는 사실을 깨달았다.

"커피는 어때요?" 오스나트가 물었다.

"어… 나쁘지 않은데요…." 그가 말했다. 그는 진심임을 표현하기 위해 그 충격적인 맛의 액체를 한 모금 더 마셨다. "맛있어요. 고마워요."

"이야, 세상에!" 그녀는 주머니에서 종이 봉지 몇 개를 꺼내며 말했다. "지금도 맛있다면, 설탕을 좀 넣으면 얼마나 놀라운 맛이 될지 상상해 봐요!"

벤은 윗입술을 깨물며 설탕 봉지를 받아 들었다. 그는 봉지를 찢어 설탕을 머그잔에 부었다.

"예의를 차리느라 그랬어요." 그가 말했다.

"알아요." 그녀가 미소 지었다. "난 그냥 당신이 어떤 커피를 좋아하는지 몰랐을 뿐이에요."

"네, 네. 그렇겠죠."

벤은 머그잔 안의 커피를 저은 다음 한 모금 더 마셨다. 이제야 그럴듯한 맛이 났다.

"침대는 어땠어요?" 오스나트가 물었다.

"괜찮았어요." 벤이 말했다. "잘 잤어요. 아주 편하고…."

그는 오스나트의 얼굴에 미소가 번지는 것을 눈치채고 탄식했다. "제기랄." 그가 말했다. "끔찍했어요. 침대는 계속 삐걱거리지, 매트리스는 얇지, 게다가 한번은 매트리스 스프링이 날개뼈 사이로 파고들어서 빠지질 않더라고요. 실제로 잔 게 몇 시간이나 되는지 모르겠네요. 지금도 침대에 앉아만 있는데도 울퉁불퉁한 바닥으로 가라앉는 느낌이에요."

"흠." 오스나트가 한쪽 눈썹을 치켜올리며 말했다. "난 사실 그런 간이침대에서 자고 싶어 죽겠다고 생각했는데요."

벤이 걱정스러운 표정으로 오스나트를 보자 그녀는 웃음을 터뜨렸다. 벤은 수줍게 미소 지으며 눈을 내리깔았고, 둘은 동시에 커피를 홀짝였다.

"울프랑은 어떻게 아는 사이에요?" 오스나트가 물었다.

"울프가 지내던 양로원 사람들의 인생에 관해 기사를 쓴 적이 있거든요." 벤이 말했다. "그때 어쩌다가 친해졌어요. 일주일에 한두 번 들러서 울프와 체스를 두고 이야기를 나눴죠. 울프는 뭐랄까, 달랐어요. 그쪽은요? 울프랑 어떻게 만났어요?"

"내가 여기서 일하기 시작했을 때까지만 해도 공식적으로 사장님은 울프였거든요. 면접 볼 때 울프를 처음 만났어요. 벤처 부인이 나를 통해서 종종 이곳 상황을 울프에게 알려 주기도 했고요. 여기로 배달된 우편물을 울프한테 전해 주기도 하고."

"울프가 여기서 오래 지냈나요?"

"양로원에 가기 전까지는 쭉 있었죠. 이 건물 4층이요. 벤처 부인이 지내는 곳 위층에. 우린 일종의 패거리였어요. 내가 가끔 들러서 바에 새로 들어온 술을 울프에게 전해 주었죠. 울프는 시음하는 걸 정말 좋아했거든요. 가끔은 그냥 앉아서 수다나 떨려고 양로원에 가기도 했어요. 양로원 사람들은 내가 울프의 손녀라고 생각했죠. 울프는 내가 봤던 옛날 사람들과는 전혀 달랐어요. 마치 울프의 몸 안에 들어 있는 어린아이가 그를 움직이는 것 같았죠."

"울프가 해 주는 이야기도 얼마나 재미있었는데요…."

"그럼요." 오스나트가 말했다. "울프가 삶에 대해서 했던 말들도 그렇죠. 울프의 내면에는 기민하고도 날카로운 어떤 부분이 남아 있었어요. 인생을 살 만큼 살고 나서 태평하게 자신에게 만족하며 지내는 사람의 조용한 행복 같은 것이요. 울프가 한 말 중에 특히 마음에 들었던 건 이거예요. 운명이 나를 어디로 이끌어 가든 중요하지 않다. 왜냐하면…."

"중요한 건 작은 인생을 살아가는 게 아니니까." 벤이 문장을 대신 마쳤다.

오스나트는 잠시 입을 다물더니 혼자 미소 지었다. "맞아요." 그녀는 그렇게 말하며 입술로 머그잔을 가져갔다.

오스나트는 조용히 말했다. "우리가 울프의 뜻을 정말로 알아들었는지는 잘 모르겠어요. 사람들은 대부분 비교하는 데 집착하느라 자신의 인생이 작다고 느끼죠. 울프가 한 말은 다른 사람의 삶이 아니라, 자신만의 큰 인생을 살아가라는 뜻이었어요. 울프는 '맞춤옷처럼 거슬리는 것 없는 삶을 살라는 얘기다'라고 얘기한 적도 있어요. 높이가 높은 인생이 아니라, 깊이가 깊은 삶을 살라는 뜻이었겠죠."

벤은 침묵을 지키다가 마침내 말했다. "맞아요."

오스나트가 빈 머그잔을 바닥에 내려놓을 때까지 그들은 조용히 커피를 홀짝였다.

"두 번째 병을 찾아야겠죠." 그녀가 말했다.

"솔직히, 난 그냥 일상생활로 돌아가고 싶어요. 내가 가지고 있던 술병을 가져왔으니까 내 일은 끝났다고요." 벤이 말했다.

"일상이라고요? 왜 이래요." 오스나트가 말했다. "어떤 음식 안에 경험이 들어 있다니, 여태 들은 것 중 가장 놀라운 얘기예요. 난 절대로 이런 기회를 놓치지 않을 거예요."

"무슨 기회요?"

"모험을 할 기회죠."

"당신이 모험이라고 부르는 걸 난 위험이라고 불러요." 벤이 말했다.

"이봐요!" 그녀는 벤에게 삿대질하며 말했다. "방금 작은 인생은 살지 않겠다고 말했잖아요?"

벤은 어깨를 으쓱하고 커피를 마셨다. 오스나트는 그를 보았다. 머리를 한쪽으로 기울이고 눈썹은 한데 모은 채였다. "이해가 안 되는 게 하나 있는데요." 그녀가 말했다.

"뭔데요?" 벤이 물었다.

"집에서 급히 빠져나올 때 술병을 가져가야 한다는 건 어떻게 알았어요? 그쪽이 쫓기는 이유가 그 술병 때문이라는 사실을 어떻게 알았느냐고요."

"말했잖아요." 벤은 침대에서 불편하게 움직였다. 그는 거짓말을 그럴싸하게 해 본 적이 단 한 번도 없었다. "변호사 사무실을 나서는 순간 미행이 붙은 걸 알아챘어요. 그래서 그 위스키 때문에 미행당한다고 생각했죠."

"아닌 것 같은데요." 오스나트가 고개를 저었다. "변호사 사무실에서 받은 술병 때문에 놈들이 당신을 쫓고 있다는 걸 어떤 식으로든 알아챘다고 해도, 집에 위스키를 두고 나오는 걸로 일을 끝낼 수도 있었어요. 거기에 경험이 들어 있다는 사실을 몰랐다면, 그러니까 그 술병의 중요성을 몰랐다면 왜 가지고 나왔죠?"

"난…." 벤이 웅얼거렸다. "그야…."

"경험자들에 대해서 전부 알고 있었던 거죠?" 오스나트가 말했다. "혹시 당신이 경험자 아니에요?"

"아뇨, 그럴 리가. 전혀 아니에요." 벤은 겁에 질려 말했다. "난 아무것도 경험하지 않아요. 내 말은, 경험자가 아니라고요."

오스나트는 의자에 털썩 주저앉더니 그를 빤히 보았다. "그럼 술병은 왜 가지고 나왔어요?" 그녀가 재차 물었다.

벤이 한숨을 쉬었다. 일이 복잡해질 것 같았다.

"책이 그러라고 시켰거든요." 결국 그가 말했다.

"뭐라고요?" 오스나트가 말했다. "책이라니?"

벤은 옆에 있던 책을 집어 그녀에게 건넸다.

오스나트는 책을 손에 들고 돌려 보았다.

"뒤표지를 읽어 봐요." 그가 말했다.

그녀는 표지의 단어들을 훑어보더니 눈을 들어 그를 보았다. "대체 이게 뭐죠?" 그녀가 물었다.

"모르겠어요." 그가 말했다. "하지만 이 책은 나를 위해서 쓰인 것 같아요. 어제 저녁에 우연히 이 책을 발견했고, 저한테 미행이 붙었다고 책이 알려 줬죠. 집에 도착해서 그 책을 읽기 시작했는데, 나에 관한 내용이었어요, 오스나트. 절대로 부정할 수 없는, 나에 관한 책이었다고요! 이 책은 내가 뭘 하고 있는지 정확하게 묘사하면서 거리에서 내 아파트를 감시하고 있는 남자에 대해서 말해 줬어요. 책이 갈 길을 가르쳐 줬어요. 전부 이 책에 나와 있는 내용이에요."

"책이 당신을 여기까지 안내했다고요?"

"그건 아니에요. 책은 집에서 빠져나오는 방법을 알려 줬어요. 내가 바 없는 바에 간 건 술병에 붙어 있는 상표 때문이었고요. 책에는 곤경에 빠질 때마다 아무 페이지나 펼치라고 적혀 있어요. 그러면 무슨 일을 해야 할지 알려 주는 지침을 찾게 될 거래요."

오스나트는 책을 무릎에 내려놓았다.

"진심이에요?"

"네."

"책이 뭘 해야 할지 가르쳐 줬다고요?"

"맞아요."

"그쪽한테만 특별히 말이죠? 수천 권씩 찍혀 나오는 책이 당신에게 직접 말을 걸었다고요?"

"그렇다니까요."

"게다가 책이 당신을 안내했다고요. 당신이 난처한 상황에 처할 때마다 그냥 닥치는 대로 책을 펼치면 어떻게 해야 할지 말해 준다는 거예요?"

"책에는 그렇게 적혀 있어요. 지금까지 그 방법이 한 번 통했고요. 1장이 그랬죠."

오스나트는 책 표지를 보고 벤을 보더니 다시 책 표지를 보았다.

그러고는 벤을 보았다.

그녀는 웃음을 터뜨리며 한 손으로 옆머리를 그러쥐고 믿을 수 없다는 듯 고개를 저었다.

"당신 제정신이 아니네요." 그녀가 말했다. "당신들 전부 다요. 그쪽도, 벤처 부인도 모두 돌았어요. 각자 자기만의 방식으로."

그녀는 벤의 얼굴에 대고 책을 흔들었다. "이게요? 이게 당신한테 어떤 행동을 해야 할지 말해 줬다고요?"

벤은 움츠러들었지만 그녀의 눈을 똑바로 바라보았다. "이상하게 들린다는 거 알아요. 별로 가능성 없는 얘기 같죠. 하지만 그 책이 나를 위해 특별히 쓰였다는 사실을 알았을 때 나는 얼마나 놀랐겠어요?"

오스나트는 입을 쩍 벌렸다가 생각을 고쳐먹고 딱 소리가 나게 다물었다. 그녀는 의자에서 일어나 두 팔을 양옆으로 벌리더니 익살맞게 그를 보았다. "좋아요. 해 봅시다. 다시 도움을 구해 보는 거예요." 그녀가 말했다.

"글쎄요⋯." 벤이 웅얼거렸다.

"우린 무슨 일을 해야 할지 모르잖아요? 괜찮은 조언이 필요하다고요! 안내가 필요해요!" 그녀가 말했다.

"그게 좀⋯."

"오, 마법의 책이여!" 오스나트는 두 손으로 책을 꽉 잡고 천장으로 들어 올리며 말했다. "아, 경이로운 힘의 책이여. 비밀스러운 지혜가 새겨진 책이여! 우리가 무엇을 해야 할지 말해 주소서! 우리에게 길을 보여 주소서!"

"그렇게 놀릴 필요는 없잖⋯."

"말해 주소서! 우리는 길을 잃었나이다. 지식이 모자라나이다. 당신의 안내를 바라는 열망으로 가득 차 있나이다!" 그녀는 연극적인 몸짓으로 책을 들어 올린 채 종종거리며 방공호를 돌아다니기 시작했다. "우리에게 아직 일말의 희망이라도 남아 있나이까?" 그녀는 슬픔 가득한 얼굴로 물었다. "우리를 진실로 인도해 줄 실마리를 가지고 계시나이까?"

"오스나트…." 벤이 말하려 했다.

"쉿!" 그녀가 말을 잘랐다. "지금 전능하신 책님께 말하고 있잖아요." 그녀는 방 한가운데 서서 책을 허공으로 들어 올리더니 외쳤다. "우리의 장대한 여정에서 다음 단계로 나아가려면 어찌해야 하나이까? 우리는 누구에게 기대야 합니까, 경이로운 책이여?"

그녀는 책을 내리고 책장을 휙휙 넘기더니 다시 외쳤다. "우리는 누구에게 기대야 합니까?" 그러고는 결심한 듯 손가락을 아래로 짚었다.

그녀가 자기 손가락이 닿은 자리를 지켜보는 동안 몇 초가 흘렀다.

"내 생각에는…." 벤이 말했다. "가운데 어디를 펼쳐야 할 것 같아요. 거긴 첫 페이지잖아요. 아직…." 오스나트가 그에게 책을 휙 돌려놓자 그는 입을 다물었다. 벤은 그녀가 가리킨 단어들을 보았다. 그 페이지 오른쪽 상단에는 단 두 줄이 쓰여 있었다. "조니 뎁을 사랑하는 곱슬머리 소녀, 시걸 푸치킨에게."

"시걸 푸치킨이 누군지 알아요." 오스나트는 눈을 휘둥그렇게 뜨고 말했다. "젠장, 내가 아는 사람이라고요."

13

시걸은 양로원 정원의 벤치에 앉아 생각에 잠긴 채 피우던 담배에서 피어오르는 흰 연기를 바라보고 있었다. 오늘만 벌써 세 개비째였다. 시걸에게는 그 시간이 필요했다. 마음이 왠지 불편했다.

정원은 비어 있었다. 이른 점심 때이기도 하고 날씨도 쌀쌀해서 생긴 드문 기회였다. 노인들은 실내에 머무는 편을 더 좋아했으니까. 지금만큼은 시걸도 죄책감을 느끼지 않고 담배를 피울 수 있었다. "안 그래도 우리한테는 남은 시간이 별로 없는데, 당신까지 우리 옆에서 담배를 피우겠다는 거요?" 하는 식의 조용한 눈길을 받지 않고서.

그녀는 담배를 입술로 가져가 조금 빨아들였다. 불 붙은 꽁초 끝이 욕망으로 빛났다. 어찌 된 영문인지 그토록 오랜 세월이 흘렀는데도 담배의 맛은 여전히 찌르는 듯 날카롭게 느껴졌다. 그녀는 흡연이 긴장을 풀어 주는 이유가 담배를 들고 있는 동작 때문이지 흡연 자체는 상관없다는 사실을 오래전에 깨달았다. 꽁꽁 말아 놓은 종이를 손가락 사이에 가만히 끼우고 손목에 긴장을 푼 채 팔꿈치로는 자기 몸을 끌어안듯 몸에 기댄다. 이 모든 행동이 그녀의 신경을 다독이며 자기 자신과 가까워지게 해 주었다. 어쩔 수 없이 조금씩 들이마셔야 하는 담배 연기는 이런 행동을 하기 위해 어쩔 수 없이 치러야 하는 대가일뿐이었다.

시걸은 유리창 너머로 두 사람이 접수대 쪽으로 다가오는 것을 보았다. 그녀가 하루 대부분을 앉아 있는 곳이었다.

익숙한 얼굴이었다. 남자는 패션 감각이 형편없는 구부정한 샌님이었고, 여자는 영국 팝을 좋아하는 듯한 말라깽이로 뾰족뾰족한 머리에 바지와 어울리지 않는 운동화를 신고 있었다. 어두운 색 바지에 밝은 색 운동화를 신으면 안 된다. 그건 기본이다. 신발 때문에 시선의 흐름이 끊겨 키가 작아보이니까. 하지만 저 여자는 그런 점은 전혀 신경 쓰지 않는 것 같았다.

그들은 친절하게도 시걸이 담배를 피우는 동안 그녀의 자리를 대신 맡아 주고 있는 마이라에게 말을 걸었다. 구부정한 남자는 한쪽 어깨에 배낭을 메고서 한 발 물러서 있었다. 가방끈을 꽉 잡은 손가락이 허옇게 질려 있었다. 대화를 주도하는 건 뾰족 머리였다. 고개를 살짝 기울인 그녀는 설명하느라 두 손을 이리저리 움직였다. 어느 순간 마이라가 시걸 쪽을 가리키자 두 사람은 고개를 돌려 그녀를 바라보았다. 그녀는 뾰족 머리가 마이라에게 고맙다고 인사하는 것을 보았다. 두 사람이 그녀 쪽으로 성큼성큼 걸어오기 시작했다.

흠, 이번엔 또 뭐지?

오스나트는 유리문을 밀어 열고 양로원 정원으로 걸어 나왔다.

"안녕하세요, 시걸." 그녀가 말했다. "잘 지내셨죠?"

벤치에 앉아 있던 체구가 작고 젊은 여자는 그녀를 마주 보며 미소 지었다. "안녕하세요, 오스나트. 난 잘 지내요. 오스나트 맞죠? 제대로 기억했는지 몰라."

"맞아요." 오스나트가 말했다.

"내 기억이 맞다면 3층에 계시던, 이름이 뭐더라, 아무튼 그분을 만나러 오곤 하셨죠." 시걸이 말했다.

"맞아요." 오스나트가 말했다. "몇 주 전에 당신과도 잠깐 대화를 나눈 것 같네요."

"네, 기억나요." 시걸이 말했다. 담배 연기가 일시적으로 왕관처럼 그녀의 곱슬머리를 둘러쌌다. "영화 얘기를 했었죠?"

"맞아요." 오스나트가 말했다. "제가 한번 들어 보시라고 좋은 노래도 몇 곡 추천했고요."

시걸은 벤 쪽을 보았다. "당신도 그분을 만나러 오곤 하셨죠? 성함이… 생각이 날 듯 말 듯한데…."

"벤입니다." 벤이 말했다.

"뭐라고요? 잘 못 들었어요."

"벤이요." 그가 더 큰 목소리로 말했다.

"아, 맞아요. 그랬죠." 시걸이 말했다. 그녀는 담배를 든 손으로 두 사람을 가리키며 물었다. "그분 친척분들이신가요?"

"아뇨." 오스나트가 말했다. "우연이에요."

"울프, 맞아요. 그분 이름이 울프였죠. 울프 씨가 돌아가신 날에는 제가 여기 없었어요. 휴무일이었거든요. 저는 그분을 좋아했어요. 어떤 에너지로 가득한 분이었죠. 내내 저를 시걸릿이라고 부르기는 하셨지만, 뭐 어쩌겠어요."

그녀는 담배를 뻐끔거리더니 고객 응대용 미소를 지어 보였다. "도움이 필요하신가요?"

"네." 오스나트가 말했다. "울프의 마지막 시기에 뭔가 특이한 점이 있었는지 알고 싶어요."

"마지막 시기에요?"

"네."

"어떤 의미에서 특이하다는 거죠?" 시걸이 물었다. "여기 일정은 변동이 없는 편이에요. 가끔 면회객들이 오긴 하지만 보통 여기 계신 분들은 평소 일과에 따라요. 침실, 식당, 강당, 로비, 의사. 사실 특이한 일이 일어날 만한 곳은 아니죠."

"누가 그분을 만나러 온 적이 있나요? 평소와 다른 부탁이 있었다거나? 이상하게 행동하지는 않으셨어요?"

시걸은 둘을 번갈아 보았다. "왜요? 무슨 일이죠? 울프 씨는 분명히 자연사하셨어요. 정확히 무슨 일로…."

"아아, 심각한 일은 아니에요." 오스나트가 밀했다. "우리는… 음… 울프가 죽기 전에 또 누구랑 연락했는지 알아보는 중이에요. 범죄와 관련된 일이 아니고요."

"흠, 울프에게 손님이 많지 않았던 건 사실이에요." 시걸이 말했다. "하지만 여기, 그분의 집에서는 친구가 부족하지 않았죠. 모두가 울프를 좋아했으니까요. 울프한테는 늘 사람들에게 해 줄 이야기가 있었거든요. 심지어 갑자기 강의가 최소되면 가끔 강연도 하셨어요. 약간 장난꾸러기 같은 면도 있었죠."

"그게 무슨 뜻이에요?"

"돌아가시기 2주 전에, 청소하시는 분이 울프의 방에서 술을 발견했어요. 알고 보니 울프가 옷장에 이중 서랍장을 설치해 놓고 온갖 술을 거기에 보관했지 뭐예요? 그것도 품질이 좋은 걸로요. 남자 친구한테 얘기했더니 근처에서 구할 수 있는 가장 좋은 브랜드라고 하더군요."

"어떤 술이었어요?"

"사실 잘 몰라요." 시걸이 말했다. "맥아다프인지, 맥캘란인지, 맥거핀인지…. 술은 잘 모르거든요. 청소하시는 분이 와서 술병을 보여 주면서 어떻게 해야 하느냐고 물었죠. 규칙에 따르면 술은 가지고 있으면 안 돼요. 하지만 울프가 술 몇 병을 가지고 있다고 해서 솔직히 누가 신경 쓰겠어요? 울프는 술병에 손을 대지도 않았어요. 그 술을 마시지 않았죠. 그래서 울프한테 그냥 가지고 있어도 된다고 말했어요. 아무한테도 얘기하지 않겠다고 약속했죠."

"그 술병은 지금 어디 있나요?" 벤이 물었다.

"네?"

"그 술병들이요." 벤은 목소리를 들리게 하려고 애쓰며 말했다. "지금 어디 있어요?"

시걸은 어깨를 으쓱했다. "울프가 죽은 다음 날 제가 그분 방에 가서 술병을 모두 꺼내 상자에 넣어 뒀어요. 주방에 보관했다가 행사 때 쓸 계획이었죠. 울프가 그래도 좋다고 했거든요. 그런데 누가 그 상자를 훔쳐갔어요. 안쪽에 보관하고 문을 잠궜어야 하는데, 문 밖에 놔두는 바람에 도둑들이 가져가 버린 거예요. 다음 날 사람들한테 상자를 보았느냐고 물으니 다들 못 봤다고 하더군요."

"우리 술병이 거기 있는 줄 알았던 거예요." 벤이 중얼거렸다.

오스나트는 그의 말을 못 들은 척하고 다시 시걸을 돌아보았다. "울프가 죽고 나서 우리 말고도 누가 찾아와 그분에 대해 물어본 적이 있나요?"

"아뇨." 시걸이 말했다. 그녀는 담배를 다시 한 모금 빨아들였다. 그 바람에 그녀는 하마터면 손가락 끝에 화상을 입을 뻔했다. "기본적으로는 두 분밖에 없었어요. 제 남자 친구 말고는요."

"남자 친구요?" 오스나트가 물었다.

"전 남자 친구라고 해야겠네요." 시걸이 말했다. "내가 술 얘기를 하니까 엄청나게 흥분하더군요. 당시에 그 사람은 스카치니 뭐니 하는 것들에 흠뻑 빠져 있었거든요."

그녀는 벤치에서 일어나 담배를 탁 퉁겨 바닥에 버리더니 신발 코로 불을 껐다. 그녀는 담배를 다 비벼 낸 다음 허리를 숙이고 꽁초를 집어 들어 벤치 옆 휴지통에 버렸다.

"여기서 잠깐 화제를 바꿔야 할 것 같은데 이해해 주세요." 그녀가 벤에게 말하더니 오스나트를 돌아보았다. "하지만 그쪽은 여자

잖아요? 남자들하고 좀 사귀어 보셨죠? 사람이 갑자기 사라진다는
게 말이 되나요? 세 달이든 반년이든 얼마간을 함께 보내다가, 모
든 것이 좋았고 둘 다 미친 듯이 사랑에 빠져 있었는데, 갑자기 모
든 연락을 끊어 버리다뇨? 아니, 이게 도대체 무슨 일이에요? 대체
누가 사랑하는 여자한테 그런 짓을 하죠?"

"시걸 씨 남자 친구 얘긴가요?" 오스나트가 물었다.

"맞아요." 시걸은 풀이 죽은 채 그 자리에 서 있었다. 갈색 눈에
눈물이 차오르기 시작했다. "난 이미 찾고 있던 걸 찾았다고 생각했
어요. 우리 관계에는 뭔가 진실된 것이 있다고 생각했죠."

"혹시… 혹시 남자 친구한테 무슨 일이 일어난 건 아닐까요?" 오
스나트가 말했다.

"그 사람한테는 아무 일도 일어나지 않았어요. 그냥 도망치기로
한 거예요." 시걸이 말했다. 그녀는 주머니에 손을 넣어 핸드폰을
꺼내더니 두 사람의 면전에 대고 흔들었다. "제 핸드폰에서 자기 번
호를 지웠더라니까요! 이틀 동안 연락이 없기에 전화를 걸려고 했
는데, 그 사람 전화번호조차 없다는 걸 알게 됐어요! 그 사람하고
반년을 함께 했는데, 연락처조차 없다뇨? 그 사람은 어느 순간 발
을 빼기로 결정하고, 내 핸드폰을 열어서 자기 연락처를 지운 거예
요. 누가 그런 짓을 하죠?"

"그것 참… 내 생각엔… 진짜 이상하긴 하네요." 오스나트가 말했
다. "어쩌면 그냥…."

"그 사람이 개자식이라는 걸 깨닫고 미련을 버려야 할지도 모르

겠다고요?" 시걸이 말했다. "네, 나도 알아요. 그래야죠. 하지만 그렇게 간단한 문제가 아니에요. 내 말은, 아무 설명도 없으니까 더 돌아 버릴 것 같다고요. 뭐랄까, 무슨 말이라도 해 보라고 하고 싶어요. 이젠 끝이라고 말해 달라고요. 발을 빼고 싶으면 빼도 좋지만, 그냥 떠나지만 말라고. 그 사람은 세상에서 가장 로맨틱한 사람, 가장 멋진 사람이었단 말이에요. 2주 전만 해도 우리는 이 동네가 한눈에 내려다보이는 언덕으로 멋진 소풍을 갔어요. 어떻게 그런 일이 일어날 수 있죠? 어떻게 어느 날에는 일어나자마자 사람을 파리로 데려갔다가, 다음 날에는 허락도 없이 핸드폰을 열고 다시는 전화도 걸지 못하게 자기 연락처를 지우느냐고요?"

오스나트가 그녀의 어깨에 손을 얹었다. "있잖아요." 그녀가 말했다. "그 사람한테 뭔가 아주 중요한 일이 일어났을지도 몰라요. 두 분이 경험한 일이, 그 사람한테는 혹시…."

그러다가 오스나트는 입을 다물었다.

벤은 옆에서 두 사람을 보고 있었다. 오스나트의 시선이 갑자기 얼어붙었다. 마치 그녀의 눈동자에 방탄 유리라도 덮인 것 같았다.

"파리에는 얼마나 계셨죠?" 그녀가 시걸에게 물었다.

시걸은 어리둥절해하며 그녀를 보았다. "사흘이요." 그녀가 말했다. "왜요?"

"오래전에 계획한 여행이었나요?"

"아뇨. 깜짝 여행이었어요. 그 사람이 전부 준비해 놓고 저한테 알려 주…."

오스나트가 그녀의 말을 끊었다. "여권을 보여 주지 않으면 체크인을 도와 줄 수 없다고 고집을 부리던, 키가 작고 대머리인 안내원이 있는 작은 호텔에 머무셨나요?"

시걸이 뒤로 물러났다. 오스나트의 손이 그녀의 어깨에서 떨어졌다. "…네." 그녀가 말했다.

오스나트는 그 자리에 붙박인 채 서 있었다. 마침내 그녀는 숨죽여 "개자식"이라고 말하고는 몇 차례 숨을 식식대더니 주먹을 말아 쥐고 자기 옆구리를 치며 소리쳤다. "개자식!"

"왜 그래요?" 시걸은 약간 걱정되는 표정으로 오스나트에게서 눈을 떼지 않고 물었다.

"그러게요." 벤이 조용히 물었다. "왜 그래요?"

오스나트가 시걸을 노려보았다. "당신 남자 친구요." 그녀는 애써 낮은 목소리를 유지하며 말했다. "별 볼일 없는 개자식이 아니에요. 그 사람을 알아요. 내가 그 사람하고 사귀었어요. 그 인간은 최악의 개자식이에요. 사랑에 빠지게 만들고 자기가 원하는 건 무엇이든 얻어 낸 다음 떠나는 놈이죠. 그 따위 인간은 잊어버리세요. 최대한 빨리요. 그 자식이 떠나서 다행이에요. 그놈이 사라진 걸 고맙게 여기고 사세요. 진심이에요."

"하지만…." 시걸이 말했다. "당신이 어떻게 그걸 알죠?"

"그 사람, 이름이 스테판이죠?" 오스나트가 날카롭게 물었다.

"맞아요." 시걸이 조용히 말했다.

"그놈이 틀림없어요." 오스나트가 딱 잘라 말했다. "이제 가 봐야겠어요."

"가요." 그녀가 벤에게 말했다. 그녀는 돌아서서 빠른 걸음으로 떠났다.

시걸은 난처한 표정이었다. "죄송해요." 벤이 말했다. "최근에 저분이 좀 힘든 시간을 보냈거든요. 얘기 나눠 주셔서 고맙고, 또….

"벤!"

"저도 가 봐야겠네요." 그는 그렇게 말하고 서둘러 오스나트를 따라갔다.

"방금 무슨 일이에요?" 둘이 다시 차에 타자 벤이 물었다.

오스나트는 운전석에 뻣뻣하게 앉아, 두 팔을 곧게 뻗어 핸들을 꽉 잡고 있었다.

"그 스테판이라는 사람이 당신이랑 시걸 씨를 동시에 사귀기라도 했어요?" 벤이 물었다.

"아뇨." 오스나트가 조용히 말했다. "그 스테판이라는 사람은 우리 중 누구와도 사귀지 않았어요."

"이해가 안 가는데요."

오스나트는 손바닥을 쫙 펴서 핸들을 내리쳤다. "멍청이! 멍청이! 멍청이! 어떻게 그렇게 멍청할 수가 있지?"

"오스나트….

"왜 시걸이 그놈 번호를 찾을 수 없었던 거라고 생각해요?" 오스나트가 물었다. "정말로 그놈이 시걸의 핸드폰을 열어서 자기 연락처를 지웠을까요?"

"그야⋯."

"아니에요! 내가 그걸 어떻게 아는 줄 알아요? 나도 그놈 번호가 뭔지 전혀 모르겠으니까요." 오스나트가 말했다. "오늘 아침 당신을 만나러 내려가기 전에, 스테판한테 전화를 걸어서 아무 문제가 없는지 확인해 볼 생각이었어요. 내 집에서 뭔가 의심스러운 걸 보기라도 한 건지 알아보려고요. 난 핸드폰으로 전화를 거는 경우가 별로 없어요. 보통은 받기만 하죠. 그래서 늘 연락처를 저장해 두지는 않아요. 그냥 번호를 외우거나 노트에 적어 두거나 하죠. 그런데 갑자기 그 사람 전화번호가 기억나지 않는다는 걸 깨달았어요. 몇 달 동안 사귄 사람 연락처를 잊어버리다뇨? 그래서 혼잣말을 했죠. 괜찮아, 괜찮아. 잠을 많이 못 자서 그래. 아직 어젯밤의 피로가 풀리지 않은 거야. 그럴 수도 있어. 조금 쉬었다가 전화하자. 그때도 기억나지 않으면 노트에서 그 사람 전화번호를 찾아보는 거야. 그런데 있잖아요, 장담하는데 내 노트에는 그 사람 전화번호가 없을 거예요. 왜 그런지 알아요?"

"왜요?"

"시걸한테 그 사람 전화번호가 없는 것과 같은 이유죠. 애초에 있었던 적이 없으니까! 우린 사귄 적이 없으니까!"

벤은 자동차 계기판을 바라보았다. "잘 이해가 안 가는데요." 그가 말했다.

"어젯밤에요." 오스나트가 말했다. "스테판이 바 없는 바에 왔어요. 우린, 그 사람이랑 나는 함께 술을 마셨죠. 그런 다음 스테판이 깜빡하고 두고 온 물건을 가져오겠다고 내 방으로 올라갔어요. 난 물어보는 사람들 모두에게 스테판이 내 남자 친구라고 했고, 모두들 내가 그때까지 스테판을 숨겨 뒀다는 사실에 충격을 받았어요. 하지만 난 그 사람을 숨긴 게 아니었어요. 그저 어제가 되기 전까지 그 사람을 몰랐을 뿐이죠. 그놈이 내 술에 그걸 탄 거예요. 그놈이 경험자예요. 내가 안 볼 때, 그놈이 내 술에 그걸, 아예 존재하지 않았던 관계의 기억을 집어넣은 거라고요. 놈은 자기와 사랑에 빠지는 기억을 가지고 다니다가 여자한테 뭔가를 얻고 싶어ㅅ▒▒다 그 경험을 마시게 하는 거예요. 그러면 짜잔, 그 여자가 놈의 것이 되는 거죠. 그놈한테 열쇠를 내주고, 울프의 방에서 발견한 술병 얘기를 해 주고, 놈이 원하는 건 전부 해 주는 거라고요."

"하지만 그걸 어떻게 알…."

"같은 기억이니까요! 같은 기억이에요! 언덕에서의 소풍, 파리로의 여행. 놈은 같은 경험을 사용했어요! 우리 잔에 같은 기억을 집어넣었다고요. 우리는 둘 다 그… 그… 그것과 오랫동안 관계를 맺▒ ▒▒▒▒ ▒▒▒ ▒▒▒. ▒▒▒ ▒ ▒▒▒ ▒▒ ▒▒▒ ▒▒ ▒▒▒▒ 고 내가 믿게 되자마자 나한테 집 열쇠를 달라고 했고, 나는 열쇠를 내주었어요. 그런데도 난 몰랐어요. 나는 사랑에 홀딱 빠지는 성격이 아니에요. 정말로요. 그딴 개소리는 믿지 않아요. 그런데도 어제는 열다섯 살 소녀처럼 사랑에 빠져 있었다고요. 스테판이 열쇠를 원한다고? 당연히 줘야지! 열쇠 여기 있어요! 그놈이 나를 뒷골목으로 데려가서 장난 삼아 새끼 고양이들을 죽이는 모습을 보여 줬더라도 나는 '와, 총 정말 잘 쏜다.' 정도밖에 생각 못 했을 거예요. 무슨 뜻인지 알겠어요?"

"알 것 같네요." 벤이 말했다. "와, 그건… 그건 정말…."

"사악하죠." 오스나트가 말했다. "누가 나한테 한 짓 중에 가장 나쁜 짓이에요."

"시걸이 그 사람 전화번호를 가지고 있지 않다고 했고, 둘이서 파리로 휴가를 떠났다는 말만 듣고 그걸 알아낸 거예요?"

"갑자기 깨달았어요." 오스나트가 말했다. "시걸이 내 연애를 묘사하고 있었으니까요."

"인상적이네요." 벤이 말했다.

"인상적이라고요?"

"네, 그런 식으로 알아냈다는 점이요. 인상적이에요."

그녀는 이글거리는 눈빛으로 벤을 보았다. "방금 나는 나한테 곧 청혼할 거라고 믿었던 남자가, 내 평생의 사랑이라고 생각했던 남자가 사실은 내 집에 들어와 위스키를 훔치려고 내 술에 가짜 연애 경험을 몰래 넣은 변태 자식이라는 걸 알게 됐어요. 그런데 그쪽은 할 말이 '인상적이에요'밖에 없단 말이에요?"

"난 그냥…."

"아, 그냥 입 닥쳐요. 알았어요?" 오스나트는 그렇게 말하고 시동을 걸었다.

"가장 답답한 부분이 뭔지 알아요?" 그녀는 몇 분 뒤 조용히 말했다. "이 모든 걸 알게 된 지금도, 그중 진짜가 하나도 없다는 걸 알고 있는데도 그 경험이 아직 내 안에 있다는 거예요. 이미 그 경험이 내가 살아온 인생의 일부처럼 느껴진다고요. 아직도 그 사람에 대한 감정이 남아 있어요. 이 모든 게 거짓말이라는 걸 아는데도 그 사람이 여기 있었으면 좋겠어요. 아직도 감정이 있다고요." 그녀는 핸들을 다시 내리쳤다. "멍청이!"

둘 다 침묵을 지키며 차를 타고 온 끝에(오스나트는 화가 나서 입을 다물었고, 벤은 대화라는 전쟁터를 피하는 편을 선택했다) 자동차는 바 없는 바 맞은편에 멈추었다. 오스나는 자동차에서 뛰어내리더니 문을 쾅 닫고 보닛을 돌아 단호하게 걸어갔다. "가요." 그녀가 벤에게 내뱉었다. 벤은 아직 차에서 자기 몸이라는 짐을 내리는 중이었다. 가방이 그의 등에 뒤틀린 채 매달려 있었다. 그러는 동안 오스나트는 건물로 기세등등하게 걸어갔다.

벤은 서둘러 그녀를 따라갔다.

"뭘 어쩌려고요?" 그가 물었다.

"아직 그 책 있죠?" 그녀가 물었다.

"네."

"잘 됐네요. 가요."

둘은 서둘러 계단을 올라갔고, 오스나트는 자기 집 문을 열고 들어갔다. 벤이 빠르게 그녀를 따라 들어갔다.

"책 줘요." 여자가 말했다. 그녀는 한 방으로 걸어가 블라인드를 걸고 다음 컴퓨터 모니터가 놓인 책상에 앉았다. "우린 문제의 근원을 직접 파고들 거예요. 난 게임을 하고 싶지 않으니까. 난 그 책을 쓴 사람을 찾아서 그 사람이 원하는 게 뭔지 알아보고 싶어요." 그녀가 말했다. "내가 시걸 푸치킨을 안다는 걸 어떻게 알았을까요? 스테판이 빈집 털이라는 사실을 알려 줄 사람이 하필 시걸이라는 건 어떻게 알았고요? 궁금한 게 많아요. 아니, 궁금한 게 많은 건 오히려 당신이겠네요."

"제가요?"

"네." 오스나트가 화면을 가로질러 커서를 움직이며 말했다. "이 책은 그쪽한테 주려고 쓴 거잖아요? 그러니까 그쪽이 연락해 봐요. 그 사람 이름이 뭐예요?"

벤은 가방에서 책을 꺼내 표지를 보았다. "요아브 블룸이요." 그가 말했다. "알아요?"

"한 번도 못 들어 봤어요."

오스나트가 말했다. "찾아보면 금방 나올 거예요."

"그런가…." 벤이 말했다.

"제목 페이지 안쪽을 보고 이름이 같은지 확인해 봐요. 철자도 정확히 말해 주고요."

벤은 책을 펼쳤다.

"필명일 수도 있어요." 오스나트가 말했다. "그럴 경우에는 출판사에 연락해서 진짜 이름을 알려 줄 때까지 그 사람들 인생을 지옥으로 만들어 줘야죠. 당신은 날 몰라요. 난 필요하다면 무척 집요해질 수 있는 사람이라고요."

"오스나트…." 벤이 말했다.

"왜요?"

"그 사람 이메일 주소가 여기 작가 소개 바로 밑에 적혀 있는데요." 벤이 말했다. 그는 책을 뒤집어 그녀에게 보여 주었다.

"아." 오스나트가 말했다.

요아브 씨에게.

제 이름은 벤 슈워츠먼입니다.

당신은 절 아시는 것 같아요. 저한테 주려고 아예 책 한 권을 쓰셨으니까요. 제가 우연히 맞닥뜨린 복잡한 상황에서 이 책이 일종의 안내서 역할을 하고 있기도 하고요. 그러니까 일단은, 진심으로 감사합니다.

하지만 이 모든 일이 꽤 불안하게 느껴진다는 것도 이해해 주셨으면 합니다. 저희 집에 침입하기 일보 직전이던 사람에 대해 경고해 주신 건 감사하지만, 이 모든 일이 벌어진 방식은 아직도 충격적이에요. 책이 저한테 말을 거는 일은 익숙하지 않거든요. 책에서 '나 자신을 보는' 경험을 자주 한 건 사실이지만, 이런 식은 아니었어요. 이렇게 직접적인 방식은 아니었죠.

아무튼, 제가 지금 처해 있는 상당히 민감한 상황에 대한 정보를 가지고 계신 것 같은데요. 가능하다면 만나 뵙거나 전화로 이야기를 나누고 싶습니다. 저희를 도와주실 수 있을 것 같아서요.

어쩌면 이런 일을 어떻게 해냈는지 설명해 주실 수도 있겠죠. 사건이 실제로 발생하기 전에 어떻게 이 안내서를 쓰셨는지 모두 설명해 주시면 좋겠습니다.

진심으로 고맙습니다.

벤.

부재중 알림

안녕하세요.

저는 지금 (드디어!) 휴가를 떠난 상태이므로 이달 27일까지 이메일에 답장할 수 없습니다.

급한 문제가 있다면 문자 메시지를 보내거나 음성 메시지를 남겨주세요. 핸드폰은 종종 확인하겠습니다. 제 연락처가 없으시다면, 제가 휴가에서 돌아올 때까지 기다리셔야 할 것 같네요. 아마 정말로 급한 문제는 아닐 테니까요.

고맙습니다. 미안합니다. 행운을 빕니다.

요아브.

추신: 당신이 벤 슈워츠먼이라면 14장에서 질문에 대한 답을 찾을 수 있을 겁니다.

14

나는 이 안내서의 저자 이름을 모른다는 사실을 처음부터 밝히 겠습니다. 내가 당신을 놀린다고 생각하는 건 바라지 않으니까요. 물론 표지에는 내 이름이 적혀 있죠. 하지만 제 말은, 그것도 그 사 람과 나의 거래에 포함된 내용이었다는 뜻입니다. 저자는 익명으 로 책을 펴내고, 나는 별로 애쓰지 않고도 작가로서의 신망을 얻게 되는 거지요.

그게 전부입니다.

이제 세세한 내용을 말씀드리겠습니다.

이 모든 일은 전화 한 통으로 시작되었습니다.

어느 날 밤 11시 정각 즈음이었어요. 기억이 맞다면, 나는 거실에 앉아 텔레비전을 보고 있었습니다. 그때 전화가 울렸죠. 여전히 화 면에 정신이 팔린 채로 전화를 받았는데, 수화기 너머의 목소리가 이렇게 말하더군요. "당신에게 특이한 제안을 하려 합니다."

"뭐라고요?" 나는 그렇게 물으며 텔레비전을 껐습니다.

"내 말은," 그 목소리가 다시 말했습니다. "당신에게 특별한 제안을 하겠다는 겁니다."

"누구시죠?" 제가 물었습니다.

"전화 받는 분이 요아브 블룸 맞습니까?" 그가 물었습니다.

"네." 저는 그렇게 말하고 다시 물었습니다. "누구세요?"

"며칠 전 당신이 최근에 낸 책을 다 읽었습니다. 내가 지금 하고 있는 프로젝트에 관해 당신과 협력할 수 있을 것 같아서 말이지요."

"아직 전화 주신 분이 누구신지 모르겠는데요." 내가 말했습니다. "그리고 이 번호를 어떻게 알았는지도 알려 주시면 좋겠습니다."

"내가 지금 쓰고 있는 글을 보내도록 하지요." 그가 말했습니다. "아마 스타일이 마음에 들 겁니다. 당신 책을 끝까지 읽자마자 나는 혼자서 '와, 이 녀석과 함께라면 가능할지도 모르겠어'라고 생각했습니다. 지금까지 꽤 오랫동안 적합한 사람을 찾고 있었거든요."

"끊겠습니다. 성함을 말씀해 주시지 않는다면요."

"그럼 또 봅시다." 그는 그렇게 말하고 전화를 끊었습니다.

나는 다시 텔레비전을 켰죠.

다음 날, 출근하려고 문을 여니 아파트 문 앞에 소포가 놓여 있었습니다.

이따금 내리는 비를 가리기 위해서인지 잘 묶어 둔 비닐봉지 안에 인쇄해서 묶어 놓은 원고와 이렇게 적힌 메모가 있었어요. "이 책을 한번 살펴보고 의견을 주면 좋겠습니다. 난 출판할 때 이름을 빌릴 사람이 필요합니다. 아마 당신도 마음에 들 거예요."

나는 원고를 힐끗 보았습니다.

표지에는 '다가올 날들을 위한 안내서'라고 적혀 있었지요. 놀랍게도 그 아래에는 작은 글씨로 내 이름이 적혀 있었고요. 나는 그 봉지를 문 근처의 탁자에 올려 두고 출근했습니다. 저녁에 확인할 생각이었죠.

바쁜 때였거든요. 나는 두 번째 소설을 막 쓰기 시작했고, 의구심과 우유부단함으로 가득 차 있었습니다. 나는 어떤 분야를 다루고 싶은지는 알고 있었지만, 다른 할 일로 하루하루가 바빠 글이 아닌 다른 데로 정신을 팔 수밖에 없었어요. 글은 늘어지고만 있었죠. 그것만으로는 충분하지 않았는지, 악명 높은 차기작 슬럼프까지 찾아왔습니다. 아이디어를 재활용하게 된 거죠! 첫 번째 책을 펴내고 나서 받은 높은 기대가 두 번째 책에 부담이 되면서 쓰고 싶은 것을 쓰지 못하게 막는 상황이었습니다! 과거를 무시하되, 완전히 무시하지는 말라는 명령이었죠! 아니면 무시해도 좋다는 명령이었을지도요!

나는 원고를 들여다보았습니다. 어느 날 저녁에는 몇 챕터를 읽는 데까지 성공했지만, 깊이 파고들 수는 없었습니다.

첫 통화 이후로 약 2주가 흘렀을 무렵, 나는 항구의 카페에 앉아 글을 쓰려고 애쓰는 중이었어요. 즐기면서 써 보기로 했거든요. 글쓰기에 너무 진지하게 접근하면 글이 완전히 허세로 가득 차 잘난 척하는 것처럼 변하기 시작합니다. 나는 내가 읽고 싶은 무언가를, 극심한 생존 경쟁에서 잠깐 머리를 식히게 해 줄 무언가를 써야만 했습니다.

말이야 쉽지만 하기는 어려운 일이죠.

이런 내면의 전쟁에 휘말려 있을 때, 나는 빛바랜 검은색 코트를 입고 오래전에 형태가 일그러진 중절모를 쓴 한 남자가 맞은편 의자에 앉는 걸 봤어요. 그 사람은 이렇게 물었습니다. "그래서, 읽어 봤습니까?"

나는 눈을 들어 그 사람을 봤습니다. 그가 그런 식으로 태평하게 끼어들었다는 사실이 불쾌하게 느껴졌죠. "뭐라고요?"

"내 책 말입니다." 그가 말했습니다. "읽었습니까?"

"누구시죠?" 내가 물었습니다.

"누구냐니, 무슨 소립니까? 나는 전지적 작가입니다. 고등학교에서 나에 대해 배우지 않았나요?" 그는 눈에 띄게 즐거워하며 말했습니다.

인정합니다. 나는 몇 초가 지나서야 이런저런 정보들을 연결할 수 있었어요. 전화기 너머로 들은 목소리, 문밖에 놓여 있던 봉투.

"아." 제가 결국 말했습니다. "당신이 그…."

"네, 네." 그가 고개를 끄덕였습니다. "내가 그 사람입니다. 얼마나 읽었지요?"

"저는, 음, 10장 끝부분을 읽는 중입니다." 내가 말했습니다.

"그래서…."

"그래서 뭐요?"

"출판하고 싶은가요?"

"나는 출판업자가 아닙니다. 작가죠."

"네, 네. 압니다. 하지만 현실적으로 생각합시다. 지금 이 순간 당신은 사실 글을 쓰지도 못하고 있죠. 아이디어도 반밖에 완성되지 않았잖습니까? 난 여기에 몇 분 동안 서 있었습니다. 당신은 글을 쓰면서 괴로워하는 것처럼 보이더군요. 당신이 지금 써야 할 책은 그게 아닙니다. 당신은 내 책을 쓰고 있어야 해요."

"무슨 말입니까?"

"이게 당신 능력에 맞는 일입니다." 그가 말했습니다. "나를 아는 사람은 아무도 없어요. 내가 누군지 아무도 모른다는 얘기죠. 하지만 당신이 이 원고를 가져간다면 사람들이 책을 내 줄 겁니다. 나는 공로를 인정받고 싶은 마음은 전혀 없어요. 전부 당신이 썼다고 해도 됩니다."

"전 별로 그렇게…."

"아니, 하고 싶을 겁니다. 당연히 하고 싶지. 아무도 모를 텐데. 아무도, 그 어떤 것도 증명할 수 없을 텐데. 이 책을 쓴 사람이 당신이 아니라는 말을 책 한가운데에 인쇄한다고 해도 사람들은 여전히 당신이 작가라고 생각할 겁니다."

"책 한가운데에 인쇄한다니 무슨…?"

"됐습니다. 당신이 아직 10장까지밖에 읽지 않아서 그래요. 조금 더 읽으면…."

"왜요? 앞으로 무슨 일이 일어나는데요?"

"계속 읽으세요. 계속 읽어요. 마음에 들 겁니다. 내 생각에, 당신은 14장을 읽자마자 이 모든 일이 일어날 운명이었다는 사실을 알게 될 겁니다. 당신은 원고를 한 자도 쓰지 못하고 있고, 나는 당신에게 당신이 쓰려는 바로 그 글을 주려는 겁니다. 이건 우연이 아니에요. 운명이지."

"저기…." 나는 원고를 떠올리려고 애쓰며 말했습니다. "스스로를 참조하는 책이니 위스키니 뭐니 하는 그 모든 것이 나오는 책이라면, 전 딱히…."

"글쎄, 그게 전부가 아니에요. 알겠습니까? 성급히 결론 내리지는 마세요."

"그건 진짜 내 작품이 아니잖아요. 나는 알코올 소비를 부추기는 것처럼 보이고 싶지도 않습니다."

"알코올 소비를 부추긴다고?"

"그리고 그 벤이라는 인물도 그래요. 좀 한심하지 않습니까?"

"다른 사람들보다 딱히 더 한심한 것도 아니지요."

"벤이 발전해 가는 모습이 딱히 보이지 않던데요. 벤에게는 어떤 사건이 벌어져야 합니다. 벤이 뭔가를 겪어야 해요. 벤을 변화시키고, 벤이 발전하도록 할 경험이 있어야 한다고요."

"그 녀석은 경험을 하게 될 겁니다, 친구. 걱정하지 말아요. 충분히 많은 경험을 하게 될 테니까."

나는 아무 말도 하지 않았습니다. "게다가 제 책도 아니잖아요."

결국은 그렇게 말했지만요.

"잘 들어요." 그는 손가락으로 테이블을 쓸더니 내게 몸을 숙였습니다. "나는 이 이야기를 꽤 오랫동안 써 왔습니다. 사람들에게 가 닿는 게, 저 바깥의 누군가가 정말로 이해할 만한 이야기를 한다는 게 얼마나 힘든 일인지는 댁도 알겠지요. 모두가 다르게 읽고, 모두가 자기만의 이해를 하게 되죠. 말 그대로 불가능한 일입니다. 그러다가 어느 날, 나는 최대한 많은 사람을 위해 글을 쓰는 게 실수임을 알게 됐습니다. 정확하게 접근해야 하는 거죠. 집중해서. 그래서 이 안내서는 제한된 숫자의 사람들만을 위한 책입니다."

"제한된 숫자라뇨? 그냥 그 벤 클레이그먼이라는 사람을 위해서만 쓴 책이라고 생각했는데요."

"클레이그먼이 아닙니다. 슈워츠먼이지. 그리고 틀렸어요. 풍부한 아이디어를 원한다면 여러 사람을 위한 글을 써야 합니다. 그래야 각자가 그 책에서 저마다 다른 뭔가를 발굴할 테니."

"그럼 다른 사람들은 누군데요?"

"지금 그건 중요하지 않아요. 중요한 건 당신이 집에 가서 책을 다 읽는 겁니다."

종업원이 다가와서 뭘 더 주문하고 싶은지, 아니면 이걸로 충분한지 물었습니다.

"그래, 차를 좀 마시고 싶어요." 그가 말했습니다.

"네, 손님." 그녀가 말했습니다. "평범한 차로 드릴까요? 우려낸 것으로? 아니면 허브티를 드릴까요? 고르실 수 있도록 저희가 가지고 있는 차를 보여드릴까요?"

"댁이 맛 좋은 걸로 하나 골라 주시겠습니까?" 그가 말했다.

종업원이 떠나자 그가 다시 나를 보았습니다. 나는 그 사람에게 여기 혼자 앉을 생각이었다고 말하려 했지만, 그는 이미 이야기를 시작하고 있었습니다.

"댁도 알겠지만, 인생이란 생각만 하는 것이 아니라 살아 내야 해요. 뭔가 현실적인 걸 해야 하죠. 물질적인 것 말입니다. 당신네 작가라는 인간들은 죽음에 이르기까지 자기 자신에 대해 깊이 생각하면서, 그 모든 생각에 나름대로 장점이 있다 한들 그게 전부일 수는 없다는 걸 이해하지 못합니다. 나는 뭐에 홀린 듯이 글을 쓰기 시작하면서 그 사실을 알게 됐죠. 사물의 본질을 숙고하기만 하고, 그것들을 하나도 실행하지 않을 수는 없습니다. 사람의 인생에는 현실성이 필요해요. 그 위에 자기 생각을 퍼 담을 수 있도록 말이죠. 그냥 글만 쓸 수는 없어요."

"저도 그냥 글만 쓰지는 않는데요."

"나도 마찬가지예요." 그가 어깨를 으쓱했습니다. "뭐, 취미죠. 댁이 보기에는 내가 작가 같나요?"

"그렇다고 치죠. 하지만 제가 글을 쓸 때 그 글이 다른 사람의 글이 될 수는 없다는 점을 이해하셔야죠. 모두가 조금씩 다르게 알아듣는다 해도 글을 쓰는 사람들은 그 글에 자기 목소리를 부여하고 싶어 합니다. 어떤 식으로든 목소리는 작가 자신의 것이어야 해요. 그러니까, 맞습니다. 저는 의미 있는 무언가를 쓰고 싶어요. 어쩌면 허구의 작품이 될지도 모르죠. 하지만 그렇다고 해도 그 작품은 우리의 현실에, 우리의 인간성에 어떻게든 빛을 비추어야…."

"아, 제발 입 좀 다무쇼." 그가 말을 자르고 제 면전에 팔을 흔들어 대며 말했습니다. "댁은 사람들이 댁을 알아보고 사랑하기를 바라고 있어요. 다른 모든 사람들이 그렇듯이."

"하지만 제 내면 가장 깊은 곳의 진실은…."

"사랑받기 좋은 방법이지. 여자들은 내면 가장 깊은 곳의 진실을 귀엽다고 생각하니까요."

종업원이 뜨거운 물이 담긴 머그잔과 티백을 가지고 돌아왔습니다. 그는 종업원에게 고맙다고 하고는 자기 가방 쪽으로 허리를 숙이더군요. 종업원이 떠나자 그는 작은 꿀병을 꺼내 컵에 꿀을 몇 방울 떨어뜨렸습니다. 그러더니 티백을 컵에 담그고, 물이 차가 되도록 놔두었죠.

나는 그 모습을 바라보며, 그의 무례함을 지적해야 할지 고민하며 조용히 기다렸습니다. 말해 봐야 그 말도 무시할 것 같은 기분이 들었어요.

차를 홀짝이는 그를 보며 말했습니다. "제 입장을 모르시겠습니까? 저는 뭔가 독창적인 걸 쓰고 싶다고요."

"댁은 그 아이디어에 너무 집착하고 있어요." 그가 말했습니다. "세상에 진짜 독창성이라는 건 없어요. 시간이 지나면 댁이 말하는 것들은 누군가 이미 말한 것들과 점점 더 비슷해질 겁니다. 아니면 누가 쓴 것이든지. 생각한 것이든지. 인생의 모든 것은 다른 사

208

람에게서 인용한 겁니다. 우리는 우리가 하는 생각이 자신의 것이라고 느끼지만, 우리가 담고 있는 것의 대다수는 다른 어딘가에서 얻은 아이디어에 대한 반응이거나 그 아이디어들을 반복하는 것에 불과해요."

"왜 접니까?"

"그거야 뭐 뻔하죠. 댁이 지금 글을 쓰고 싶어 하고, 그게 댁에게 어울리는 일이니까. 이건 귀여운 책인데, 댁은 좀 귀여워지는 것도 겁내지 않으니까."

"저는 귀여워지고 싶지 않…." 저는 한숨을 쉬었습니다. 대화가 빙빙 돌기 시작하는 것 같았죠.

"어쨌든 댁이 그 작품을 쓴다 해도 그 소설이 정말 당신 것이 되겠습니까? 어쨌거나 댁은 스스로 글을 쓰는 게 아닌데. 당신이 겁에 잔뜩 질려 있다는 걸 나는 알고 있습니다. 앞으로 여덟 권쯤 더 쓰고 나면 댁도 용기를 내서 직접 책을 쓰게 되겠지만, 지금은 아니에요. 어쨌거나 책이 나오면 모두가 그 책을 자기 거라고 여기죠. 자신들에 관한 책이라고 생각하고, 댁의 말에 대한 소유권을 주장하며 그 말들을 자기 영혼으로 들여갑니다. 그런 식이에요. 그러니까 어떻게 보든 그 작품은 당신 게 아닙니다."

그는 컵을 내려놓았습니다.

"너무 뜨겁군." 그렇게 말하더니 그는 덧붙였습니다. "댁이 써야 한다고 생각하는 혹은 썼다고 인정받고 싶은 글을 쓰고 있는지 앞으로 얼마나 더 고민할 생각입니까? 부탁인데, 나에게 기회를 주세요. 원고를 끝까지 읽어요. 마음에 들지 않으면 내버리면 됩니다. 마음에 든다면? 그러면 내일 일어나자마자 당신 편집자인 시라에게 전화를 걸어서 줄 원고가 있다고 하세요. 편집이니 교정 교열에 오랜 시간이 걸린다는 사실은 알고 있지만, 일단 그 책을 다 읽고 나면 당신도 왜 어떤 건 바꿀 수 없는지 이해하게 될 거라고 생각합니다. 난 그저 당신이 원고를 소중히 대하고, 내가 여기에 적어 둔 것에 가까운 모습을 유지해 주기를 부탁할 뿐입니다."

"왜 내가 그런 일을 할 거라고 생각합니까?"

"어떤 경우든 당신이 이기는 거래니까. 댁은 다음 책을 쓸 시간과 마음의 평화, 이 책을 쓴 공을 모두 차지하게 되지요. 모든 권리가 당신의 것이지. 나는 그 무엇도 원하지 않아요. 게다가 댁이 이 책을 쓰게 될 거라는 걸 난 확실히 알고 있거든. 내가 그렇게 썼으니까."

"뭐라고요?"

"당신도 알게 될 겁니다."

우리는 잠시 조용히 앉아 있었어요. 그가 차를 홀짝였습니다. 검은 머리 종업원이 다가와 내게 다른 걸 주문하겠느냐고 물었죠.

"물 한 잔만 주세요." 내가 말했습니다.

"선생님은요?" 종업원이 불청객에게 물었습니다.

"고맙지만 됐습니다. 막 가려던 참이라." 종업원이 멀어지는 동안 그는 자리에서 일어나 머리의 모자를 바로잡았습니다. 그는 장난스러운 시선으로 나를 보았습니다. "귀엽지요?"

나는 대답하지 않았습니다. 이 모든 일이 짜증스러워지고 있었어요. 그는 테이블로 허리를 숙이더니 말했습니다. "원한다면 저 여자를 책에 넣어도 됩니다. 갈색 눈, 수줍어하는 미소. 어떻소?"

"그만 가 보시는 게 좋겠습니다." 내가 말했습니다.

그는 어깨를 으쓱하더니 떠나려 했습니다. "그건 그렇고." 그가 어깨 너머로 미소 지으며 말했습니다. "휴가를 좀 떠나시죠. 쉬어요. 당신은 그럴 만한 자격이 있으니까."

15

현관문이 더 이상 삐걱거리지 않았기 때문인지, 두 사람이 책 읽기에 너무 몰두해 있었기 때문인지, 아니면 계단을 올라오는 벤처 부인의 발걸음이 너무 조용했기 때문인지, 허리를 숙이고 책을 들여다보던 오스나트는 벤처 부인과 그녀의 작은 쇼핑 카트가 입구에 몇 초 동안 서 있었다는 사실을 눈치채지 못했다.

오스나트의 "뭐, 별 도움은 안 되네요"라는 말에 벤처 부인이 "뭐가 도움이 안 되니?"라고 물었을 때에야 그들은 책에서 고개를 들었다. 벤이 책을 탁 덮었다.

"안녕하세요." 오스나트가 말했다.

"문이 열려 있더구나." 벤처 부인이 말했다. "조심해야지. 이미 누가 한 번 침입했으니 특히 더. 뭐가 도움이 안 돼? 뭘 하려고 했기에?"

둘은 서로를 보았다.

벤이 말했다. "좀 이상한 이야기예요." 오스나트가 덧붙였다. "엄청나게 이상해요."

벤처 부인이 어깨를 으쓱했다. "오늘은 무슨 일이 벌어져도 놀라지 않을 것 같은데."

최근 사건들을 정리하고자 벤은 전날 저녁, 서점에서 있었던 일부터 이야기하기 시작했다. 벤은 벤처 부인에게 책에 대해서, 책의 첫 장에 대해서, 책을 펼칠 때마다 앞으로 무슨 일을 해야 할지에 관한 조언 혹은 조언처럼 보이는 무언가를 얻게 됐다는 점에 대해서 이야기했다. 그는 방금 벤처 부인이 들어왔을 때 읽고 있던 장에 관한 설명으로 말을 마쳤다.

오스나트는 옆으로 비켜 앉은 채 생각에 잠겨 아무 말도 하지 않았다.

"어디 그 책 좀 보자꾸나." 벤처 부인이 손을 내밀며 말했다.

벤은 그녀에게 책을 건넸고, 벤처 부인은 손에 든 책의 무게를 가늠해 보더니 책 표지를 앞뒤로 살펴보았다. 하지만 책을 펴 보지는 않았다. 마지막으로 그녀는 벤에게 책을 돌려주며 말했다. "그래, 이 책은 네가 계속 가지고 있어야 할 것 같다."

그녀는 등 뒤로 깍지를 꼈다. 생각에 잠긴 그녀의 두 눈이 천장 한쪽 모퉁이로 기울어졌다. 잠시 후 그녀가 말했다. "잘됐어. 이 집에 그런 물건이 있는 건 좋은 일이야. 그렇지?"

"좀 특이하다고 생각하지는 않으세요?" 오스나트가 물었다. "이거 좀, 뭐랄까, 미친 듯이 이상한 일 아니에요?"

"너희 세대는 그냥 흐름을 타면서 고마워하는 대신 이것저것 이해하겠다고 해체하고 재구성하는 데 너무 빠져 있어. 분명히 말하지만, 나는 이것보다 이상한 일도 봐 왔다. 그 책을 이해하려고 노력할 수도 있겠지만, 그러는 동안 그 책이 주는 열매를 즐기는 건 어때? 벤에게 지금 상황에서 우리를 도와 줄 수 있는 안내서가 있고, 나는 우리가 받을 수 있는 도움은 전부 받아야 한다고 생각해. 이 책을 포함해서 말이다. 물론, 너무 지나치면 안 되겠지만."

"너무 지나치면 안 된다니 무슨 말씀이세요?" 벤이 물었다.

"앞으로 뭘 할지 알아보겠다고 2분에 한 번씩 그 책을 펼쳐 봐서는 안 될 것 같다는 말이야. 내 생각에 그 책은 특정한 상황에만 쓰도록 되어 있는 것 같구나."

"왜 2분에 한 번씩 펼쳐 보면 안 되는데요?" 오스나트가 물었다. "도움이야 많이 받을수록 좋잖아요?"

"우리가 책을 많이 펼쳐 볼수록 책의 해답과 안내는 모호하고 불분명해질 테니까." 벤처 부인이 말했다. "책의 페이지 수와 단어의 개수는 제한되어 있다. 하지만 우리한테는 안내가 필요한 문제도, 순간도 끝없이 많을지 몰라. 이 책은 분명 이상한 책이야. 하지만 그 안의 글은 바뀌지 않는다. 2분에 한 번씩 펼쳐 보면 책이 주는 해답은 우리의 모든 요청을 다룰 수 있을 만큼 일반적인 것이 되어야 할 거야. '예', '아니오', '그럴지도 모릅니다,' '좋은 생각이 아닙니다', '해 볼 만은 하네요'라는 식으로 말이지. 하지만 우리가 그 책을 정말로 필요할 때만, 예를 들어 열 번만 펼쳐 본다면 안내는 그만큼 더 구체적이게 될 수 있지. 벤이 처음 책을 읽기 시작했을 때처럼 말이다."

"시간 순서를 생각하려니 머리가 욱신거리네요." 벤이 말했다. "뭐가 먼저 일어난 일인지 모르겠어요. 책을 펼치겠다는 우리의 결정이 먼저인지, 책이 쓰인 것이 먼저인지."

"말했지만," 벤처 부인이 말했다. "너는 너무 깊이 파고들고 있어. 상황을 받아들이고 활용하거라. 그게 전부야. 마지막에는 설명이 될지도 몰라. 어쨌든 나는 그 책을 펼쳐 보지 않을 생각이다."

"왜요?" 오스나트가 물었다.

"나를 위해서 쓰인 책이 아니니까." 벤처 부인이 말했다. "이건 벤을 위해서 쓰인 책이야." 그녀가 벤을 가리켰다.

"하지만 왜 저일까요?" 벤이 물었다.

"그야," 벤처 부인이 말했다. "누군가는 필요하니까. 그게 우연히 너였던 거야."

"하지만 저도 책을 펴 봤는데요." 오스나트가 말했다.

"그럼 아마 너를 위해서 쓰인 책이기도 할 거야." 벤처 부인이 어깨를 으쓱하며 말했다. "아무튼, 난 그 책을 건드리지 않을 생각이다."

"그러니까 이 책이 무섭긴 무서운 거군요." 벤이 말했다.

"난 그 책이 무서운지 아닌지 알고 싶지 않아." 벤처 부인이 말했다. "지금 이대로도 나한데 벌어지는 일은 충분히 많으니까."

"이 책이 사장님한테도 할 말이 있는지 알고 싶지 않으세요?" 오스나트가 물었다.

"얘야, 난 증거는 필요 없어." 벤처가 말했다. "말했지만, 나는 더 이상한 것들도 봤거든."

벤처 부인은 거실로 걸어갔다. 벤과 오스나트가 뒤를 따랐다.

"아무튼," 벤처 부인이 소파에 앉으며 말했다. "얼마 뒤에 네 책을 펼쳐 봐야 할지도 모르겠구나. 오늘 순찰을 돌았지만, 단서의 흔적조차 발견하지 못했거든."

그녀는 등받이에 기대며 벤에게 말했다. "라이터 좀 가져다주련? 쇼핑 카트 옆 주머니에, 비닐봉지들을 다 들춰 보면 있단다."

벤은 쇼핑 카트로 갔다. 벤처 부인이 오스나트에게 물었다. "그래서, 책이 너에게 만나 보라고 알려 준 그 여자는 정확히 뭐라고 했니? 저 꼬마 설명만 듣고는 이해가 안 되더구나."

벤이 다가와 그녀에게 라이터를 건넸다. "전 꼬마가 아니에요." 그가 말했다. 벤처 부인은 왼손으로 라이터를 받으며 오른손으로는 셔츠 주머니를 뒤졌다.

"별말 안 했어요." 오스나트가 말했다. "하지만 그 사람 덕분에 어젯밤 제 아파트에 침입한 사람이 누군지 알아냈죠."

"누군데?"

"제가 남자 친구라고 생각했던 사람이요." 오스나트가 말했다. 감정이 북받쳐 목이 막히는 듯했다. "어제 저녁에 그 사람이 관계에 대한 기억을 제 술에 넣었어요. 저는 그 사람한테 아파트 열쇠를 넘겨줄 만큼 그 사람을 믿게 됐고요."

벤처 부인은 손으로 만 담배를 주머니에서 꺼내더니 손가락 사이에 끼웠다. 그녀는 "난 너한테 남자 친구가 없다는 걸 알고 있었어. 그 말이 사실이었다면 훨씬 오래전에 그 얘기를 들었겠지"라고 말한 다음 담배 한쪽에 불을 붙이고 다른 쪽을 입에 물었다.

"그러시겠죠." 오스나트가 말했다. "만족하셨다니 잘됐네요. 저는 그 자식을 죽이고 싶어요."

"못 그럴 거다." 벤처 부인이 작은 연기 고리를 뿜어내며 말했다. "그자가 너에게 얼마나 많은 경험을 주었는지는 모르겠지만, 겨우 몇 방울이라도 희미해지기까지는 시간이 걸려. 그 이상을 마셨다면 그 경험이 영원히 네 안에 남을 수도 있단다. 지금의 너는 정말로 사랑에 빠진 게 아니라는 사실을 알면서도 사랑에 빠져 있어."

"그 담배 좀 수상한데요. 제 생각이 맞나요?" 벤은 벤처 부인의 입술 사이에 물려 있는 가느다란 담배를 가리키며 물었다.

"아니, 전혀 아니야. 바흐 플라워 줄기를 갈아 둔 거란다." 그녀는 별것 아니라는 손짓을 해 보였다. "진짜 남자 친구가 아닌 그 남자 친구는 이름이 뭐냐?"

"스테판이요." 오스나트가 말했다. "그게 진짜 이름이라면 말이죠."

"나보다 더 많은 걸 알아냈구나." 벤처 부인이 연기 고리를 하나 더 뿜어내며 말했다. "난 오늘 온종일 우리와 함께 공부한 이들 중 요즘도 프리랜서로 활동하고 있는 경험자들을 찾아다니면서, 그 사람들한테 혹시 비싼 술을 가지고 있는데 팔 곳을 찾는 사람에 대해 들어 봤느냐고 물어봤어. 아무 소득도 없었지. 다들 자기 일만 하느라 바쁘더구나."

"프리랜서 경험자로 활동한다는 게 정확히 무슨 뜻인지 좀 더 알려 주실 수 있나요?" 벤이 물었다.

"그 말은, 그 사람들이 웹 사이트를 만들거나 사무실을 차려 놓고서 둘 중 한 가지 일을 한다는 거야. 첫째, 그들은 오래된 경험들, 분명한 수요가 있는 경험들을 판다. 중요한 역사적 사건이나 기본적인 모험, 사람들이 언제나 원할 법한 경험, 세계 여행이나 익스트림 스포츠 같은 경험 말이야. 그게 아니라면, 그 사람들은 부유한 사람들에게 주문을 받아 그들이 맡긴 임무를 수행하지.

첫 번째 종류의 경험자들은 찾기가 쉬워. 그 사람들은 광고를 해야 하거든. 자기들이 어떤 경험을 줄 수 있는지 소문을 내야 하지. 내가 요즘 이야기를 나누는 사람은 대부분 그런 자들이야. 두 번째 부류의 경험자는 보통 보수가 비싸고 더 비밀스럽게 움직이지. 그 사람들은 자기가 뭘 하는지 말하고 다니지 않아. 익명성이 그 사람들의 브랜드 가치이기 때문이기도 하고, 그들을 고용하는 사람들이 그들을 일종의 사유 재산으로 남겨 놓고 싶어 하기 때문이기도 하지. 사치스러운 자동차나 반려동물처럼 말이다.

경험자에게 정신 나간 짓을 시키는 사람들도 있어. 시간이 없거나 대담하지 못해 자기가 못하는 일을 경험자에게 시켜 놓고 지루함이라는 거품을 터뜨리고 싶은 거지. 하지만 정말로 영리한 사람들은 성격을 바꾸려고 경험자를 활용한단다. 사업이든, 정치든, 자기가 활동하는 어떤 분야에 가장 적합한 인물이 되려고 자기 성격을 설계하는 거야. 용기를 키우고 싶은 평범한 사람은 낙하산을 타거나 불난 집에서 아이를 구하는 경험 따위를 사기도 해. 이런 사람들은 경험자를 보내 굶주린 시베리아 호랑이와 싸우게 하지. 그게 꼭 더 나은 경험을 얻기 위해서는 아니야. 그냥 그럴 수 있으니까 그러는 거지.”

“정말 이상한 직업이네요.” 벤이 말했다.

“경험자로 산다는 것 말이냐? 잘 들어라. 이 기술은 대중에게 알려지지 않았어.” 벤처 부인이 말했다. “만일 누군가가 이 기술을 남용할 걱정이 없고, 그래서 누구에게나 가르칠 수 있었다면 분명 아주 많은 사람들이 경험자가 되고 싶어 했을 거다. 그냥 취미로라도 말이야.”

그녀는 가느다란 연기 고리를 한 번 더 뿜어냈다. “아무튼 지금부터는 나 혼자 일을 진행해야겠구나. 너희 둘을 각자의 길에서 벗어나게 해 봐야 소용없겠지. 너는 이미 술을 마셨고, 네가 아는 걸 말해 줬어. 네 술은 당분간 사라진 것 같고. 여기서부터는 내가 조사하마. 울프와 전 세계 경험자들에 관한 문제라면 나한테 책임이 있어. 울프가 우리에게 남긴 것을 찾아야 할 사람은 나야.”

벤은 불편해서 앉은 채로 움찔했다. 그는 오스나트를 보았고, 오스나트도 그를 마주 보았다. 벤은 목뒤가 살짝 따끔거리는 것을 느꼈다. 벤치 부인은 딱히 곤란해하는 것 같지는 않았다. 문은 겨우 열 발짝도 떨어져 있지 않았다. 하지만 당신이 찾는 게 변화라면, 여기 그대로 머무르라고 했던가.

“저는…. 그냥 있는 게 좋을 것 같아요.” 벤이 말했다.

"괜찮아." 벤처가 말했다.

"아뇨, 그런 게 아니에요." 벤이 말했다. "저는 뭔가를 시작했어요. 그 일을 끝까지 마무리하고 싶어요. 울프가 저한테 그 술병을 준 데는 무슨 이유가 있…."

"저도요. 그 스테판이라는 자식이 나를 그런 식으로 이용했는데 그냥 짐 싸고 집에 가서 손 놓고 있을 수는 없죠." 오스나트가 말했다. "사장님이 이렇게까지 비밀스럽게 구니까 궁금하기도 하고요. 이상한 숫자에, 술병에, 경험자에…. 무슨 일이 벌어지는지 알고 싶어요. 전 아무 데도 안 가요."

"맞아요." 벤이 말했다. "저도 그래요. 그러니까, 저도 어떤 일이 일어나고 있는지 알고 싶어요."

오스나트가 그를 보았다. "소중한 일상생활은 어쩌고요?"

"모험 얘기는 그쪽이 하지 않았나요?" 벤이 물었다.

"맞아요. 내가 강제로 사랑에 빠졌다는 사실만 모른 척하면, 이 모든 난장판이 꽤 흥미롭기도 하고요." 오스나트가 말했다. "그 연속된 숫자들이 제일 중요할 것 같아요. 그것부터 깨 보죠."

벤처 부인이 연기 너머로 그녀를 보았다. "어떻게 하려고?"

오스나트가 벤을 보며 말했다. "좋아요. 자, 앉아 봐요. 일단 벤이 술을 마시고 난 후인 어젯밤의 기억을 좀 더 자세하게 떠올려야 해요." 그녀가 말했다.

"그건 벌써 했잖아요."

"뭔가 놓쳤을지도 모르니까요."

"난 그 위스키를 다시 마시고 싶지 않아요." 벤이 말했다.

"아무것도 마실 필요 없어요." 오스나트가 말했다. "긴장만 풀어요. 머릿속을 비우고 다시 떠올려 보는 거예요."

벤은 벤처 부인 옆 소파에 앉아 두 손을 무릎에 올려놓고, 긴장한 채 등을 쭉 폈다.

벤처가 달콤한 연기를 한 모금 더 뿜어냈다. 오스나트는 두 손을 비비며 벤의 맞은편에 서서 그를 지켜보았다.

"어제 당신은 지하실에 들어가자마자 그곳에서 무슨 일이 있었는지 말하기 시작했죠."

"네."

"그전에는요?"

"그전이라뇨?"

"지하실에 들어가기 전에는 뭐가 생각나요?"

"아무것도…."

"다시 떠올려 봐요. 누구랑 이야기를 나눴을 수도 있고, 집에 앉아서 뭔가 했을지도 모르잖아요."

벤은 잠시 생각하다 말했다. "안 했는데요."

"제일 먼저 떠오르는 기억이 지하실에 막 들어갔을 때군요."

"맞아요." 벤이 말했다. "지하실까지 이어지는 계단조차도 이 기억에는 없어요."

"좋아요…. 그럼 그다음은요? 지하실에서 나온 뒤에 무슨 일이 벌어졌는지는 기억나요?"

"안 나는 것 같은데…."

"위로 올라갔나요? 벤처 부인이 위층으로 불렀다고 했잖아요."

"아직 아래층에 있을 때 벤처 부인이 저를 부른 건 기억나지만, 혼잣말로 '행운을 빈다'라고 말하고 떠난 뒤에는 무슨 일이 벌어졌는지 기억나지 않아요."

벤처가 한숨을 쉬었다.

"죄송해요."

"괜찮아요. 숫자 이야기를 해 보죠." 오스나트가 눈을 가늘게 뜨며 말했다.

"어떤 얘기요?"

"그 숫자들을 쓰는 동안 뭔가 말했나요?"

"아뇨."

"특정한 순서에 따라서 숫자를 쓴 건가요?"

"아뇨. 어제 쓴 그대로였어요."

"특별한 색깔의 분필을 썼다거나? 혹시 쓰면서 뭔가 흥얼거렸다거나?"

"아뇨. 흰 분필이었어요. 흥얼거리지도 않았고."

"하지만 숫자를 쓰기 전에 방 안을 돌아다녔죠."

"네."

"뭔가 말했나요? 뭘 건드렸나요?"

"아무 말도 하지 않았지만, 방에 있는 것들을 아주 많이 건드리기는 했어요. 어제 사장님이 말씀하셨듯이, 아마 울프는 내가 그 방을 기억하기를 바랐을 거예요. 나는 돌아다니면서 손가락으로 벽이며 책장을 쓸어 보고….."

"혹시 어떤 책 옆에 잠시 머물렀나요?"

벤은 눈을 감고 집중했다. "질감이 특이한 것을 만질 때는 더 천천히 쓰다듬었어요. 예를 들면 표지가 거친 책이라든지요. 하지만 그냥 기분이 더 좋아서 그랬던 것 같아요. 감촉이 재미있어서요."

"지하실의 책들을 살펴봐야겠구나." 벤처 부인이 말했다. 혼잣말 같기도, 방 안의 탁 트인 공간에 대고 하는 말 같기도 했다.

"세탁기를 지나칠 때는 손가락으로 세탁기를 가볍게 두드렸어요." 벤이 말했다. "카우보이 사진을 보고서는 미소 지으며 '안녕하세요, 빌 씨'라고 말했고…."

"'안녕하세요, 빌 씨'?" 오스나트가 물었다.

"네."

벤처 부인은 조용했다. "어쩌면 빌리 더 키드*인지도 몰라." 그녀가 말했다. "혹시 그게 다른 힌트일까?"

"빌리 더 키드는 카우보이모자를 쓰지 않았어요. 초록색 장식 띠가 둘러진 원뿔 모양 모자를 썼죠." 벤이 말했다.

"그런 건 어떻게 알아요?" 오스나트가 물었다.

그는 어깨를 으쓱했다.

"그럼 빌이 누구지?" 벤처 부인이 방 안의 탁 트인 공기에 대고

---

* 미국 서부 개척 시대에 뉴멕시코주에서 활동한 전설적인 무법자.

물었다.

"잠깐만요." 벤이 말했다.

"어쩌면 그 사진을 찍은 사람이 누군지 알아봐야 할지도 몰라요." 오스나트가 말했다. "한번 생각해 봐요."

"잠깐만요!" 벤이 다시 말했다.

"왜 그러냐?" 벤처 부인이 물었다.

"빌 씨요." 벤이 말했다. "어딘지 익숙해요."

"당신이 방금…."

"아니, 아뇨. 어디 다른 데서 본 듯해요." 벤이 말했다. "잠깐만 시간을 주세요."

그는 눈을 감고 집중했다.

오스나트와 벤처 부인은 시선을 주고받았다. 벤처 부인은 잠시 눈썹을 치켜올리더니 다시 벤을 보았다.

벤은 눈을 뜨고 두 여자를 번갈아 보았다.

아무도 원치 않는, 누가 찾지도 않는 정보를 엄청나게 많이 모아 온 세월이 마침내 값어치를 하고 있었다.

"기억났어요." 그가 말했다. "그 숫자의 의미를 알겠어요."

16

스테판은 의자에 앉은 채, 나무로 만든 의자 뒷다리에 몸무게를 신고 앞뒤로 몸을 까딱거렸다. 그는 눈앞 테이블에 올려놓은 작은 병을 보며 그 형태의 우아함에 감동할 여유를 자신에게 허락했다. 맥캘란 30년산. 1등급 위스키다. 늙은이가 이번에는 전력을 다했다. 그가 저 안에 무엇을 집어넣었는지 알면 재미있을 것이다.

창문 하나 없는 이 방은 스테판이 자취를 감춰야 할 때 쓰려고 도시 전체에 둔 세 은신처 중 하나로, 작고 지하에 있었다.

탁자 하나, 의자 하나, 단순한 독서 등, 접이식 침대, 통조림으로 가득 찬 캐비닛과 또 다른 캐비닛. 자물쇠가 달린 캐비닛에는 무기들이 들어 있었다. 맨 위 선반에는 권총, 아래쪽 선반에는 둔기. 벽에는 회반죽을 발라 두었고, 액자 하나가 묵직한 지하실 문 옆에 걸려 있었다. 모네 그림의 복제품이었다. 그는 두어 달에 한 번씩 찾아와 재고를 채우고 바닥을 청소하고 전기가 제대로 들어오는지 확인했다. 고립되어 있기는 하지만, 이곳은 술병의 마개를 따는 데 어울리는 곳이었다. 그에게 가장 필요한 것은 고독과 집중력이었다.

그는 정신없이 바쁜 밤을 보냈다. 바닥의 꾸러미와 그 안에 들어 있는 메를로 와인 한 병이 증언해 줄 수 있을 것이다.

그는 술병이 가방 속 다른 물건들을 가로질러 사선으로 놓여 있는 모습을 떠올렸다. 지금까지 꽤 오랫동안 그는 이런 가방에 이런 병들을 가지고 돌아다녔다. 와인, 브랜디, 위스키, 보드카가 들어 있는 병. 평범한 술이나 평범한 음식에 기억을 주입하는 방법은 거의 잊어버렸다. 심지어 빵에도 말이다. 요즘 그의 고객들이 원하는 것은 '살짝 손댄' 술뿐이었다. 술 성분에 손을 대는 것은 제2의 본능이 되었다. 그는 조사를 통해 이런저런 술과 가장 잘 섞이는 경험이 무엇인지, 술의 알코올 함량이 액체 안에 담긴 경험을 흡수하는 데 어떤 영향을 끼치는지 알아냈다. 미묘함을 다루는 이런 완벽한 솜씨 덕분에 그는 업계 최고가 되었다.

이제는 술을 마실 차례였다. 그는 자신에게 한동안 이런 행동을 허락하지 않았다. 그는 직접적인 경험을 하는 데에 익숙해져 있었다. 다른 사람들의 경험을 소비하는 사람이 아니라 경험을 제공하는 사람으로서 말이다. 가끔은 자신의 경험을 한 방울 맛보기도 했지만, 그 이상은 아니었다. 그는 술을 즐기는 스타일이 아니었으니까.

하지만 이 위스키는 마셔야만 했다.

그는 의자의 네 다리를 바닥에 딛고 테이블 앞에 앉아서, 팔꿈치를 무릎에 괴고 눈으로는 작은 술병의 상표를 훑었다. 그런 다음 자리에서 일어나 입고 있던 얇은 재킷을 벗어 의자 등받이에 걸쳤다.

다시 앉기 전에, 그는 손을 안주머니에 넣어 작고 투명한 주사기를 꺼냈다. 주사기는 여전히 반쯤 차 있었다. 그는 실수로 그 주사기를 깨뜨리고 싶지 않았다. 그는 주사기를 안감이 덧대어진 가방 주머니에 넣고 가방을 방구석으로 옮겼다.

그는 사무 용품 캐비닛에서 작은 노란색 노트 패드와 파란색 볼펜을 꺼냈다. 두 물건 다 테이블 위 위스키 옆에 내려놓았다. 그 옆에는 일회용 컵도 놓았다. 맥캘란을 종이컵으로 마시는 건 안타까운 일이었지만, 현장 상황이 그랬다.

그는 다시 자리에 앉아 빠르게 두 번 움직여 테이블 가까이로 의자를 당긴 다음 술병을 집어 들었다.

그가 처음으로 위스키를 마신 날은 아비털을 만난 날이었다(솔직히 말하면, 그때가 마지막이기도 했다).

그는 직장 동료의 결혼식에 와 있었다. 결혼식은 젖소를 키우는 것이 젤로*를 만드는 것에 비해 수익성이 형편없이 떨어진다는 사실을 깨달은 어느 키부츠** 마을의 외곽에서 열렸다. 스테판은 신부가 2주 동안 고민했으나 결혼식이 끝나고 2초만 지나면 아무도 기억하지 않을 꽃다발로 장식된 둥근 테이블에 앉아 있었다. 옆자리에는 모르는 사람들이 있었는데, 그들 모두가 상대방과 싸우며

---

*   과일의 맛과 빛깔과 향을 낸 디저트용 젤리.

**   이스라엘의 농업 및 생활 공동체.

대화의 조각들을 서로에게 외쳐대거나 신랑과 신부의 기쁨에 초대받지 않는 행운을 누린 사람들에게 핸드폰으로 메시지를 보내고 있었다. 근처의 무대에서는 버튼다운 셔츠를 입은 남자들이 음악에 맞춰 춤 동작을 어렵사리 흉내 내고 있었다. 한편에는 짧은 드레스를 입은 여자들이 지나치게 굽이 높은 신발을 신고 불안정하게 서 있었다. 그들은 꼭 전문 죽마 광대처럼 보였다. 공들여 외모를 꾸민 회계사들과 토끼처럼 흰 첨단 산업 종사자들, 반짝이는 SUV를 몰고 다니는 주식 중개업자들과 화장을 지나치게 심하게 한 건축사들이 다른 곳에서는 누가 총을 겨눈다 해도 별로 듣고 싶어 하지 않을 음악에 맞춰 춤을 췄다.

그는 너무 많은 사람들에게 둘러싸여 있었기에 쉽게 혐오감을 느꼈다. 인간에게는 견딜 수 없는 특징이 너무 많았다. 예를 들어, 그는 웃기지도 않은 농담을 들으면 미칠 것만 같았다. 그는 자신들을 친구라고 부르는 사람들 사이에 앉아 흥미를 느끼는 척하곤 했다. 그러면 곧 불가피하게도 모두가(모두가!) 너무도 평범하고 따분하고 멍청해 몸의 일부가 죽어 나가는 것처럼 느껴지는 말을 듣고 웃는 순간이 오곤 했다. 진심이야? 이 정도 문턱만 넘으면 웃을 수 있다는 거냐고?

그는 점점 멍청해지고, 알아서 자신을 짐승의 수준으로 떨어뜨리며, 예견된 행동과 반응의 모음집으로 붕괴되어 가는 사회를 보고 반사적으로 펄쩍 물러나 그들과 거리를 두었다. 그렇게 하면 뻔한 것으로부터, 클리셰로부터 자신을 보호하고 언어로 된 똥을 썹

228

는 일을 피할 수 있었다.

그 어떤 사람도 참아 줄 수 없을 때의 가장 절망적인 부분은 그 절망을 의논할 사람이 없다는 것이다. 그는 이따금 운을 시험해 친구나 짝을 만들어 보았다. 하지만 대화는 기계적으로만 이루어졌다. 미리 정해진 반응을 한 번도 넘어서지 못했다. 모든 대화는 평생 살면서 독창적인 생각이라고는 한 번도 해 보지 않은 누군가의 생각을 인용한 것을 인용한 것을 인용한 것이었다. 이렇게 역겨운 재활용의 멍청함에 대한 감정을 공유하려 할 때마다 그는 "그러게, 작은 사람이 큰 그림자를 드리우기 시작한다는 건 태양이 지기 일보 직전이라는 뜻이지"라거나(정말로? 진심으로 하는 소리야? 그럼 큰 사람은? 큰 사람들도 그런 상황에서는 엄청나게 큰 그림자를 드리우지 않을까? 석양은 모두에게 적용된다고!) "해가 뜨기 직전이 가장 어둡대"라거나(지금이 가장 어두운 시간이라고 누가 그러는데?) 최악의 경우에는 "화를 낸다는 건 다른 사람들이 멍청하다는 이유로 너 자신을 벌주는 짓이야"(그럼 네 생각에는 너를 어떻게 처벌하는 게 좋을까?) 같은 말들을 듣게 됐다.

친환경 시대인가 보다, 하고 그는 가끔 혼잣말을 했다. 모두가 자기자신을 재활용하는 시대. 우리 모두가 독특하고 특별한 다이아몬드라는 생각으로 서로를 난타하는 문화. 바로 그 문화가 우리의 생각을 씹어 뭉개고, 우리로 하여금 똑같이 문제를 어설프게 해결하게 하고, 똑같이 의미 없는 생각을 하게 하며, 똑같이 아무 보람 없는 것들을 추구하게 한다. 그러면서도 그 문화는 우리 자신이 너무도 심오하고 흥미롭다는 확신을 품도록 만든다. 우리를 아무 야심없는 복제 인간들의 사회로 다시 뱉어 놓는다.

그는 사람들을 견딜 수 없었다. 모든 종류의 사람을.

주어진 문제에 관한 논문을 반 정도 읽었다는 사실을 보여 주겠답시고 강의 중에 짜증스러운 질문을 던지는 사람들, 다른 사람들의 참을성 없음에 충격을 받는 참을성 없는 사람들, 텔레비전에서 중요하다고 말하는 모든 것에 근거하여 사회적 양심에 맞도록 자기 마음을 조작하는 사람들, 전문성이라고 해 봐야 책 한 권에 모두 정리할 수 있을 전문가들, 이중 주차를 하는 사람들, 오직 안경테 너머로 비난하듯 세상을 바라보기 위해서 안경을 쓰는 사람들, 단 하나의 행위에 미쳐 그것에 대해 모르는 다른 사람을 얕잡아 보는 사람들, 이 세상에 사는 온갖 멍청이들, 감사할 줄 모르고 징징대는 자들, 권력에 취한 공무원들, 자각 없는 머저리들, 작정하고 맛집을 찾아다니는 인간들….

그리고 스테판은 바로 그 결혼식장에서 그가 가장 증오하는 대상을 떠올릴 수밖에 없었다. 그저 어깨를 빙글빙글 돌리며 눈에는 단조로운 표정을 띤 채, 거의 젖소처럼 멍하니 생각에 잠겨 어딘가를 빤히 쳐다보면서 그걸 춤이라고 생각하는 사람들. 그건 춤이 아니야, 머저리들아.

스테판은 어느 순간 반쯤 먹은 반만 구운 연어를 놔두고 자리에서 일어났다. 그는 바에서 무슨 일이 벌어지는지 보기로 했다.

방금 전까지만 해도 바에 몰려 있던 사람들이 줄어들어 있었다.

농담을 주고받던 이들 대부분이 무대로 파트너를 끌고 가거나 파트너에게 끌려간 덕분이었다. 물론, 나이가 더 많은 사람들은 테이블에 단단히 자리 잡고서 메인 요리를 입에 쑤셔 넣고 있었다. 그들은 바에서 만드는 술을 한잔 마시고 싶으면 웨이터에게 손짓을 했다. 스테판이 바의 검은색 카운터에 도착했을 때는 두 눈을 반짝이며 작은 잔을 들고 있는, 젊은 여드름투성이 수다쟁이 두 명 뒤에 서서 잠깐만 기다리면 됐다. 그들은 술기운이 돌기를 기다리고 싶지 않은지 당장 행복감을 느낄 수 있는 멍청이가 됐다. 걱정 마라, 애들아. 머잖아 너희들도 자신의 진짜 모습을 기억하게 될 테고, 그러면 다시 우울증이 도질 테니까. 그들이 걸음마다 태평스러운 멍청함을 띠고 바에서 멀어지자 그가 앞으로 나섰다.

앙증맞은 젊은 여자가 바에 앉아서, 유리잔에 담긴 엷은 호박색 음료를 마시고 있었다. 그녀가 그를 돌아보자, 그는 공기가 조금 움직이며 끓어오르는 것을 느꼈다. "저분이 마시는 걸로 주세요." 그가 바텐더에게 말했다.

바텐더는 궁금증을 담아 여자를 보았고, 여자는 바텐더 뒤쪽의 술병을 가리켰다.

"샷으로 드릴까요, 잔으로 드릴까요?"

"저분 마시는 대로요." 스테판은 다시 그녀의 눈에 띄려고 말했다.

바텐더가 건넨 위스키를 한 모금 삼킨 그는 너무 욕심냈다는 것을 깨달았다. 그는 목이 막혀 오랫동안 기침했다.

"진짜예요? 정말로 이런 걸 마시는 겁니까?" 그는 자리에 앉아 재미있다는 듯 그를 지켜보는 앙큼맞은 여자에게 물었다. "별로 여성스럽지 않네요. 난 방금 식도가 타버렸습니다."

"보통은 여과하지 않은 위스키를 좋아해요." 영리한 악마가 그렇게 말했다. "하지만 이번에는 선의의 거짓말을 했는지도 모르죠." 그녀가 감상하듯 유리잔을 들었다. "사과 주스예요." 그녀가 말했다. "거르지 않은."

그는 마지막으로 한 번 더 작게 기침한 다음 물을 한 잔 달라고 했다.

그녀의 이름은 아비털이었다.

둘은 바에서 이야기를 나누려 했지만 디제이가 만들어 내는 소음이 그런 상호 작용을 모두 막았다.

그래서 그들은 밖으로 나가 손에 음료를 든 채, 해자처럼 결혼식장을 두르고 있는 작은 연못 옆에 섰다(그녀는 여전히 사과 주스를 들고 있었고, 그는 생수를 마시고 있었다). 배스들이 연못에서 뛰어올라 발밑의 나무 바닥을 쿵 하며 울리는 소리나 가끔 공기를 떨리게 하는 개구리들의 울음소리를 제외하면 밤은 고요하고 매끄러웠다(이 말은 보이지 않는 서술자가 전달한 것이 분명하다). 잘 웃는 예쁜 여자를 만나기에는 훌륭한 장소였다.

몇 년이 지나고, 스테판은 어쩌다 그녀와 함께 밖으로 나갈 기회를 자신에게 허락했는지, 왜 자신을 그런 방향으로 이끌었는지 분석해 보려고 노력하게 된다. 대체 어떻게 거기에서 멈추지 않을 수 있었을까? 어떻게 유머러스하고 가벼운 대화를 이어나갈 수 있었을까? 당시 그는 겨우 스물다섯 살이었지만, 이미 인류를 그리 좋아하지는 않는 상태였다. 영혼의 매혹보다는 신체적 욕구를 식히는 데 집중하는 일련의 연애를 이미 거친 상태였다.

하지만 그날 밤에는 얼어붙은 그의 일부가 녹아내렸다. 가차 없이 쿵쿵대는 음악에도, 신부 친구들의 질투 어린 가짜 미소에도, 피로연에서 들을 수밖에 없었던 위선적인 대화에도 불구하고. 다른 성격이, 그가 너무도 알고 싶었지만 실제로는 존재하는 줄도 몰랐던 성격이 그 대신 대화를 이어 나갔다. 그의 원래 자아는 이렇지 않았다. 그날 밤에는 다른 누군가가 모습을 드러냈다. 그 누군가가 그로서는 알지 못하는 방식으로 옆의 여자에게 이끌렸다.

거의 2주 동안은 그 대화의 메아리들이 인생 사방에서 되돌아왔다. 그들은 결혼식이 끝날 때쯤, 취해서 흥청망청 시끄럽게 구는 사람들이 차가운 저녁 공기를 마시고 정신을 차리느라(아니면 지나칠 만큼 세심하게 다듬어진 오솔길 양옆의 덤불에 내장까지 다 토해 내느라) 밖으로 나온 후 그들의 존재감 때문에 분위기가 바뀌었을 때 헤어졌다. 그는 여자의 이름밖에 몰랐다. 하지만 그녀를 생각할 때마다 기대감이 생기고 명치에 힘이 들어가는 것을 느꼈다. 어느새 그는 거리에서 만나는 모든 여자의 얼굴에서 그녀를 찾고 있었다. 그는 신랑에게 전화를 걸어 그녀의 번호를 물어봐야 할지도 모른다는 사실을 알게 되었다.

마침내 그가 전화를 걸어 자기소개를 하자 그녀가 말했다. "하마터면 늦을 뻔했네요, 머저리 씨. 2주 동안 당신을 기다렸다고요."

아비털은 작고 마른 체형이었다. 그녀가 가끔 우스꽝스러운 프랑스 억양을 실어서 말한 것처럼 '앙증맞았다'. 이런 말을 할 때 그녀는 미래에 애칭으로 쓸 만한 단어들에 밑줄이라도 쳐 주는 것 같았다. 그녀는 금발이 섞인 도저히 손쓸 수 없는 빨간 머리에 큰 갈색 눈, 깊은 생각에 잠길 때마다 오므라드는 핑크빛 입술을 가지고 있었다. 그녀에게는 1년 후에는 팔아 버린 작은 스쿠터가 한 대 있었다. 전공은 생물학이었으며, 남아메리카의 시인과 그들이 쓴 시에 관한 한 모든 문제에 광범위한 지식을 가지고 있었다. 목 왼쪽, 귀로 가는 중간쯤에 작은 점이 있었고 절대로 사용하지 않는 헬스장 회원권이 있었으며, 책장이 전부 꽉 찬 탓에 침대 밑에도 책 더미가 있었다. 그녀에게는 고개를 살짝 기울이면서 끝나는, 짧지만 마음을 넓혀 주는 웃음이 있었다. 그녀는 기쁘거나 놀랄 때면 짧게 비명을 지르는 습관이 있었으며, 무서운 영화를 볼 때만이 아니라 언제나 포옹하고 싶어 하는 욕구가 있었다. 그녀는 자동차의 내연기관에 대해 놀라울 정도로 풍부한 지식을 가지고 있었으며 주방에 있을 때면 언제나 귀에 꽂은 이어폰을 보라색 추리닝의 허리춤까지 내려뜨리고 음악을 듣는 습관이 있었다. 그래, 그녀에게는 놀랍도록 선명한 보라색 추리닝 바지가 있었다. 그 바지에는 구멍이 잔뜩 나 있었다. 스테판은 그 바지를 버리려고 했지만 결국 성공하지 못했다.

그녀에게는 스테판의 언어로 이야기하고, 그를 진정시키고, 그를 수용하고, 그가 보지 못하는 것들을 보는 능력이 있었다.

스테판은 그녀와 함께 있을 때 자신을 덜 증오했다.

그녀는 스테판이 세상에 대해 느끼는 좌절감을 좀 더 부드러운 어조로 표현했다. 그녀는 스테판이 주변 세상을, 아름답고 미소 띤 사람들이 너무도 많은 세상을 싫어하는 이유를 그에게 알려 주었다. 이 세상 어디를 돌아보든 그를 쏘아보는 모델들과, 미리 짠 듯한 농담으로 흘러넘치고 이해되지 않을 정도로 명랑하고 눈부신 배우들이 있었다. 온 세상은 거의 황홀경에 가까울 정도로 행복해 보였다. 커피도, 전화도, 세탁기도 다 만족스러운 건지, 모든 게 너무 좋아 보였다. 그런데 스테판 자신의 인생을 돌아보면, 그 삶이 아무리 좋아졌다고 한들 일관되게 좋지는 않았던 것이다.

아름다움의 격차, 행복의 격차, 세상이 보여 주는 이야기와 그가 실제로 사는 인생의 격차. 그 모든 게 인생을 상대적으로 창백하게 만들었다. 그래서 그는 세상을 증오했다. 그 거짓과, 조작된 아름다움이 싫었다. 하지만 아비털과 함께 있을 때 스테판은 자신에게도 약간의 아름다움이 필요하다는 것을 알게 됐다. 단순한 기쁨의 순간들, 영원토록 기억할 만한 고독한 황홀경. 우리의 문화는 인간에게서 그런 것들을 훔쳐 간다. 약속으로 가득한 바다에 사람을 빠뜨려 죽이려 든다. 그 희망 고문에서 이길 만큼 수영을 잘하는 사람은 아무도 없다.

스테판은 삶에 관한 자신의 어두운 원칙들을 그녀에게 던져 댔고, 그녀는 그를 보고 미소 지으며 자기 이마를 그의 이마에 댔다. 그러면 스테판은 잠깐이나마 자신을 의심했다.

그녀는 그를 두려워하지 않았고 그를 바꿀 필요도 느끼지 않았다. 그녀는 신발 페티시가 있는 것도 아니었고 스키니 진에 집착하지도 않았으며 연애에 관한 거창한 이야기를 하려는 욕구도 느끼지 않았다. 다음 단계로 넘어가고 싶어질 때 그녀는 단순히, 일상적이고도 직접적으로 그러자고 제안했고 스테판은 늘 좋다고 대답했다. 스테판의 인생에는 아비털이 깊이 파고들수록 좋았다.

그런데도 스테판은 '사랑'이라는 단어를 받아들일 각오를 하지 못했다. 그에게는 사랑이 이상하게만 보였다. 그는 여러 가지 각도에서, 다양한 상황에서 사랑이라는 개념 자체를 공격해보곤 했다.

"우리가 사랑하는 건 어떤 관념밖에 없어." 그가 그녀에게 말했다. "'사랑받는다'라는 무작위적인 개념 말이야. 우린 그저 사랑이라는 단어가 매달려 있는 고리에 사랑이라는 개념을 덧씌울 뿐이라고."

"그럴지도 모르지." 그녀는 어깨를 으쓱했다. "근데 그게 어때서?"

"그러니까 아무도 특정한 누군가를 사랑하는 게 아닐지도 모른다고." 스테판이 내뱉었다.

"그게 나빠?" 그녀가 물었다. "나는 한 남자를 사랑하는 게 아니라, 너를 통해 세상의 모든 좋은 남자들을 사랑해. 너는 나를 통해서 모든 여자들을 사랑하고. 우리는 그저 세상의 대리인, 사랑의 대표자일 뿐이야. 우리는 여러 가지 형태로 발현된 사랑 중 하나를 통해서 아름답고 좋은 것들을 사랑하는 거야." 그러더니 그녀는 머리카락 몇 가닥을 귀 뒤로 넘겼다. 스테판은 둘이 무슨 얘기를 하고 있었는지 잊어버렸다.

"네가 나를 선택했을 리는 없어." 그가 말했다. "우리는 누구를 사랑할지 선택하지 않아."

"당연히 선택해." 그녀는 뭔가를 한 입 깨물며 말했다. "처음의 짜릿한 감각은 선택할 수 없을지 모르지만, 그 감각을 파고들지 말지는 우리가 선택하는 거야." 그녀의 입가로 즙이 조금이 흘러내려 떨어지려 했고, 스테판은 그 아름다움에 목숨을 잃고 말 거라고 생각했다.

"모든 사람에게는 사랑한다고, 멋지다고 말해 주는 사람이 있어." 그가 말했다. "전혀 훌륭하지 않은 사람들, 끔찍한 사람들한테도 말이야. 그런데도 모두가 사랑받을 가치가 있다고 말할 수 있을까?"

"바보네." 그녀는 여전히 그 끔찍한 추리닝 바지를 입고 통통 튀듯 돌아다니며 말했다. "네가 한 말은 사랑의 존재를 반박하는 게 아니라 증명하는 거야." 그런 다음 그녀는 그에게 입맞춤을 날려 보내며 그의 주위를 걸어갔다.

"너한테 형편없는 특징들이 있다는 사실은 중요하지 않아." 함께 옥상에서 도시를 내려다보고 있을 때 그녀가 말했다. "누가 너를, 너의 그런 면을 사랑하자마자 그 특징들이 짜잔 하고 좋은 게 되니까. 사랑받는 순간 너는 우유부단한 사람이 아니라 귀여운 사색가가 되고, 동화 속 세상을 살아가는 사람이 아니라 어린아이처럼 맑은 영혼을 가진 사람이 돼. 터무니없는 데이터에 집착하는 사람이 아니라 철저하고 꼼꼼한 사람이 되지. 계속해서 실패하는 사람이 아니라 오뚜기처럼 다시 일어나는 사람이 되는 거야. 알겠어?" 그녀는 스테판에게 눈을 돌리며 물었다.

"뭐?" 그는 아비털의 눈에 도시의 빛이 반사되는 모습에 어리둥절해져 물었다.

결국 그녀는 마지막 못을 박아 버렸다. 스테판은 항복하고 그녀의 옆, 소풍용 체크무늬 돗자리에 누워 눈을 감았다.

"행복해지려면 꼭 알아야 할 네 가지가 있어." 그녀가 말했다. 머리 위로 햇빛이 반짝이며 그녀의 얼굴 전체를 비추었다. "딱 네 가지야. 너를 사랑해야만 하는 사람은 없다는 것, 네가 사랑해야만 하는 사람도 없다는 것, 너는 사랑받을 수 있다는 것, 네게는 사랑할 능력이 있다는 것."

그래, 맞다. 그녀는 그를 사랑했다. 알고 보니 그를 원하는 한 여자야말로 세상에서 가장 강력한 마약이었다.

사랑은 그에게 소문으로만 존재하는 개념이었다. 좀 더 섬세하고 잘 웃는 존재들, 자기 자신으로 살며 즐기는 방법을 아는 존재들에게만 뿌리를 내릴 수 있는 감정 말이다. 아비털은 그가 착하고 상냥한 사람이라고 주장했으며, 뚝뚝 떨어지는 그의 모든 냉소 이면에 부드러운 부분이 있다고 했다. 너무 잘해 줘서 성질이 나빠진 샴 고양이의 목덜미 같은 부분 말이다. "난 너를 둘러싸고 있는 여러 껍질을 벗겨 내고 촉촉하고 달콤하고 쓰다듬을 수 있는 네 모습을 찾아내는 일을 무엇보다도 좋아해. 너한테 인간 혐오증의 얇은 표피가 있는 건 사실이지만, 솔직히 안 그런 사람이 어디 있어? 나를 안아 주는 것도, 마주 보는 것도 그 너머의 존재야. 공이 그렇듯, 사람도 껍데기의 표면적보다 안의 부피가 더 크거든."

"게다가," 그녀는 장난스러운 표정으로 덧붙였다. "너는 식스 팩이 있잖아. 여자는 식스 팩이 있는 남자를 그렇게 빨리 포기하지 않아."

무슨 일이 일어날지 알았어야 했는데. 결혼식장으로 걸어갈 때 배 속에서 느껴지던 괴로움을 알아챘어야 했는데.

그들은 소규모 결혼식을 올리기로 했다. 아비털의 부모님 집 뜰에서 친구 몇 명만 초대해, 눈에 띄는 구석이라고는 하나도 없는 평범한 예식을 올리기로 했다. 행사의 화려함이 아니라 이런 결합에서 오는 행복함을 중심으로 돌아가는 결혼식. 스테판은 작은 추파텐트*를 향해 천천히, 오랫동안 걸어가면서 세상을 상대로 싸우던 전쟁터를 떠나 다른 곳으로 옮겨 가는 듯한 느낌을 받았다.

이제 그에게는 공범이 있었다. 이제는 공식적으로 두 사람이 함께 세상과 맞서 싸우게 된 것이다. 한때 그는 영원히, 아무도 필요하지 않을 거라고 생각했다. 하지만 설령 아무도 필요하지 않다고 해도 그녀가 곁에 있는 쪽이 더 좋을 것이다.

그녀가 결혼식장의 통로에 합류했을 때(그녀는 신나 있었다. 단순히 신나 있었다), 그는 가슴이 부풀어 오르는 것을 느꼈다. 그 시점까지 둘의 관계는 실험적인 단계였다. 하지만 이제는 약을 주사할 때였다. 그를 치료해 줄, 그의 눈앞에 드리워진 커튼을 들어 올려 줄 감정을 통해 다른 사람과 손을 잡고 탁 트인 들판을 향해 달려가면 세상이 어떻게 달라질지 알 수 있을 터였다.

그는 감히 시선을 내리지 못했지만, 아비털 부모님의 집 풀밭과 자기 신발 밑창 사이에 몇 밀리미터쯤 되는 공기층이 있으리라고 확신했다.

너와 내가 세상과 맞서는 거야. 너와 내가 세상과 맞서는 거야. 너와 내가 세상과 맞서는 거야.

세상은 그들에게 열 달을 내주고 반격했다.

검사 결과가 뭔가 잘못됐다. 재검사 때도 뭔가 이상했다. 병원에 점점 더 자주 찾아가야 했고, 사람들은 말할 때 시선을 내리깔았다. 출근할 때는 두려운 대화가 오갔다. 그러다가 총에서 총알이 발사

---

*   유대교식 결혼식에서 신랑·신부가 그 밑에 서 있는 캐노피.

될 때의 파열음처럼 분명한 판결이 두 사람에게 내려졌다.

그는 진료실 형광등 불빛 아래에 가만히 앉아, 얼굴도 기억나지 않는 어떤 의사에게 때가 너무 늦었다는 이야기와 폐 전이로 인해 어떤 치료도 의미가 없으며 이런 사실을 알려 주게 되어 무척 유감이라는 설명을 들어야만 했다. 의사가 진단을 내릴 때 그녀는 그의 손을 꽉 잡았다. 아무런 치료를 받지 않을 경우 남은 시간은 반년이었다. 극히 강도 높은 치료를 바로 받으면 1년을 살 수 있었다. 그 경우에는 아비털의 삶의 질이 심각하게 나빠질 터였다. 의사는 마치 삶의 끝이 임박했다는 사실로는 삶의 질이 떨어지지 않는다는 듯이 말했다.

이 말들이 스테판을 방사선처럼 관통했다. 보이지는 않지만 그를 갉아먹었다. 영혼의 DNA라는 가장 기본적인 부분에 파괴와 고장을 일으켰다. 그녀는 스테판의 손을 꽉 쥐고, 한 번 더 쥐었다. 눈앞에 있는 사형 집행인의 입에서는 계속해서 말이 흘러나왔지만 그는 차라리 듣기를 멈추었다. 스테판의 눈은 의사 뒤에 놓인 책들의 제목을 훑었고, 종이가 흩어져 있는 책상과 컴퓨터 모니터가 반사된 유리창을 스치고 지나갔다.

아비털은 인생의 마지막 여섯 달을 아무 치료도 받지 않고 집에서 보내기로 했다.

"특별한 건 원하지 않아." 그녀가 말했다. "세계 여행도, 최후의 모험도 필요 없어. 다가오는 여섯 달 동안 그냥 잘 살고 싶어. 내 머리 위의 빛이 꺼질 때까지." 스테판은 직장을 그만두었고 둘은 남은 몇 달을 함께 보냈다. 평소 그랬듯 공원으로 소풍을 나가고, 영화를 보고, 이야기를 나누고, 평범한 부부처럼 웃기까지 하면서.

그녀가 잠자리에 들고 난 밤이면 스테판은 뜬눈으로 침대에 누워 있다가 거실로 나가 몇 시간씩 80년대 영화 재방송을 보았다. 마침내 어느 날 밤, 그는 조용히 집에서 나와 술을 마시러 갔다. 그는 눈에 띄는 아무 가게에나 들어가 바에 앉아서 술을 연거푸 주문했다. 보드카였다. 세 번째 샷을 마시자 고통이 조금은 무뎌졌고, 다섯째 잔을 마셨을 때는 건망증 비슷한 것이 스며들었다. 하지만 일곱 번째 잔을 마시자 모든 일이 전보다 몇 배는 강해져서 돌아왔다. 그는 자기도 모르는 사이 바에 앉아 있는 전혀 모르는 사람에게 말을 걸고 자기 인생의 내밀한 이야기를 털어놓고 있었다. 그는 울며 바를 쾅쾅 쳐대고는 비난하듯 허공을 가리켰다.

어느 순간, 그는 그저 가만히 바에 머리를 기대고 말했다. 어쩌면 낯선 이에게 말한 것일지도 몰랐고, 어쩌면 자기 자신에게 말한 것일 수도 있었다.

"아비텔의 두려움이 내 안으로 뚝뚝 떨어지는 게 느껴져요." 그가 바를 향해 말했다. "그녀의 두려움이 우리의 손을 통해 내 안으로 뚝뚝 떨어지는 게 느껴지는데 아무것도 할 수가 없어요."

"분명 쉬운 순간은 아니었겠군요." 바에 앉아 있던 낯선 사람이 말했다. 술을 홀짝이며 정말로 귀를 기울이는 것 같았는데, 겨우 저 따위 소리를 하다니.

"개소리 마요." 스테판이 말했다.

"이봐요, 나도 당신 말이 무슨 뜻인지 압니다. 세상 무엇도 사랑하는 여자의 머리카락 한 가닥과 바꿀 만한 가치는 없죠." 낯선 사람이 말했다.

"그걸 당신이 어떻게 알아요?" 스테판이 얼굴을 들며 말했다. "당신은 몰라요. 당신은 아비털을 모르잖아요. 나만큼은 모르죠. 당신은 내가 느끼는 걸 느끼지 못해요. 당신은 그냥 바에서 내 옆에 앉은 또 한 명의 멍청이일 뿐이야. 당신은 절대 이해 못 해. 우리는 모두 실을 둘둘 감은 누에고치처럼 싸여 있으니까. 모두가 자기 자신밖에 알지 못하고, 자기 자신한테만 관심을 기울일 뿐이라고."

그는 반대편으로 고개를 돌려 다시 머리를 바에 대더니 큰 소리로 욕하며 눈을 감았다.

한밤중에 집으로 돌아와 보니 아비털이 일어나 걱정하고 있었다.

"어디 갔었어?" 그녀가 물었다.

"알 거 없잖아." 그는 그렇게 말하고 침실로 향했다. 아비털이 그의 팔을 잡았다.

"어디 갔다 온 거야?" 그녀가 다시 물었다. 아비털의 두 눈이 두려움으로 반짝였다. 그녀는 그의 뺨에 손을 대고 그의 얼굴을 자신에게로 돌렸다. "울었구나." 그녀가 말했다. 그녀의 목소리에 놀란 기색이 스며들어 있었다. 아비털은 늘 그러듯, 그가 무방비 상태일 때 한 방 먹였다. 스테판은 그녀가 "술 마셨구나"라고 말할 줄 알았으니까.

스테판은 도망쳐서 사라지고 싶었다. 집의 벽을 뚫고 그녀의 향기가 채 닿지 못하는 곳으로 곧장 내달리고 싶었다.

그는 아비털의 손을 뿌리치고 침실 쪽으로 돌아섰다. 고함을 치거나 소리를 지르지는 않았다. 그저 두 손이 마구 난동을 부리며 책을 바닥에 내던지고 텔레비전을 후려치고 탁자와 소파를 뒤집어 엎도록 놔둔 채 세차게 숨을 쉬었을 뿐이다. 그는 시곗바늘이라도 된 듯이 방 안의 모든 것을 훑었다. 체계적으로 주변을 휩쓸며 모든 것을 하나하나 부숴 버렸다. 거실 절반을 무너뜨리고 나머지 절반은 아직 손대지 않은 그때, 다시 아비털의 손길이 느껴졌다. 이번에도 그는 아비털을 뿌리치려 했지만, 바닥에 주저앉는 것밖에 할 수 없었다.

"못 해. 더는 못 하겠어." 그가 속삭였다. "미안해. 갈 수밖에 없었어. 도망칠 수밖에 없었어. 술을 마실 수밖에 없었어. 내가 이기적이라는 건 나도 알아. 난 끔찍한 놈이야. 하지만 넌 나를 두고 죽을 거잖아. 나를 떠날 거잖아. 난 아무 일도 없는 것처럼, 여행을 떠나기 전에 시간을 죽이고 있는 것처럼 굴 수 없어."

그녀는 스테판 곁에 앉아 그의 머리를 쓰다듬었다.

"알아. 나도 알아." 스테판이 말했다. "지금은 너를 위한 시간이어야겠지. 나는 네 앞에서가 아니라 네가 떠난 다음에나 무너져야겠지. 하지만 너 없이 이 개 같은 세상에 혼자 남겨질 사람은 나야. 나는 모든 게 괜찮은 것처럼 굴 수 없어. 나는 너를, 온 세상에서 유일하게 좋은 것을 잃게 될 거야. 미칠 것 같아. 이 모든 걸 잊어버리려

면 어디로든 갈 수밖에 없었어. 미안해. 하지만 어디로든 가서 잊어
버려야 했어."

"도움이 됐어?" 그녀가 물었다.

"아니." 그가 말했다.

그들은 해가 뜰 때까지 바닥에 앉아 두려움과 외로움과 고통에
대해 이야기했다.

세상은 구렁텅이, 커다란 구렁텅이였다. 태어날 때 우리는 그저
펄쩍 뛰어내려 그 구렁텅이 안으로 떨어진다. 무릎을 가슴에 대고,
우리 자신의 몸을 끌어안은 채 가라앉는다. 혼자서. 머리를 휘날리
게 하는 바람의 느낌에 중독될 수도 있고, 심지어 두 팔을 펴고서
날고 있다고 느낄 수도 있다. 옆에서 떨어지는 누군가에게 손을 뻗
을 수도 있을 것이다. 하지만 현명한 사람들은 언제라도 바닥이 눈
앞에 다가와 자신을 후려칠 수 있다는 사실을 안다. 우리 모두를.
하나씩. 혼자서. 그는 그 바닥에 부딪히기 전 마지막 순간에 그녀를
좀 더 오래 붙들어 보려 했을 뿐이다.

그녀에게 확신을 심어 준 건 아마 그 대화였을 것이다. 스테판은
아비털의 표정이 천천히 바뀌던 모습을 떠올렸다. 이른 아침의 빛
이 깃든 그녀의 눈동자가 거의 투명해 보였다. 그녀는 그날 밤 뭔가
를 결정했다. 그녀가 죽은 뒤 일어난 일을 설명할 방법은 그것밖에
없었다. 스테판은 그녀가 떠나고 열흘이 지났을 때 침대 옆 서랍에
서 작은 병을 발견했다. 병에는 둥글고 깔끔한 그녀의 글씨로 적힌
쪽지가 붙어 있었다.

"내 사랑." 그녀는 이렇게 썼다.

"지금 이걸 읽고 있다면, 내가 더 이상 네 곁에 없겠지. 더 이상 존재하지 않게 된다는 건 어떤 의미일까? 너도 분명 상상할 수 있겠지만, 지난 몇 달 동안 내게는 이 문제에 대해 생각할 기회가 많았어.

내가 많은 걸 남겨 놓고 떠난다는 사실을 나도 알아. 내가 한 말을 사람들이 기억할지도 모르고, 내가 한 행동이 누군가에게 특별한 인상을 남겼을지도 모르지. 내가 쓴 것, 내가 나온 홈 비디오…. 내 뜻과는 상관없이 내 존재 전부는 내가 떠난 뒤에도 계속 메아리칠 거야. 하지만 내게는 사람이 죽을 때 사라지는 세계, 허무함만 남고 마는 내면의 세계도 있어. 잠들기 전에 떠오르던 깊은 생각, 어두운 극장에서 경이로움을 느낀 순간, 특별한 노을을 마주하고 부풀던 가슴. 난 이런 세계의 존재는 살아 있을 때조차 비극이라고 생각해. 누구도 깨지 못할 금고 안에 하나의 세상 전부가 갇혀 있다가, 내가 죽은 뒤에는 영원히 보이지 않는 곳에 잠기게 된다니.

그래서 이 술병으로 너에게 나의 메아리를 하나 더 남기려 해. 내가 떠난 뒤에도 남을 몇몇 순간들이 이 안에 담겨 있어. 나는 내가 더 이상 존재하지 않게 된 후에도 내 일부가 영원히 존재할 수 있도록 하는 방법을 찾아냈거든. 내게 가장 중요한 기억, 나의 가장 근본적인 부분, 나라는 사람을 만드는 데 중요한 경험이 무엇인지 선택해야 했기에 나는 너에 대한 사랑을 선택했어. 이 술병에는 너에 대한 내 사랑의 경험이 담겨 있어. 지난 몇 달 동안 나는 소중한 친구의 도움으로 그 경험을 추출해 생생하게 보관하는 방법을 배웠어.

네가 이 술을 마시는 게 현명한 일인지는 모르겠지만, 나는 이걸 네 손에 맡기고 싶어. 이걸 가장 잘 사용할 수 있는 방법을 네가 결정해 주리라 믿어. 그 방법이 이 술병을 선반에 보관하면서 그 안에서 내가 너를 향해 계속 끓어오르고 있다는 사실을 기억하는 것뿐이라 해도.

혹시 내가 너를 사랑하는 것처럼 너를 사랑하는 이를 찾게 된다면, 그 사람에게 이 술에 대해서 말하고 함께 이 술을 마실 수 있을 거야. 그러면 우리 둘이 함께 너를 사랑하게 되겠지.

잘 지내. 샬롬."

그는 술을 건드리지 않았다. 머릿속에 슬픔이 너무도 생생하게 살아 있었지만, 슬픔의 맥락은 감춰져 눈에 보이지 않았다. 그는 습관적으로 기억을 더듬어 보며 슬퍼하는 단계를 벗어나지 못했다. 그는 아비털의 물건을 하나씩 하나씩 살펴보며 나중에 더 많은 산소가 그의 몸속을 채우게 될 때 그 모든 것을 다시 돌아보기로 했다. 의아하고 어리둥절한 마음으로 다시 그 편지를 살펴보기까지는 꼬박 일주일이 걸렸다.

아비털을 가르쳤다는 '소중한 친구'는 누구였을까? 그가 정확히 뭘 가르친 걸까? 이 말은 그녀가 '혼자만의 시간'을 보내겠다며 나갈 때마다 실제로는 누군가를 만났다는 뜻일까?

그는 아비털의 이메일을 열어 보는 자신에게 혐오감을 느꼈지만, 무슨 일이 일어나고 있는지 알아야겠다고 생각했다.

이메일에는 아비털이 가족과 친구들에게 보낸 작별 편지가 있었다. 몇 통은 이미 보냈고 몇 통은 임시 보관함에서 여태 기다리고 있었다. 하지만 어두운 유머를 깃들인 감정적인 이별의 메일 외에도 두드러지는 메일이 몇 통 보였다. 짧은 길이의 그 메일들은 H.W.라는 사람에게 보낸 것이었다.

그중에서도 마지막 편지는 간략했다. "시도했어요. 오늘은 끝까지 갔어요. 된 것 같아요. 고마워요. 정말 많이 고마워요"라는 말만 담겨 있었다.

H.W.의 답장은 스마일 이모티콘이었다.

스테판은 H.W.와 연락하기로 하고 그에게 직접 편지를 보냈다.

그는 자기소개를 하고, 자신이 알아낸 것에 대해 말한 뒤 설명을 요구했다.

후에 하임 울프로 밝혀진 H.W.는 그에게 만나자고 했다.

긴장감이 넘치는 만남이었다. 신경이 곤두섰다. 스테판은 사별이라는 외투를 뒤집어쓰고 약속 장소에 도착했지만, 그에게서는 분노가 뿜어져 나왔다. 그러면서도 그는 울프가 내놓은 단순한 설명을 가까스로 이해했다. 울프는 의자에 뻣뻣하게 앉아 있었다. 그는 슬픔에 잠긴 아비털의 남편에게 부드러운 태도를 보이는 한편 부족함 없이 설명해 주려고 노력했다. 울프는 바람에 흰 머리카락을 펄럭이면서 스테판에게 그가 발견한 술병의 정확한 의미를 명확하게 알려 주었다. 세상에는 특정한 물질 안에 경험을 보관하는 방법을 아는 사람들이 있다고 했다.

그 단계에서 스테판은 이미 기분 좋은 자극을 받았다. 아직 형성되지 않은 생각이 먹잇감의 기척을 느끼고 눈을 뜬 게으른 뱀처럼 그의 살가죽 밑을 기어 다니는 것만 같았다.

울프는 소명, 변화, 도움이라는 측면에서 이야기했고 스테판은 그 말 뒤에 숨겨진 진짜 의미를 뽑아냈다. 힘과 그 힘 안에 들어 있는 가능성을. 대화가 끝을 향해 흘러가는 동안 잠깐이지만 아비털이 존재하지 않았다. 오직 스테판만이 존재했다. 엉뚱한 곳으로 이어지는 과거도, 주변 사방의 한심한 인간들도 없는, 굳이 인생이라 불리는 배은망덕한 틀 안에서 행동할 필요도 없는 스테판만이. 그때는 오직 그와 울프만 존재했다. 다른 사람의 머릿속에, 그들의 인생에 자신을 집어넣는 능력이 제시하는 엄청난 가능성만 있었다. 다른 누군가로 이루어진 자신만이.

아비털이 죽고 나서 스테판은 한 방 먹었다는 느낌을 품고 몇 달을 지냈다. 그는 인생에게 단 한 가지를 약속받았었다. 하지만 알고 보니 인생은 텅 빈 방에 서서 미소 지으며 손에 상자를 들고 있는 남자였다. 최근의 몇 달은 스테판에게 그 상자를 열어 보지 말라고 가르쳐 주었다. 스테판은 상자를 얻지 못할 것이며, 만일 얻는다 해도 그 상자를 여는 것은 그의 손이 아닐 거라고. 지금 스테판이 원하는 것은 미소 짓는 남자의 얼굴을 후려갈기는 것뿐이었다. 하지

249

만 바로 그때, 아주 짧은 순간이지만 모든 것이 괜찮아졌다. 크나큰 잠재력이, 드넓게 펼쳐진 어떤 미래가 텅 빈 구멍을 막았다. 궁금함을 덮었다. 그는 자기도 모르게 울프의 말을 자르고 이렇게 말했다. "저도 가르쳐 주세요."

놀랄 만큼 짧은 훈련 기간이 끝나고 나서 울프는 스테판에게 자기가 운영하는 경험자 단체에 가입하라고 제안했다. 스테판은 별로 고민하지 않고 부드럽지만 단호하게 거절했다. 경험을 내보내는 방법을 배우자마자 그는 자신이 직접 사업을 하게 되리라는 사실을 분명히 알았으니까.

그는 최고 입찰자에게 경험 서비스를 제공하기로 했다. 시간이 없어서 사람들이 직접 하지 못하는 일들을 돈을 지불하고 할 수 있게 해 줄 생각이었다. 종이에 써 놓고 보니 놀라운 아이디어였다. 상상할 수 있는 가장 험난한 행동을 하고 돈을 받는, 아무 걱정 없는 인생이라니.

그는 아비틸과 함께 살던 아파트를 비우고 둘을 한데 묶어 주던 모든 것을 커다란 여행 가방 두 개에 넣어 창고에 쑤셔 박은 다음 두 번째 인생을 준비했다. 스테판은 죽었습니다. 새로운 스테판 만만세.

그는 무엇이든 할 생각이었다. 절벽에서 뛰어내리고, 위험할 정도로 수심이 깊은 곳까지 스쿠버 다이빙을 하고, 서커스단의 사기꾼이 그의 몸에 칼을 던지게 하고, 불 고리를 뛰어넘고, 사람들이 원하는 모든 것을 하고자 했다. 그는 고객들에게 일생일대의 경험을 제공할 생각이었다. 그러다가 죽으면 죽는 것이다. 어쨌거나, 신조차 내버린 이 세상에는 인생을 바칠 만한 것이 딱히 없기도 했다.

고객들은 떼 지어 몰려왔다. 소문은 사실상 하룻밤 사이에 퍼졌다. 모험에 굶주린 부자들이 파괴적인 불꽃에 몰려드는 나방처럼 꼬였다. 스테판은 먼 곳으로 여행을 떠나고, 사막을 건너고, 도적떼와 싸우고, 잃어버린 보물을 찾아 숲을 헤매고, 신중하게 선택한 미녀들과 위험한 사랑을 나누고, 무술을 배우고, 복잡한 무기들을 다루었다.

그는 높은 사람들을 위해 일했다. 늙고 힘이 없어진 기업가, 아프리카 작은 국가의 수상, 몇몇 유럽 장관들. 어떤 사람들은 그의 기술을 이용해 상대편에게서 값비싼 정보를 얻었지만, 대부분은 시간이 없어서 직접 할 수 없는 '모험'에 그를 파견했다. 그는 단 6년 만에 상상할 수 있는 거의 모든 위험을 경험할 기회를 얻었다. 그는 늘 불가능한 상황에서 가까스로 탈출했다.

하나도 재미없었다.

스테판이 모셨던 한 장관은 이렇게 말하곤 했다. "좀 즐겨. 행복해지라고. 나를 위해서라도 경험의 순간에 몰입해 보란 말일세. 나는 행위 자체를 위해서 돈을 지불하는 게 아니야. 나는 자네의 전율을, 자네가 '와!' 하는 순간을 원하네. 나를 생각해서라도 조금 긴장을 풀 수는 없겠나? 내가 그런 '와!' 하는 요소들을 좀 경험할 수 있도록 말이야."

그는 조용히 고개를 끄덕였지만, 속으로는 이 모든 말도 안 되는 짓거리에 대한 자신의 감정을 바꿀 방법을 도대체 어떻게 알겠느냐고 물었다.

사업은 쇠락하기 시작했다. 스테판은 솜씨만 좋고 영혼은 없는 기술자로 알려졌다. 기억의 등급을 높이는 데는 기술이 필요했다. 경험자들에게는 최고 품질의 경험을 제공하는 데 도움이 되는 암묵적인 규칙들이 있었다. 예를 들어 거울을 보지 않는 것이 그랬다. 고객이 거울 속에서 다른 사람의 얼굴을 마주하는 경험을 하게 되면 혼란스러우니까. 하지만 스테판은 마음의 흥분을 느끼는 면에서 문제가 있었다. 별로 신경 쓰지 않는 고객도 있었지만, 먹고 마시고 작은 캡슐을 삼키는 모든 순간의 전율, '완전한 세트'를 원하는 고객들이 더 많았다. 그리고 그런 고객의 수는 늘어만 갔다.

스테판에게 들어오는 의뢰는 점점 줄어들었다. 스테판은 첫 6년간의 활동 덕분에 상상 이상의 돈을 벌었지만, 점점 한가로워졌다. 움직임 없이 생각, 기억으로만 가득한 자유 시간. 이런 시간에 스테판은 숨겨 둔 여행 가방들을 열어 내용물을 쏟아 놓을 수밖에 없었다. 그는 반짝이는 부엌 조리대 옆에 앉아 찬물을 마시며 다른 주방을, 다른 인생을 떠올릴 수밖에 없었다.

하지만 새로운 스테판, 지난 6년을 경험한 스테판, 세상이 작동하는 방식을 알게 된 스테판, 하수구에 흐르는 오물이나 보통 사람들의 자기 연민이라는 강에서 자신을 분리할 수 있게 된 스테판은 사물에서 너무 큰 영향을 받지 않는 방법을 이미 알고 있었다. 새로운 스테판은 갑옷을 걸치고 있었으며, 능률적이었고, 자제심이 강했고, 능숙했다.

그는 죽은 아내가 남긴 작은 술병을 발견했고, 자신이 미련을 버리는 길을 찾았다는 사실을 깨달았다. 술병을 집어 든 그는 만족감을 느끼며, 과거라는 여행 가방의 뚜껑을 쾅 닫았다.

그날 밤 스테판이 간 클럽은 연기로 가득했고 음악의 쿵쿵대는 저음으로 소란스러웠다. 꼭 인간들이 감정의 미로를 사방팔방으로 뛰어다니는 작은 실험실 같았다. 그들 모두가 발달 이론을 증명하려고 애쓰는 것만 같았다. 스테판은 파티 참석자들을 훑어보고 머릿속으로 분류하다가, 흥미로워 보이는 한 사람을 발견했다.

그녀는 키가 컸고 구불구불한 금발 머리를 짧게 자른 모습이었다. 긴 목 위에 우아한 머리가 얹혀 있었고 그녀의 빨간 드레스가 대수롭지 않은 듯 태연하게 몸 전체에 흘러내렸다. 그녀는 클럽의 둥근 테이블에 칵테일 잔을 올려놓고 서 있었다. 스테판은 그녀의 뒤로 다가갔다. 그녀가 다른 쪽을 보는 동안 주머니에서 주사기를 꺼내 술 몇 방울을 그녀의 잔에 떨어뜨렸다.

그녀가 다시 돌아봤을 때 스테판은 그녀의 곁에 서서 춤꾼들을 보고 있었다. 그는 그녀를 돌아보며 작은 미소를 지었고, 그녀는 수줍은 듯 마주 미소 지었다. 그녀는 술을 한 잔 더 가져오라고 보냈던 남자를 찾아 춤꾼들을 살펴보았다. 그러더니 별 생각 없이 차가운 유리잔의 줄기로 긴 손가락을 뻗어, 남아 있던 술을 입술 쪽으로 기울였다. 스테판은 곁눈으로 그녀를 지켜보다가 그녀가 빈 유리잔을 테이블에 올려놓자 그녀를 정면으로 마주 보았다.

정확히 무슨 일이 일어날지 알 수 없었다. 하지만 몇 초 안에 알게 되리라는 것만은 분명했다.

낯선 사람은 그를 보았다. 그녀의 눈이 휘둥그레지며 반짝였다. "스테판." 그녀는 부드러운 목소리로 말하며 그의 가슴에 안겨, 고맙다는 듯 그를 끌어안았다. 스테판으로서는 존재 자체를 오래전에 잊은 사랑을 담아서. 그는 두 팔로 그녀의 조각상 같은 몸을 끌어안고, 그녀의 등을 손가락으로 쓸어내렸다. 그녀가 기분 좋게 자신에게 몸을 기대고 있는 동안 그는 비밀리에, 조용하고도 차가운 미소를 지었다. 함께 나가자고 그녀를 설득하는 데는 1분도 채 걸리지 않았다. 둘이 팔짱을 끼고 나가자마자 한 남자가 그날 저녁의 데이트 상대를 간절하게 찾으며 술 두 잔을 손에 들고 바에서 돌아왔다.

둘은 여자의 집으로 갔다. 그녀는 스테판의 것이었다. 예상했던 것에 비해, 스테판은 자신이 훨씬 덜 증오스러웠다.

스테판은 다음번 만남이 마무리될 때쯤 장관에게 마지팬*을 한 덩어리 내밀었다. 장관은 눈썹을 치켜올렸다.

"이게 뭔가?" 그가 물었다.

---

*   설탕과 아몬드를 갈아 만든 페이스트.

"깜짝 선물입니다." 스테판이 그에게 말했다. "서비스로 드리죠. 이거라면 장관님도 '와!' 하는 기분을 조금 느끼실 수 있을 것 같습니다."

장관은 불안한 눈으로 스테판을 살피며 마지팬을 입에 집어넣고 씹어 삼켰다. 몇 초 뒤, 그는 눈을 감고 등받이에 기댔다. 스테판은 기쁨의 전율이 그의 몸을 훑는 모습을 실제로 볼 수 있었다. 스테판이 장관의 쾌락을 위해 여자를 만난 건 지금이 처음이 아니었다. 하지만 이번만큼은 분명 다를 터였다.

"허, 이런." 장관이 말했다. "이건 새롭군…." 그는 눈을 뜨고 스테판을 보았다. "그 여자는 날 정말로 사랑했어." 그가 말했다. "이것 참…. 아주 다른 느낌이군…." 그러더니 그는 다시 눈을 감았다. 스테판은 서류 가방을 집어 들고 방을 나섰다.

그는 술의 양에 한계가 있다는 사실을 알고 있었다. 가끔은 몇 방울만 썼고, 몇몇 경우에는 좀 더 썼다. 술을 모자라게 계산해서 쓰면 아침만 돼도 여자들이 그와 사랑에 빠졌었다는 사실을 잊어버렸다. 그의 얼굴을 봐도 어린 시절의 사랑에 대한 희미한 기억만을 떠올릴 뿐, 그가 얻으려 했던 막을 수 없는 감정의 쇄도가 일어나지 않는 경우도 있었다. 한때 스테판은 자신의 내면을 들여다보고 이 사납게 날뛰는 영혼이 다시는 사랑을 할 수 없으리라는 사실을 깨닫는 것보다 더 두려운 일은 없을 거라고 생각했다. 지금의 그는 두 팔 벌려 이 아이디어를 환영했다. 그는 시간이 지나면 지금까지 살아남아 파닥이는 감정도 사라지리라는 사실을 알고 있었다. 그래도 스테판은 지금 당장 그런 일이 일어나기를 바랐다. 그는 감정을 멈추고 싶었다. 그는 자신의 몸에서 아비털에 대한 마지막 기억까지도 뽑아내고 싶었다. 변기 물을 내리듯 그 여자를 핏줄에서 내려 버리고 싶었다. 경찰이 인도에 남아 있는 핏자국을 씻어내듯 그녀를 씻어내고 싶었다. 세차게, 가차 없이 밀려드는 사랑에 빠진 여자들의 물줄기로 특별한 것을 평범하게 바꿔 놓고 싶었다.

'와!' 하는 순간. 그 순간을 위해서는 이미 더 나은 해결책을 찾았다.

그 일은 스테판이 집으로 데려갈 적당한 여자를 찾지 못하고 혼자서 클럽을 나선 어느 날 밤에 일어났다. 클럽은 인간과의 접촉을 간절히 바라는 아무 매력 없는 여자들로 가득했다. 그들은 춤을 추면서 손바닥을 쫙 펴고, 사방으로 지나치게 속 보이는 눈빛을 날려 댔다. 그들에게는 어떤 우아함도 없었다. 사랑이라는 백내장으로 흐려 보려고 해도 이미 뿌예져 더는 흐려질 수 없는 탁한 눈만, 육체만 있을 뿐이었다. 스테판은 그 여자들을 보며 머릿속으로 아무 의미 없는 점수를 매기는 데 싫증이 나서, 오늘 저녁은 일찍 떠나야겠다고 생각했다.

밖으로 나와 보니, 클럽 입구와 몇 미터 떨어진 곳에 시끄러운 젊은 남자 한 무리가 손에 맥주 캔을 쥐고 서 있었다. 몇몇은 머리에 비니를 쓰고 있었다. 관심을 갈구하는 호르몬과 청소년기의 어리

석음이 그들의 혈관을 내달렸다. 스테판은 경멸감을 마음속에 조용히 감춘 채 그 옆을 지나쳤다. 놈들의 공허한 대화 속에 몇 초 동안 침묵이 흘렀다. 그때, 무리 중 한 명이 스테판의 자세를 어깨를 축 늘어뜨린 평범한 사람의 모습으로 잘못 해석하고 싶었는지 소리쳤다. "왜 그래? 차였어? 괜찮아, 친구! 괜찮아!" 그러자 남자들이 웃음을 터뜨렸다.

스테판은 계속 걸음을 옮겨 멀어져 갔다. 그러자 친구들의 웃음에 고무된 그 녀석이 다시 소리쳤다. "솔직히 말해서, 걱정할 만한 문제가 몇 가지 있기는 하지만 말이야. 너처럼 못생긴 놈하고 누가 데이트를 하고 싶겠냐?"

스테판은 1,000분의 999의 확률로 계속 걸어가 자동차에 타고 갈 길을 갔을 것이다. 하지만 이번은 1,000분의 1에 해당하는 경우였다. 그는 내면의 분노를 알아챘다. 혈관 속에서 앞뒤로 솟구치는 그 쓰라린 흐름을 따라갔다. 그는 분노를 활용하기로 했다. 그는 계속 걸어가 자동차에 올랐다.

그런 다음, 스테판은 몇 년 전 좌석 밑에 넣어 두었던 야구 방망이를 가지고 돌아왔다.

남자들은 그를 너무 늦게 알아보았다. 그는 조용히, 격노의 세월 동안 매끄러워진 단 한 번의 동작으로 그들의 뒤로 신속히 다가섰다. 방망이를 편하게 한 번 휘두르자 녀석의 무릎이 박살났다. 두 번째 타격에는 갈비뼈가 부러졌다. 패거리는 겁에 질려 빠르게 갈라섰다. 놈들은 무리 한가운데에 표범이 들어온 것을 알아챈 가젤 같았다. 스테판은 조용히 다시 방망이를 들어 올리고, 술에 취한 십대들의 충격받은 얼굴 한복판을 정면으로 내리쳤다.

주변 시야에 혼란이 번지는 모습이 잡혔다. 하지만 스테판은 상관없었다. 고객들이 순간의 정열에 휩쓸리는 느낌을 원한다고? 그렇다면 좋아, 여기 있어. 이게 순간에 휩쓸리는 나야. 그는 방망이를 들지 않은 손으로 녀석의 목덜미를 잡아 가게의 진열창으로 밀쳤다. 녀석은 와장창하는 소리와 함께 넘어졌다. 그 소리가 스테판을 만족감으로 가득 채웠다. 두 남자가 고함을 지르며 스테판에게 달려왔다. 스테판은 그들을 거의 신경 쓰지 않았다. 그는 방망이를 들고, 자신이 전투와 전쟁에 관해 배운 모든 것을 단 하나의 동작으로 조합하여 무한대 기호처럼 보이는 어떤 무늬를 허공에 따라 그렸다. 별 힘도 들이지 않고 놈들의 두개골을 박살냈다.

땅바닥에 쓰러진 십 대를 다시 본 그는 방망이를 한 번 더 들어 올리고, 쿵 소리와 함께 방망이를 내리치면서 고함을 질렀다. 그가 녀석을 때린 이유는 이 모든 게 너무 지나쳤기 때문이었다. 공정하지 않았기 때문이었다. 무슨 일이 있어도 이렇게까지 심한 양보를 해서는 안 되니까. 외로움이 이렇게 자연스러워서는 안 되니까. 불안이 인생을 살아가는 방법이어서는 안 되니까. 세상에는 완전히 잘못된 부분이 있었다. 그래서 스테판은 내면의 문제를 후려치는 것 말고 그 오점을 고치는 방법이 전혀 생각나지 않았다. 그는 후려치고 또 후려쳤다. 주변 세상이 완전한 침묵 속으로 가라앉았다. 가끔 누군가가 뒤에서 다가와 그를 막으려 했지만, 스테판은 제대로 겨냥하고 방망이를 휘둘러 그를 쳤다. 스테판의 발밑에서는 그 십대가 뭉개져 갔다. 형태를 잃어 갔다. 공격이 거듭될수록 움찔거리는 동작조차 잦아들고 신음 소리도 약해졌다. 녀석은 스테판의 폭력을 흡수했다. 마침내 그는 애원하듯 손을 들려고 애썼다. 충혈된 눈은 갈색이고 커다랬으며, 꼭 아는 사람처럼 보였다. 놈이 빌었다.

스테판은 마지막으로 방망이를 들어 올렸고, 녀석은 태아 같은 자세로 되돌아가 고통 속에 눈을 감았다. 방망이가 그의 몸에 맞아 부러졌다. 폭발하는 분노의 정점과 종말이 동시에 드러났다.

스테판은 잠에서 막 깬 사람처럼 주위를 둘러보았다. 어린 놈을 빼고도 다섯 명의 몸뚱이가 고통스러워 몸부림치거나 의식을 잃은 채 주변에 늘어져 있었다. 그 너머로는 충격받은 술꾼들이 서 있었다. 그들은 무서워서 가까이 오지 못하고 있었다. 누군가가 이미 경찰을 불렀다. 스테판은 갑자기 도망치기 시작했다. 아직도 그의 앞길을 막는 사람이 있으면 격하게 밀쳤다. 그렇게 그는 어느 거리로 사라졌다.

장관은 스테판이 가져다준 브랜디를 한 모금 마셨다. 그는 무엇을 기대해야 할지 모르고 있었다.

경험이 스며들자 그는 몸을 떨며 눈을 떴다. "이게 뭔가?" 그가 숨죽여 말했다.

"장관님이 한 번도 해 보신 적 없는 경험이죠." 스테판이 말했다. "행위뿐 아니라 느낌까지 들어 있습니다."

"내가… 내가 하마터면 그 아이를 죽일 뻔했어…." 장관이 웅얼거렸다.

"아드레날린을 느끼세요." 스테판이 말했다. "느끼십시오. 기억하세요. 그건 진짜입니다."

"이건…."

"장관님을 강하게 만들어 주죠." 스테판이 덧붙였다. "이 경험은 힘을 더해 주고, 적을 어떻게 대해야 하는지 보여 줍니다."

"나한테 무슨 짓을 한 건가?"

"저는 장관님에게 상대를 박살내는 방법을 가르쳐 드렸습니다." 스테판이 말했다. "아무도 감히 장관님께 드리지 못할 경험을 드린 겁니다. 저는 이런 일을 훨씬 더 많이 할 준비가 되어 있습니다. 제가 잘하는 일은 이런 겁니다. 지금부터 제가 할 일도 이런 것이고요."

장관은 토할 것 같은 표정으로 그를 보았다. 그는 숨을 훅 들이쉬며 의자 팔걸이를 두 손으로 꽉 잡았다.

"나가게." 그가 말했다. "다시는 자네와 일하고 싶지 않아. 다시는. 자네 오만해졌군. 나가게."

스테판은 별 두려움 없이 그 자리를 떠났다. 장관은 새로운 경험자를 고용했다. 눈이 푹 꺼지고 눈 바로 위까지 성긴 금발이 내려오는 깡마른 남자였다. 장관을 대신해 파티에 참석하는 자. 경멸스러운 스키 여행을 떠나는 머저리. 야심 없는 예스맨.

하지만 스테판은 새로운 경험을 원하는 고용주를 곧 구할 수 있으리라는 사실을 알고 있었다. 오래 기다릴 필요는 없었다. 그의 현재 보스는 클럽 사건이 있고 6주가 지나자 연락해 왔다. 보스가 맡긴 첫 일거리는 무장하고 은행을 터는 것이었다.

"돈은 상관없어." 보스는 그에게 말했다. "무슨 계획을 세우든 그것도 상관없네. 난 그냥 은행을 터는 게 어떤 기분인지 느껴 보고 싶어. 돈이야 자네가 가져도 좋아. 태워 버려도 좋고, 가난한 사람들한테 나눠 줘도 상관없네. 단 은행을 털되, 내가 더 많은 은행을 털고 싶어질 만한 방법으로 털어."

몇 년 동안 이 남자에게 고용되어 일하면서 스테판은 여러 은행과 박물관을 털었고, 마약상을 비롯한 여러 쓰레기들의 머리에 총구를 바짝 대고 방아쇠를 당겼으며, 산업 공정을 방해하고 비행기를 납치하고 겁먹은 거물들에게 딸을 풀어 주는 대가로 몸값을 요구했다. 그는 보스가 원하는 것을 했다. 보스가 목표를 이루는 데 유용한 방식으로 양심을 성형하게 도와주었다. 선반에는 보스를 거칠고도 양보란 없는 개자식으로 만들어 줄 행위와 기억이 담긴 술병이 하나둘 쌓여 갔다.

스테판은 더 이상 다른 사람들을 판단하지 않았다. 그 수준은 넘어섰다. 하지만 누군가 원한다면 그의 보스에게서 악의 화신을 보게 되리라는 것만은 알고 있었다. 악은 고통에서 기쁨을 느끼고, 익명의 피해를 탐닉한다. 악마들은 "자, 제임스 본드. 너를 죽이기 전에 내 성을 보여 주고, 나의 사악한 계획을 얼마든지 알려 주지"라고 말하지 않는다. 절대로. 악마들은 손바닥에 아주 작은 독침을 쥐

261

고 있다가 제임스 본드와 따뜻하게 악수한다. 그리고 독은 48시간이 지나야 효과를 발휘한다. 악마는 누구보다 먼저 구급차를 부르고 옆으로 물러서 있다. 눈에는 실제로 눈물이 고여 있고, 가슴은 들썩거린다. 악은 조용하고 빠르며 계산적이다.

스테판은 어느 날 저녁 거리를 돌아다니다가, 그의 자리를 차지한 금발의 경험자가 만취한 모델과 팔짱을 끼고 클럽에서 나오는 것을 보았다. 또 한 번의 지극히 평범한 경험 임무를 받은 듯했다. 스테판은 완전히 의식하지도 못한 채로 손에 쥔 핸들이 돌아가는 것을 느꼈다. 그는 천천히 그들을 따라 차를 몰았다. 그들은 조용한 골목으로 방향을 틀어, 주차해 둔 자동차를 찾기 시작했다. 헤드라이트 불빛이 그 커플을 비추고 엔진이 사나운 소리를 내자 모델은 비명을 지르며 한쪽으로, 경험자는 다른 쪽으로 달아났다. 스테판은 경험자를 조준하고 엑셀을 밟았다. 인간 과속 방지 턱이라도 되는 것처럼 그 경험자를 깔고 지나갔다. 그런 다음, 후진 기어를 넣고 돌아갔다가 전진했다. 바퀴가 위아래로 튀며 차를 요동치게 만드는 순간을 즐겼다. 마지막으로 그는 액셀을 밟으며 사라졌다.

보스는 그 경험과 배경이 되는 사연을 높이 평가했지만, 중요한 사람들을 죽이는 데에는 지나친 위험이 따른다고 말했다. 누군가가 그들을 찾아 나설지도 모른다고 말이다. 그는 이런 식의 뺑소니 사고는 뉴스에 나오기 마련이며, 결국에는 스테판도 잡히고 말 거라고 했다.

가끔 보스는 강한 폭력 충동을 마음껏 쏟아 내도록 스테판의 고삐를 풀어 주었다. 그는 스테판을 보내 금융계의 적과 '우연히 만나도록' 했다. 스테판이 그와 같은 엘리베이터에 갇혀, 그를 신체적으로나 정신적으로 몇 시간씩 고문하도록 했다. 하지만 살인을 할 때는 사회의 변방에 있는 사람들, 죽어도 소동이 일어나지 않을 만한 범죄자들과 깡패들을 골랐다. 가끔은 그냥 노숙자를 죽이기도 했다. 너무 잘 알려진 사람은 절대 죽이지 않았다. 그건 위험한 일이니까. 자칫하다가는 경비원들이 둘러싸고 있는 그의 저택으로 경찰들이 들이닥칠 수 있었다. 예를 들어 메를로 와인에는 아주 최근에 벌어진 노숙자 처형이 담겨 있었다. 스테판은 그 노숙자도 경험을 팔고 있다는 사실을 알아낸 이후 오랫동안 그 자를 표적으로 삼았다. 그를 죽이는 건 일석이조였다.

스테판은 자신에게 주어진 것을 최대한 활용했다. 그의 재정적 상황은 그 어느 때보다도 좋았고, 그의 작업은 한 사람의 인생에 도저히 욱여넣을 수 없을 만큼 많은 짜릿함을 제공했다. 따뜻한 신체와의 접촉이 탐날 때면 그냥 마음에 드는 여자를 찾아 그녀의 술에 이전 삶에서 얻은 사랑 몇 방울을 몰래 넣으면 됐다.

스테판은 가끔 주시기를 좀 더 온건한 목적으로도 사용했다. 신뢰를 쌓고 마음의 문을 여는 용도로 말이다. 울프가 남긴 마지막 술에 손을 댄 것도 그 방법을 통해서였다. 술 몇 방울로 바텐더의 집으로 들어가는 길이 열렸다. 알고 보니 그녀는 울프가 꽤 좋아하던 여자였다. 울프가 그 바텐더에게 굳이 술병을 전해 줬다면, 그 안에 중요한 뭔가가 들어 있을 게 틀림없었다. 스테판이 알코올에 입을 댄 건 오래전 일이었다. 하지만 이 위스키는 마셔야만 했다.

그는 술병을 열고 내용물의 냄새를 맡았다. 그런 다음 일회용 컵에 술을 따라 반쯤 채웠다. 그 정도면 충분해 보였다. 그는 테이블 옆으로 술병을 치워 놓고 컵을 집어 들어 술을 휘저은 다음, 액체를 반쯤 마셔 텅 빈 입안을 채웠다. 그는 술을 입안에 머금은 채 위스키가 혈관으로 스며들어 맛을 통과해 기억을 만들어 내기를 기다렸다. 맛이 느껴지자 향이 약속한 것이 현실이 됐다. 꿀이 살짝 가미된, 강하고 풍부하고 스모키한 위스키가 수십 년 동안 보관되어 온 힘으로 그의 텅 빈 입속에서 쿵쿵 울렸다.

그는 등받이에 기대 술이 조금 남은 컵을 테이블에 내려놓고 기억을 떠올려 보았다.

공책이 그의 결론을 기다리며 테이블에 놓여 있었다.

저녁이었다.

나는 거울 앞에 서 있었다. 하임 울프의 나이 든 얼굴이 나를 마주 보았다. 벽을 따라 책상으로 갔다. 배경에는 오래된 노래가 울리고 있었다. 아마 프랭크 시나트라나 에디트 피아프일 터였다. 음이 불분명했다. 기분이 좋아져 머릿속으로 오래전에 외웠던 가사가 흘러들게 놔두었다.

나는 펜과 백지를 가져다가 그 위에 글자를 적었다. 테이블의 구부러진 모양이, 창밖에서 구구 우는 비둘기들이, 내 발을 감싸고 있는 슬리퍼의 감촉과 펜이 손가락 사이에 쥐어진 느낌이 기억났다. 중지 관절이 살짝 눌리는 그 느낌.

글을 쓰고 쓰고 또 쓰던 일, 자리에서 일어나 종이를 내려다보며 단어들이 내 눈을 휩쓸고 지나가도록 놔두었던 일이 떠올랐다. 조용히 미소 지었던 일도.

스테판은 서둘러 컵에 담긴 술을 한 모금 더 마셨다.

너무 많이 마셔서는 안 된다. 그래야 기억에 안개가 끼지 않는다. 너무 적게 마셔서도 안 된다. 그래야 기억이 선명하게 남는다.

하지만 그게 다였다. 그게 전부였다.

거울, 책상, 오래된 노래, 종이에 쓰고 있던 여러 줄의 단어.

글을 쓰며 미소 짓고, 미소 지으며 글을 쓴다.

스테판은 서둘러 공책으로 다가갔다. 그는 펜을 집어 들고 눈앞에 나타났던 단어들을 적었다. 빽빽한 글씨로 페이지를 가득 채워 과거를 다시 만들어 냈다. 서둘러 쓴 글자를 읽으며 스테판은 욕을 했다.

멍청한 소리. 감상적이고 클리셰로 가득한 멍청한 소리의 도가니. 그런 것이었다. 울프는 "다음 단어들만으로는 말이 되지 않는다. 이 단어들을 완성하려면 다른 무언가가 필요하다. 그런 면에서 이 단어들은 우리 모두와 비슷하다고 할 수 있다"라고 썼다. 거기서

부터는 상황이 더 나빠질 뿐이었다. 사람들이 "서로 연결되는" 방법과 "다른 사람의 눈을 통해 보는" 능력에 관한 헛소리, 그와 비슷한 쓸데없는 말이 한 페이지를 꽉 채웠다.

지옥에나 가, 하임 울프. 이 멍청한 자식. 감상 따위에 빠지는 이 얼간이 같으니라고. 그는 종이를 다시 집어 들고 등받이에 기대 글을 다시 읽었다. 입으로 단어들을 곱씹으며 단서를 찾았다.

17

    토머스 빌의 이야기가 어디서부터 시작되었는지에 대해서는 분명 의심의 여지가 있지만, 최소한 로버트 모리스와 관계된 한에서는 1820년 1월에 시작된 이야기를 보면 된다.

    태양은 사람들이 '석양'이라고 부르는 그 단순한 움직임을 한창 진행하는 중이었다. 로버트 모리스는 자기 호텔의 접수대 뒤에 앉아서, 두 손으로는 바람직하지 않을 정도로 큰 배를 쓰다듬고 있었다. 넓어져만 가는 그의 이마는 창문 너머로 들어오는 밝은 주황색 빛에 물들어 있었고, 그의 눈은 이 벽과 저 벽을 오갔다.

    인생은 단순하고 살 만했다. 린치버그에 있는 워싱턴 호텔, 그가 소유하고 관리하는 이 호텔은 마을에서 가장 좋은 호텔로 여겨졌다. 소유주의 좋은 평판 때문에 더욱 그랬다(이 점은 인정할 수밖에 없었다). 호텔이 취향과 매너, 격식을 갖춘 신사 숙녀 들을 고객으로 맞이하면서 사업은 번창했다. 창문 너머로 들어오는 햇살이 샹들리에를 넘어 미끄러지며 조용한 저녁을 주겠다는 약속을 한 번 더 연장했다.

물론, 로버트 모리스는 관리인이었으니 늘 접수대에 앉아 있는 것은 아니었다. 그에게는 처리해야 할 문제가 있었다. 신중함과 지적 능력, 손님들의 다양한 요구에 대한 관심이 필요한 문제들 말이다. 물론 그의 직계 가족을 포함하는, 워싱턴 호텔의 소수 직원들의 행위에 대한 그의 신중한 감독과 손님들이 그를 믿는다는 사실도 호텔을 지금의 모습으로 만들어 주는 데 한몫했다.

하지만 오늘 로버트 모리스는 자신에게 몇 시간 동안 안내원 역할을 허락했다. 안내원 자리는 거리가 잘 보이는, 앉아 있기 좋은 자리였다. 처음 몇 시간 동안에는 손님이 한 명도 오지 않았다. 약하게 표현하자면, 크리스마스 연휴 이후의 며칠을 1년 중 가장 바쁜 날이라고 하기는 어려웠으니 말이다. 그러나 노을이 지던 그때, 현관이 열릴 때마다 울리는 벨소리가 울리더니 곧 방 안의 황금색 불빛 속으로 키가 크고 잘생긴 남자가 들어왔다. 그는 말쑥한 옷을 입고 있었으며 손에는 무거워 보이는 갈색 여행 가방을 들고 있었다. 로버트 모리스는 자신의 인생이 이제 막 바뀌려 한다는 사실을 모른 채 미소 지으며 자리에서 일어나 도착한 손님을 반겼다.

낯선 사람은 접수대로 다가와 여행 가방을 내려놓더니 허리를 펴고 섰다.

"안녕하세요." 그는 매끄럽고 안정적인 목소리로 말했다.

"안녕하세요?" 모리스가 말했다.

"방 하나 주십시오. 1인실로요."

모리스는 10분의 1초짜리 짧은 눈길로 그를 톺아보았다. 그는

180센티미터 정도로 키가 컸으며 살갖은 가혹한 태양 아래에서 몇 달은 보낸 것처럼 짙게 탄 상태였다. 두 눈은 검었고, 머리카락도 검었다. 특히 머리는 일반적인 정도보다 살짝 길었지만, 교양 있는 계층의 경계선 안에 들어오는 정도였다. 몸통이 굵고 튼튼했으며 검은색의 챙 넓은 카우보이모자를 쓰고 있었다. 태양이 모자에 붙은 먼지 조각들을 반짝반짝 만지작거렸다. 그는 좌우 대칭이 맞는 잘생긴 얼굴의 소유자였다. 모리스는 이 새로운 손님에게 특별한 관심을 갖는 호텔 여자들이 꽤 있겠다고 확신했다.

"성함이?" 모리스가 물었다.

"토머스 J. 빌입니다."

모리스는 작은 서류를 빠르게 채워 책상에 내려놓았다. "여기 있습니다, 빌 씨." 그가 말했다. "허락해 주신다면, 저희 호텔의 비용 시스템과 그에 따라 제공되는 서비스를 자세히 설명해 드린 다음, 신속하게 객실로 안내해 드리겠…."

토머스 빌은 천천히 손을 들더니 고개를 저었다. "괜찮습니다." 그가 말했다. "방 선택은 알아서 해 주십시오. 내가 여기 온 가장 큰 이유는 주인장이 정직한 사람이라는 이야기를 들었기 때문이니까요. 난 그분을 믿습니다. 돈 문제는 퇴실할 때 해결하죠."

"알겠습니다." 모리스는 꼿을대처럼 허리를 펴며 말했다. "퇴실은 언제 하실 생각인가요?"

"몇 주는 있을 겁니다." 빌이 여행 가방을 집어 들며 말했다. "갈까요?"

토머스 빌은 워싱턴 호텔에서 거의 두 달을 머물렀다.

그는 서두르지 않고 아침 식사를 했으며, 바에서 글을 읽느라 많은 시간을 보냈고, 날씨가 아무리 좋아도 마을에 나가는 경우는 거의 없었다. 바쁜 시간을 보낸 뒤 쉬기 위해 호텔에 온 게 분명했다. 모리스는 가끔 저녁 시간에 그가 이 여자, 저 여자와 조용한 목소리로 자유롭게 수다를 떠는 것을 보았다. 그는 남자들에게도 인기가 많았다. 남자들은 빌이 쓸데없는 말을 아낀다는 점과 술값을 낼 때 돈을 아끼지 않는다는 점을 높이 샀다. 게다가 공손하지만 공허하지는 않은 대화를 나누며 상대에게서 눈을 떼지 않는 능력에 그의 출중한 외모가 더해진 만큼 여자들도 그를 좋아했다.

빌은 가끔 접수대에도 들러 수다를 떨었다. 한두 번은 고개를 살짝 숙이고 손을 태평하게 움직이며 모리스를 자기 테이블로 불러, 자러 가기 전에 술을 한잔 하거나 남자들끼리의 한담을 나누기도 했다.

그러다가 빌은, 바람처럼 로비로 들어온 지 두 달쯤 지난 어느 날 작은 여행 가방을 가지고 접수대에 나타나 그날 밤 접수대를 맡았던 젊은 녀석에게 모든 비용을 치른 후 관리인 겸 호텔 주인에게 안부를 전해 달라고 부탁하고 문으로 나가 사라졌다.

2년 뒤였다. 이번에도 1월, 태양이 가로수의 꼭대기 부분을 어루만지던 시간에 토머스 빌이 다시 나타났다. 그의 살갗은 햇볕에 더욱 까맣게 그을려 있었다. 그는 전과 같은 갈색 여행 가방을 손에 들고 있었다. 다만, 이번에는 다른 손으로 자물쇠 달린 금속 상자를 가슴 가까이에 들고 있었다.

로버트 모리스는 지난번 그가 호텔에 머물렀을 때 쓴 방을 내주었다. 빌은 그에게 고맙다고 인사하고는 조용히 방으로 올라갔다. 그는 그해 겨울도 주로 호텔에서 시간을 보냈는데, 이번에는 더 말이 없었다. 모리스는 종종 그가 석간 신문을 읽거나 작은 책을 넘겨보며 라운지의 구석 테이블에 앉아 있는 모습을 보았다. 빌이 새로운 날을 일깨우는 수단으로 도시를 산책하며 아침 나절을 보낸 것은 사실이었다. 하지만 그는 남은 시간 내내 호텔 방에 처박혀 있거나 거실에서 독서나 명상에 몰입했다. 그럴 때면 그의 두 눈은 오가는 사람들의 얼굴을 이리저리 헤매고 다녔다.

어느 날 저녁, 모리스가 그의 곁을 지나가며 인사를 건넸을 때 빌은 그를 멈춰 세우더니 옆 의자에 앉으라고 했다.

모리스는 자리에 앉았고, 빌은 둘 모두가 마실 만한 술을 부탁했다.

"새벽이 되기 전에 떠날 생각입니다." 그가 말했다.

"그러시군요." 모리스가 말했다. "이번 겨울도 우리와 함께 보내주셔서 감사합니다."

토머스 빌은 고개를 끄덕였다. 그의 검은 눈이 모리스의 얼굴을 들여다보며 그를 재어 보았다.

"이 호텔의 관리인으로서 모리스 씨가 가지고 있는 평판은 현실과 다르지 않더군요." 빌이 말했다. "모리스 씨는 행동에 빈틈이 없으셨습니다."

"감사합니다." 웨이터가 술 두 잔을 그들 앞에 내려놓자 모리스가 말했다.

"이 세상에서 정직한 사람을 찾기란 아주 어렵습니다." 빌이 말했다. "정직함은 엄청난 용기를 요구하니까요. 정직해지려면, 약속을 할 때 자기 자신을 믿어야 하지요. 모리스 씨는 사람들의 마음이 선하다고 생각합니까, 악하다고 생각합니까?"

모리스는 잔을 입술로 가져가 한 모금 마시고 말했다. "모르겠네요. 선하다고 믿고 싶습니다."

"뭐, 그렇다면야." 빌이 말했다. "나는 사람들이 선해지고 싶어 하지만, 늘 그런 힘을 가지고 있지는 않다고 생각합니다. 다들 자신의 행동이 자기 눈에는 받아들일 만하게 보이도록 현실을 왜곡하지요. 정직한 사람, 선량한 사람은 객관적인 시선으로 자신의 행위를 살펴보고 평가할 수 있어야 합니다. 우리는 자신을 판단하는 솜씨가 형편없습니다. 선량한 사람이 되기 위해서는 다른 사람의 눈으로 보는 능력이 필요해요. 상상력이 필요한 기술이죠. 선량한 사람들은 보통 더 큰 상상력을 갖추고 있습니다."

모리스는 조용히 고개를 끄덕였다.

"좋은 호텔 주인들도 마찬가지입니다." 빌이 말을 이었다. "그 사람들은 손님의 관점에서 상황을 볼 수 있어야 하죠. 정직한 사람들이 손님 접대도 더 잘하는 건 우연이 아닙니다. 손님을 접대하는 사람과 정직한 사람은 둘 다 자신의 욕망과 거리를 두어야 하거든요. 욕망이 강하면, 자신의 욕구에 부합하는 모든 행동을 꼭 필요한 것처럼 보게 되기 마련이니까요. 또 그들은 다른 사람의 욕구와 가치관, 다른 곳에서 상황이 이해되는 방식들을 이해해야 합니다. 진실은 개인적인 것일 수 없어요. 진실은 모두가 만족시켜야 하는 어떤 표준을 설정합니다. 정직한 사람들은 '나의 진실'과 '그 사람의 진실' 같은 건 없다는 사실을 알고 있습니다. 그저 진실이 있을 뿐이지요."

"그런 식으로 생각해 본 적은 없는데요." 모리스가 말했다.

"당신은 좋은 사람입니다, 로버트 모리스 씨." 토머스 빌이 말했다. "그게 당신을 좋은 호텔 관리인으로 만드는 요소이지요."

그는 의자 밑으로 허리를 숙이더니 들고 왔던 금속 상자를 테이블에 올려놓았다. 모리스는 문득 이것이 자연스러운 대화가 아니었다는 사실을 깨달았다. 토머스 빌은 이유가 있어서 그를 자신의 테이블에 초대한 것이다.

"말했다시피 저는 내일 떠납니다." 빌이 말했다. "그리고 저는 이 상자를 믿고 맡길 수 있는 사람이 필요해요. 처리해야 할 문제가 몇 가지 있는데, 그동안 이 상자를 좋은 사람에게 맡겨 두어야 하거든요."

"그렇군요." 모리스가 말했다.

"그 사람이 당신이었으면 좋겠습니다." 빌이 말했다. "이 문제에 관해서 당신을 믿어도 되겠습니까?"

로버트 모리스는 상자를 집어 들었다. 상자는 놀랍도록 가벼웠고 살짝 패어 있었으며, 뚜껑은 커다란 자물쇠로 봉해져 있었다. "물론입니다." 그가 말했다.

태양이 다시 뜨기 전에 토머스 빌은 두 번째로 떠났다.

그는 모든 돈을 낸 다음, 막 깨어나는 거리로 나갔다. 로버트 모리스는 다시는 그를 보지 못했다.

다만 편지는 받았다.

빌이 떠난 지 두 달 뒤에 세인트루이스에서 편지 한 통이 도착했다.

편지에 따르면, 모리스가 받은 상자에는 빌의 자산과 몇몇 사업 관계자들의 재산에 관한 대단히 중요한 서류가 들어 있다고 했다. 빌은 원정 사냥을 비롯한 모험을 떠난 상태였는데, 그중 일부는 위험할 수도 있었다. 그는 모리스에게 앞으로 10년 동안 자신이 호텔에 들르지 않으면, 상자를 열어서 그 안에 든 서류에 적힌 대로 해 달라고 부탁했다.

일부 문서는 암호를 풀 적당한 열쇠가 없으면 이해할 수 없을 것이라고 했다. 그 열쇠는 빌의 다른 친구가 맡고 있었다. 그 친구는 아무리 빨라도 1832년 6월에 호텔에 와서 서류를 해독하고 요구된 행동을 할 예정이었다.

모리스는 상자를 호텔 금고에 보관하고 기다렸다.

토머스 빌은 이후 10년 동안 나타나지 않았고, 그 후로도 호텔에 와서 그 상자를 찾는 사람은 없었다. 모리스는 편지에 쓰인 지시 사항에도 불구하고 감히 그 상자를 열지 못했다.

세월이 지나고 로버트 모리스도 늙었다.

그는 여전히 호텔 관리인이었고 호텔은 여전히 린치버그에서 최고였다. 그는 머리가 희어지고 숱이 적어졌다. 배는 더 부풀어 오른 반면 피부는 처졌고 눈에서는 총기가 사라지기 시작했다.

호텔 관리인의 눈앞에는 수많은 비밀들이 지나다녔다. 사소한 비밀 만남, 아무도 들어서는 안 되는 대화, 아무도 알면 안 되는 사연을 전하는 방 안의 남겨진 물건들. 하지만 다른 무엇보다도 그의 머릿속 가장 앞부분에 고집스럽게 자리 잡고 있는 것은 토머스 빌의 상자였다. 로버트 모리스는 밤이면 몇 주에 한 번씩 커다란 호텔 금고를 열고 상자를 꺼내 살펴보면서, 어쨌든 이걸 열어 보아야 할지 고민했다. 상자를 흔들면 부스럭거리는 소리가 희미하게 들렸다. 그는 손으로 자물쇠를 부숴서 여는 방법을 생각해 보았지만, 결국은 늘 상자를 금고에 되돌려놓고 금고를 잠갔다.

거실로 내려가 빌에게서 처음 그 상자를 받았을 때 앉았던 그 의자에 앉은 어느 추운 저녁이 되기 전까지는 말이다. 이번에도 창문 너머로 황금색 햇빛이 들어왔다. 벌써 1845년이었다. 빌이 처음 린치버그에 온 이래 25년이 지났다. 로버트 모리스는 시간이 충분히 지났으며 이제는 상자에 들어 있는 것이 무엇인지 알아볼 때가 되었다고 생각했다.

그는 진을 크게 한 모금 삼키고 가서, 금고를 열고 상자를 꺼내 자기 방으로 가지고 올라갔다. 얼굴이 살짝 붉어졌다. 상자를 부숴 여는 데는 겨우 20분밖에 걸리지 않았다. 모리스는 몇 년 동안 이 행동을 생각해 왔기에 적당한 도구를 오래전부터 갖춰 놓고 있었다.

로버트 모리스가 닫힌 지 20여 년이 지난 상자를 열었을 때는 이미 해가 떨어진 뒤였다.

그로부터 거의 20년이 지난 1862년, 한 남자가 한 번에 두 단씩 서둘러 계단을 올라왔다. 모리스의 방으로 가는 길이었다. 그가 들어가자 로버트 모리스의 늙은 얼굴이 그를 돌아보았다. 그의 얼굴에 작은 미소가 떠올랐다.

"왔군." 그가 말했다.

"왔네." 그의 친구가 말했다.

모리스는 침대 옆에 앉아 있던 딸의 팔에 가만히 손을 얹었다. "아가." 그가 말했다. "우리 둘이 잠시 얘기를 해야겠구나. 내 소중한 친구에게 해 줄 말이 있다."

침대 옆의 여자는 부드러운 눈길로 그를 보더니 친구를 보았다. "그럼 아버지를 잘 살펴 주세요. 아셨죠?" 그녀는 질문인 듯, 명령인 듯 그렇게 말했다.

그녀는 드레스를 부스럭거리며 천천히 자리에서 일어나더니 조용한 걸음걸이로 방을 나섰다. 친구는 노인의 옆, 그녀가 비운 의자에 앉았다.

"빨리 왔구먼." 모리스가 말했다.

"편지를 보니 문제가 급한 듯하여." 친구가 말했다.

"급한 티를 내고 싶었던 건 아닌데."

"자네가 숨기려 해도 나는 자네 편지에서 다급함을 알아본다네."

모리스는 웃었다. "그래, 그건 사실이지." 그는 창밖을 내다보았다. 그의 얼굴이 진지해졌다. 그가 말했다. "나한테는 남은 시간이 별로 없어."

친구는 입을 다물고 있었다. 그는 자기도 믿지 않는 응원의 말을 조금씩 나눠 주는 사람이 아니었다. 모리스의 말이 맞았다. "그렇다면 내가 온 게 다행이군." 그가 마침내 말했다.

모리스가 그를 돌아보고 다시 미소 지었다. "나는 괜찮은 인생을 살았네." 그가 말했다. "꽤 만족한다네. 알고 있나?"

"그 말을 들으니 좋군." 친구가 말했다. 그는 친구의 손을 잡고 싶은 충동을 억눌러 참았다.

"하지만 자네를 부른 이유는 내가 미처 마무리하지 못한 일을 맡기기 위해서네." 모리스는 베개 아래쪽으로 손을 집어넣으며 말했다. 손을 다시 꺼냈을 때, 그는 빽빽하게 그려진 숫자로 가득한 종이 세 장을 들고 있었다. "이걸 가져가게나." 그가 친구에게 말했다.

친구는 종이를 받아 들고 적혀 있는 것을 읽어 보려 했다. 그의 눈이 줄줄이 쓰인 숫자들을 빠르게 오갔다. "이게 뭔가?" 그가 물었다.

"40년 전에 토머스 빌이라는 손님이 내 호텔에 왔다네." 모리스가 말했다.

모리스가 이야기를 하는 동안 그의 딸이 두 차례 문을 두드렸다. 방안의 남자들은 두 번 다 그녀에게 잠시 후 돌아와 달라고 부탁했다. 그간 주고받지 못한 소식이 좀 있다고.

"그러니까 상자에 들어 있던 것이 이건가?" 모리스가 마침내 자물쇠를 깨겠다는 결정에 대해 말했을 때 친구가 물었다.

"그래." 모리스가 말했다. "이것과 한 페이지짜리 설명서가 있었네." 그는 다시 베개 밑으로 손을 집어넣어 더 작은 종이를 꺼냈다.

"토머스 J. 빌은," 그는 종이를 친구에게 내밀며 말했다. "45년 전 버팔로 원정 사냥을 떠났던 서른 명 중 한 명이었네. 그들은 산타페에서 멀지 않은 휴게 지점의 바위 사이에서 빛나는 무언가를 보았지. 그들은 자신들이 멈춰 선 계곡에 엄청나게 많은 황금이 들어 있을지 모른다는 사실을 깨닫고, 원정을 짧게 마무리한 뒤 그로부터 18개월간 근처 부족에서 노동자들을 고용해 다량의 금을 채굴했네. 빌은 그 보물을 비밀리에 묻어 두는 일을 맡았지. 그때, 빌이 금을 묻은 지 얼마 안 됐을 때 내가 그를 처음으로 만난 것이네. 2년 후 그는 더 많은 금을 같은 자리에 묻으려고 돌아갔는데, 그때도 우리 호텔에 머물렀지. 하지만 빌과 그의 친구들은 스스로를 안전하게 보호할 필요가 있다고 생각했어. 자신들에게 무슨 일이 일어나면 가족들이 자기 몫의 보물을 받을 수 있도록 어떤 장치를 마련해야겠다고 생각했지. 그래서 빌이 여기 있는 세 페이지를 모았던 거야. 여기에 보물에 관한 모든 이야기가 암호로 적혀 있네. 첫 페이지는, 빌이 설명서에 적어 놓은 바에 따르면 보물의 위치를 설명하고 있고 두 번째 페이지는 보물의 내용을, 세 번째 페이지는 보물을 공유해야 하는 가족의 명단을 담고 있다고 하네."

"암호를 푸는 열쇠는?" 친구가 물었다.

"열쇠는 도착하지 않았어." 모리스가 고개를 저으며 말했다. "나는 상자를 부숴서 연 이후 계속 암호를 풀려고 했지만 성공하지 못했네. 나는 그 문제에 아주 많은 시간을 쏟았어. 지난 20년간 암호학에 대해 찾을 수 있는 책이란 책은 모두 읽었네. 하지만 유감스럽게도, 나는 토머스 빌의 보물이 어디에 있는지 전혀 몰라. 그렇게 열심히 일한 사람들이 주고 간 것을 영영 받지 못할 유족들을 생각하면 마음이 아프네."

친구는 입을 다물고 종이를 읽어 보려 했다. 그의 눈앞에서 숫자들이 춤을 췄다.

"나는 살아 있는 동안 이 암호를 풀지 못할 거야." 모리스가 말했다. "하지만 자네는 내가 아는 사람 중 가장 똑똑하고 정직한 사람이지. 그러니 이제 암호는 자네에게 전하겠네."

친구는 믿을 수 없다는 듯 고개를 저었다. "아니, 로버트. 이럴 수가." 그가 웅얼거렸다.

"이 일을 해낼 사람이 있다면 그건 자네일 걸세." 모리스가 말했다. 그는 다시 창문을 돌아보며 지는 해를 바라보았다.

"그래서요?" 오스나트가 물었다. "그 사람이 암호를 풀었어요?"

"부분적으로는요." 벤이 말했다. "지금까지도 이름이 알려지지 않은 모리스의 친구는 두 번째 페이지의 암호를 푸는 데 성공했어요."

"어떻게요?"

"그 페이지에 적혀 있는 숫자의 개수가 영어 알파벳의 글자 수보다 많다는 것을 알아냈죠. 그러니 숫자와 글자가 일대일로 대응하는 단순한 암호일 리는 없었어요. 한참 뒤, 그는 그게 살짝 비틀어놓은 책 암호라는 점을 깨달았어요."

"책 암호가 뭐지?" 벤처 부인이 물었다.

벤은 하마터면 그녀가 보인 관심에 도취할 뻔했다. "한쪽이 다른 쪽으로 정보를 전하고 싶을 때," 그가 말했다. "특정한 책을 암호로 선택하는 거예요. 메시지의 단어마다 책과 상응하는 숫자를 붙이는 거죠. 예를 들어서 숫자 1253은 12쪽의 53번째 단어라는 식으로요. 어떤 책을 이용해야 하는지 정확하게 알고 그 책을 가지고 있는 사람만이 암호를 풀 수 있어요. 대부분의 경우 사람들은 사전의 특정 판본을 사용해요. 필요한 단어가 모두 있어야 하니까요. 하지만 보통은 거의 모든 책이 메시지를 전달하는 암호 역할을 할 수 있어요."

"토머스 빌이 그렇게 했다는 거냐? 책에 기반한 암호를 썼다고?"

"그런 셈이에요. 다만 빌은 암호화하는 방식을 조금 바꿨어요." 벤이 말했다. "빌의 종이에는 제곱 지수 같은 책 암호의 일부일 리 없는 숫자들이 포함되어 있었어요. 게다가 모리스의 친구는 숫자들이 단어가 아니라 한 글자와 관계있다는 것을 알아냈죠. 돌파구가 생긴 건, 그가 두 번째 암호 페이지의 열쇠를 알아봤을 때였어요. 열쇠는 미국의 독립 선언문이었죠. 각 숫자의 밑수는 낱말의 순서를, 지수는 그 낱말에 속한 글자의 순서를 가리켰어요. 숫자 3은 세 번째 단어의 첫 글자, 7^2는 일곱 번째 단어의 두 번째 글자인 식이죠.

"그래서 친구가 뭘 찾아냈어요?"

"친구는 그 페이지를 해석하고, 빌이 남긴 보물의 내용물 전체를 알아냈어요. 약 2,400파운드의 황금과 5,000파운드의 은으로 이루어진 보물이었죠. 수천 달러어치의 보석류도 있었고요."

"뭐, 멋지네요. 그런데 1파운드가 얼마죠?" 오스나트가 물었다.

"오늘날로 치면, 보물은 대략 2,000만 달러의 가치가 있는 걸로 추정돼요." 벤이 말했다.

"오," 오스나트가 말했다. "나쁘지 않네요."

"다른 두 페이지는 어떻게 됐지?" 벤처 부인이 물었다. "그 페이지들을 해석하기 위해 어떤 글을 이용해야 하는지도 알아낸 거냐?"

"아뇨." 벤이 말했다. "그는 몇 년 동안 나머지 두 페이지의 암호도 해독하려고 노력했어요. 물론, 특히 보물의 위치를 설명하는 첫 번째 페이지를 해독하려고 했죠. 하지만 성공하지 못했어요. 그가 시도한 글 중 어떤 것도 도움이 되지 않았죠. 다른 두 페이지도 같은 방식으로 암호화되었다는 가정 하에서요."

"보물은 결코 발견되지 않았겠구나." 벤처 부인이 말했다.

"맞아요. 1885년에, 그는 보물을 찾겠다는 집념으로 파산에 이르고 가족까지 뿔뿔이 흩어지자 익명으로 작은 책자를 펴냈어요. 그 책에 빌의 편지 내용과 세 페이지짜리 암호 전체를 포함한 모든 이야기가 실려 있었죠. 혼자서 암호를 깨는 데 절망한 나머지 암호를 공적인 영역으로 끌어내기로 한 거예요. 하지만 독자들에게 이 암호에 너무 많은 시간을 들이지는 말라고, 그랬다가는 자기처럼 모든 것을 잃게 될지도 모른다고 경고했죠. 그때 이후로 오늘날까지 사람들은 빌의 암호를 풀려고 애쓰고 있어요. 아직까지 아무도 성공하지 못했고요."

"그래서, 저 사람이 빌이라는 거냐?" 벤처 부인이 물었다.

"그런 것 같아요." 벤이 말했다.

"사진 속 모습이?"

"아뇨, 외모 때문이 아니고요." 벤이 말했다. "토머스 빌이 어떻게 생겼는지는 아무도 몰라요. 그런 사람이 존재했는지조차 확실하지 않은걸요."

"그 사람이 존재했는지조차 확실하지 않다니, 무슨 말이에요?" 오스나트가 물었다.

"어떤 사람들은 1885년에 익명으로 출간된, 이 모든 이야기가 담겨 있는 유일한 원전인 그 소책자가 가짜라고 말해요. 누군가가 아무 의미도 없는 암호를 써 놓고 거기다 이 모든 보물 이야기를 가져다 붙였다는 거죠. 로버트 모리스가 당시 호텔 지배인이 아니었다거나, 언어학적인 관점에서 그 소책자를 분석해 보면 소책자와 토머스 빌이 보냈다는 편지를 쓴 사람이 같은 사람이라는 사실이 분명히 드러난다고 하는 사람들도 있어요. 한편으로는 남은 두 페이지의 암호에 일종의 패턴이 있다고 주장하는 암호 해독가들도 있죠. 알고 보니 세인트루이스의 중앙 우체국에 토머스 빌이라는 남자에 대한 기록이 남아 있기도 했고요. 요약하자면, 제대로 알려진 건 아무것도 없어요. 하지만 그게 중요한 게 아니에요." 벤이 말했다.

"그럼 뭐가 중요한데요?"

"중요한 건 하임 울프가 빌이라는 이름을 단서로 끌어왔다는 사실이죠. 칠판의 숫자들을 해석할 방법에 대한 단서로요."

"그럼, 그 숫자들을 해석할 열쇠가 될 책은 뭘까요?" 오스나트가 물었다.

"우린 알 수 없지." 벤처 부인이 말했다. "그 글은 다른 위스키병에 들어 있을 게 분명하니 말이다. 네가 도둑맞은 그 위스키병 말이야. 울프가 벤에게 남긴 숫자를 적는 기억처럼 울프가 네게 준 술병에는 어떤 글이나 글자들을 읽거나 쓰는 경험이 담겨 있을 게 틀림없어. 두 술병은 서로가 없으면 아무 가치가 없는 거지. 우리에게는 다른 술병이 없으니, 글자와 숫자가 무엇에 대응하는지 알아낼 방법이 없구나."

"네, 근데 제가 하려던 말이 그거예요." 벤이 말했다. "우린 알아낼 수 있거든요."

"어떻게?"

"모르시겠어요?" 그는 거의 몸을 떨었다. "이건 책 암호예요! 빌은 일종의 책 암호를 사용했다고요!"

"그래서요?" 오스나트가 물었다.

"우리가 가지고 있는 게 바로 이거, 책이잖아요!"

"당신은 이 책에," 오스나트가 손가락으로 가리키며 말했다. "울프가 술병에 담아 놓은 암호문이 있을 거라고 생각해요?"

"꼭 그런 건 아니겠죠." 벤은 신이 나서 말을 이어 갔다. "하지만 동일한 글일 필요는 없어요. 그냥 맞는 자리에 맞는 글자가 있는 글이면 돼요. 우린 책을 펼치고 펼쳐진 페이지를 활용해 각 글자가 무엇을 대신한 것인지 알아내면 돼요."

"그 말은 한 가지 암호에 하나 이상의 열쇠가 있다는 뜻 아닌가요?" 오스나트가 물었다.

"그게 뭐 어때서요?" 벤이 반박했다. "이 숫자 암호의 열쇠로 쓸 수 있는 글은 천 가지도 있을 수 있다고요."

"하지만 이 암호에 맞는 글을 찾아낼 가능성은, 통계적으로 말해 0이에요." 오스나트가 말했다.

"그렇지만 이 책은 그냥 책이 아니잖아요!" 벤이 말했다. "이 책의 역할이 _그_거라고요. 우리를 위해 쓰였고 정확히 우리에 대해 말하는 책을 발견할 확률은 0이에요. 그게 핵심이라니까요."

"정말로 우리가 나머지 술병에 들어 있는 암호문을 대체할 글을 난데없이, 그냥 찾아낼 거라고 생각하나?" 벤처가 물었다.

"네." 벤이 말했다.

벤처 부인이 팔짱을 꼈다. "좋아, 나도 한번 보고 싶구나."

벤은 오스나트에게 책을 건넸다. "아무 데나 펼쳐 봐요." 그가 말했다.

"그냥 그렇게 하면 된다고?" 벤처 부인이 물었다.

"이 책이 작동하는 방식이 그래요." 벤이 말했다. "얼른요, 펼쳐봐요." 그가 오스나트를 재촉했다.

오스나트는 책을 펼쳤다.

"음, 가능성이 있어 보이네요." 그녀가 말했다.

"왜요?"

"첫 번째 단어들이 '토머스 빌의 이야기가 어디서부터 시작되었는지에 대해서는'이거든요." 오스나트가 눈을 들어 벤을 보며 말했다.

"훌륭하네요. 토머스 빌. 봤죠?" 벤이 말했다. 그는 기억을 떠올리고 종이에 숫자를 휘갈겨 썼다. "이제 서른여덟 번째 단어가 뭔지 말해 줘요."

오스나트는 단어를 세면서 페이지를 손가락으로 톡톡 두드렸다. "앉아서." 그녀가 마침내 말했다.

"좋아요, 그럼 두 번째 글자니까 '아'네요." 벤은 그렇게 말한 다음, 자기 앞에 놓인 숫자 위에 그 글자를 적었다. "자, 472번째 단어의 두 번째 글자는 뭐예요?" 그가 물었다.

이 모든 과정에는 5분도 채 걸리지 않았다.

벤이 숫자를 읽어 주었고 오스나트가 단어를 헤아렸으며 벤처 부인은 호기심 어린 시선으로 그들을 지켜보았다.

"좋아요, 마지막 숫자." 벤이 말했다. "6^3."

오스나트가 단어를 따라 손가락을 움직이며 입술로 조용히 숫자를 셌다.

"'서'예요." 그녀가 마침내 말했다.

벤은 그 글자를 적은 다음 손가락으로 짚어보였다. "좋아요. 다 됐어요. 책 덮어요."

오스나트는 책을 덮었다.

그들은 종이 위에 서서히 하나씩 불어난 단어들을 바라보았다.

"아니, 이럴 수가." 벤처 부인이 말했다.

"이게 무슨 뜻이죠?" 오스나트가 물었다.

아	침	까	지	곧	장	
38^2	473^2	432^5	9^2	228	81^2	
그	리	고	뒤	집	어	서
300	126^2	24^5	37	458	4	6^3

"또 다른 암호야." 벤처 부인이 말했다. "이봐요, 울프. 우릴 왜 이렇게 괴롭히는 거예요, 응?"

"아니, 아니에요. 이건 다른 암호가 아니에요." 오스나트가 말했다. "수수께끼예요. 제가 답을 알아요. 적어도 제 생각에는 그래요."

"답이 뭔데요?" 벤이 물었다.

오스나트는 반항적인 미소를 지었다. "이제 내가 신비롭게 굴 차례네요." 그녀가 말했다. "따라오세요."

그녀는 성큼성큼 문을 나섰고 벤처 부인과 벤이 그 뒤를 따랐다.

"아, 얼른 말해 줘요!" 벤은 계단을 내려가며 소리쳤다. "어디 가는 거예요?"

"아침까지 곧장!" 오스나트가 말했다.

벤처 부인은 한마디 말도 없이 그들을 따라 자박거리며 계단을 내려갔다.

벤이 지하실에 도착했을 때쯤 오스나트는 이미 그곳에 이르러, 책 선반 옆에 서서 손가락으로 책등을 쓸어 보고 있었다.

"뭘 찾아요?" 벤이 물었다.

"여기서 발견한다면 내 생각이 맞는 거예요." 오스나트가 말했다. 그녀는 까치발을 들고 춤을 추다시피 하고 있었다.

오스나트는 승리의 함성을 치르며 펠트 천으로 장정된 초록색 책을 선반에서 내렸다. 마침 그때 벤처 부인이 문간에 도착했다.

벤과 벤처 부인은 그녀가 손에 들고 있는 것을 보려고 다가갔다.

"《피터 팬》?" 벤이 물었다.

"내가 가장 좋아하는 책이에요." 오스나트가 말했다. "그럼 네버랜드에는 어떻게 갈까요?"

"어떻게 가는데요?" 벤이 물었다.

"오른쪽 두 번째 별을 향해서." 벤처 부인이 조용히 말했다. "그리고…"

"아침까지 곧장!" 오스나트가 의기양양하게 끼어들었다.

"뒤집었다는 건요?" 벤이 물었다. "암호에는 '아침까지 곧장, 그리고 뒤집어서'라고 되어 있어요."

벤처 부인이 오스나트에게 다가가 책을 낚아챘다. 그녀는 표지를 쓸어 보고, 책이 꽂혀 있던 책장의 빈 자리를 보더니 책을 뒤집어 원래 자리에 가져다 댔다. "그리고 뒤집어서." 그녀는 책을 꽂아 넣으며 말했다.

지하실 불빛이 깜빡이더니 선반 안쪽에서 부드럽게 웅웅거리는 소리가 들렸다.

1, 2초쯤 지나자 소리는 잦아들었다. 책장이 살짝 흔들리더니 찰칵하는 날카로운 소리가 났다. 마치 책장이 어떤 축을 따라 움직이는 것 같았다. 이윽고 책장 뒤로 어두운 균열이 눈에 들어왔다.

"신사 숙녀 여러분, 그리고 어린이 여러분…" 오스나트는 모습을 드러낸 문을 두 손으로 가리키며 말했다. "초콜릿 방입니다."

벤처 부인은 심호흡을 하고 입으로 조용히 숨을 내쉬었다.

벤과 오스나트는 서둘러 책장으로 달려갔다. 그들은 드러난 입구가 사람 한 명이 지나갈 수 있을 만큼 넓어질 때까지 궤도를 따라 책장을 움직였다. 책장 뒤의 벽에는 어두운 곳으로 내려가는 짧은 계단이 있었다. 지하실 전구에서 희미하게 떨어지는 빛이 계단 끝에 있는 커다란 강철 문을 비추었다.

"잘했어요." 오스나트가 벤에게 말했다.

"책 암호였다니." 벤은 기뻐하며 조용히 혼잣말을 했다.

벤처 부인이 계단을 내려가자 그들도 뒤따랐다.

18

계단실은 평평한 층계참으로 끝났다. 세 사람은 그 자리에 서서 커다란 강철 문을 마주 보았다. 약한 지하실 불빛이 머리 위에 스며들었다.

"여기 표지판이 있어요." 오스나트가 문 옆 벽에 나사로 박혀 있는 금속판을 가리켰다.

"또 수수께끼인가요?" 벤이 고개를 저으며 물었다. "와, 울프 씨 정말 보통이 아니네요."

벤처 부인은 손으로 금속판의 표면을 쓸어 판을 덮고 있는 먼지를 닦았다. 창백한 빛이 두 개의 단어를 드러냈다.

"주의, 계단." 그녀가 말했다.

"아, 별로 대단한 수수께끼는 아니었군요." 벤이 말했다.

벤처는 문손잡이에 손을 얹었다.

"열쇠 구멍이 없군." 그녀가 말했다. "기대되는데. 어디 들어가 볼까?"

오스나트가 고개를 끄덕였고 벤은 기대감에 침을 삼켰다.

벤처는 손잡이를 비틀어 아래로 내리며 문을 안쪽으로 밀었다.

불이 자동으로 켜졌다.

머리 위 높은 곳에 있는 형광등 몇 개가 깜빡이다가 즉시 꺼졌다. 하지만 대다수의 형광등은 안정적으로 켜져 있었다. 줄줄이 이어져 있는 조명들이 조용히 전기 잡음을 내며 빛났다.

벤처 부인과 오스나트는 새로운 광경을 받아들이느라 양옆으로 빠르게 시선을 옮기며 그 방에 들어갔고, 바짝 뒤따르던 벤은 살짝 발을 헛디뎌 하마터면 얼굴부터 넘어져 납작해질 뻔했다.

"계단이 있다잖아요." 오스나트가 별 생각 없이 그에게 말했다. 그녀의 시선은 눈앞에 드러난 광경에 붙박여 있었다.

"그러게요. 깜박했어요." 벤이 사과했다. 균형을 되찾은 그는 주위를 둘러보았다. "와, 여기 꽤 큰데요." 그가 말했다.

방은 놀라울 정도로 드넓은 모습을 드러냈다.

문 오른쪽에는 단순한 모양의 책상과 다리에 녹이 약간 슨 학교용 의자가 있었다. 책상 위에는 커다랗고 두꺼운 책이 있었는데, 가죽 장정에 표지에는 상감 기법으로 무늬가 장식되어 있었다. 속지는 양피지 질감의 종이였다. 책상 옆에는 약장 혹은 미니바를 닮은 작은 흰색 장이 있었다.

하지만 그들의 관심을 사로잡은 것은 공간 대부분을 차지하고 있는 책장들이었다.

벤처 부인은 앞으로 한 발 나서더니 흥분해서 손을 뻗었다. 포옹을 기다리는 어린아이처럼 눈이 촉촉해진 채로 말이다. "도서관이야." 그녀가 말했다. "도서관이라고."

단순한 알루미늄 재질의 책장은 조립식이었고, 눈이 닿는 곳까지 방을 꽉 채우고 있었다. 온갖 종류와 크기의 술병이 무겁게 얹힌 선반들이 끝도 없이 줄지어 있었다. 바닥에서 조금 떨어진 가장 아래층에는 잘 봉인된 식료품이 담긴 자루들이 늘어서 있었고, 어떤 선반에는 커다란 나무통이나 밀폐된 깡통도 놓여 있었다. 하지만 선반 공간 대부분은 술병을 보관하는 데 쓰였다.

"이건···. 끝이 안 보이는데요." 오스나트가 말했다. "책장이 수십 개는 되겠어요. 그 이상일지도요. 책장 하나에 대충···. 아니, 그러니까, 와."

벤은 우주에서 가장 큰 도서관에 처음으로 발을 들여놓는 어린 애가 된 기분이었다. 어디부터 봐야 할지 알 수 없었다.

"여기 공기 좀 보세요." 그가 불쑥 말했다. "온도는 물론이고, 습도도 아주 세심하게 맞춰져 있어요. 제가 여태 본 것 중 가장 거대한 식료품 저장고예요."

"경험을 저장한 식료품 창고야." 벤처 부인이 말했다. "울프가 이곳에 수천 가지 기억을 모아 뒀어. 전 세계에서 모아들인 것 같구나. 믿을 수 없는 보물이야. 우리가 찾아낸 게 뭔지 아니? 모든 것이 바뀔 거야. 이걸로 경험 시장을 구할 수 있어. 이건··· 믿을 수가 없는데···."

오스나트가 책상으로 다가가 그 위에 있는 책을 펼쳤다.

"그럼 여기가 사서 자리겠네요." 그녀가 말했다. "이 책이 서지 목록이고요."

벤과 벤처 부인이 다가와 그녀의 어깨 너머를 보았다.

"스포츠 경기는 18C에서 23C까지 있네요." 벤이 말했다.

"조각과 관련된 경험은 9H 뒤쪽에 있고요." 오스나트가 말했다. 그녀는 책장을 넘기며 느리고 신중하게 적힌 글귀를 훑어보았다. "근데 여기에는 별 내용이 없어요. 여기 있는 모든 책장의 내용을 다 기록했다기에는 분량이 적은데요. 울프는 다섯 페이지 정도를 쓰고는 기록을 포기한 것 같아요."

벤처 부인이 즐거운 듯 웃음을 터뜨리며, 두 손을 활짝 펴고 생일 파티에 온 소녀처럼 빙글 돌았다. "대강 훑어봐야겠어." 그녀는 그렇게 말하더니 복도 저편으로 사라졌다.

벤과 오스나트는 그녀가 늘어선 책장들 사이로 빨려 들어가는 모습을 지켜보다가 서로를 보고 어깨를 으쓱한 다음 거대한 정보의 저장고를 헤매고 다니기 시작했다.

"여기, 얼마나 클까요?" 오스나트가 늘어선 술병 너머로 벤에게 소리쳤다.

"글쎄요." 벤이 말했다. 그는 사방으로 고개를 돌리며 주변에 보관된 모든 것을 빨아들이려 했다. "하지만 울프가 이곳을 만들 때 지역 구획법 몇 가지를 위반했다고는 확실히 말할 수 있겠네요. 이 건물만 예외 조치를 받았을 리는 없으니까."

오스나트는 어깨를 으쓱했다.

통로는 길고 좁았으며 계속해서 이어졌다. 그들은 나름의 속도에 맞춰, 책장에 붙어 있는 이름표와 술병에 적힌 설명을 읽으며 각자 통로를 나아갔다.

알고 보니 하임 울프는 평생 동안 엄청나게 많은 양의 기억을 모으는 데 성공해, 그것들을 바 없는 바 아래에 보관해 두었다. 목적지와 여행 기간, 여행 연도에 따라 분류된 머나먼 장소로의 기나긴 여행과 죽은 지 오래된 뮤지션의 공연, 이국적인 음식을 먹은 경험들이 그곳에 있었다. 통째로 '내면적 깨달음의 경험'만을 보관한 책장도 있었으며, 새로운 과학적 발견을 맞닥뜨렸을 때의 느낌만을 취급하는 책장도 있었다. 그 모든 것이 먼지를 한 겹 뒤집어쓴 술병에 들어 있었다.

"이것 좀 봐요." 벤이 외쳤다. "'1945년 로스앨러모스*'라는 이름이 붙은 술병이 있어요. 제가 생각하는 그 경험 맞나요?"

"그건 잊어버려요." 오스나트가 멀리 떨어진 통로에서 외쳤다. "난 '1601년 글로브 극장'이라고 적힌 상자를 찾았으니까."

"그게 무슨 뜻이에요?" 벤이 마주 외쳤다.

"그 말은," 벤처 부인의 목소리가 통로 너머에서 들려왔다. "우리가 셰익스피어의 공연을 실시간으로 본 사람의 경험을 가지고 있다는 뜻이야. 아마 셰익스피어가 직접 연기했을지도 몰라."

---

* 1945년 7월 16일 미국 서부에 위치한 로스앨러모스에서 세계 최초의 원자 폭탄 폭발 실험이 있었다.

"와." 벤이 말했다.

"아무튼, 내가 너희 둘 다 이길 것 같은데." 벤처 부인이 소리쳤다. "여기에는 '트로이'라고 적힌, 진공 포장된 봉투가 하나 있거든. 울프는 자기가 모든 걸 발명한 게 아니라고 했어. 자기는 그저 오래 전부터 주변에 있었던 기술을 배웠을 뿐이라고. 울프 말이 사실이었던 거야."

그들은 계속 책장을 훑어보며 자신이 찾아낸 것을 큰 소리로 외쳤다.

"올림픽 100미터 경주, 금메달." 벤이 외쳤다.

"몇 년도인데요?" 등 뒤 오른쪽 어딘가에서 오스나트의 목소리가 들렸다.

"안 적혀 있어요."

"그건 못 쳐 주지." 오스나트가 판결했다. "여기엔 열흘 동안 코끼리를 탔던 경험이 있다고요."

"대단하네요."

"한니발이랑 같이."

"흠, 나쁘진 않은데요." 벤이 말했다. "여기엔 이상한 빨간 스티커가 붙은 작은 금속 통들이 있어요."

"열지 마라. 그건 냉동용 특별 용기야. 드라이아이스인지, 액화질소인지 뭔지. 울프가 영국에서 그것들을 조금 샀던 기억이 나는구나." 벤처 부인의 목소리가 들려왔다. "울프가 그걸 어디에 쓰려는지 궁금했었지. 와, 파리의 두 빌딩 사이에서 그물 없이 줄타기

한 경험도 있구나."

"그쯤이야. 여기에는 3년 동안의 서커스 공연 경험이 있어요." 벤이 목소리가 들려오는 쪽에 대고 소리쳤다.

"여러분, 1948년 독립 선언* 현장에 있던 사람의 경험이 담긴 올리브 오일을 발견했음을 선언합니다." 오스나트가 말했다. "하지만 그 밑에는 작은 글자로 '중간 품질, 멀리서 보았음'이라고 적혀 있네요."

"어니스트 헤밍웨이와의 저녁 식사." 벤이 어느 이름표를 읽었다. "디저트 불포함."

"여긴 보물 창고야." 벤처 부인의 노래하는 듯한 목소리가 쌓인 경험들 사이에서 울렸다. "믿을 수 없는 보물 창고."

오스나트가 책장에 놓인 오래된 럼주병의 이름표를 큰 소리로 읽고 있던 그때("1970년 월드컵 준결승전, 이탈리아 대 서독. 1층 좋은 자리") 그녀의 바지 주머니에서 벨이 울렸다.

"무슨 일이니?" 벤처 부인이 소리쳤다.

"그냥 전화예요." 오스나트가 마주 외치고 핸드폰을 주머니에서 꺼냈다. 모르는 번호였다.

"여기서 신호가 잡히다니 다행이네요." 벤이 소리치고는 덧붙였다. "아니 세상에, 여기에 워털루라는 이름표가 붙은 병이 세 개나

---

* 1948년 5월 14일 이스라엘 정치가이자 시오니즘 운동가인 벤구리온이 이스라엘 공화국의 확립을 선언했다.

있어요. 각자 다른 군대의 시점에서 본 거예요."

오스나트는 손에 핸드폰을 들고 잠시 망설이다가 전화를 받았다.

"여보세요?" 그녀가 말했다.

핸드폰에서 잡음이 들려왔다. 지하실이라 수신 상태가 그리 좋지 않은 모양이었다. 하지만 잠시 뒤 들려온 목소리는 충분히 선명했다.

"안녕, 자기."

오스나트는 얼어붙었다. 그녀는 입을 꽉 다물었다.

"스테판." 그녀가 말했다.

"날 기억한다니 기쁘네." 스테판이 말했다.

"어떻게 지내나 몰라, 우리 귀여운 개자식은?" 오스나트가 열을 내며 말했다.

반대편에서 침묵이 흘렀다.

"우린 더 이상 특별한 사이가 아닌가 보네." 그가 마침내 웃음을 터뜨렸다. "제법인데, 이렇게 빨리 알아내다니."

"그래. 넌 내가 우리를 연인 사이라고 생각하게 만든 다음, 내 집에 들어가서 도둑질을 했지. 난 네가 증오스러워."

"글쎄, 넌 날 증오하지 않아. 내 추산으로는 최소 48시간이 지나야 효과가 완전히 소멸되거든. 겨우 몇 방울이었지만 말이야. 내가 너한테 한 잔을 다 주지 않은 걸 다행으로 알아. 그랬다면 넌 절대 나를 극복하지 못했을 테니까. 심지어는 지금도 네 마음속 한구석에 나에 대한 따뜻한 생각이 있다는 사실을 인정해야 할 거야."

"지옥에나 떨어져."

"아니, 어떻게 그런 말을 해? 우린 아주 많은 일을 함께 겪었잖아?" 스테판이 말했다.

"우린 아무것도 함께 겪지 않았어."

"하지만 느낌은 그렇지 않잖아?"

오스나트는 조용해졌다.

"이 모든 일에 관해서 내가 가장 좋아하는 부분이 그거야." 스테판이 말했다. "뇌가 아는 건 그렇다 쳐도, 심장이 아는 건 또 다른 문제거든. 경험이 이미 너의 일부가 되었으니까. 지금 네 심장이 뛰는 건 네가 분노로 가득하기 때문일까, 열정으로 가득하기 때문일까? 나를 때리고 싶어, 안고 싶어?" 그는 낄낄거렸고, 오스나트는 목구멍으로 신물이 치솟는 것을 느꼈다. "하지만 늘 이런 식인걸, 자기야. 사랑은, 모든 사랑은 그저 면전에서 터져 버릴 적당한 순간을 기다리는 고통의 폭탄일 뿐이야."

"다시는 나한테 전화하지 마." 그녀가 꾸짖듯이 말했다. "난 살아 있는 동안 네 소식을 듣고 싶지도 않고, 널 보고 싶지도 않아. 이 쓰레기 같으니."

"잠깐!" 스테판의 목소리는 날카롭고 조용했으며 독기로 가득했다. "확실히 말하지만, 전화를 끊지 않는 쪽을 추천할게."

오스나트는 핸드폰을 들고 있던 팔을 몸 옆으로 떨어뜨렸다.

상대방은 그녀의 기억 속에서 한 번 이상 그녀의 얼굴을 두 손으로 감쌌던 사람이었다. 자기 이마를 그녀의 이마에 대고 그녀의 눈을 깊이 들여다보았던 사람이었다. 그의 목소리를 듣고 싶다는 열망과 그를 목 졸라 죽이고 싶다는 욕망이 그녀의 마음속에서 우위를 차지하려고 싸우는 바람에 오스나트는 배 속이 뒤틀렸다.

그녀는 다시 핸드폰을 귀에 댔다.

"눈 깜짝할 사이에 사랑이 증오로 바뀔 수 있다는 걸 알아두는 편이 좋을 거야." 그녀가 조용히 말했다.

"그래, 그래. 잘 알지." 스테판이 말했다. "하지만 내가 전화한 건 존재하지도 않는 우리 관계에 대해 이야기하기 위해서가 아니야. 내가 원하는 물건을 네가 가지고 있기 때문이지."

오스나트는 조용해졌다.

"넌 하임 울프가 남긴 다른 위스키병을 가지고 있어." 스테판이 말했다. "난 그걸 원해."

"무슨 소린지 전혀 모르겠는데."

"이러지 마." 스테판이 말했다. "너희 사장한테 얘기 좀 전해 줄래? 거리를 돌아다니며 질문을 던질 때, 어떤 질문을 할지 좀 더 신중하게 생각하는 게 좋겠다고 말이야. 지금처럼 하다가는 맥락만 주어지면 해석할 수 있을 법한 세부 내용들을 의도치 않게 흘릴 수 있거든."

"사장님이 이 일하고 무슨 상관이야?" 오스나트가 물었다.

"장난해?"

"끊을게." 오스나트가 말했다. "뒈져 버려."

"싫은데. 여기 이 친구야 뒈지는 쪽을 더 좋아할지 모르겠지만." 스테판이 말했다.

떨리는 새로운 목소리가 핸드폰 너머에서 들려왔다. "여보세요? 여보세요? 부탁이니 이 사람이 시키는 대로 해 주세요. 여보세요?"

스테판의 목소리가 다시 들렸다. "이 사람은 요하난 스토시버그 변호사야. 아주 잘 조율된 신중함을 지닌, 아까운 사람이지. 이 사람이 오른손 손가락을 비수술적 절단으로부터 구할 수 있었던 게 바로 그 훌륭한 신중함 때문이었어. 마지막 순간에야 내린 결정이라고 덧붙여야겠지만. 이 사람이 해야 하는 일이라고는 약간의 정보를 전하는 것뿐이었지."

"미친놈." 오스나트가 말했다.

"아니, 결단력 있는 거지. 그러면 내가 원하는 걸 얻는 데 도움이 되거든." 스테판이 말했다. "너는 아무것도 느껴지지 않는다고 너 자신을 설득하기 위해 나한테 온갖 끔찍한 이름을 덧붙이려는 것뿐이고. 어디 잘해 봐. 중요한 건, 오늘이 끝날 때쯤에는 나도 퍼즐을 풀 수 있게 된다는 점이야. 양로원의 방문자 명단, 벤처가 묻고 돌아다닌 질문들, 스토시버그 선생의 현명한 고백. 나는 벤 슈워츠먼이 누군지 알고 있고, 그자가 어젯밤 너희 가게에 갔다는 사실을 알고 있어. 너희 둘 다 술병의 중요성을 잘 알고 있는 것 같은데. 그 녀석이 아니라 너에게 초점을 맞춘 건 내 실수였지만, 난 그 실수를 바로잡을 계획이야. 너에게 나머지 술병이 있는 걸 알아."

"저기…."

"아니, 아니. 이 대화는 네가 다른 술병을 가지고 있다는 사실을 인정할 때만 진행될 거야. 선의의 표현으로 네가 제대로 된 말을 한다면 여기 스토시버그 선생을 봐 주겠다고 약속하지."

오스나트는 대답하지 않았다.

"나 지금 기다리고 있어." 스테판이 말했다.

"다른 술병은 우리한테 있어." 오스나트가 말했다.

"하, 진작 그랬어야지." 스테판이 말했다. 그녀는 스테판이 변호사에게 하는 말을 들었다. "살겠군, 요하난. 좋은 소식 아니야?"

그러더니 그는 오스나트에게 곧장 말했다. 가까이서, 쉰 목소리로. "그 술병은 어디 있지?"

"숨겨져 있어."

"어디에?"

"몰라." 오스나트는 거짓말했다. "벤처가 숨겼어."

그녀는 멀리서 벤이 소리치는 소리를 들었다. "아폴로 17호. 하지만 대기로 귀환하는 부분은 담겨 있지 않네요."

그녀는 서둘러 핸드폰의 송화기 부분을 가렸다. 스테판이 저 소리를 들어서는 안 됐다.

"24시간 줄게." 스테판이 말했다. "그 술병을 바 없는 바에 놓아 둬. 내가 가지러 갈 테니까. 방해하진 말고."

"싫다면?" 오스나트가 물었다.

"왜 이래, 오스나트. 내 입에서 뻔한 소리 나오게 하지 마." 그가 말했다. "24시간이야. 알아들어?"

오스나트는 대답하지 않았다.

"그럼 안녕, 자기." 그가 말했다. "쪽."

그는 전화를 끊었다.

19

"그자에게 두 번째 술병을 줄 수는 없다." 벤처 부인이 말했다.

"그놈이 암호를 푼다 해도 저장고를 여는 방법은 알아낼 수 없을 거예요." 오스나트가 말했다. "그러려면 암호 속에 암호화되어 있는 메시지를 해독해야 하니까요."

"그놈은 어떤 식으로든 저장고에 접근할 거야." 벤처가 말했다. "그자는 바보가 아니다. 그 사람은 뭔가 값진 것이 있다는 사실을 알고 있고, 그걸 손에 넣고 싶어 해."

그들은 벤처 부인의 아파트 거실에 앉아 있었다.

철문은 닫혀 있었고, 책장은 제자리로 옮겨져 있었다. 세 사람은 위층으로 올라와 낮은 테이블 주변의 지나치게 부드러운 소파에 앉아 있었다.

"그자는 자기가 뭘 찾는지 정말 알까요?" 벤이 물었다. "그 술병을 통해 무엇이 드러날지 알까요?"

"그는 울프가 뭔가 숨겼다는 걸 알고 있어." 벤처가 말했다. "그자는 울프와 아는 사이였다. 울프가 언젠가 그에게도 뭔가 말해 줬을 수도 있지."

"경험으로 가득 찬 이런 저장고가 있다는 사실을 놈이 안다면," 오스나트가 말했다. "그냥 사장님을 찾아와서 그 저장고를 함께 찾아보자고 제안할 수도 있었을 거예요. 제가 보기에 그놈은 우리가 뭘 가지고 있는지 전혀 몰라요."

"그렇다고 딱히 협동을 좋아하는 사람 같지는 않잖아요." 벤이 말했다. "그냥 모든 수집품을 혼자 차지하고 싶어 하는 것뿐일지도 몰라요."

"아니면 완전히 다른 것을 쫓고 있을지도 모르지." 벤처 부인은 혼잣말하듯 말했다. "어쩌면 그 술병이 다른 비밀로, 그놈이 다른 누구와도 나누고 싶어 하지 않을 어떤 비밀로 이어진다고 생각할지도 몰라."

"아무튼," 오스나트가 말했다. "그 인간을 어떻게 처리할지 생각해 봐야 해요."

"정말로 이 일을 계속하고 싶니?" 벤처가 조심스럽게 물었다. "상황이 위험해지고 있어."

"저는… 저는 하고 싶어요." 벤이 말했다. "그런 것 같…."

"당연하죠. 제가 이 일에서 빠질 일은 절대 없어요." 오스나트가 벤의 말을 자르며 말했다. "우리한테 딱히 선택지가 있는 것도 아니잖아요. 놈은 우리가 누군지도 알고, 울프가 우리한테 준 게 뭔지도 알고 있어요. 우리가 도망치면 끝까지 뒤쫓을 거라고요."

"그죠…." 벤이 생각에 잠겨 말했다. "그것도 그러네요."

"좋아요." 오스나트가 말했다. "그럼 우린 생각이 같군요. 이제 그 새끼를 어쩌죠?"

"경찰을 부를까요?" 벤이 제안했다.

"경찰한테 뭐라고 하게요?" 오스나트가 물었다.

"그 사람이 당신 집에 침입했다고요." 벤이 말했다.

"범인이 그 사람인 줄은 정확히 어떻게 알았다고 할까요?" 오스나트가 물었다. "법원에서 우리의 추리 과정이 별로 설득력 있게 받아들여질 것 같지는 않은데요."

"그럼 협상을 해 볼까요?"

"그자는 스토시버그를 거의 죽일 뻔했어." 벤처 부인이 말했다. "스테판이 경험자로서 저지른 일들에 관해 이런저런 소문도 있고 말이야. 쉽게 봐서는 안 되는 인물이다."

"그 사람의 경쟁자 중 한 명을 설득해 우리 편으로 만들 수 있지 않을까요?" 벤이 물었다.

"그자의 경쟁자들은 전화를 걸어서 찾을 수 있는 사람들이 아니야. 더 이상 이 세상에 존재하지 않으니까…." 벤처 부인이 말했다. "하지만 계속하기 전에, 먼저 뭐라도 먹는 게 좋겠구나. 배가 고프면 머리가 안 돌아가거든. 맛있는 허니 케이크가 있는데, 먹을 사람?"

벤처 부인은 주방에 서서 허니 케이크를 같은 크기로 조각냈다.

그녀는 스테판이라는 인물을 직접 만난 적이 한 번도 없었다. 하지만 그녀가 거리의 영업 사원들에게서 때때로 들어 온 소문만으로도 충분히 걱정스러웠다. 스테판은 통제에서 벗어난, 법을 무시하는 경험자였다. 적당한 대가만 있다면 그가 저지르지 않을 짓은 하나도 없었다. 그와 관련된 이야기가 일부 과장된 것은 분명했다. 하지만 그런 이야기 중 절반만 사실이라 해도 심각한 문제였다.

스테판은 자신이 원하는 바를 추구하는 데 방해가 된다고 느껴지는 사람을 망설임 없이 처형할 인물이었다. 그리고 벤처는, 지금 그가 아주 절실히 원하는 무언가를 자신들이 가로막고 있다고 느꼈다.

가장 큰 문제는 스테판 같은 경험자, 무엇이든 기꺼이 하는 경험자가 이미 수많은 경험을 얻었다는 사실이었다. 그를 변화시키고 바람직한 정도 이상으로 단련시키며, 평범한 삶이 발 앞에 놓인 개미의 행렬처럼 느껴질 만큼 고통과 흥분의 임계치를 높여 버린 경험들을.

스테판은 그 모든 것을 할 수 있는 자격을 자신에게 부여했다.

예를 들어, 이 단계에서 벤처의 머리를 스치고 지나간 한 가지 소문은 그가 약 1년 전 스위스에서 실행한 임무에 관한 이야기였다.

아무도 그 임무의 실체를 알지 못했지만, 스테판은 그 일을 처리하다가 적을 만든 모양이었다. 보나첼리 부부가 그를 쫓기 시작했다. 벤처 부인은 보나첼리 부부를 직접 알지는 못했지만, 빠르게 조사해 보니 이 부부가 암살자로 함께 활동했다는 것을 알 수 있었다.

누군가가 스테판의 임무에 대해 알아내고, 그를 추적하도록 이 부부를 스위스에 보낸 것이다. 소문에 따르면, 보나첼리 부부는 숲속의 작은 오두막에서 스테판을 따라잡아 그를 죽이려 했다. 하지만 스테판은 도망치는 데 성공했고, 보나첼리 부부 중 남편이 그를 두 발로 쫓아갔다. 그러다가 둘은 어느 주유소에 이르렀고, 아무 죄 없는 운전자들의 자동차를 하나씩 훔쳤다. 그 이후로는 둘의 도보 추격전이 구불구불한 숲길을 따라 이어지는 자동차 추격전으로 바뀌었다.

보나첼리는 가파른 커브를 따라가다가 결국 자동차를 더 이상 제어하지 못하고 안전 분리대를 들이받은 뒤 분리대를 뚫고 나갔다. 그는 자동차 안에 남아 있는 채로 절벽 가장자리에 위태롭게 걸려 있었다. 스테판은 더 이상 도망치지 않았다. 그는 차를 세우고 방향을 돌리더니, 충분한 거리를 두고 물러서서 보나첼리를 지켜보았다. 보나첼리는 자동차의 균형을 깨뜨려 아래쪽의 협곡으로 곤두박질치지 않도록 조심조심 기어 나오는 중이었다.

그러나 보나첼리의 노력은 실패로 돌아갔다. 그가 위태로운 위치로 움직이자마자 스테판이 달려가 발로 차를 살짝 밀었다. 그런 다음 스테판은 망가진 안전 분리대 옆에 서서 보나첼리를 실은 자동차가 절벽을 따라 수백 미터나 굴러떨어지는 모습을 지켜보았다. 그는 싸늘하게, 미동도 없이, 제자리에 서서 추락을 지켜보았다. 몇몇 진술에 따르면, 그는 쌍안경까지 꺼내 추락의 전개 과정을 자세히 살폈다고 한다.

하지만 이야기는 여기에서 끝나지 않는다.

남편의 장례식이 있고 일주일이 지났을 때, 스테판이 한밤중에 아내의 집에 나타났다. 그는 와인 한 병을 가지고 와서는 그녀에게 총구를 겨누고 그 술을 마시라고 강요했다. 한 잔 두 잔 연거푸 마시라고. 그 술병에는 남편의 죽음에 관한 경험이 담겨 있었다.

오스나트의 잔에 몰래 몇 방울 넣었던 것과는 달리, 이때 스테판은 보나첼리 부인의 머릿속에 이 경험을 영원히 새길 만큼 많은 술을 부었다.

벤처 부인은 이 이야기를 듣고 몸을 떨었다. 그런 기억을 가지고 살아간다니 감히 상상조차 할 수 없었다. 보나첼리의 아내는 남편이자 15년 넘게 사랑했던 사람인 한 남자의 죽음을 선명히 기억하며 살아야 했다. 하지만 이 행위가 사악했던 것은 남편이 죽는 모습을 억지로 보게 했기 때문만이 아니라, 스테판이 이 죽음을 보면서 느꼈던 만족감과 기쁨을 그녀로 하여금 억지로 느끼게 했기 때문이기도 했다. 스테판의 느낌은 그녀의 것이 되었다. 그녀에게는 저항할 능력이 없었다.

그녀는 내면의 불일치에 무너지고 말았다. 정신이 나갔다. 소문에 따르면, 그녀는 지금도 남편에 대한 사랑과 그의 죽음을 보면서 경험한 기쁨에 대한 기억 사이에서 찢긴 채 병원에 입원해 있다고 한다.

이건 수많은 이야기 중 하나일 뿐이었다. 스테판은 절대로 가볍게 생각해서는 안 되는 인물이었다.

벤처 부인은 거실로, 소파에 앉아 조용히 그녀를 기다리는 두 사람에게로 돌아갔다.

그녀를 도와줄 사람은 이들뿐이었다. 불안정한 젊은이와 적을 사랑하는 젊은 여자. 벤처는 이들을 어떻게 할지 생각해야만 했다.

벤은 서랍장 모서리에 놓인 작은 사진을 가리켰다.

"오스나트와 저는 저 사진 속의 남자가 누구인지 궁금해하고 있었어요." 그가 말했다. "사장님과 가까운 사람인가요?"

벤처 부인은 작은 액자 속 빛바랜 사진을 보았다. 젊고 매끄러운, 살짝 머리가 벗겨진 한 남자의 얼굴이 흑백 사진 속에서 그녀를 마주 보며 웃었다. 벤처는 그 미소를 알아보았다. 하지만 그 남자는 알아볼 수 없었다.

안 돼. 또 이런 일이 벌어지다니.

그녀는 허니 케이크가 담긴 접시를 탁자에 내려놓았다.

"먹어 봐." 그녀는 입이 바싹 마른 채로 말했다. "나는 잠깐 뒷방에 가 봐야겠구나." 그녀는 서둘러 방을 나서면서 벤이 옆자리의 여자에게 묻는 소리를 들었다. "제가 뭘 잘못 말했나요?"

벤처는 복도를 성큼성큼 걸어가 마지막 방으로 들어간 다음 문을 닫았다.

가벼운 현기증이 번졌다. 또 어떤 세월을 잊어버린 거지?

방은 비어 있었고, 다만 흰 플라스틱 의자 하나가 닫혀 있는 상자들 사이에 서 있었다. 그녀는 그 상자들 중 하나로 다가가 뚜껑을 열고, 안에 들어 있는 작은 플라스틱병들을 꺼내기 시작했다. 그녀는 병을 하나씩 꺼내 이름표를 살펴보고 되돌려 놓기를 반복하다가 찾던 것을 발견했다. 그녀는 같은 병 네 개를 옆의 바닥에 내려 놓았다. 가장 적절해 보이는 병들이었다.

건망증은 약 10년 전에 시작됐다.

처음에 그녀는 사소한 것들을 잊었다. 별로 눈에 띄지 않는 자잘한 것들 말이다. 열쇠를 어디에 두었는지, 가스 불을 정말로 끈 건지 하는 문제들. 그녀는 가스 불을 반복적으로 확인했다. 이어서 그녀는 1, 2년쯤 전에 가 본 거리에서 길을 잃기 시작했다. 그 정도는 모두에게 이따금 일어나는 일이었다.

하지만 상황은 천천히 악화했다. 그녀는 거리에서 만나는 지인들의 이름과 외우고 있어야 하는 숫자들, 몇 년째 타고 다니는 버스 노선을 잊었다. 그녀는 이것이 그저 흐르는 세월에 따르는 평범한 대가라고 생각했다. 그러던 어느 날 저녁, 단골손님 한 명이 하와이에서 큰 파도를 타는 경험을 사겠다고 찾아왔다. 그가 문간에 서 있었는데, 벤처는 그를 보고도 알아보지 못했다. 그의 얼굴 생김새는 익숙했지만, 이름이나 그가 찾아온 목적은 수수께끼였다.

벤처가 누구냐고 묻자 그는 거의 불쾌해했다. 그는 벤처의 기억을 일깨워 주었고, 벤처는 자기가 저지른 실수의 심각성을 깨달았다. 기억을 파는 사람의 사업에 건망증의 징후만큼 나쁜 것은 없었다.

벤처는 웃으며 이 모든 일이 어색한 농담인 것처럼 넘기려 했다.

단골손님이 그 말을 믿었는지는 분명하지 않았다.

벤처는 문제가 있다는 사실을 깨달았다. 그녀의 모든 부분이 부식되고 있었다. 시간이 지나면서 모든 것이 사라질 터였다.

손님이 손에는 브랜디를 들고 눈에는 의구심을 품은 채로 떠난 뒤, 벤처는 그날 밤 내내 아파트 복도를 어슬렁거리며 겁에 질린 채로, 불안한 채로 고민했다. 그녀는 자신이 경험자라는 직업의 부작용을 겪고 있는 것인지 알고 싶었다. 하지만 그녀는 이 직업 때문에 같은 방식으로 기억을 잃어버린 다른 경험자를 한 명도 몰랐다.

밤이 깊어지고 피로가 자기주장을 내세우기 시작한 어느 단계에서, 벤처는 자기도 모르게 기억을 찾아 집을 뒤지고 있었다. 조심스럽게 살펴보기만 하면 그녀의 손아귀를 빠져나간 것들을 되찾을 수 있다는 듯이. 어느 날 밤, 잃어버린 기억을 찾아서 자신도 모르게 냉장고 밑을 뒤지던 그녀는 사태가 얼마나 심각해졌는지 깨달았다. 그녀는 고개를 저으며 일단 자러 갔다가 아침에 이 상황을 처리할 최선의 방법을 생각해 보기로 결정했다.

그러나 그녀는 잠들지 못했다. 우리 마음의 내용은 암호화되어 있으며, 그 누구도 다른 사람의 내적 자아를 완전히 읽을 수는 없다. 모두가 다르게 암호화되기 때문이다. 세상의 모든 우정과 관계는 서로를 한 자 한 자 해석해 나가는 느린 과정이다. 그녀는 두려웠다. 그녀는 아직 자신을 해독하는 능력을 잃어버릴 준비가 되어 있지 않았다.

다음 날 아침, 그녀는 일어나서 옷을 입은 다음 어떤 계획을 가지고 집을 나섰다.

그녀는 보드카병과 생수가 담긴 작은 병 수십 개를 상자 가득 샀다. 그녀는 고객 모두와 영업 사원들에게 일주일 동안 휴가를 떠난다고 말했다. 그녀는 복도 끝의 방을 비웠다.

벤처는 일주일 내내 보드카 상자에 자신의 인생을 보존했다. 하루에 여덟, 아홉, 열 시간씩 의자나 바닥에 앉아 자신의 경험을 보드카에 붓고, 비워 둔 물병에 그 술을 1년 치씩 나눠 넣었다. 가끔 아주 바빴던 해에는 한 해의 경험들을 두 개, 심지어 세 개의 병에 나눠 담았다.

그런 다음 그녀는 그 병들을 인생의 시기에 따라 이름 붙인 여러 개의 상자에 넣었다. 어린 시절과 청소년기, 막 어른이 되었을 때, 경험자로서 울프 밑에서 일하던 세월과 다른 모든 시간들.

이 과정을 마친 그녀는 상자들을 닫고 작은 방을 나와 아주 오랫동안 샤워한 다음, 다음 날 오후가 될 때까지 잠을 잤다. 쑤시는 몸과 헐벗은 영혼에 휴식이 필요했다.

이따금 그녀는 방으로 들어가 보드카를 한 모금씩 마시고 자신에 관한 기억을 떠올렸다.

자신에게서 빠져나간 사건을 떠올리기 위해 그 방에 들어갈 때도 있었고, 가끔은 아직 남아 있는 기억을 강화하겠다는 목적만으로 아무 술병이나 골라 마시기도 했다. 하지만 지난 2년은 유독 힘들었다. 그녀는 그 방으로 계속해서 돌아갈 수밖에 없었다. 어떤 해는 너무 빠르게 고갈되었다. 그러면 보드카를 사서 그 세월을 다시 보존해야만 했다. 인생의 최소 10년은 마음속에 보존된 기억의 보존된 기억의 보존된 기억으로 남았다. 기억은 점점 흐려졌다. 인생의 경험과 그녀라는 사람의 윤곽선은 꼭 문지른 목탄 자국처럼 흐려지는 것만 같았다.

그녀는 한 해가 끝날 때마다 술병을 하나씩 더했다. 그녀가 계속 비어 갈수록 상자들은 계속해서 채워졌다. 그녀는 자기 자신으로 남아 있기 위해 복도 끝 방에 점점 더 자주 돌아갔다.

그녀는 어디를 찾아봐야 할지 알고 있었다.

고객들과 관련된 건망증이 찾아오면, 그녀는 특별한 플라스틱 병 세 개를 찾아갔다. 금전 문제와 관련된 질문은 보통 15년 간격을 두고 떨어져 있는 두 개의 병을 찾아봐야 했다. 서랍장 위의 사진은 보통 그녀를 서너 개의 같은 술병으로 돌려보냈다. 경험자로서 은퇴한 직후의 세월을 담은 병이었다.

역설적인 일이었다. 인생 자체는 기억나지 않았지만, 그 순간들이 어느 술병 안에서 버텨 내고 있는지는 기억할 수 있었으니까.

그녀는 플라스틱 의자에 앉아 바닥에 내려놓은 병 네 개를 살펴보았다. 마침내 그녀는 그중 하나를 집어 들어 뚜껑을 돌려 열고 한 모금을 살짝 홀짝였다. 익숙한 동작으로, 그녀는 다시 병뚜껑을 닫고 병을 상자에 되돌려 놓은 뒤 다음 병으로 손을 뻗었다.

아, 기억이 흘러들기 시작했다.

그녀의 조각들이 다시 제자리를 찾아갔다. 한 남자가 있었다. 그녀를 사랑한 남자였다. 그녀도 그를 사랑했다. 하지만 당시에는 그 사실을 알지 못했다.

둘은 저녁이 가까워 오던 시간, 산책로에서 처음 만났다. 그는 이젤과 의자를 가지고 나와 있었고 그녀는 다른 여자 친구 두 명과 함께 있었다. 그녀는 그에게 자신들을 그려 줄 수 있는지 물었다. 그는 그럴 수 없다고, 자기는 경찰서에서 몽타주를 그리는 사람이며 이건 그저 취미 생활일 뿐이라고 말했다. 그는 사람들이 자신에게 찾아와 미래의 연인이 어떤 모습이었으면 좋겠는지 말해 준다고 했다. 눈은 어떻고, 입은 어떻고, 귀는 어떤지 말이다. 그는 설명을 듣고 그림을 그렸다. 그게 그의 특기였다. 그래서 그녀는 자리에 앉아 눈은 이렇고, 키는 이 정도이고, 이마는 이런 식이고, 미소는 이러저러하다고 설명했다.

그는 그림을 다 그리고 나서 그녀에게 보여 주었다. 그녀는 그림이 자기가 설명한 것과 전혀 닮지 않았다며 그를 나무랐다. "제가 원하는 사람이랑은 비슷하지도 않은데요." 그녀가 그에게 말했다. "다른 사람을 그렸잖아요." 그는 미소를 지으며 당신이 몇 번 헷갈렸는데 고쳐 주고 싶지 않았다고 말했다. 그 사람은 바로 이 그림처럼 생겼을 거라고, 자기 말을 믿으라고. 사람들은 늘 자기가 그린 초상화에 닮은 점이 하나도 없다고 말하지만, 사실 연인을 만나기 전에는 어떻게 생겼는지 모른다고. 아직 만나지 못한 연인은 얼굴이 없다고.

"하지만 이 그림은 당신이잖아요." 그녀는 화난 표정으로 말했고, 그는 스케치를 보더니 "아니, 그러네요. 진짜 나잖아?"라며 말했다. "내일 저녁에 시간 있으세요?"

알고 보니 그의 말이 맞았다. 알고 보니 아주 많은 것들이 맞았다.

그토록 오랜 세월이 지나고 인간이 얻으려고 애쓸 수 있는 가장 중요한 것은 사랑을 받는 것이라는 믿음을 품게 된 지금, 벤처는 사랑이 가끔은 아주 대단한 도전이라는 사실과 마음을 여는 것은 후천적으로 익히는 기술이라는 사실을 알게 되었다. 사랑이 '예, 아니오'보다 복잡한 문제라는 점도 드러났다. 우리는 이따금 타격을 무디게 해 줄 사람, 영혼에 어느 정도 질서를 부여해 줄 사람, 이 모든 혼란에 어느 정도 선명함을 가져다줄 사람만을 원한다는 사실도. 하지만 우리는 사랑이 늘 그런 방식으로 작동하는 것은 아니라는 사실을 깨닫는다. 사랑이 언제나 혼란을 억제하는 것은 아니다. 사랑은 오래된 혼란을 새로운 혼란으로 바꿔 놓는다. 약간 더 위로가 되는 혼란, 약간 더 마음을 휘젓는 혼란. 하지만 우리의 인생에 진짜 질서란 없다. 언제나 균열이 남아 있다. 우리는 어떤 식으로든 그 균열을 품고 살아가는 방법을 배운다.

하지만 넌 그 사람을 사랑했어. 그 사람도 너를 사랑했어. 겉보기에 그 이상 필요한 것은 아무것도 없었다.

하지만 그것만으로는 만족스럽지 않았다.

세계를 두루 여행하고 무수히 많은 경험들을 수집하고 나니 평범하고 사랑이 가득하며 머리가 막 벗겨지기 시작한, 끌어안기를 좋아하는 사람은 하찮은 일상처럼 답답하게 느껴졌다. 벤처는 폭죽처럼 그녀를 하늘로 쏘아 올릴 폭풍 같은 모험을 원했다. 하지만 그는 착하고, 그녀를 잘 안아 주고, 허세가 없는 단순한 사람이었다. 그는 그녀와의 행복을 찾아야겠다는 욕구 외에는 원하는 것이 별로 없었다. 그녀는 그 점이 자신을 갉아먹는다고 느꼈다. 밀랍과 깃털로 만든 상상의 날개가 그 때문에 녹아 가는 것 같았다. 상어들과 뛰어놀고 절벽에서 뛰어내리고 개조한 오토바이를 타고서 사막을 가로지르는 데 익숙해지고 나자, 헌신이라는 선명한 풍경에 자리 잡은 단순한 사랑은 지루하고 숨 막히는 족쇄처럼 느껴졌다. 그녀의 영혼은 대담한 삶에 굶주려 있었다.

그래서 그녀는 그를 떠났다. 그리고 다른 사람, 두 번째 사람과 결혼했다. 재수 없고 유혹적인 얼굴을 가진 키 큰 남자, 그녀를 땅에서 떠오르게 만들고 예기치 못한 변덕으로 그녀를 기쁘게 해 줄 수 있는 남자. 사랑 대신, 그녀는 흥미를 유지하게 해 주고 피를 끓어오르게 만드는 사람을 찾았다. 그는 그녀를 가지고 놀 수 있었고, 그녀는 그를 가지고 놀 수 있었다. 사랑은 약자들, 애정에 굶주린 사람들을 위한 것이었으니까. 핵심은 계속해서 날아오르는 것이었다.

그는 함께 파티장에 가기에 완벽한 사람, 모두의 질투 어린 시선을 끌어당기는 사람이었다. 잘생기고 키가 컸으며, 활짝 웃는 미소가 돋보였고 힘이 있었다. 붙잡아야 할, 연애 시장에서 계속 주가를 올리고 있는 남자. 더 많은 것을 위해 분투하는 남자. 타협을 모르고, 제약도 모르는 남자. 인생에서 그 이상을 기대하기는 어려웠다. 알고 보니, 그녀조차 그에게 충분히 많은 것을 줄 수는 없었던 모양이지만.

어느 날 아침 일어나 보니 그의 모든 소지품이 사라져 있었다. 그녀에게 남은 것은 값비싼 그림들로 가득 찬 집과 아기 한 명, 주방 식탁 위에 놓여 있는 세 줄짜리 간략한 편지뿐이었다. 편지는 시간이 지난 다음에야 이해할 수 있었던 경멸적인 어조로 인생의 다음 정거장을 향해 가야만 한다는 욕구를 설명했다. 이런 일을 겪고 나면, 지루함을 느끼게 한 사람을 떠나는 것이 그녀만은 아니라는 사실을 이해하게 된다.

그녀의 몽타주 화가는 이미 새로운 사랑을 찾은 뒤였다. 그녀에게는 맨정신이 돌아온 삶을 홀로 살아가는 것밖에 선택지가 없었다. 그녀의 눈앞에서 자라나며 모험의 개념을 새롭게 정의하도록 만드는 소녀와 함께 말이다.

벤처는 정말이지 사랑을 잘못 그렸다. 우리의 상상력은 이런 일들을 예견하는 것을 어려워하며, 다른 사람에 대한 사랑과 높은 사회적 신분을 얻기 위해 다른 사람과 가까워지는 일의 차이를 잘 구분하지 못한다.

그녀는 밤마다 머리가 점점 벗겨져 가는, 모든 것을 집어삼킬 듯 끌어안아 그녀를 안정시키던 작은 남자를 꿈꾸었다. 그는 벤처와 사귀기 시작했을 때 그 포옹을 '확산 포옹'이라고 불렀다. 확산이란 두 종류의 액체가 만나 천천히 서로에게 스며들어 가는 것이라고 했다. 기분 좋게, 분자 단위로 하나하나 섞여 들어가는 것이라고. 그녀는 오랫동안 꼼짝도 하지 않고 상대방에게 분자 단위로 하나씩 섞여 들어가기를 기다리며 가만히 있고 싶었다. 그 시절에, 인내심을 잃기 전에 그녀는 기다리는 것을 성가시게 여기지 않았다.

두 번째 남편은 그녀에게 아무런 흔적도 남기지 못했지만, 화가는 흔적을 남겼다. 함께 보낸 몇 달의 짧은 세월만으로도 둘이 뒤섞이기에는 충분했다. 하나가 다른 하나에게 흘러들어 가는 것. 생각한 분자, 감정 한 분자, 의견 한 분자가 자연의 힘에 따라 천천히 둘 사이를 오가다 보면, 가끔은 그 이동의 열기로 이 모든 과정의 속도가 빨라진다.

그녀는 더 이상 화가와 함께하지 않는 지금도 그의 영혼 속 작은 분자들이 자신의 내면을 떠다니고 있으며, 그가 어디에 있든 자신의 영혼 분자 역시 그의 내면을 떠다니고 있다는 사실을 알고 있었다.

결국 그녀는 작은 액자에 담아 두어야 할 것은 남편의 사진이 아니라 그의 사진이라고 생각했다. 누가 누구인지 잊기 시작하면, 이런 몸짓도 역설적인 것으로 변해 버리지만.

그녀는 이 사실을 어렵게 배웠다. 우리는 아름답고 완벽한 사람에게 이끌리지만, 약점을 가진 진짜 사람들과 사랑에 빠진다.

그러니까, 벤처에게는 연인도 있었고 남편도 있었다. 그리고 딸도 있었다. 아니, 딸이 있다. 기어 다니는 방법을 일찍 배웠고, 발레 수업 들으러 가는 것을 좋아했으며, 지금까지도 매년 안경테를 바꾸는 딸. 벤처는 그녀에게 자전거 타는 방법을 가르쳐 주고, 사랑이란 두 사람이 서로의 품 안에서 위안을 구하는 것 이상이라는 사실과 플립플롭은 머리 빈 여자들이나 신고 다니는 것이라는 사실, 생각하는 사람보다는 행복한 사람을 주변에 두는 것이 훨씬 더 중요하다는 사실을 가르쳐 주었다. 지금 딸은 네덜란드에 살고 있다. 그녀는 양쪽 깊이가 다른 보조개와 심리학 박사 학위를 가지고 있고, 기회가 되면 명절에 벤처를 만나러 오기도 했다.

벤처는 이런 일들을 겪었다. 이것들이 그 화가와 함께 한 일, 화가가 그녀와 함께 한 일이었다. 이런 경험들이 그의 이름이자 그녀의 이름이었다. 이건 그가 좋아했던 음식, 이건 딸아이의 웃음, 이건 그녀가 딸에게 붙여 준 별명, 이건 지난번 딸이 비행기에 오르기 전 마지막으로 본 모습.

벤처 부인은 병들을 천천히 원래 자리에 돌려놓았다. 누가 보나 늙은 여자라고, 그녀는 생각했다. 사람은 누구나 오랜 길을 걷기 마련이다. 하지만 아무도 그 길 전체를 걸어온 사람을 보지는 못한다. 반항적으로 머리를 늘어뜨리고 돌에 무릎을 부딪혀 멍이 든 소녀, 하이킹을 한 끝에 웃으며 물웅덩이에 뛰어드는 십 대 청소년, 남자들의 영혼에 파고드는 길을 찾아가는 차분한 눈의 여자. 아무도 그 모두를 알지는 못한다. 오늘 처음 나타나 그녀를 본 사람은 속으로 지금 보이는 모습이 그녀라고, 그녀의 본질이라고 생각한다. 낡은 운동화와 빛바랜 셔츠, 지나치게 통통해진 아래팔과 곱슬머리 가발 같은 머리카락, 고생이 묻어나는 몸이 바로 그녀라고. 요즘 그녀는 그렇게 보이니까. 그에게 제시되는 것은 오직 현재뿐이니까. 하지만 그녀의 눈 뒤쪽에서는 새로 산 하이힐을 신던 바로 그 소녀가 그를 바라보고 있다. 눈을 빛내면서, 드레스에 바람을 가득 실은 채 속삭이듯 움직이며, 대체 그가 무엇을 봤기에 저런 표정을 짓고 있는지, 왜 황홀감보다는 거부감을 느끼는 것 같은 표정을 짓는지 궁금해하면서.

몸과 영혼이 함께 나이 드는 것은 성숙함이다. 하지만 몸은 자신만의 여행을 이어 가고, 영혼은 제자리에 머문다. 그렇게 노년은 찾아온다. 몸의 느낌과 영혼의 느낌 사이에서 벌어져만 가는 간극은 언제나 가슴을 저리게 한다.

벤처는 남은 병들을 상자에 넣고 한숨을 쉬었다.

모두 그녀가 왜 직접 경험자 연수 과정을 시작하지 않는지 궁금해했다. 그 수업에서 무엇을 배웠는지 기억나지 않는데, 그녀가 어떻게 그런 수업을 이끌 수 있겠는가? 마시고 가르치고, 마시고 가르쳐야 할까? 자기 내면에서 기억을 내보냈다가, 그것을 새롭게 마시는 횟수에는 제한이 있었다. 세부적인 내용은 흐려지고 기억의 토대는 녹아내리기 시작한다….

그녀는 의자에서 일어나 문으로 다가간 다음, 문을 열고 거실로 성큼성큼 돌아갔다.

"사진 속 남자는 내 남편이었어." 벤처 부인은 돌아와서 말했다. 내 남편이어야 했지. 그래야 했어. 저 사진은 이미 벌어진 일을 교정하는 것인 셈이야. 그녀는 그렇게 생각하며 소파에 앉았다. "이름은 마이클이었단다."

벤과 오스나트는 그녀를 보며 케이크를 우물거리던 것을 멈추었다.

"그렇군요." 벤은 한입 가득 허니 케이크를 물고 말했다. "저도 그렇게 생각했어요."

벤처는 인생이란 기억과 향수병으로 이루어진 조립 라인 이상이라는 사실을 떠올렸다. 인생은 오랫동안 노년을 준비하며 과거를 열망하는 것 이상이었다. 인생은 현재이기도 했다.

그리고 현재는 살아 내야 했다.

"내가 보기에 우리에게는 두 가지 선택지가 있는 것 같구나." 벤처 부인은 그렇게 말하고 소파에 기대어 앉았다. "첫 번째 선택지는 스테판에게 다른 기억이 들어 있거나 아예 아무 기억도 들어 있지 않은 술병을 주는 거야. 그러면 시간을 좀 벌 수 있겠지. 하지만 그렇게 하면 스테판이 화를 낼 수도 있어. 그가 예상치 못한 행동을 하게 될지도 모른다. 두 번째 선택지는 아무것도 내주지 않고 그가 어떻게 나오는지 보는 거야. 그것도 별로 유쾌하지는 않겠지만."

"아니면 스테판을 설득해서…." 벤이 입을 열었다.

"그런 선택지는 없어." 벤처가 말했다. "스테판 같은 사람은 설득할 수 없어."

"그럼 어떻게 하죠?" 오스나트가 말했다.

"우리에겐 24시간이 있어." 벤처 부인이 말했다. "지금 당장 결정할 필요는 없지. 하지만 계획이 필요한 건 사실이야."

"계획이요?" 벤이 겁에 질려 물었다.

"그래. 스테판이 우리를 공격하기로 할 때를 대비해야지."

"어떻게요?"

벤처 부인은 소파에서 내려가 구석의 장식장으로 갔다. 그녀는 작은 열쇠를 꺼내 열쇠 구멍에 집어넣은 다음, 작은 문을 열고 무거워 보이는 커다란 검은색 권총을 꺼냈다. 그녀는 권총을 탁자에 내려놓았다. "일단은 이걸로."

"앗." 벤이 말했다.

"제가 쏠 줄 알아요." 오스나트가 말했다. "수업을 들었거든요. 2년 전에."

"초보자를 위한 수업과 사격장에서의 연습만으로 스테판을 상대할 수 있을 것 같지는 않구나." 벤처 부인이 말했다. "아예 안 배운 것보다는 낫겠지만. 아무튼, 가까운 미래에는 네 정신적 상태 때문에라도 스테판을 쏠 수 없을 거다. 반면에 너는," 그녀가 벤을 돌아보았다. "너는 치료가 필요해."

"'치료'라뇨?" 벤이 물었다.

벤처 부인은 고개를 기울이고 생각에 잠겼다.

"저기요?" 벤이 물었다.

"그 저장고 말이다." 벤처 부인이 생각에 잠긴 채 말했다. "그건 아주 훌륭한 생각이야."

"뭐가 훌륭한 생각인데요?"

"흐음." 벤처 부인은 혼자 웅얼거렸다. 그녀는 자리에서 일어나더니 말했다. "가자!"

"어디로요?" 벤은 고함을 지르다시피 했다.

"경험이 사람을 바꾼다고 했던 내 말, 기억나지?" 벤처 부인이 물었다.

"네."

"자, 이젠 네 안의 무언가가 바뀔 시간이야."

"그게 무슨 말이에요?"

"오스나트, 너도 나랑 같이 내려가자. 몇 가지 적절한 경험을 찾아야겠구나." 벤처 부인은 휘둥그레진 벤의 눈을 못 본 체하고 말했다.

"좋아요." 오스나트가 벌떡 일어나며 말했다.

"너는 아래층으로 내려가서, 바 옆에서 우리를 기다리거라." 벤처 부인이 말했다. 그녀는 문 쪽으로 움직이기 시작했고, 오스나트가 그녀를 바짝 따랐다.

"뭘 하려는 건데요?" 벤이 물었다.

"정말 모르겠어요?" 오스나트가 물었다.

"네."

"그럼 생각해 봐요." 그녀가 말했다. "우리가 아래층에 있는 동안에 바에 샷 잔을 몇 개 늘어봐요. 열 잔에서 열다섯 잔 정도, 줄 맞춰서."

"그걸 왜…?" 그때 벤은 깨달았다. "아니, 안 돼요."

"아니, 돼요!" 오스나트는 그 말투를 즐기며 말했다. 그녀는 벤에게 길게 윙크하더니 떠났다.

"술병이 너무 많은데요." 벤이 말했다.

오스나트와 벤처 부인은 세 번째로 저장고에 내려갔다가 곧 올라왔다. 바에는 술병이 길게 늘어서 있고, 그 옆에 샷 잔들의 군대가 도열해 있었다.

"가르쳐 줄 게 아주 많아." 벤처 부인이 말했다.

"말도 안 돼요." 벤이 말했다. "저걸 전부 마실 수는 없어요."

"잘 들어, 젊은이." 벤처 부인이 말했다. "이 스테판이라는 친구를 가볍게 봐선 안 돼. 제대로 교육받은 놈이야. 나도 갈등이며 싸움은 치를 만큼 치렀지만, 내 전성기는 오래전에 지났어. 여기 오스나트는, 내 생각이지만 스테판이라는 남자에 대한 사랑의 경험이 소멸되지 않는 한 아무 쓸모가 없을 거야. 그 경험이 영원히 지속될지도 모르고. 이 모든 점을 생각할 때 남는 건 너와 네 경험뿐이야."

"하지만 전 아무 경험이 없어요!"

벤처 부인이 바에 모여 있는 술병들을 가리켰다. "이것들이 경험이야." 그녀가 말했다. "곧 네 경험이 되겠지."

벤은 입안 가득 침을 삼켰다. 그는 용감해질 만한 사람이 아니었다. '나를 죽이지 못하는 고통은 나를 강하게 만들 뿐이다' 같은 말도 듣고 싶지 않았다.

"전 술을 잘 못 마셔요." 그가 말했다. "이거 전부 술이에요?"

"불행히도 그렇단다." 벤처 부인이 말했다. "술에 든 것 말고는 적당한 경험을 찾을 수 없었어. 하지만 걱정하지 말거라. 네가 최대한 적게 마시도록 해 줄 테니. 유리잔 하나에 여러 종류의 위스키를 섞을 생각이야. 너를, 뭐랄까, 용맹무쌍하게 만드는 데 필요한 최소한의 양을 쓸 거다."

"용맹무쌍하다고요? 그런 단어는 대체 누가 쓰는 거예요?"

"자," 벤처 부인이 말했다. "너를 한번 단장해 보자꾸나."

벤처 부인은 술병을 열어 샷을 따르기 시작했다.

그녀는 오스나트에게 적당한 술병을 건네 달라고 손짓했고, 그녀는 이름표를 훑어보고 이 잔 저 잔에 술을 따랐다.

잔이 가득 찼다. 모든 잔에 한 개 이상의 술병에서 나온 술이 담겨 있었다.

"이건 완전히 비논리적인 일이야." 벤이 혼잣말했다.

"아니, 이거야 말로 상상할 수 있는 가장 논리적인 일이란다." 벤처 부인이 말했다. 그녀는 벤에게 첫 잔을 내밀었다. "건배."

벤은 술잔을 집어 들고 조마조마해하며 내용물을 살펴보았다.

벤처 부인은 그의 눈빛을 헤아려 보더니 그에게 허리를 숙였다. "네가 포기한다 해도 비난할 사람은 아무도 없어. 너 없이 일을 진행하는 선택지도 있다는 말, 아까 했지?"

"뭐라고요? 사장님이 혼자서 스테판을 상대하겠다는 거예요? 말도 안 돼요!" 오스나트가 말했다. "벤이 이제 와서 빠질 수는 없죠! 이제 와서 우릴 버리려는 건 아니죠?" 그녀가 벤을 돌아보았다.

벤은 여전히 유리잔을 바라보고 있었다.

"기억해요! 이건 당신 인생에서 가장 정신 나간 모험이에요." 오스나트가 말했다. "이제 와서 빠질 수는 없다고요!"

벤은 눈을 감고 한숨을 쉬었다. "난 아무 데도 안 가요." 그가 조용히 말했다. 사실상 혼잣말이나 마찬가지였다. "진정하세요, 네?"

"좋아, 그럼 하자꾸나." 벤처 부인이 말했다. "오늘은 네가 남자가 되는 날이야."

벤은 유리잔을 입술로 가져가 술을 입속으로 털어 넣었다. 오스나트가 짧게 환성을 지르더니 빠르게 손뼉을 쳤다.

목구멍이 타올랐다. 두 눈에 눈물이 고였다.

"자, 어떠니?" 벤처 부인이 물었다.

벤은 말을 할 수 있을지 궁금했다. 콧구멍에 연기가 가득 찬 것 같은 느낌이었다. 목 뒷부분이 불쾌감으로 울렸다.

"좋아, 이어서 한 잔 더." 그에게 새로운 술잔이 주어졌다.

"잠깐, 잠깐만요." 그는 유리잔을 받아 들며 목이 메다시피 했다.

"입안에 술을 오래 머금고 있지 말거라." 벤처 부인이 그의 손에서 두 번째 빈 잔을 받아 가며 조언했다. "그러면 더 빨리 취하거든. 입 속 혈관이 알코올을 흡수하니까. 우린 네가 취하는 걸 바라지 않아. 그저 네가 적절한 경험을 흡수하기를 바랄 뿐이다."

벤은 대체 무슨 경험을 말하는 거냐고 묻고 싶었다. 새로운 건 전혀 기억나지 않았으니까.

하지만 벤처는 그에게 미소 지으며 말했다. "다시 해 보려무나."

아니, 벤처가 아닐지도 몰랐다.

그래, 확실히 아니었다. 상대는 그의 스승이었다. 오래전, 산속의 작은 수도원에서 그를 가르쳤던 키가 작고 주름이 자글자글한 네팔 사람. 그가 벤 앞에 앉아 있던 모습. 훈련을 받는 벤의 몸은 힘을 쓴 데 따르는 피로와 단조로운 연습의 부담스러움으로 녹초가 되었다. 그때 스승이 조용히 노래 부르는 듯한 목소리로 말했다. "다시 해 보려무나." 여러 달에 걸쳐 오랫동안 명상을 하고 근접전을 펼쳤던 경험이 그의 뼛속에 스며들었다. 그리고 그 목소리, 그 조용한 목소리는 몇 년 동안이나 그의 꿈속에 자리 잡았다.

그는 대통령을 경호하고 세계를 여행하며 첩보부에서 보낸 시간을 생각하는 게 더 좋았다. 좋은 음식과 주변에 모여든 사람들을 살펴볼 때 느껴지던 지속적인 경계심, 암호와 기분 좋은 형식들. 한 번은 총을 든 무정부주의자가 홀에까지 들어왔다. 그와 드레이크가 늦지 않게 놈을 저지할 수 있었지만. 그때가 더 나은 시간이었다.

그는 기침을 했다. 술 마시는 데 익숙하지 않은 사람의 목구멍에서 나오는 기침 소리 같았다. 그 소리를 듣자 사막을 여행할 당시에 짐꾼이 기침하던 소리가 생각났다. 모래가 온몸의 구멍으로 들어왔다. 잠시라도 주의를 기울이지 않으면 얼굴을 덮은 헝겊이 미끄러지고, 한 번 숨을 들이쉴 때마다 폐 속으로 사막의 모래 구름이 밀려들었다. 동굴에 늦지 않게 도착한 것은 행운이었다. 그들은 모래 폭풍이 잦아들 때까지 그곳에서 사흘을 보냈다.

"벌써 완전히 취했구나." 어떤 목소리가 들린다. 누구지? 아, 벤처 부인. 잘 지내세요? 무슨 일이죠?

저 오스나트라는 애는 어쩜 저렇게 귀여운지 몰라. 안 그래? 아니, 나 아무 말도 안 했는데.

"숟가락으로 떠먹여야 할 것 같은데요." 그럼, 그럼! 뭐든 너 좋을 대로 해. 그의 가죽 너머에서 다른 사람이 그를 움직이고 있었다. 그 사람이 비틀거리기 시작했다. 조심해야 했다. 균형을 유지해야 했다.

사람들은 균형이 얼마나 중요한지 모른다. 예를 들어 펜싱 경기에서라든지. 그는 아주 오래전, 성벽 위에서의 결투를 떠올렸다. 승리를 거둘지, 아니면 성벽 맨 아래로, 아래쪽에서 부서지는 파도 속으로 추락할지를 결정하는 것은 균형 감각밖에 없었다. 망할 펜싱을 배우기까지는 오랜 시간이 걸렸다. 하지만 멋진 일이었다. 펜싱을 할 때는 이야기를 하면서 상대방의 정신을 혼란스럽게 만들 수 있었다.

"크게 벌려!" 누군가 말한다. 그는 입을 벌리고 작은 숟가락을 받아들인다. 숟가락이 뜨끈하지만 기분 좋은 액체를 그의 입속에 떨어뜨린다. "삼켜, 벤. 삼키라고!"

좋아. 끝났다.

여길 보니까 뭔가 생각나는데.

꼭 여기에 와 본 것 같다. 그때는 더 붐볐다. 사람들이 구석에서 카드를 치고 있었고, 내 술값은 언제나 공짜였다. 보안관에게는 종종 그런 일이 일어난다. 카드 치는 테이블에서 무슨 문제가 일어났다. 사람들이 나를 부른다. 내가 다시 상황을 바로잡아 줄 것이다. 단 한 번 예외가 있었다. 사람들이 속임수를 썼다고 몰아붙이기 시작하자 그 멍청한 티모시가 성질을 터뜨렸던 것이다. 그 돌대가리가 총을 뽑으려 하기에 놈의 손을 쏘았다. 그를 진정시켰다.

하지만 거기서도 너만큼 귀여운 여자는 없었어. 이름이 뭐라고 했지?

어쩌면 난간을 붙들고 있는 것은 좋은 생각이 아닐지도 모른다. 우린 지금 배를 타고 있는 것일지도 모르겠다. 모든 것이 둥둥 떠다닌다. 총 마이의 집에서도 가끔은 배를 타고 있는 듯한 느낌이 들었다. 산들바람에 커튼이 펄럭거리면 가끔 그곳에 낯선 분위기가 돌았다. 좋은 스승이었는데, 마이는. 내가 쿵푸에 대해 아는 모든 것은 그에게서 배운 것이다. 그와 함께 차를 마시는 것도 좋았다. 그는 차를 끓이는 방법을 아주 잘 알았다.

"건배." 벤은 아무 예고 없이 그렇게 말하고 손을 들어 올리다가 뒤로 넘어졌다.

오스나트가 바 뒤에서 서둘러 그에게 다가갔다. 그는 한 팔을 옆으로 쭉 뻗은 채 바닥에 누워 있었다. 오스나트가 두 손으로 그의 머리를 끌어안았다. 벤은 눈을 떴다.

"괜찮아?" 그녀가 물었다.

벤은 그녀에게 눈을 돌렸다. "난 쿵푸를 알아." 그가 말했다.

어째서인지 나는 다시 앉아 있었다.

앉아 있으니 좋았다.

나이 든 여자가 더 많은 술을 숟가락에 따르며 노래하고 있다. "위스키 한 스푼이면 약 먹기가 쉽지." 합리적이면서도 비뚤어진 말로 들린다.

나는 그녀가 내 입에 떠 넣는 혼합된 위스키를 빨아 먹었다. "곧 그만둬야겠구나." 그녀가 말했다. "완전히 취했어. 벤이 알코올에 중독되는 건 원하지 않아." 누구한테 말하는 거예요, 아주머니?

아, 저 예쁜 여자한테 말하는 거구나.

저 여자랑 말 한마디 해 보면 좋겠는데.

"괜찮아?" 사랑스러운 여자가 내게 묻는다. 나는 엄지를 들어 그녀에게 신호한다.

내 옆의 비행기 안에서는 조종사가 자기 엄지로 내게 마주 신호한다. 나는 그가 좋다. 물론, 우리는 누가 더 많은 적기를 격추하는지를 놓고 경쟁을 벌이는 중이다. 하지만 모두 선의의 경쟁이다. 어제만 해도 우리는 햇볕으로 나가 함께 맥주를 마셨다. 공기가 따뜻했다. 텁텁했다. 아이를 구하러 그 불타는 집에 들어갔을 때처럼. 그 녀석 이름이 뭐더라? 아무튼 그때와 비슷한 열기였다. 비상 상황에서는 감각이 날카로워진다. 그러면 열기가 더욱 뜨거워질 수 있다. 후각도 예민해진다. 레닌그라드로 친구들을 구하러 갔을 때 맡았던 화약 냄새는 영영 잊지 못할 것이다. 그래, 그때는 아슬아슬 했지.

혹시 내가 큰 소리로 생각을 말하고 있지는 않은지 궁금하다. 아니면 이 말이 그저 내 머릿속에서만 들리는 걸까.

사람들이 나를 보고 있다. 그런 걸 보면, 아마 내가 큰 소리로 말했을 것이다.

하지만 이것들은 정말이지 말이라기보다는 생각처럼 느껴진다. 뭐, 아무튼 난 꽤 녹초가 됐다. 그런 것 같다.

지금 찬물 한 잔만 있으면 딱 좋겠는데.

나는 충성스러운 애마 살바도르를 타고 있다. 길게 늘어선 산맥 위의 성채가 눈앞으로 점점 다가온다. 눈부신 밤하늘을 배경으로 둔 그 성곽은 거대한 널빤지가 부러진 채 흙에서 솟아난 것처럼 보인다. 땅에 그림자를 드리우는 어두운 탑 같다. 어쩌면, 어쩌면 물 몇 모금이 남아 있을지도 모른다. 나는 물을 마신 다음 포격장으로 돌아갈 것이다. 오늘 우리는 쌍둥이 대포를 가지고 훈련하고 있다. 그러니까, 병사들은 훈련을 하고 있고 나는 그들을 시험하고 있다. 조금 경쟁이 있는 편이 좋을 것 같다. 누가 가장 정확한지, 누가 가장 먼저 무기를 해체했다가 재조립할 수 있는지 봐야지.

왜?

뭐, 내가 취한 것 같아? 잠깐 눕고 싶으냐고?

아니, 아니. 난 괜찮아. 솔직히, 끝내주는 상태야.

그래, 잘 지내?

내 말 들려? 아니면 내가 그냥 머릿속에서 혼자 이야기하는 거야? 내가 알 수 있도록 머리를 끄덕이거나, 뭐 그렇게 해 봐.

입술에 말초 신경이 몇 개나 있는지 알아? 엄청나게 많아! 신체 어느 부분보다도 빽빽하게 차 있어. 특히 아랫입술에 있는 게 좀 더 많지. 그 신경들은 그냥 가만히 그 자리에 있어. 입술 안쪽에 뭔가 가닿기를, 무슨 일이 일어나기를 기다리고 있는 거지. 오랜 세월 아무것도 하지 않고, 평생 동안 가만히 앉아서 그렇게 기다리고 있었어. 네가 이리로 와서 갑자기 입 맞춰 준다면 얼마나 큰 혼란이 일어날까.

내 입술도 겨우 일회용 컵 가장자리의 익숙한 느낌 따위를 두고 서로에게 농담을 하는 데 익숙해져 있는, 지쳐 버린 예비군들처럼 일생일대의 충격을 느끼게 될 거야.

입술의 안쪽 벽에 축 늘어져 있던 수천 개의 말초 신경이 갑자기 두려움에 사로잡혀 벌떡 일어나겠지. "그럴 리가." 녀석들은 말할 거야. "그럴 리 없어." 하지만 이게 현실이라는 걸 깨달으면, 그 신경들은 마구 뛰어다니며 소리 지르기 시작할 거야. "정말이야! 그 일이 일어났다고!" 그런 다음 녀석들은 믿지 못하고 입술 안쪽 벽을 계속 어루만질 거야. 그러다가 그중 하나가 말하겠지. "뇌한테 말해 줘야겠어!" 그런 다음 녀석들은 대표단을 뽑아서, 탈 수 있는 가장 빠른 말에 올라타고 길을 따라 질주할 거야. 뇌의 성문에, 지능의 현관에 도착해 말아 쥔 주먹으로 문을 두드리겠지. 그럼 안쪽에서 뇌가 물을 거야. "누구쇼?" 그리고 녀석들이 "우리요! 입술의 말초 신경이에요!"라고 말하면, 안에서 웃음소리가 들려올 거야.

 "왜 이러시나?" 보초가 말하겠지. "벤한테는 입술의 말초 신경이 비활성화되어 있다는 것쯤 모두 알고 있다고."

 그러면 그들이 소리를 지르고 설득하고 설명한 끝에 그가 무슨 일이 일어났는지 깨달을 거야. 한편 너는 내게 계속 입을 맞추고, 내가 반응하기까지 왜 이렇게 오랜 시간이 걸리는지 궁금해하겠지. 하지만 걱정하지 마. 곧 반응이 올 테니까. 성문은 활짝 열릴 테고 보초는 사과할 거야. 말초 신경들은 성안의 홀로 달려 들어갈 테고, 거기에는 의식이라는 여왕이 앉아서 기다리고 있겠지. 그들은 말에서 내려 여왕 앞에 절할 테고, 여왕은 "무슨 일이냐?"라고 물을 거야. 그러면 그들은 이 순간의 역사적 성격을 알고 들떠서 갈라진 목소리로, 처음의 흥분으로 여전히 타오르며 말하겠지. "누가 우리에게 입을 맞췄습니다."

20

아직 태양은 모습을 드러내지 않았지만, 하늘은 더 이상 어둡지 않았다. 이른 시각의 푸른 색조가 건물 사이의 공간을 밝혔다.

오스나트는 바 없는 바로 들어가는 입구 옆 벽에 기대어 있었다. 밤의 끝 무렵에 느껴지는 시원한 공기가 그녀의 주변을 휘돌았다. 그녀는 별 생각 없이 손을 들고 검은 감초 사탕 한 조각을 더 잘랐다.

사람이라면 누구나 마음이 어지러울 때, 빠른 위안이 필요한 때 다시 찾게 되는 사소한 비행을 저지른다. 누구에게는 그게 담배이고, 누구에게는 술이다. 오스나트에게는 그것이 감초 사탕이었다. 뭐든 중독될 수 있었다. 똑똑한 사람들은 그나마 괜찮은 중독으로 자신을 유도할 뿐이다. 감초는 이상적이지는 않아도 그렇게 나쁘지는 않은 선택지였다. 어쨌든 그녀는 당시에 생각했다. 이쯤이야 평범한 중독이라고.

그녀가 마지막으로 감초 사탕을 먹은 뒤로 7년이 흘렀다. 하지만 오늘 밤에는 먹어도 괜찮을 것 같았다.

벤은 바 없는 바의 구석에 있는 낡은 안락의자에 축 늘어져 있었다. 곧 눈을 뜨면, 그는 일생일대의 숙취를 경험하게 될 터였다.

밤이 되자 벤처 부인은 다가오는 날에 앞서 그들이 힘을 모아야 한다고 말했다. 그런 다음, 그녀는 바 없는 바로 들어올 수 있는 모든 입구를 닫아걸고 저장고가 잠겨 있는지, 《피터 팬》이 알맞은 자리에 놓여 있는지, 특히 제대로 된 방향으로 꽂혀 있는지 확인한 다음 위층으로 자러 갔다.

오스나트는 자기 집으로 돌아가 잠을 청했다. 그 노력은 짧게만 느껴지는 몇 시간도 채 이어지지 못했다. 그녀는 이리저리 몸을 굴리며 밤의 남은 시간을 보냈고, 마침내 잠이 오지 않으리라는 사실을 받아들였다.

그녀는 일어나 아래층으로 가서 근처 식품 잡화점으로 걸어갔다. 판매원에게 돈을 건네줄 때에야 그녀는 감초 사탕을 샀다는 사실을 깨달았다.

처음 감초 사탕을 샀을 때는 그 사탕을 이렇게까지 좋아하게 될 줄 몰랐다. 그때만 해도 검게 꼬인 사탕 가닥은 머릿속 깊은 곳에서 생각이 몰아치는 동안 몸도 계속 움직이기 위해 씹는 사탕에 불과했다. 그녀는 감초 사탕과 피그 뉴턴* 한 상자, 커다란 콜라 한 병을

---

*   무화과가 든 막대기 모양의 쿠키.

가지고 에일라트*의 해변에 혼자 앉았다.

　그녀는 일주일짜리 스쿠버 다이빙 수업을 듣겠다고 에일라트로
간 열일곱 살의 방황하는 청소년이었다. 밤이면 그녀는 시간을 보
낼 방법을 찾았다. 길게 이어지는, 에일라트에서 할 수 있는 평범한
활동 목록은 그녀의 관심을 끌지 못했다. 그녀가 머문 작은 호텔에
는 객실 내 영화 채널이 있었지만, 오스트리아의 보디빌더가 화성
을 여행하는 이야기를 몇 번이나 볼 수 있겠는가? 그래서 오스나트
는 어느 새인가 해변으로 나와 감초 사탕을 씹었다. 어린 시절의 끝
자락에 찾아오는 맨정신의 섬세한 거미줄을 엮어서, 그렇게 만든
생각의 침대 위에 떠 있었다. 그때에야 세상이 이해되기 시작했다.
사람들은 모두 자기 자신이 되는 것, 자연스럽게 구는 것, 타고난
운명을 마냥 따르는 것이 중요하다고 말했다. 그러고서는 그녀의
운명이 정확히 무엇이고 그녀가 타고난 환경이란 무엇인지 설명해
주려 들었다. 자기들은 그냥 안다면서. 바로 이런 현실에 대한 반응
이 오스나트에게는 세상에 대한 최초의 이해였다. 그녀는 경이로
운 감정이 세상의 아름다움뿐 아니라 세상의 무관심에서부터도 찾
아올 수 있다는 것을 발견하는 나이였다. 그 시절 그녀에게, 생각이
란 언젠가 한 번이라도 적용할 수 있을지 궁금해지는 통찰력의 혼
합물이었다. 그녀는 홍해의 해변을 따라가며 조개껍질을 줍는 소
녀처럼 틀에 박힌 표현들을 주워 모으고 세상에 진짜 신념이란 없

---

*　이스라엘 남부에 위치한 항구 도시.

다고, 그저 자기 정당화가 있을 뿐이라고 자신을 타일렀다. 자의식이 없는 사람들과 일부러 자의식에서 풀려나 무지를 선택한 사람들 사이에 과연 차이가 있는지 말없이 고민하거나.

그녀는 사실 스쿠버 다이빙 자격증을 따려고 남부로 여행한 것이 아니었다. 그건 핑계였다. 실은 마음을 좀 비우고 싶었다. 그녀의 영혼은 탁 트인 공간을 열망했다. 뭔가 신나는 것, 도시의 시끄럽고 거짓되고 끔찍한 일상과는 다른 질서 잡힌 혼돈을 원했다. 그녀의 주변에서는 질병이 들끓었다. 시끌벅적한 단어들의 질병, 빠르게 전염되는 형용사들. 모든 식사가 '놀라웠고', 모든 치료법이 '혁신적'이었으며, 모든 기술은 '첨단'이었고, 모든 셔츠는 '고객님에게 딱 맞았다'. 그녀는 모두가 살아 있다는 느낌을 받기 위해 볼륨을 최대치로 올렸으며, 거기에서 나는 끼익 소리가 견딜 수 없는 지경에 이르렀다고 느꼈다. 모든 결정이 '운명적'이었고, 모든 우정이 '용감하고 영원한' 것이었으며, 모든 사랑이 '위대했다'. 사람들이 이 모든 말을 너무도 높은 강도로 소리쳐 댔기에 그녀는 그 말들을 하나도 믿을 수 없었고, 언어는 흐릿해져 갔다. 그중 진실을 말하는 단어는 하나도 없는 것만 같았다.

모든 것이 '끝내줄' 때는, 사실 그 무엇도 끝내주지 않으니까.

그래서 그녀는 에일라트로 다이빙을 하러 갔다. 그녀가 살면서 내린 훌륭한 결정 중 하나였다. 그녀는 물속에서 고요함을 발견했다.

그곳에는 오스나트가 몰랐던 새로운 조합이 있었다. 조용한 긴장감, 아름다운 위험. 그녀의 두뇌는 통제력을 발휘하고 경계심을 유지해야 한다는 사실, 심지어는 약간 겁을 먹고 있어야 한다는 사실을 알고 있었다. 제대로 움직이기 위해서, 제대로 숨 쉬기 위해서. 그녀는 1미터씩 수심이 깊어질 때마다 위험도 커진다는 사실을 알고 있었다. 하지만 한편으로는 그녀의 호흡에 깃든 율동감과 고요함, 그녀가 숨을 한 번 들이쉴 때마다 바다 속 파도에 실려 위아래로 깐닥거리는 방식에, 그 모든 것에 명상적인 성질이 깃들어 있었다. 상반되는 것들이 조합될 수 있다는 사실, 그런 모순이야말로 무언가를 너무도 아름답고 경이롭고 신비롭게 만든다는 사실을 발견하자 오스나트는 전율했다. 고요한 긴장이라니, 누가 생각이나 했을까?

다이빙도 그랬지만, 나중에 배운 스카이다이빙과 행글라이딩과 서핑과 등산은 모두 그녀에게 현재에 존재할 것을 강요했다. 지금. 이 순간. 덕분에 그녀는 어디에나 존재하는 야망이라는 저주에서 벗어날 수 있었다.

그녀는 자라나면서 친구들이 야망의 저주에 쓰러지는 것을 보았다. 그들의 머릿속에서는 모든 것이 얻을 수 있는 것이었다. 나이를 먹지 않고, 사랑받고, 모두를 사랑하고, 직업을 갖는 등의 모든 일이. 인생의 모든 가능성이 언제든 수확할 수 있을 것처럼 무르익었다. 그러다가 인생이 더 이상 공상이 아닌 한 가지의 선택지, 단 한 가지의 선택지로 좁혀지면 친구들의 내면에서 무언가가 끊어졌다.

꿈꾸는 이들은 벌어지지도 않을 일들, 일어날 수가 없는 일들 사이에서 산다. 왠지는 모르겠지만, 오스나트가 물속에 가라앉아 있을 때 그런 이해가 합성 고무로 된 잠수복을 너머 방울방울 들어왔다. 우리는 수백만 가지의 다른 존재를 꿈꿀 수 있지만, 단 한 번의 인생을 살 수 있을 뿐이다. 그 사실을 받아들이지 않으면 모든 것이 실망감으로 얼어붙는다. 꿈이 곁에 있을 때는 조심해야 한다. 애써 지금 이 순간에 존재하게 되자, 그 순간에 일어나는 일이 무엇인지가 문득 명료해졌다. 다른 모든 계획이 아니라, 바로 그것이 그녀의 인생이었다.

오스나트는 그 주가 끝날 때 한 무더기의 생각과 결심들을 품고 집으로 돌아왔다. 열일곱 살 나이에 중요하게 보이는 결정들이 흔히 그렇듯, 오스나트는 그중 일부를 실행에 옮겼고 일부는 무시했고 일부는 잊어버렸다. 그녀는 더 이상 생일을 기념하지 않았다. 그녀는 바닷속 30미터 지점에서 생일이란 자기기만임을 깨달았다. 매년 동일한 장소에서 다양한 경로를 향해 나아간다고, 인생이 수십 가지 부분이나 1년짜리 단계들로 이루어져 있다고 생각하도록 만드는 행사라니. 그건 공상이다.

인생은 한 덩어리, 단 하나의 덩어리였다. 그리고 물속에서 오스나트는 인생을 그런 방식으로 대하기로 결심했다.

그녀는 감초 사탕을 하나 더 먹으며 어제 술병을 받지 않기로 했다면 무슨 일이 벌어졌을지 궁금해했다. 스토시버그 변호사에게서 걸려 온 모르는 번호의 전화를 받지 않았다면 어떻게 됐을까? 후회가 되는 건 아니었다. 기회는 잡아야 했다. 역설적이지만, 그녀가 살면서 만나는 모든 짜릿한 순간에 덤벼든다는 사실이 그녀에게 보호받고 있다는 느낌을 주었다. 자신이 통제권을 쥐고 있으며 다가오는 일제 사격을 피하게 해 주는 매끄러운 갑옷으로 몸을 감싸고 있다는 느낌, 그래서 모든 공격이 그녀에게서 미끄러져 옆으로 튕겨 나갈 거라는 느낌. 이건 내가 선택한 일이야. '내게 일어난' 일이 아니야. 사랑을 느낀 순간, 그녀는 무언가가 잘못되었다는 사실을 알아차렸어야 했다. 그녀는 그런 일이 그냥 일어나도록 놔두지 않았을 테니까. 사랑에 빠지는 과정이란 감정이 그녀를 다스리도록 놔둔다는 뜻이었다. 그러니 사랑에 빠지는 일은 오스나트가 믿는 모든 것과 충돌했다. 자기 보존이라는 그녀의 엄중한 규칙을 정면으로 거스르는 짓이었다.

스테판은 이제 그녀의 마음속 작은 깜빡임이었다. 전날의 불안한 욱신거림은 아니었지만, 그녀의 내면이 아직도 열망하는 일련의 특징들이었다. 만일 그녀에게 몇 방울 이상의 술이 주어졌더라면? 일시적인 경험과 이 저주받은 사랑이 그녀에게 영원히 조각되도록 만드는 경험 사이의 가느다란 선을 그가 넘었다면? 그 사랑을 떨쳐 버릴 방법이 있었을까?

벤처 부인은 잠들어 있었다. 설령 그렇지 않더라도 오스나트에게 그냥 기다려 보라고만 했을 테고.

하지만 오스나트에게는 지침이 필요했다. 이 사랑을 최대한 빨리 끝내야 했다. 이 멍청한 사랑의 주문을, 스테판을 상대로 한 이기이한 싸움을, 이 모든 엉망진창을 끝내야 했다. 그녀는 자신의 삶에 대한 통제권을 다시 주장해야만 했다.

다들 바보야. 그녀는 문득 생각했다. 멍청이일 뿐이라고. 황금 물고기가 세 가지 소원을 빌 기회를 준다면, 일단 천 가지 소원을 더 빌게 해 달라고 빌어야 한다는 사실쯤은 어린애도 안다. 게다가 그들에게는 무슨 일을 해야 할지 설명하는 책까지 있었다! 세 가지 소원만으로 그럭저럭 만족하는 서툰 어부처럼, 그들은 '다음 동작'이 무엇이어야 할지 알아보아야 할 때만 '가끔 한 번씩' 그 책을 들쳐 본다. 해답이 안에서 기다리고 있는데, 악몽 같은 시련을 모두 견딜 이유가 뭘까?

우리는 그냥 결말로, 해답으로 뛰어들어야 한다. 마지막으로 딱한 번 책을 펼치고, 이 모든 문제를, 이 모든 엉망진창을 해결할 방법을 찾아야 한다. 단 한 번의 질문으로 이 말도 안 되는 상황을 끝내고 손을 뗄 수 있도록. 정말이지, 뭘 기다리고 있는 거야?

그 책을 어디에 뒀더라?

벤처는 저장고에 술병을 집어넣고 문을 잠그는 데 신경을 썼다. 하지만 그 책은? 오스나트는 지난 몇 시간 동안 벌어진 사건들을 머릿속에서 돌이켜 보았다. 벤이 늘 손에 책을 들고 있었다. 자신만의 신탁이라도 되는 것처럼 그 책을 지켰다. 하지만 오스나트가 잘못 생각한 게 아니라면, 벤은 그 책을…. 그래, 거기인 것 같네.

그녀는 바 없는 바로 돌아가 문을 닫고 잘 잠갔다.

바 안으로 부족한 빛이 흘러들었다. 모든 것이 유약처럼 그 빛을 바르고 있는 것 같았다. 그녀가 바에서 조용한 목소리로 나오는 이야기나 말하지 않고 내버려 둔 이야기들, 머릿속에서 끼적인 대본들을 생각해 본 것이 지금이 처음은 아니었다. 모두에게 술을 한 잔씩 돌린 바의 노인은 사실 손자의 생일이 아니라 모사드*에서의 퇴직을 축하한 것이었다. 하이힐을 신은 여자는 남자의 관심을 끌려는 것이 아니라, 바에서 쓰는 냅킨에 혁명적 발명품의 원형을 그리고 있었다. 매년 한 번씩 찾아오는 연인은 첫 데이트를 기념하는 것이었다. 당시에 남자는 평생의 사랑을 찾겠다는 희망을 잃고 슬퍼하고 있었다. 여자 역시 평생의 사랑을 찾겠다는 희망을 잃고 슬퍼하고 있었다. 그들은 만나서 결혼했고, 그 이후 매일 밤 함께 서글퍼져 영영 그런 사랑을 찾지 못할 서로를 위로했다.

거의 어두컴컴한 방의 구석에서 그녀는 벤의 그림자를 보았다. 그의 가슴이 거의 보이지 않을 정도로 오르내렸다. 그녀는 그가 앉아 있는 안락의자로 다가가, 확인차 주위를 둘러보았다. 아니, 책은 없었다. 그녀가 생각한 그대로였다.

그녀는 그 자리를 떠났다. 벤의 느린 호흡이 등 뒤의 어둠 속에서 이어졌다.

그녀는 조용히 방공호로 내려갔다. 그녀의 발이 가볍게 계단을 타닥거렸다. 그녀는 등의 오목한 부분으로 손을 움직여 총이 있는 자리를 더듬었다. 벤처 부인은 이 상태로는 벤이 할 수 있는 일이 별로 없을 테니 그가 깨어날 때까지 오스나트에게 총을 지니고 있으라고 했다. 어째서인지 지금 그녀가 어둠 속에서 내딛는 발걸음은 그녀가 의도치 않게 손을 뻗어 그 무기를 찾도록, 총이 제자리에 있는지 확인하도록 만들었다. 마지막으로 사격장에 가 본 건 한참 전이었다. 그때 오스나트는 아직 총을 쏠 줄 안다는 것을 상기하기 위해서 사격장에 갔다.

그녀는 굳이 방공호의 불을 켜지 않았다. 그럴 필요가 없었다. 환풍기의 금속성 광택과 계단에서 들어오는 가느다란 빛이면 충분하고도 남았다. 그녀의 손이 아무것도 보지 못하는 채로 책장을 따라 움직였다. 결국 그녀는 찾던 책의 질감을 느꼈다. 그녀는 책을 뽑은 다음 뒤집어서 원래 자리에 돌려놓았다. 조용히 웅웅거리는 소리가 들리더니 책장이 움직였다.

경험의 저장고에는 이미 불이 들어와 있었다.

벤의 책이 입구의 책장에서 그녀를 기다렸다. 그녀는 빛 속에서 눈을 가늘게 떴다. 그녀의 눈이 길게 늘어선 책장을 따라 움직이며 이곳에 저장된 순간들의 규모를 이해하려 애썼다.

문 옆 책상 뒤에는 작은 의자와, 오래된 호텔의 미니바처럼 보이는 흰색 장이 있었다.

그녀는 의자에 앉아 《다가올 날들을 위한 안내서》를 집어 들었다.

펴 봐도 될까? 안 되는 걸까?

당연히 펴 봐야지. 대체 무슨 소리야. 그녀는 책을 펴 봐야 했다.

그녀는 눈을 감고 아무 데나 책장을 펼쳤다.

그런 다음 눈을 뜨고 머뭇거리며, 눈에 들어온 몇 줄을 바라보았다. 책을 향해 느리고도 조심스러운 시선을 던지듯이, 오직 안전할 때에만 책장에 시선이 닿도록 하려는 것처럼. 단어들이 그녀에게 와락 달려들었다.

믿을 수 없었다.

그녀는 하임 울프가 남긴 경험의 저장고에, 사서의 책상에 앉은 채 자신이 펼친 페이지에서 시작되는 장을 읽었다. 그녀는 거의 한 문장이 끝날 때마다 책을 덮었다. 거의 한 문단이 끝날 때마다 후회했다. 하지만 결국은, 한 문장 한 문단이 끝날 때마다 계속 읽어 나갔다. 그녀는 열정적으로, 화를 내며, 조용하게, 의심으로 가득 찬 충격 속에서 책을 읽었다. 그녀는 날카로운 동작으로 책장을 넘겼다. 눈썹을 찌푸리고 눈으로 문장들을 훑었다.

갑자기 그녀의 등이 펴졌다. 그녀는 책을 탁 덮어 책상에 놓고 겁에 질려 앞을 보았다. 그녀는 검은색 옷을 입은 남자가 어느 책장에 기대, 넓은 가슴에는 팔짱을 끼고서 눈으로 그녀를 지켜보는 것을 이제야 보았다. 오스나트가 벌떡 일어나는 순간 그의 입이 비틀어지며 작게, 모욕적인 미소를 지었다.

"그래서?" 스테판이 물었다. "책은 마음에 들어?"

"나쁘지 않아." 오스나트가 말했다. "상황 파악을 잘하는 책이네."

"읽어 볼 만해?"

"네 취향일지는 모르겠는데."

"내 취향이 어떨 것 같은데?"

"어렵다. 파충류는 무슨 책을 좋아하려나?"

"아." 스테판이 말했다. "이젠 인신공격이야? 그래도 돼? 그래도 괜찮다면, 나한테 아주 놀라운 방법이 있거든."

"여긴 어떻게 들어왔어?"

"질문이 틀렸잖아." 스테판이 말했다. 그는 자기 자리에서 멀어져 천천히 그녀에게 다가오기 시작했다. 시선은 그녀의 눈에 고정되어 있었다. 잠깐은 그의 발이 움직이지도 않는 것처럼 보였다. 흐르는 듯한 그의 동작은 역겨울 정도로 매끄러웠다. 목표를 향해 가는 지렁이처럼, 눈을 빛내는 뱀처럼. "내가 어떻게 들어왔는지는 사실 중요하지 않아. 이미 와 있으니까. 이제 어쩔 거야? 내가 이미 넘어온 구멍을 메우기라도 하게?"

그는 책상 맞은편에 서서, 기대는 듯 기대지 않는 듯 양손 검지를 책상 가장자리에 걸쳐 두었다. 그의 눈은 여전히 오스나트의 눈에 붙박여 있었다. 오스나트는 눈을 감지 않으려고 애썼다. 눈물이 날 것 같았다. 그녀의 일부는 스테판의 목을 두 손으로 조르고 싶어 했고, 다른 부분은 그의 몸통을 끌어안고 싶어 했다. 이런 싸움 때문에 배 속에서 경련이 일어났다.

"다른 질문을 던져 봐." 그가 속삭이듯 말했다. "분명 할 수 있을 거야."

"여긴 왜 왔어?" 오스나트가 물었다. "우리한테 24시간을 주겠다며."

"너도 알겠지만, 난 이미 여기 와 있어." 스테판이 말했다. "하지만 굳이 알아야겠다면, 24시간은 너희를 진정시키기 위한 거였어. 너희들의 집중력을 흐리고 경계를 무디게 하려 했지. 술책이라는 거야. 일이 다 끝나면 사전을 찾아봐도 좋아. 너희가 나를 속일 방법을 찾아내는 동안 내가 그냥 앉아 있을 거라고 생각한 건 아니지?"

그는 몸을 쭉 펴고 머리를 기울였다.

"아폴로 17호." 그가 말했다. "웬 멍청이가 그런 고함을 지르는지 궁금했어. 왜 누가 '아폴로 17호'라고 그렇게까지 열정적으로 소리를 지를까 생각했지. 당연히 그런 건 알아봐야지. 그래서 알아봤어. 내가 뭘 찾아냈는지 좀 봐."

그는 흰 치아가 가득한 입으로 그녀에게 미소 지었다. 그녀는 등에 소름이 끼치는 것을 느꼈다. "한 가지 분명한 건, 난 더 이상 너희 술병에 관심이 없다는 거야. 너희들이 내 술병 없이 울프의 정신 나간 퍼즐을 어떻게 풀었는지는 모르겠지만, 창의적인 사고를 할 줄 아나 보지, 뭐. 넌 무엇을 알아내야 할지를 알아냈어. 하지만 나는 너희 일행이 세 사람이라는 걸 알고 있어. 그러니까 점수는 3분의 1씩만 인정해 줄게."

"너도 여기 있는 모든 걸 가져갈 수는 없어." 오스나트가 말했다. 그녀는 자신도 모르게 비웃음을 담아 그에게 미소 짓고 있었다. "여기에는 너무 많은 경험이 있거든."

"그건 그래." 스테판이 말했다. "하지만 이 방에 있는 것에 대한 소유권을 주장하기 위해서," 그는 엄지로 뒤쪽의 선반들을 휙 가리켰다. "내가 해야 할 일이라고는 다른 소유권자들을 모두 제거하는 것뿐이야."

"정말 간단하네?"

"그러게 말이야. 왜? 무슨 문제라도 있어?"

"그거 알아? 내 질문은 이거야." 오스나트가 말했다. "한 여자가 언젠가 너를 사랑했어. 나는 그 사실을 어쩌면 직접 경험한 것보다 더 잘 알아. 게다가 나는 그 여자가 사랑한 사람이 어떤 인간인지 알아. 대체 어쩌다가 나한테 저지른 짓을 할 수 있는 인간이 된 거야? 어쩌다 '다른 소유권자들을 모두 제거하겠다'는 얘기를 할 수 있는 사람이 된 거냐고?"

"이젠 시간 죽이기 단계에 접어들었나 본데." 스테판이 말했다. "네가 내 영혼의 행복에 관심을 갖는다니 감동적이네."

"언젠가 그런 모습으로 살아 봤다면, 다시 예전의 모습으로 돌아갈 수 있는 거 아니야?" 오스나트가 말을 이었다. 그녀는 등 뒤에서 깍지를 끼고, 조롱하는 듯한 시선으로 그를 쩔렀다.

스테판은 그녀를 노려보더니 웃음을 터뜨렸다. "와, 세상에. 다시 연애라도 하자는 거야?" 그가 말했다. "우린 실제로 사귄 것도 아니 잖아."

그는 진지해져서 책상 너머로 몸을 숙이고 그녀의 얼굴에 가까이 얼굴을 댔다. 그녀는 뒤로 훅 물러나고 싶은 충동에 저항했다.

"우리는 모두 해야만 하는 일을 해. 조종이라는 게임에서 불리한 처지에 놓인다는 게 그리 유쾌한 일이 아니라는 건 알지만, 이건 그 냥 목표를 달성하는 길에 취하는 여러 타당한 행위 중 하나일 뿐이 야. 너한테 필요한 무언가를 가진 절박한 사람에게 미소를 지어 주 는 거지."

"타당한 행위라고?"

"아, 왜 이래. 널 좀 봐. 넌 살면서 한 번도 자기 합리화를 해 본 적 이 없다는 거야? 네가 하는 일이 완전히 괜찮다고 느끼기 전에 그 걸 정당화해 본 적이 한 번도 없어?"

"그래, 알겠다. 그러니까 우리 모두 마음속은 사악하고, 이따금 우리 자신의 행동을 정당화할 뿐이라는 거지?"

"아니. 누가 사악하다고 그래?" 스테판이 말했다. "우리 모두는 그냥 지름길을 택하고 싶은 유혹에 쉽게 넘어가는 것뿐이야. 그래 서 어떤 것은 선하고 어떤 것은 악하다고 우리 자신을 설득하는 거지."

"와. 무적의 주장이네. 의심의 여지가 없어." 그녀가 말했다. "성 숙한 주장이기도 하고."

"아, 나 때문에 화가 났구나." 스테판이 역겹도록 감상적인 목소리로 말했다.

"잊었나 본데, 난 한때 네가 어떤 사람이었는지 알고 있어." 오스나트가 말했다. 그녀의 손이 천천히 등 뒤로 움직여 셔츠를 들어 올렸다. 손에 총이 닿을락 말락 했다. "넌 착한 사람이었어. 그렇지 않았다면 누구도 너와 사랑에 빠지지 않았을 거야."

"세상에는 사랑받는 쓰레기들이 아주 많이 있어. 누구에게도 사랑받지 못하는 선량한 사람들도 많고. 사랑은 용기를 위한 표창장도 아니고, 선한 사람들에게만 주어지는 보상도 아니야." 스테판이 말했다.

"와, 되게 건전한 사고방식이다."

"자기야, 나는 엄청나게 많은 노력을 통해서 비뚤어질 권리를 얻었어."

"그래서, 원하는 게 뭐야?"

스테판은 그녀에게서 한 발짝 물러나더니, 가짜로 안도한 시늉을 하며 두 팔을 허공에 쫙 벌렸다. "아하!" 그가 외쳤다. "이제야 맞는 질문을 던지네. 난 칵테일을 원해." 그가 말했다.

오스나트의 손은 총을 편안하게 쥘 수 있는 알맞은 위치에 거의 닿아 있었다. "뭘 원한다고?"

"울프가 집착했던 프로젝트가 경험으로 가득한 지하 저장고를 만드는 것뿐이었다고 생각해?" 스테판이 물었다. "하임 박사, 즉 울프는 아주 많은 단계들을 거쳤어. 매번 다른 아이디어를 냈지. 혹시 울프가 경험을 보존할 수 없는 유일한 물질인 물을 가지고 작업하는 방법을 찾으려 했다는 사실을 알고 있어?"

"그래, 알아."

"그 이유도 알고? 그 이유가 경험을 더 오랫동안 보존하기 위해서였다고 생각해?" 스테판은 혀를 찼다. "울프는 경험을 전국의 수도관에 집어넣으려 했어. 사람들이 '다른 사람의 눈을 통해 사물을 보도록' 만들고 '다른 사람들에게 더 큰 공감을 느끼도록' 하려고 말이야. 울프는 모두가 다른 사람의 경험을 가지고 그들의 시점에서 상황을 볼 수 있게 되면 더 이상 전쟁이 일어나지 않을 거라고 생각했지. 그렇지만 울프가 실행하려던 계획은 테러 공격과 비슷했어. 수도 공급망을 경험으로 오염시키다니. 아니, 그렇잖아. 결국은 울프도 그 계획을 포기했지만. 모두에게 다행스러운 일이지. 어쨌든 울프에게는 그와 비슷한 사소한 계획이 엄청나게 많이 있었어. 수많은 계획 중에 그 칵테일도 있었지."

이제는 스테판도 등 뒤로 깍지를 꼈다. "칵테일은," 그가 말했다. "세계에 존재했던 가장 강력한 지도자들의 경험을 조금씩 섞은 거야. 울프는 경험 보존의 기술이 예전에 그가 생각했던 것보다 훨씬 더 오래됐다는 사실을 알아냈어. 매우 중요한 역사적 인물들이 통치 경험의 정수, 그러니까 리더십의 정수와 중심적 요소들을 오랜 세월에 걸쳐 보존해 왔다는 사실을 알아냈지. 울프는 그 경험 거의 전부를 얻어 혼합했어."

"리더십 칵테일을 만들었다는 거야?"

"과학자 칵테일과 위대한 예술가 칵테일, 그 비슷한 쓰레기들도 많아." 스테판이 손을 내저었다. "울프는 모든 분야의 칵테일을 혼합해 냈어. 물론, 턱없이 순진한 일이었지. 나폴레옹과 워싱턴이 도달했던 경험과 상실, 결론을 직접 알게 된다니 상상이나 돼? 율리우스 카이사르와 이오시프 스탈린이 어렵게 얻은 지혜를 손에 넣은 사람이 갖게 될 힘을 상상할 수 있느냐고? 아니면 마오쩌둥과 한니발의 지혜는?"

"네가 쫓는 게 그거야? 권력?" 오스나트가 피식 웃었다. "네가? 네가 지도자가 되고 싶다고?"

"사람은 모두 다른 누군가가 되기를 원해." 스테판이 말했다. "물론 고요함과 행복, 사랑을 원하는 사람들도 있지. 하지만 결국은 그 모든 것이 단 하나의 근원에서 뻗어 나온 거야. 통제력. 힘. 고요함과 평온함에도 주변의 사건들을 통제할 능력이 필요하지. 주변의 최대한 넓은 범위에서 일어나는 사건들을 통제할 능력 말이야. 난 하수인 노릇에 지쳤어."

그는 머릿속에서 생각을 이어 나갔다. 통제력은 여러 가지 형태로 표현돼. 너는 이해 못하겠지만. 통제력이란 다른 이들이 고통에 대한 두려움 때문에 행동하게 만드는 것, 사람들이 실제로는 나의 이익에 따라 행동하고 있으면서도 자기 이익에 의해 행동한다고 생각하게 하는 것, 사람들이 나를 사랑하게 만드는 것이야. 너를 봐. 당장 여기서 너 자신과 싸우고 있는 너를 보라고, 자기야. 내가 통제력을 쥐고 있다는 이유만으로 이미 이겼다는 사실을 모르겠어?

나는 최고에게서 배웠고, 모든 원리를 파악했어. 은밀하게, 오랫동안 활동할 것. 인내심을 발휘할 것. 단계에 따라 힘을 쌓아 나갈 것. 경험자가 된다는 게 무슨 의미인지 이해했을 때 내가 느낀 그 얼얼한 느낌은 세월이 지나면서 점점 더 두드러지기만 했어. 타인에게 경험을 이전하는 것, 내 경험을 타인 안에 심는 것이 통제의 본질이야. 그렇게 하면 사람들이 나처럼 생각하도록 만들 수 있어. 나의 눈으로 세상을 보도록 할 수 있어.

하지만 문제는 너무 많은 사람들이 같은 행위를 하려 들 거라는 점이야. 경쟁자들을 도태시켜야 하는 이유가 그거지. 클럽에서 나온 금발 남자는 첫 번째 목표물일 뿐이었어. 나는 천천히, 지금까지 몇 년 동안 경쟁자들을 제거해 왔어. 다른 경험자들의 수를 줄여왔지. 나만이 유일한 경쟁자가 될 거야. 물이 아니라면 다른 물질에 나의 관점을 새겨 넣을 거야. 나는 모두의 마음속으로 방울방울 스며들 거야.

너는 젊고 어리석어서 전체 그림을 보지 못하겠지. 하지만 지난 몇 년 동안 나는 고집스럽고도 꾸준한 진전의 증거를 보았어. 나는 그 과정을 끝까지 지켜보겠지만, 너는, 자기야, 그런 만족감을 즐기지 못할 거야. 너는 이 게임에서 빠지려는 참이니까.

"이제는 내 시간이야. 칵테일이 있든 없든."

그는 이를 드러내며 미소 지었다. "하지만 나는 칵테일이 있었으면 좋겠는데. 그래서 네가 내 계획에 들어오는 거야."

오스나트가 총을 뽑았다. 그녀는 손을 똑바로 뻗은 채 스테판의 얼굴을 바짝 겨누었다. "아닐지도 모르지." 그녀가 말했다.

스테판은 놀라서 눈을 번뜩였다. "이것 봐라! 총이네!" 그는 그녀의 손에 들려 있는 물건을 살펴보려는 듯 이리저리 머리를 움직였다. 그녀는 총구로 그를 좇았다. "잠깐, 내가 잘못 알았나? 아니, 아니야! 총구도 있고 방아쇠도 있고 전부 다 있잖아! 진짜 권총이네. 이것 참 흥분되는 일이야. 요게 총을 가지고 있다니." 그는 멈춰 서서 총 너머로 오스나트를 차갑게 바라보았다. "감동이라도 받아야 하나?"

"네가 말하는 '요것'은 총을 가지고 있고, 네가 주둥이를 닥치지 않으면 네 얼굴을 바로 쏴 버릴 거야." 오스나트가 말했다.

스테판은 생각에 잠긴 듯한 손가락을 들었다. "흠. 뭐, 그게 문제야. 내 생각은 다르거든." 그가 말했다. "최소 세 가지 이유를 들 수 있어.

첫째, 나에 대한 사랑의 경험이 아직 네 몸에서 걸러져 나가지 못했지. 나는 지금도 네게 중요한 사람이고, 그 이유는 비물질적이야. 넌 내 다리를 쏘는 것만으로도 네 감정을 거스르게 돼. 그런데 내 얼굴을 쏘겠다고? 설마.

둘째, 너는 사람을 죽여 본 적이 없어. 넌 아직 그게 얼마나 쉬운 일인지 모르지. 네가 몸을 담고 있는 문화는 특정한 행동들이 다른 행동과 근본적으로 다르다고 가르쳐. 어떤 행동에는 훨씬 더 큰 의미가 있다고 말이야. 죽음, 사랑, 살인. 사람들은 일단 그런 것을 한번 경험해 본 뒤에야 사실은 그런 행동도 세상의 다른 모든 행동과 똑같다는 걸 깨닫지. 물리학 법칙은 축구공을 골대에 집어넣든 총알을 뇌로 날려 보내든 똑같이 작용해. 공식은 똑같아. 그저 변수의 크기가 다를 뿐이지. 그리고 자기야, 넌 아직 그 누구의 얼굴도 쏴 본 적이 없어. 너는 그게 얼마나 평범한 일이 될 수 있는지 아직 모른다고. 이 순간이 중요하다는 감각이 너를 굳어지게 만들 거야.

그리고 셋째, 네 관점에서는 이게 가장 치명적인 요소일 텐데, 넌 아직도 안전장치를 걸어 놨어."

오스나트는 침을 삼켰지만 총을 내리지는 않았다.

"안전장치가 중요한 역할을 한다는 건 너도 알 거야. 안전장치를 풀지 않으면, 의도치 않게 총을 발사해 네 발을 쏴 버릴 확률이 꽤 높아. 아니, 네 경우에는 엉덩이가 되겠구나. 네가 등 뒤에 계속 총을 감추고 있었다는 사실을 내가 몰랐을 거라고는 생각하지 마. 그거 꽤 귀여운 엉덩이잖아. 아마 그래서 안전장치를 채워 둔 거겠지만. 그런데 누군가를 정말로 쏘고 싶다면 말이지, 자기야. 안전장치를 풀어야 해. 전문가들은 단 한 번의 동작으로 그렇게 하지. 단 한 번의 물 흐르는 듯한 동작으로 총을 뽑으면서 안전장치를 푸는 거야. 아니면 안전장치가 없는 총을 가지고 다니거나. 이런 식으로."

오스나트가 눈을 깜짝하기도 전에 스테판의 손에는 총이 들려 있었다. 그녀는 어느 순간 총을 마주 보고 있었다. 둘 다 곧게 편 팔에 무기를 들고 있었다. 둘의 얼굴은 상대방의 총구에서 겨우 몇 센

티미터밖에 떨어져 있지 않았다.

"내 설명이 충분했어?" 스테판이 차가운 목소리로 물었다.

그들은 몇 초 동안 그렇게, 책상 옆에 서 있었다. 그러다가 오스나트가 손가락을 뻗어 총 옆의 안전장치를 밀었다. 가벼운 달칵 소리가 났다. "이렇게?" 그녀가 물었다.

그의 입가에 가느다란 미소가 번졌다. "그래." 그가 말했다.

"네가 기뻐하니 좋네."

"너한테 놀랐어, 정말이야. 하지만 방아쇠를 당길 수 있는 사람인지는 우리 둘 다 아는 것 같은데."

"내가 총을 이런 식으로, 갱단처럼 돌리면?" 오스나트는 총을 바닥과 평행하도록 납작하게 돌리며 말했다. "이러면 좀 더 터프해 보여?" 그녀가 물었다.

"이거 하난 인정해야겠네. 너 꽤 용감하구나. 눈구멍에 무기가 똑바로 겨눠진 사람치고는 특히 말이야." 그가 말했다.

"고마워." 오스나트는 그렇게 말하며 엷은 미소를 지었다.

"미소까지 짓네." 그는 혼잣말처럼 말했다. "고무적인데. 근데 우리끼리 얘기지만, 왜 웃는 거야?"

"네가 모르는 걸 알고 있기 때문은 아닐까?" 그녀가 말했다.

"어디 보자." 스테판이 말했다. "너 왼손잡이는 아니지?"

"아니." 오스나트가 말했다. "하지만 난 혼자가 아니야."

스테판의 눈에 이해했다는 빛이 떠올랐다. 그 순간, 그가 옆으로 밀쳐졌다. 그의 등이 타격의 충격으로 휘어졌다. 그의 손에서 총이 날아갔다. 그는 넘어지면서 콘크리트 바닥에 머리를 처박았다. 방금까지 스테판이 서 있던 자리에 서 있는 사람은 벤이었다.

"정확히 어디서 이 발차기를 배웠는지 모르겠네요." 벤이 눈을 빛내며 말했다. "네팔에 있는 어느 수도원에서 배운 걸지도 모르겠다는 생각이 들어요. 아무튼 이 각도에서 날렸을 때 가장 적절한 발차기가 될 거라는 느낌이 들었어요. 일종의 직감이랄까."

"잘했어요! 정말로!" 오스나트는 그렇게 말하며 바닥을 겨누었다. "하지만 놈이 일어나려 하는데요."

벤은 검은 옷을 입은 남자가 고개를 저으며 벌떡 일어서는 것을 보았다.

벤은 군인들이 열을 지어 머릿속을 행진하는 것처럼 머리가 아팠다. 하지만 망설일 건 없었다. 그에게 달려오는 남자의 빠른 움직임, 단호한 눈과 말아 쥔 주먹이 거의 친근하게 느껴졌다. 벤은 몸이 얼얼하게 느껴졌다. 검은 옷을 입은 남자가 그와 접촉했을 때, 벤은 있는 줄도 몰랐던 몸의 기억에 따라 손을 움직이고 타격을 막았다.

영화와는 달리, 현실에서는 손발의 결정적인 움직임이 섹시하게 '획획' 이루어지지 않았다. 상대를 때리고 장기가 부딪힐 때마다 드는 느낌은 낮은 북소리라기보다는 어떤 고음처럼, 따귀를 맞는 것처럼 느껴졌다. 벤의 정신은 처음으로 진짜 싸움을 할 때 알게 되는 이런 사실을 받아들였다. 한편, 그는 평생 싸워 온 사람처럼 적의 움직임에 따라 거의 자동적으로 반응했다.

주먹, 주먹, 발차기, 돌진, 막기, 주먹. 머릿속이 다른 생각으로 꽉 차 있어도 매일의 일과는 할 수 있듯, 불가해한 일이 일어났다. 막기, 발차기, 주먹, 막기, 치기, 피하기.

스테판의 얼굴이 눈앞에서 움직이며 그의 방어를 깨려고 했다. 벤은 자신이 눈앞에서 움직이는 형체에 꿈속에서처럼 반응하는 것 같다고 느꼈다(발차기, 막기, 치기, 발차기). 한편 벤의 다른 부분은 옆으로 물러서서 '이렇게 싸우는 사람이 대체 누구지? 나인가?' 하고 궁금해했다.

오랜 시간에 걸친 훈련, 여러 달에 걸친 훈련이 쏟아져 나왔다. 벤은 눈을 노리고, 오른쪽으로 휙 움직이고, 왼쪽으로 몇 가지 동작을 했다. 왼쪽으로 발을 옮기자 상대방의 빈틈이 드러났다. 잘 봐, 저놈의 왼쪽 다리가 발차기를 준비하고 있어. 그는 손을 들었다. 저 아래를 공격할 좋은 기회야. 이 모든 일이 자연스럽고 정확하고 매끄럽게 일어났다.

스테판의 몸은 약점을 표시하는 불이 켜졌다 꺼졌다 하는 지도나 마찬가지였다. 벤은 경험적으로 적이 날려 대는 손을 알아볼 수 있었다. 명확한 위험이 닥칠 때는 그 손이 선명하게 보이고, 위험이 잦아들면 다시 흐려졌다. 그래, 나야. 지금 싸우는 사람은 나라고. 이거 나쁘지 않은데. 전혀 나쁘지 않아.

그는 손을 앞으로 내뻗으며 스테판의 주먹 사이를 가로질렀다가, 스테판의 공격 방향을 트는 동시에 그의 가슴을 드러나게 했다. 그런 다음, 벤은 온 힘을 실어 검은 옷 남자의 빈틈을 후려쳤다. 하지만 스테판은 몸을 움직이며 그 타격이 자신을 스치고 지나가게 하고 발차기로 공격했다. 벤은 공격해오는 발을 잡은 뒤, 그 추동력을 이용해 스테판을 뒤집으려 했다. 그는 허공에서 한 번 뒹굴어 1미터쯤 떨어진 곳에 내려섰다. 주먹을 쥔 채 얼굴에는 미소를 짓고 있었다.

"그거 알아?" 스테판이 말했다. "너, 도서관 사서치고는 꽤 잘 싸우는데."

"저는 기자입니다." 벤이 말했다. "정확하게 말해 주세요."

"그래, 좋아. 기자." 스테판이 말했다. "하지만 나는 기술을 배우고 연마하느라 오랜 세월을 보냈어. 반면에 너는 지름길을 이용한 것 같다는 느낌이 드는데. 누가 보면 부정행위라고 할 수도 있어."

"그럴지도 모르죠." 벤이 말했다. "토론으로 해결할까요?"

"아니." 스테판은 그렇게 말하며 옆으로 펄쩍 뛰었다.

벤은 스테판이 허공에 떠 있는 순간 무슨 일이 벌어질지 깨달았다.

그의 머리는 적이 뛰어오른 이유를 계산하고 세 가지 선택지를 제시했다. 모든 선택지는 발에 내리는 명령으로 끝났다. 스테판이 책상의 반대편에 내려서서 오스나트의 손을 잡고 그녀가 쥐고 있던 총을 벤에게 쏘기 시작했을 때, 벤은 이미 책장 사이를 내달리고 있었다.

스테판은 오스나트를 잡아 바닥에 팽개치고, 책상으로 뛰어오르더니 계속 벤에게 총을 쏘았다. 총알들이 쉭쉭 공기를 가르며 술병을 박살내고 자루에 구멍을 냈다. 금속 선반의 파편이 사방으로 날렸다.

벤은 폭발하는 경험들의 대열 사이로 빠르게 기어갔다. 주변 사방에서 유리 파편과 술 방울이 날렸다.

그때 나는 정상에 올랐다. 경치가 믿을 수 없이 아름다웠다가 머리 위 선반에서 새어 나왔고, **나는 온 힘을 다해 폐달을 밟고 또 밟았다. 나 때문에 관중들이 동요하는 것이 느껴질 때까지**가 그의 셔츠 섬유에 흡수됐다. 저장고에는 여기저기에 작은 웅덩이들이 점점이 생겨났다. **나는 어깨에 낙하산을 맨 채 절벽에서 뛰어내렸다. 바람이 내 얼굴을 후려쳤다**가 나는 대통령과 악수했다. 그는 내게 미소 지었다. **대통령의 손이 그토록 건조하고 단단하게 느껴지다니 놀라운 일이었다**와 뒤섞였다.

그 옆에서는 어느 선반에서 무언가가 계속해서 똑똑 떨어졌다. **엔진이. 포효했다. 그리고 나는. 눈을. 감았다. 엔진의 힘이. 우리를. 대기 밖으로. 밀어냈다.**

"일어나!" 스테판은 오스나트의 팔을 위로 홱 당기며 명령했다.

그는 오스나트의 관자놀이에 총구를 대고 콧김을 뿜었다.

"어이, 영웅 니리!" 그가 소리쳤다. "이리 나오지 않으면 네 여자친구 뇌에 총알이 박힐 거야. 얌전히, 천천히 나와."

책장 사이에서는 아무 소리도 들리지 않았다.

스테판은 분노와 아드레날린으로 몸을 떨었다. "셋을 센 다음 방아쇠를 당기겠다." 그가 텅 빈 공간에 대고 소리쳤다. "천천히, 손 들고 나와."

"하나!"

책장 사이에서는 어떤 움직임도 보이지 않았다. 멀리 어디에선가 액체가 조용히 똑똑 떨어져, **나는 어둠 속에서 그녀를 끌어안았고 우리는 폭풍이 지나가기를 기다렸다**와 함께 바닥에 스며들었다.

"둘!"

오스나트가 천천히 숨을 내뱉었다.

"셋…."

소리 없는 그림자가 위에서 뛰어내렸다.

오스나트는 겁에 질려 눈을 꽉 감았다. 쿵 하는 타격음과 스테판이 입이 막힌 채 분노의 비명을 지르는 소리가 들렸다. 그녀는 주먹을 말아 쥔 채 가만히 서서, 주변의 소리를 바탕으로 무슨 일이 일어나는 것인지 알아보려 했다. 결국 그녀는 용기를 내 눈을 떴다. 두 남자가 서로를 마주 보고서, 허공을 가르며 두 손을 빠르게 움직이고 있었다. 방향을 바꾸고, 때리고, 비틀고. 둘 사이로 총이 왔다 갔다 하며 주인을, 정체성을, 들려 있는 손을 계속해서 바꾸었다. 그녀는 움직임을 좇으려 했지만 소용없었다. 스테판은 입술이 팽팽하게 당겨져 치아를 드러내고 있었으며, 벤의 눈은 서로가 상대의 손에서 빼내려는 총에 집중하고 있었다.

결국 스테판이 긴 회전 동작을 통해 벤의 손에서 총을 빼냈다. 동시에 그는 벤의 가슴에 돌려차기를 날렸다. 벤은 뒤로 펄쩍 뛰면서 충격 대부분을 피했다. 하지만 이제 그는 그의 가슴에 총을 똑바로 겨누고 있는 스테판을 마주 보고 있었다.

오스나트는 가슴이 철렁했다. 그때, 그녀는 스테판이 손에 든 총의 윗부분이 사라진 것을 보았다. 벤이 손에 긴 검은색 금속 조각을 들고 얼굴에 미소를 띠고 있었다.

스테판은 아무 말도 하지 않았다.

그는 쓸모없는 무기를 던져 버리고 벤에게 달려들었다. 벤은 남은 총을 버리고 다가오는 타격을 막았다. 벤은 이 싸움이 영원히 지속될 수도 있다고 생각했다. 그의 두 손은 다시 자신만의 의지를 가진 것처럼 움직이고 있었다(왜 내가 오른팔을 이렇게 높은 각도로 들어 올린 거지? 아, 이 타격을 막으려는 거였구나. 좋은데. 잘했어, 벤).

"스테판!"

벤은 눈을 들었다. 오스나트가 스테판의 총을 두 손으로 쥐고 있는 모습이 보였다. 그녀를 등지고 있던 스테판은 굳이 뒤를 돌아보지도 않았다. 그는 작게 미소 짓더니, 짧디짧은 막간을 이용해 벤의 가슴을 차서 그를 책장 사이 통로로 날려 보냈다.

"넌 지금도 나를 쏠 수 없어." 그는 기어서 문 쪽으로 빠르게 움직이며 식식댔다.

오스나트가 방아쇠를 당겼다. 아주 조금 늦었다. 총알은 검은 옷을 입은 남자의 뒤쪽을 지나쳐 벽에 처박혔다.

"멈춰!" 벤은 자기도 모르게 소리쳤다. 그는 스테판을 따라 뛰었다. 빠르게 계단을 올라 방공호를 가로지른 다음, 바 없는 바로 통하는 계단을 올랐다.

그는 바가 있는 층에 이르렀을 때 스테판이 열린 문으로 빠져나가는 모습을 보았다. 스테판이 벤 쪽으로 뭔가를 던지면서 둘의 시선이 잠깐 마주쳤다. "선물이야." 그는 그렇게 말하고 거리로 사라졌다.

벤은 허공에서 빙글빙글 돌며 날아오는 타원형 물체를 보았다. 벤의 일부는 그게 무엇인지 궁금해했다. 하지만 더 많은 것을 배웠고 이런 식의 날아다니는 타원형 장치를 익숙하게 여기는 다른 부분은 이미 그 답을 알고 있었다.

"수류탄!" 그는 자신의 고함 소리를 들었다. 그의 몸이 바 뒤쪽으로 날았다. 폭발로 바 없는 바가 뒤흔들렸다.

21

일단, 신뢰를 좀 쌓읍시다.

당신은 여기, 저장고에 앉아서 허락을 구하지 않고 이 책을 읽고 있어요. 괜찮습니다. 나는 당신한테도 읽힐 운명이었으니까요. 하지만 당신은 속임수를 쓰려 하고 있어요. 과정을 모두 건너뛰고 곧장 결과를 얻으려는 거지요. 세상은 그런 식으로 작동하지 않습니다. 나 같은 책을 가지고 있더라도요. 그런 식의 묘기로 당신과 내가 모두 당황하는 일은 없도록 합시다.

당신은 다리를 꼬고 있습니다. 감초 사탕이 당신의 미뢰 사이에 촉촉히 젖어 있네요.

내가 당신을 안다는 사실을 증명하기 위해 더 많은 내용을 전달해야 할까요? 뭐라고 말해야 이 글이 당신을 위해 쓰였다는 사실을 납득시킬 수 있을까요?

하라면 할 수 있거든요.

나는 당신의 첫 번째 기억에 대해 말해 줄 수 있습니다. 당신은 다섯 살이에요. 때는 밤이고, 당신은 침대에 누워 있습니다. 잠들어 있어야 할 시간이죠. 그리고 당신 머리 위, 천장에는 빛나는 작은 점들이 있습니다. 빛의 실로 연결된 작은 별들이 그물을 이루고 있네요. 셔터 사이로 걸러져 들어온 빛입니다. 나는 당신이 여덟 살 때 나갔던 수영 시합에 대해서도 말할 수 있습니다. 당신은 온 힘을 다해 물을 후려쳤지요. 한 팔 한 팔 물살을 헤치며 다른 소녀 일곱 명을 제쳤고, 머리가 물에서 나왔다 들어갔다 할 때마다 군중의 합성이 커졌다 작아졌다 하는 소리에 즐거워했습니다. 얼음처럼 차가운 공기의 느낌이나 그 공기가 몸속에 흡수됐을 때의 느낌에 대해서도 이야기할 수 있어요. 점프할 때마다 공기가 당신의 영혼을 헹궈 내는 그 느낌 말입니다. 당신이 추락하는 느낌, 허공에서 빙글빙글 도는 느낌, 로프가 당겨지는 순간까지 시간을 연장하는 그 느낌에 매료되어 있다는 것도 말할 수 있지요.

다들 "저 여자는 완전히 미쳤어", "아드레날린 중독자야"라고 말합니다. 그런데 그거 아세요? 어쩌면 그 사람들 말이 맞을지도 모릅니다. 하지만 우리는, 우리 둘은 그게 전부가 아니라는 걸 알고 있습니다. 당신은 통제력만 주어진다면 아무리 터무니없는 짓이라도 기꺼이 할 사람입니다. 비뚤어지고 복잡한 방식이긴 해도, 이건 당신 나름대로 흥분을 경험하면서 자아의 테두리 안에 머무는 방법입니다.

당신은 오래전에 좌우명을 정했으니까요. 그때 당신은 학교에서 쌓은 멋진 우정이 그저 미리 정해진 역할극에 불과하다는 것을 느졌지요. 결국은 아무도 다른 사람에게 진짜로 신경을 쓰지는 않고, 마음과 마음이 통한다는 것 또한 시장에서 아주 잘 만들어진 개인적 진술서를 주고받는 행위에 지나지 않습니다. 그가 내게 비밀을 말해 줬으니 이제는 내가 무언가를 드러낼 차례야. 그녀가 내게 약점을 보여 줬으니 이제는 내 차례야.

어렸을 때 당신은 인생에 무슨 일이 일어났는데 누구에게도 그 일을 이야기하지 않으면, 그 일이 일어나지 않은 것과 마찬가지라고 믿었습니다. 무슨 일이 발생하든 당신에게만 속해 있는 한 전부 안개로 이루어져 있는 것이라고요. 당신은 그 일을 언어로 표현해 누군가에게 말할 때에만 그 일이 구체화되어 현실이 된다고 생각했지요. 그러다가 나이가 들면서, 당신은 이 스펙트럼의 반대편으로 넘어갔습니다. 당신은 상황을 최대한 느끼는 것으로 만족하게 되었습니다. 그 만족감을 다른 사람과 나누는 행위는 놓아 버리기로 했고요.

그야 누구도 다른 사람에게 실제로 가닿을 수는 없으니까요. 당신은 조용히 그런 전제를 세웠습니다. 당신이 무슨 말을 하든 그 말을 당신과 똑같은 방식으로 듣고 이해할 사람은 아무도 없습니다. 그 말은 오직 당신 안에서만 반향을 일으키는 의미로 여러 겹 싸여 있지요. 우리 모두의 사이에는 뛰어넘을 수 없는 무한의 틈이 존재합니다. 우리가 원하든 원하지 않든, 자신의 친구를 진정으로 이해할 사람은 아무도 없을 겁니다. 늘 거의, 얼추, 그저 비슷하게 이해하는 것일 뿐이지요.

우리를 둘러싸고 있는 보이지 않는 껍질은 의도가 담긴 언어, 눈짓, 몸짓으로 암호화된 우리의 생각을 뿜어냅니다. 수용자를 둘러싼 갑옷은 언어와 몸짓을 해독해 최초의 암호와 비슷한 점이라고는 하나도 없는 생각으로 번역하지요. 우리는 혼자입니다. 우리가 무얼 하든 상관없어요. 우리는 혼자일 때만 진실합니다. 그런데도 우리는 평생 동안 그 껍질을 꿰뚫을 수 있는 사람을 간절히 찾아다닙니다. 너무도 친숙해서, 그들과 함께 있을 때면 혼자 있을 때와 똑같은 모습으로 존재할 수 있는 사람을 말이지요. 하지만 우리는 그런 사람을 찾지 못합니다. 그래서 그 사람을 발명해 냅니다.

우리는 평생의 사랑이라고 부르는 남자에게 입을 맞춥니다. 하지만 그 사람은 완전히 평범한 남자 혹은 여자의 껍질로 싸여 있습니다. 우리는 어쩌면, 입맞춤이 충분히 깊어지고 단단해진다면 언젠가는 그들의 껍질에 금이 가고 부스러져 진정한 사랑이 그 틈새 사이로 빛날지 모른다고 기대합니다.

한편으로는 그때가 오기까지 영원으로부터 힘을 얻는 거창한 말들을 사용하지요. 나의 사랑, 나의 인생, 나의 세상. 하긴, 어느 날 밤 누군가의 곁에 누워 그의 따뜻한 체온을 느끼며, 그 사람의 귀에 친근하게 "나의 타협책…. 나의 소중하고 임시적인 타협책…."이라고 속삭일 사람이 누가 있겠습니까?

혹시 빨간불에 걸리면 옆 차에 탄 부부를 한번 보세요. 그것만으로 충분하니까요. 침묵을 지키는 두 사람이 눈을 앞에 두고 신호가 청신호로 바뀌기를 기다리고 있지요. 인생이 바뀌기를, 뭔가가 이미 바뀌어 있기를.

그들의 죽은 듯한 눈을 한 번 보는 것만으로도 이해할 수 있습니다.

혼자. 그것이 우리의 자연스러운 상태입니다.

왜곡은 사람들을 작은 공간에 욱여넣을 때 일어납니다. 자동차, 엘리베이터, 결혼식장. 방 세 개짜리 아파트의 벽 사이. 개지 않은 침대라는 경계선.

당신이 다른 누구에게도 낙하산 챙기는 일을 맡기지 않고 늘 직접 낙하산을 챙기는 데에는 이유가 있습니다. 독립성만이 문제는 아니에요. 이런 행위는 공기를 가르며 자유롭게 낙하하고자 하는 욕구, 당신만의 고요를 향해 물속으로 깊이 뛰어들고자 하는 욕구의 일부입니다. 나를 위험에 빠뜨리지 마세요. 위험에 빠져도 내가 직접 빠질 테니까. 비행기에서 떨어질 때는 내가 낙하산을 통제하는 것이 내 운명을 결정하는 누군가에게 몸을 맡기고 낙하하는 것보다 훨씬 낫습니다.

당신과 함께하는 남자에게 "이건 중요한 관계가 아니야", "난 그냥 좀 즐기고 싶을 뿐이야", "난 별로 상관없어"라고 말하는 것이 늘 중요한 것도 그래서죠. 그렇게 하면, 낙하산이 펼쳐져야 하는 방식대로 펼쳐지지 않고 당신에게 무슨 일이 일어나더라도 낙하산을 챙긴 사람은 당신이고 책임도 당신의 것이라는 사실을 알 수 있으니까요. 누군가가 당신 때문에 다치는 일도 없어야 합니다. 당신이 다른 누군가를 책임지는 일은 없어야지요.

당신에게는 어떤 이론이 있습니다. 당신은 그 이론이 무척 정당하다고 느끼지만, 한편으로는 그 가설이 틀렸으면 좋겠다는 강한 열망도 품고 있습니다. 그런데 갑자기 누가 당신의 샷 잔에 무언가를 집어넣었군요. 당신은 사랑이 어떤 것인지 알고 말았습니다. 새로운 감정이 당신의 내면에서 싹을 틔워 흙을 가르고 올라왔습니다. 그 감정이 하루 이틀 안에 시든다 할지라도 당신의 이론은 틀린 것으로 증명되었습니다. 세상에는 사랑이 있으니까요.

네, 이건 닭이냐 달걀이냐 하는 문제입니다. 사람은 사랑이 가능하다는 걸 믿지 않고서는 사랑할 수 없고, 사랑해 본 경험이 없으면 사랑을 믿을 수 없지요. 다른 사람들은 대체 이 문제를 어떻게 다루는 걸까요? 그건 당신이 신경 쓸 문제가 아닙니다. 당신에게는 지름길이 주어졌으니까요. 축하합니다.

누군가가 당신의 술잔에 사랑을 한 방울 떨어뜨렸어요. 어디 한번 사랑이란 불가능하다고 당신 자신을 설득해 보시지요.

그런 사랑, _그_처럼 숭고한 사랑이 없으면 우리는 뭔가가 결핍된 동물일 뿐입니다.

남자가 무언가를 주거나 자신의 일부를 내주는 경우는 무척 드뭅니다. 삼중으로 인쇄한 보고서도 없고, 냉정하게 판단한 계산도 없다면 말이지요.

남아 있는 숭고한 신비를 일부나마 놓아 주는 것은 인간의 존재를 화학적 반응이자 일련의 우연한 사건들로 정상화하는 것이지요. 별다른 변동 없이 길게 펼쳐진 지루함의 그래프처럼 말입니다.

어쩌면 사물을 다른 각도에서 바라볼 기회인지도 모릅니다.

네, 세상은 손상되고 긁히고 구멍이 잔뜩 나 있습니다. 작은 거짓말과 조작이라는 구멍들이 세상을 관통하고 있지요.

이것이 세상의 본질입니다.

가끔은 무언가가 봉합되고, 가끔은 찢깁니다.

이것이 세상입니다.

손상된 것.

세상에는 손상된 사람과 손상된 우정들이 들어 있으며, 세상의 사랑 역시 손상된 상품입니다. 상처가 가득하고 잘 부러지는, 취약한 것이지요.

하지만 어쨌든 그것이 세상입니다. 그게 바로 인간이고, 그게 여전히 사랑입니다.

손상되었지만, 사랑입니다.

이젠 당신의 예쁘장한 머리에 새로운 생각을 심는 데 성공했으니, 당신에게 책을 덮고 고개를 들라고 말해야겠군요.

누가 왔네요.

22

레온 베네수엘라는 버스에서 내렸다.

그는 뾰족뾰족한 콧수염을 가다듬었다. 한숨으로 이어지는 생각을 할 때마다 나오는 버릇이었다. 이어서 그는 한숨을 쉬었다.

한때는 그에게도 자신만의 은색 BMW가 있었다. 좌석에는 열선이 들어오는 컨버터블형 자동차였다. 그런데 요즘에는 버스를 탄다니. 승자의 추락이란.

한때는 거리의 모든 경험 판매원이 레온 베네수엘라라는 이름을 알았다. 그는 최초로 배낭여행 영업에 뛰어들어 세상 구석구석으로의 여행 경험을 믿을 수 없을 만큼 많이 모아들인, 성공한 사업가였다. 그는 대부분의 경험을 미니바 전용 술병에 담아왔다. 미니바 아이디어는 꽤나 천재적인 것이었다. 그건 분명했다.

예전에 그는 평범한 레온 레비였다. 그 이후, 레온에게는 베네수엘라를 가로지르는 스무 번의 여행을 전달할 기회가 찾아왔다. 그는 다방면에서 명성을 쌓게 됐다.

처음에 그는 남다를 것 없는 방식으로 사업을 했다. 거리에서 입

소문을 내고, 몇몇 주류 판매점과 공급 계약을 맺으려고 애썼다. 별 볼 일 없는 경험 판매원들이 하는 평범한 영업이었다. 하지만 그때 그는 아이디어를 떠올렸다. 그 아이디어를 활용하면 자신의 경험을 진짜 휴가용 패키지로 만들 수 있었다.

고객은 휴가를 원했고, 휴가를 즐기게 되었다. 진짜 휴가 말이다. 티베리아스나 네타냐의 모텔이나 북쪽의 작은 오두막에서, 어디에서든. 중요한 건 그 방에 미니바가 있어야 한다는 점이었다. 레온 베네수엘라는 손님들이 머무는 호텔이나 모텔의 관리인들과 넓은 관계망을 구축했다. 그는 고객들이 선택해 미리 주문한 경험이 담긴 술병을 그들에게 건네주었고, 그들은 그 경험을 미니바에 넣었다. '고객 전용'으로. 호텔들은 경험 비용을 포함해 가격을 올렸고, 그는 호텔과 함께 수익을 나누었다. 거리에서 그냥 경험을 팔 때보다 훨씬 큰돈을 받을 수 있었다. 레온의 사업은 훨씬 더 세련된 거래였고, 고객들은 기꺼이 더 많은 돈을 냈다. 그들은 패키지 거래를 통해 진짜 휴가를 누릴 수 있었으니까.

고객들은 그런 식으로 아슈켈론*으로 휴가를 떠났다가 테네리페 섬**에서 2주를 보낸 이야기를 가지고 돌아왔다.

모두가 만족했고, 레온은 다른 모든 사람보다도 더 만족했다. 사업은 대박이었고 이 성공은 그에게, 뭐랄까…. 성공의 느낌을 전해

---

*   이스라엘 남서부에 위치한 항구 도시.
**   스페인의 섬.

주었다.

하지만 세월은 변한다.

유행은 저물고 사업 관계는 해지며, 싼 값을 내세우는 경쟁자들이 시장을 망가뜨린다. 벤 예후다 거리에는 원래대로 술병을 사용하는 대신 알약 형태로 경험을 파는 남자가 나타났다. 사람들은 그 알약을 사서 파티 전에 삼키고, 다른 손님들에게 파리에 간 이야기를 늘어놓았다. 그 머저리는 이런 사실을 잘 알고 있는 모두에게 같은 경험을 팔았는데, 그래도 장사가 됐다!

레온 베네수엘라는 입에 풀칠을 하기 위해서라도 이런저런 일을 해야 했다. 그는 가격을 낮추고, 새롭고 실험적인 온갖 경험을 해보고, 함께 일하는 경험자들을 바꾸었다. 그는 2등급 경험을 자주 팔게 되었다. 선택지는 줄어만 갔다. 그의 공급원들이 판을 떠나고 은퇴하고 연락을 끊었다. 수입은 예전과 비교할 수도 없을 만큼 적어졌다. 경험도 예전 같지 않았다. 반 년 전에는 1년치 임대료를 내기 위해 두 달 동안 진짜 직장에 다녀야만 했다. 상황은 누가 보나 쓰레기 같았다.

그래서 벤처가 전화를 걸었을 때, 그는 당장 가겠다고 말했다. 버스를 타고 갈 거라는 말은 하지 않았다. 사실이기는 해도, 별로 좋은 꼴은 아니니까.

어쩌면 벤처가 그에게 무언가 제안할지도 몰랐다.

어쩌면 그녀는 레온을 경험의 현장으로 보내고 싶어 하는 걸지도 몰랐다. 그런 일을 해 본 건 오래전이었는데. 하지만 괜찮을지도 몰랐다. 레온은 아직 방법을 기억하고 있었으니까.

그는 주머니에 두 손을 깊이 찔러 넣은 채 거리를 따라 걸어갔다.

그는 이 가뭄을 무사히 지날 것이다. 반드시. 그는 생존자였다. 아니, 생존주의자였다. 뭐라고 부르든 상관없지만.

그는 바 없는 바의 문을 밀어젖혔다. 벤처 부인이 어느 테이블에 앉아 그를 기다리는 모습이 보였다.

"잘 지냈어요, 벤추라?" 레온 베네수엘라가 목 쉰 소리로 말했다. 평소처럼 *태연한* 태도를 보여주고 싶었다. 금전적으로 불안한 것은 매력적이지 않으니까.

"내 이름은 벤처야." 벤처 부인이 말했다. "아무튼 별 일 없네, 고마워. 자넨 어떻게 지내나, 레온?"

레온은 발걸음에 통통 튀는 느낌을 좀 더 실어 다가왔다. "그냥 그렇죠, 뭐. 바깥은 아수라장이거든요. 중요한 건 물 위로 고개를 내밀고 있는, 뭐 그런 거예요."

그는 주위를 둘러보았다. "여기 무슨 일 있었어요? 바에 구멍이 잔뜩이네요. 저 테이블이랑…. 저게 뭐죠? 여기서 뭐가 폭발했어요?"

"불행한 일이 좀 있었어." 벤처 부인이 말했다. "어차피 인테리어를 새로 할 생각이기도 했고. 그렇게 심하게 망가진 건 아니야. 어쨌든 바를 바꿔야 했고, 천장 작업도 해야 했거든. 테이블을 바꾸는 것이야 문제도 아닐 테고…."

"하지만…. 대체 무슨 일이 있었던 거예요?"

벤처 부인은 일어나서 자기가 앉아 있던 테이블 옆 의자를 가리켰다. "레온, 앉아." 그녀가 말했다.

레온이 자리에 앉자 벤처는 일어나서 바 뒤로 갔다. "마실 거라도 줄까? 맥주 어때?"

"맥주요?" 레온이 물었다. "이 시간에?"

"언제부터 맥주 마시는 시간을 따로 정해 놨다고?"

"뭐, 좋아요." 레온이 말했다. "경험은 안 들어 있는 거 맞죠?"

"깨끗해." 벤처 부인이 말했다. "완전히 평범한 맥주야. 시장 상황이 요즘 같은데 내가 경험이 들어간 맥주를 자네한테 낭비할 것 같은가? 이 이상 깨끗할 수가 없어, 멍청아."

레온이 인내심 있게 기다리는 동안, 벤처 부인은 맥주잔 두 개를 가장자리까지 가득 채우고 테이블 맞은편에 앉아 레온 몫의 잔을 그의 앞에 내려놓았다.

그는 맥주를 몇 모금 마셨다.

"그래서, 노점상들의 세계에는 새로운 소식이 있나?" 벤처가 물었다.

"아시겠지만, 우리는 우리 자신을 독립 중개업자라고 부르는 편을 선호합니다." 레온이 말했다.

벤처 부인은 별 생각 없이 자기 맥주에 떠 있는 거품을 조금 빨아먹었다. "뭐든."

레온은 한숨을 쉬었다. 거의 친근하게 느껴지는 분위기 때문인지 마음이 좀 열렸다. "상황이 그리 쉽지는 않아요." 그가 말했다. "거리에 나오는 물건은 점점 질이 떨어지고 있어요. 새로운 경험자는 없는데, 고객들은 늘 새롭고 흥미로운 걸 원하죠. 이것만으로도 문제인데, 진짜 큰손이라고 할 만한 손님들은 이제 저마다 개인 경험자를 두고 있어요. 요즘에는 부자가 아닌 손님들이 없다니까요. 아마 사장님도 같은 일을 겪고 계시겠지만요."

"신나서 집에 알려주고 싶은 상황은 아니지. 그야 모두가 아는 사정이고." 벤처가 말했다. "가끔은 내가 채워 줄 수 없는 주문이 들어와. 이 가게의 명예에 별 도움이 되지 않는 일이지."

"네, 하지만 사람들은 바 없는 바를 여전히 고급 판매점이라고 생각해요. 어느 정도 품격이 있는 곳으로요. 어쨌든 여긴 울프의 가게였잖아요. 사람들은 그 점을 기억하고 있어요." 레온이 말했다. "우리야 예전부터 '덜 진지한' 존재로 여겨졌죠. 하지만 요즘에는 코트 안에서 짝퉁 롤렉스라도 꺼내서 파는 것 같은 기분이 든다니까요. '어이, 아저씨. 카이로 여행 하나 사실라나?' 하는 식으로요. 쉽지 않아요."

벤처 부인이 잔을 들었다. "옛날을 위하여."

"과거와 미래를 위하여." 레온도 자기 잔을 들어 올리며 말했다.

"맞는 말이야."

잔과 잔이 부딪혔고 그들은 조용히 술을 마셨다.

마침내 레온이 잔을 내려놓고 벤처를 보았다.

"그래서, 왜 부르신 거예요?" 그가 물었다. "전성기를 지난 나이 든 영업 사원이 바 없는 바에 무슨 도움이 될 수 있을까요?"

"솔직히 말하면," 벤처 부인이 말했다. "나는 자네가 나를 빅 즈비 카에게 연결해 줄 수 있을지도 모른다고 생각했어."

레온은 어깨를 축 늘어뜨렸다. "진짜 왜 이러세요." 그가 말했다. "그런 거면 그만두세요."

"예전에는 둘이 정말로 가까운 파트너였잖아." 벤처 부인이 말했다. "더는 그 친구와 연락하지 않나?"

"네." 레온이 말했다. "그 친구는 죽었어요. 그전에 사업적으로 안 맞아서 멀어지기도 했지만요. 관점에 따라서는, 그 친구가 죽은 다음에 멀어졌다고 할 수도 있겠네요."

"무슨 말인지 모르겠는데." 벤처 부인이 말했다.

레온은 한숨을 쉬었다. 그는 맥주를 다시 홀짝였다.

"즈비카랑 저는 6년 동안 함께 일했어요. 아시다시피 저는 주로 여행 사업을 했고, 즈비카는 당시에는 쉽게 접근할 수 없었던 시장 을 개척한 경험자들과 일했지요. 즈비카는 머나먼 곳, 북극이나 남 극 같은 곳으로의 여행을 전문적으로 다루었어요. 아프리카라든 가. 저는 주로 고전적인 유럽과 극동의 경험을 판매하면서 막 선택 지를 늘려가는 단계였죠. 우린 그렇게 어울리기 시작했어요.

즈비카는 좋은 녀석이었어요. 늘 다른 사람 걱정을 하고, 자기가 하는 일에 필요한 것을 훨씬 넘어서는 노력을 들이는 그런 사람이 었죠. 제 말은, 즈비카가 모든 것을 진심으로 받아들이고 모든 것이 완벽해야만 직성이 풀리는 사람이었다는 거예요. 즈비카는 모두가 자기한테 만족하기를 바랐어요. 저는 즈비카에게 늘 '진정해, 즈비카. 심장에 무리가 간다고. 너 그거 병이야. *최대 걱정병*이라는 병. 넌 *될대로돼라*실린을 매일 복용하고 꼭 쉬어야 해'라고 말했어요. 하지만 녀석은 듣지 않았어요. 즈비카는 품위 있는 사람이었죠. 그 녀석과 함께 어떤 남자 모델 에이전시 일을 맡아 코스타리카로 대규모 여행을 떠났던 게 기억나요. 남자 모델들은 중앙아메리카를 아주 좋아하지만, 그 경험을 술로 마시는 건 원하지 않지요. 밀가루나 빵에 들어가는 설탕 형태로 원하죠. 그러면 패션쇼 무대를 밟기 전에 그걸 코로 들이마실 수 있거든요. 아무튼, 요점만 말하자면 우리 경험자가 멀미를 하는 바람에 여행 전체가 망가졌어요. 우리에게는 마감까지 2주밖에 남지 않았죠. 그때 즈비카가 직접 코스타리카로 내려가서 믿을 수 없을 만큼 멋진 여행을 해냈어요. 저한테도 맛을 보게 해 주었는데, 정말 다르더라고요. 모델 에이전시는 만족해서 같은 경험을 두 번 더 주문했어요. 더 큰 패키지로요. 즈비카는 믿을 수 있는 사람이었어요. 코스타리카는 그 녀석의 전문 분야도 아니었는데."

"대단하네." 벤처가 말했다. "엄청난 희생정신이야, 그 거친 땅을 여행하다니."

"아니 뭐, 당연히 즈비카도 즐기긴 했겠죠. 그래도요. 제 말 무슨 뜻인지 아시잖아요." 레온이 어깨를 으쓱하며 말했다.

"난 사람들이 왜 그 녀석을 빅 즈비카라고 부르는지 모르겠어."

벤처 부인이 물었다. "새우같이 생긴 녀석이었는데."

"그 친구 아버지가 즈비카의 엄마와 이혼하고 다른 여자랑 재혼했는데, 그 여자의 아들 이름도 즈비카였거든요." 레온이 말했다. "제 친구 나이가 더 많아서, 사람들이 그 녀석을 큰 즈비카라고 부르고 다른 녀석을 작은 즈비카라고 한 거죠. 여동생들도 있었어요. 큰 이브랑 작은 이브. 그 가족에는 이상한 우연이 많았죠."

"그런데 왜 갈라선 건가?" 벤처 부인이 물었다.

"그 친구가 죽었거든요." 레온이 말했다. "그다음에는 그 녀석이 여행 사업을 그만두기로 했고요."

벤처 부인이 눈을 가늘게 뜨고 그를 보았다. "뭐라고?" 그녀가 마침내 물었다.

"제 기억이 맞다면, 그 친구는 전쟁 경험인지 뭔지를 얻으려고 콩고로 출장을 떠났어요." 레온이 말했다. "긴 얘기지만 요점만 말하면, 그 친구가 거래의 세부적인 내용을 해결하는 도중에 웬 게릴라군이 일행을 공격했대요. 어느 반군이었는지는 모르겠어요. 아프리카의 그 모든 반군 단체를 알고 다니는 건 아니니까. 아시다시피 그 단체들은 늘 이름을 바꾸거든요. 즈비카 일행도 자기들을 공격한 게 누군지 알았는지 모르겠어요. 어쨌든, 즈비카의 목에 총알이 박혔죠. 즈비카는 피를 엄청나게 흘렸어요. 사람들이 현장에서 즈비카를 구해 보려 했지만, 즈비카는 병원으로 가던 중에 죽었어요. 6분 동안요."

"6분 동안?"

"네. 6분 동안 임상적으로 죽어 있었어요. 심장도 안 뛰고 어쩌고 저쩌고. 즈비카는 사실상 세상을 떠났지만, 다행히도 비교적 현대적인 장비를 갖춘 마을의 병원에 도착하게 됐어요. 그 병원에서 즈비카한테 전기 충격인지 뭔지 하는 병원에서 하는 처치를 해줬죠. 그러자 즈비카가 살아났어요. 하지만 즈비카는 의식이 없는 동안 죽음의 문턱을 넘어서는 경험을 해 본 거예요. 커다랗고 흰 빛, 통로, 평화로운 기분, 깊은 사랑. 기본적으로 즈비카는, 그 빌어먹을 빛을 봤어요. 다른 사람이 돼서 콩고에서 돌아왔죠. 뭐랄까, 심오해졌어요. 인생에 대해 다른 관점을 갖게 된 거예요."

"그래서 경험 시장에서 나가기로 했다?"

"네? 아뇨. 즈비카는 임사 체험을 팔기 시작했어요. 여행 패키지야 10원에 열두 개씩 팔리지만 임사 경험이라니? 죽었다가 다시 살아난다니? 그런 경험은 누구에게도 없었어요. 즈비카는 자기만의 사업을 일궈 나갔죠. 녀석은 '빛을 전파하고' 싶어 했어요. 우연히도 그 빛이 엄청난 캐시 카우가 되어 주기도 한 거고요."

"무슨 말인지 알겠네." 벤처 부인이 말했다.

"아니, 모르실 걸요." 레온이 말했다. "지금 얘기하는 돈은 수백만 달러예요. 사람들은 언제나 인생의 의미를 느끼게 해 줄 무언가를 찾죠. 사실 그런 것에 목말라 해요. 하지만 그런 의미를 찾기 위해 죽으려는 사람은 없어요. 솔직히 말하면, 열심히 노력하려는 사람조차 없죠. 그런데 즈비카가 와서 그 경험을 팔기 시작한 거예요. 처음에는 이스라엘에서, 그 다음에는 유럽에서, 그 다음에는 미국에서 말이죠. 녀석은 핫케이크라도 되는 것처럼 자기 죽음의 경험을 팔았어요. 모두가 빛을 보고 그 고요함을 느끼고 싶어 했죠. 그 녀석이 유일한 공급자이기도 했고. 아무도 그런 경험을 위해 죽을 위험을 감수하지는 않았거든요. 결국 녀석은 미국으로 가서, 거기에 사업체를 세웠어요."

"장사가 잘 됐나?"

"잘된 정도가 아니죠. 수백만 달러를 벌었다니까요. 웹사이트까지 만들고 온라인으로 그 경험을 팔았어요. 위스키에, 오렌지 주스에, 아스피린에 담아서. 사람들은 타이레놀 한 알을 먹고 빛을 보게 됐어요. 말도 안 되는 일이었죠. 유일한 문제는, 녀석이 자만했다는 거예요. 저는 그 녀석에게 빛을 보는 건 개인적인 경험이어야 한다고 말했어요. 안 통하데요. 아예 안 먹히더라고요 듣지를 않았어요. 즈비카는 미친놈처럼 돈을 쓰기 시작했어요. 도박에, 매춘에, 어디든지요. 결국 아무리 빛을 봐도 우리는 말도 안 되게 물질주의적인 인간이 될 수 있는 거예요. 아무튼 제 생각은 그래요. 어쨌든 제 생각에 그 녀석은 뭔가를 깨달은 사람 치고 마약을 엄청나게 많이 했어요. 아, 거기다 녀석은 마약 경험도 같은 사이트에서 팔았어요. 다른 제목을 달아서요. 정말이지 초현실적이었다니까요."

"요즘은 그 친구 어디에 있나?"

레온은 맥주잔 전체를 손가락으로 쓸었다. "죽었어요. 한 번 더. 마약 과용으로요. 이번에는 다시 나타나지 않았죠. 두 번째 죽음으로는 한 푼도 벌지 못했어요."

"안됐네." 벤처 부인이 말했다. "그 친구와 한마디 해 보고 싶었는데."

"무슨 얘기를요?"

"예전에 내가 즈비카를 한 번 만났거든. 그때 즈비카가 박물관 사람을 직접 안다고 했어."

"박물관 사람이라…." 레온 베네수엘라가 말했다.

"그래. 건국 이래로 박물관 지하실 금고에 몇 가지 중요한 경험들이 보관되어 있다는 건 알지? 아무튼, 즈비카가 그 박물관 큐레이터와 아는 사이였어. 열쇠를 가진 사람 말이야."

"그 빨간 머리요?"

"난 몰라. 그 사람 머리 색깔을 이야기한 적은 없어서." 벤처 부인이 말했다.

"박물관 사람은 왜 필요하신데요?" 레온은 눈썹을 치켜올리며 물었다.

"별다른 일은 아니고…." 벤처 부인이 말했다. "나한테 거기에 보관하고 싶은 물건이 있다고만 해 두지. 기억을 보관하기에는 거기가 그래도 가장 안전한 장소이니까."

"뭘 보관하고 싶으신데요?"

"그런 게 있어."

"그런 거?"

"몇 개 될지도 모르고."

레온은 의자에 기대앉았다. "저한테 그 큐레이터의 전화번호가 있다면요?"

벤처 부인도 의자에 기대앉았다. "그럼 정말로 기쁘겠지."

그들은 서로를 재어 보았다. 협상이 시작됐다.

"즈비카는 미국으로 떠나면서 저한테 온갖 번호를 남겨줬어요." 레온이 말했다. "제가 가장 먼저 이야기를 나눈 사람 중 한 명이 그 박물관 사람이었죠. 그 사람을 설득해서 금고에 있는 경험을 팔게 하고 싶었거든요. 아무 소용도 없었지만. 대쪽 같은 사람이에요."

"그런 걸 보면 인생을 긍정적으로 생각하게 돼."

"네. 네. 이런 것들을 지키는 사람들이 정신 똑바로 박힌 사람이라는 건 아주 중요한 일이죠." 레온이 고개를 끄덕였다. "전 그 사람하고 두세 번쯤 이야기를 나눠 봤어요. 그런 사람하고는 좋은 관계를 유지해야 하니까요. 하지만 이름조차 듣지 못했어요. 전화번호밖에 없어요. 아주 비밀스러운 사람이에요."

그들은 몇 초 동안 아무 말도 하지 않았다.

"알겠지만," 벤처 부인이 생각에 잠겨 말했다. "내 생각이 맞다면 자네는 이 가게에 진 빚이 좀 돼."

"그래요?"

"사실, '좀' 이상이지. 스물다섯 병어치는 될 테니까."

"그게 무슨 말이에요? 전 생각이 안 나는데요."

"그래? 나는 기억 나는데. 사실은 꽤 잘 기억 나. 위스키 열 병, 데킬라 두 병, 브랜디 열세 병이지."

"네, 들으니 알 것 같네요." 레온이 말했다.

"그 브랜디가 얼마짜리인 줄 아나? 우리한테 진 빚이 얼마나 되는지 알아?"

"심각한 것 같긴 하네요." 레온이 조용한 목소리로 말했다. "하지만 전부 돌려드릴게요."

"자넨 아무것도 돌려주지 못할 거야. 우리 둘 다 그 사실을 알고 있고." 벤처가 말했다. "내가 자네한테 전화를 걸어서 오늘 여기 오면 뭔가를 얻을 수도 있다는 언질을 주지 않았다면, 자네는 늘 그러듯 우리 가게 반경 100미터에 절대 들어오지 않았겠지. 하지만 난 자네에게 한 가지 제안을 하려 해."

"무슨 제안이요?"

"내가 자네 빚을 탕감해 주는 거야. 자네는 박물관 사람과 이야기해서, 내가 지하실의 금고에 술을 몇 병 보관할 수 있도록 해 주고."

레온은 기회를 알아보았다. "뭔지는 모르겠지만, 정말 보관하고 싶으시군요?"

"꼭 그러지는 않아도 되지만, 안전한 곳에 두는 편이 나을 테니까. 빨리 해야 돼. 오늘."

"대체 뭔데요?"

"나한테는 그 문제를 이야기할 권한이 없어."

"제가 안전하게 보관해 드리면 어때요? 이 동네 이곳저곳에 그리 나쁘지 않은 비밀 보관 장소들이 있는데요."

"아니. 나는 박물관 지하 금고를 원해."

레온은 고개를 기울이고 생각해 보았다.

"손을 좀 쓸 수는 있을 것 같아요."

"그래?" 벤처 부인이 말했다.

"그 사람이…. 그 사람이 저한테 빚진 게 좀 있거든요. 말하자면 제가," 레온이 말했다. "그 친구가 오랫동안 데이트를 신청하고 싶어 했던 여자랑 그 친구를 연결해줬어요. 그 친구한테 한두 마디 해 볼 수 있을 것 같네요."

"오늘?"

"오늘요."

"잘됐네."

"하지만 빚진 것을 취소하는 것만으로는 안 될 것 같아요." 레온 베네수엘라가 말했다. "보수를 좀 더 주시면 좋겠는데."

"진심으로 하는 소린가?"

"저는 고급 경험이 필요해요. 수요가 있을 만한 것, 저를 이 판에 돌아오게 해 줄 만한 것이요."

"그 술 스물다섯 병으로 내가 어떤 빚을 탕감해 주는 건지 알기나 해?"

"유감이지만, 어쨌든 저는 작게나마 우대 조건을 달 수밖에 없네요." 레온이 입술을 핥으며 말했다. "선의의 표시라고 해둘까요?"

벤처 부인은 맥주잔을 집어 들고 안에 남아 있는 것을 보더니, 잔의 내용물을 목구멍으로 넘겼다.

그녀는 유리잔을 테이블에 쾅 내려놓은 다음 팔짱을 끼고 생각에 잠겼다. 그녀는 꿰뚫어 보듯 베네수엘라를 보았다.

"한 병." 결국 그녀가 말했다.

"좋아요. 하지만," 레온이 말했다. "고급이어야 해요."

"알았어."

"깨끗한 경험으로요. 개봉 안 한, 사용하지 않은 것으로. 여행 경험이면 더 좋고요. 평범하지 않은 것이어야 해요. 시장을 조금 뒤흔들 만한, 소란이 일어날 만한 것."

"만족할 거야, 걱정하지 마." 벤처 부인이 말했다. "아주 만족할 거야. 여기서 기다려."

23

벤과 오스나트는 천천히 책장들을 살피며 눈으로 이름표를 훑었다.

벤은 다섯 번째, 오스나트는 세 번째로 책장들을 지나고 있었다.

알고 보니 책상 위의 커다란 책에 적혀 있는 목록은 쓸모가 없었다. 첫 네 페이지에는 이 통로, 저 통로에 대해 휘갈긴 메모를 담겨 있었지만, 울프는 어느 시점에 목록 비슷한 것을 만드는 일조차 포기한 듯했다. 그는 사실상 장부에 기록하는 일을 완전히 그만두었고, 그가 남긴 몇 안 되는 메모는 현실과 극도로 조잡하게만 연결되어 있었다. 그들은 저장고의 물건을 하나씩 하나씩 살펴보아야 했다.

벤처 부인은 스테판이 이야기한 칵테일이 있을지도 모르고, 없을지도 모른다고 했다. 하지만 그런 칵테일이 정말로 존재한다면, 그 칵테일이 엉뚱한 사람 손에 들어가도록 놔둘 수는 없었다. 그들은 칵테일을 찾아 숨겨야 했다. 이곳은 더 이상 안전하지 않은 게 확실했으니까.

벤의 눈이 아래쪽 선반의 금속 상자 몇 개를 두리번거렸다.

그곳에는 크기가 서로 다른 여덟 개의 상자가 놓여 있었는데, 상자에는 각기 L.V.B.라는 글자가 적혀 있었다. 벤은 돌려서 열게 되어 있는 그중 한 상자의 뚜껑을 열고 안을 보았다. 고운 주황색 가루가 가느다란 줄을 이루어 들어 있었다. 가루 몇 알이 뚜껑 가장자리에 달라붙어 있었다. 벤은 뚜껑을 손가락으로 쓸어보고, 손가락에 묻은 주황색 가루 세 알을 몇 초 동안 살펴보았다.

그는 잠시 그 가루에 대해 곰곰이 생각해본 다음, 손가락을 혀 끝에 댔다. 몇 초가 지난 뒤에야 벤은 그 정체를 깨달았다. 그는 뚜껑을 닫으면서 모서리에 붙은 작은 스티커를 보았다. "1824년 5월*". 말이 됐다. 구석 자리에 앉은 사람의 것이기는 했지만, 9번 교향곡이 틀림없었다. 최초 지휘자의 최초 공연. 벤은 상자를 원래 자리에 돌려놓았다. 이 상자에는 모두 특정한 공연에 참석한 경험이 담겨 있는 게 분명했다.

24시간 전의 벤은 감히 가루를 맛보지 않았을 것이다. 금속 상자를 들고 겁에 질린 채 손가락 끝으로 그것을 만져 볼 뿐, 손바닥으로 상자를 감싸 쥐지도 못했을 것이다. 하지만 현재의 벤은 이런 식으로, 등을 곧게 펴고 숨을 쉬는 것을 더 편하게 느꼈다. 그는 온 세상이, 보이는 것이나 들리는 것이나 더욱 선명해진 것만 같은 느낌

---

*   베토벤의 9번 교향곡 초연이 1824년 5월 7일이었다.

이 들었다. 그는 인간이란 당당하게 서는 데 참 빨리도 익숙해진다고 생각했다. 무언가의 눈을 똑바로 들여다보는 그 능력에 말이다.

"아까 당신을 보고 놀랐어요. 인정할 수밖에 없겠네요." 오스나트가 손가락으로 다른 색깔의 술병들을 쓸고 지나가며 말했다.

"그러게요. 나도 놀랐어요." 벤이 말했다.

"음, 달라진 기분이 들어요?" 오스나트가 물었다.

벤은 몇 초 동안 생각해 보았다. 그는 눈을 들었다. 둘 사이에 가로놓인 여러 줄의 경험들 너머로 그는 자신을 바라보는 그녀를 보았다.

"네." 결국 그가 혼자 미소 지으며 말했다.

그가 경험한, 경험했다고 느껴지는 그 모든 것 안에 들어 있던 무언가가 관점을 바꾸어 주었다. 실수를 저지를지 모른다고 해서 계속 두려워할 이유가 뭐란 말인가? 사람들이 좀 더 나아지겠다고 현기증이 날 정도로 뛰어드는 광란의 경주가 갑자기 우스꽝스럽게 보였다. 지금의 그는 충분히 많은 실수를 소화한 뒤였다. 실수는 꼭 필요한 것이었다.

아마 문제는 상상력이었을 것이다. 그가 행위를 과소평가하고, 노력을 회피하고, 성공으로 가는 길에 놓인 천 번의 실패를 마주하는 데 주저하도록 만든 위험한 상상력. 그 상상력이 벤에게 너무도 많은 신기루와 실행할 수 없는 시나리오들을 제시했다. 그 상상력이 복권에 당첨되는 것을 달성할 수 있는 목표처럼 보이게 했고, 거리에서 눈여겨보았던 여자들을 밤에 침대에 끌어들일 수 있을 것처럼 생각하게 만들었다. 그 상상력 때문에 벤은 억눌린 열정과 애욕을 터뜨릴 수 있을 것만 같았다. 그 상상력이 벤에게 아주 미미한 실패들을 다시 떠올리고 그 실패의 방향을 틀어 보도록 해 주었다. 그를 비웃는 모든 사람들의 입을 다물게 할 만한 끝내주는 문장들을 생각해내게 했다. 그가 얼어붙어 아무 반응도 보이지 못했던 바로 그 순간에, 이상할 정도로 젠체하는 동작들을 내보이게 했다. 벤은 진짜로 반응하는 대신에 그런 상상으로 만족하고 말았다.

상상력은 그를 품에 안고 살며시 흔들어 잠들게 했다. 그가 아침에 인생을 낭비했다는 두려움에 휩싸이지 않은 채로 눈을 뜨도록 만들었다. 걱정하지 마, 내가 여기 있어. 내가 너를 돌봐 줄게. 네 곁에 내가 있으면, 너는 언제나 모든 것이 괜찮으리라고 느끼게 될 거야….

한때 그는 우리가 단 한 번의 인생을, 단 하나의 줄거리를 살아갈 뿐이라는 사실에 비극의 뿌리가 있다고 생각했다. 하지만 그게 비극이 되는 건 우리가 이런 법칙 앞에 겸손하게 허리 숙이기를 거부할 때뿐이다.

벤의 마음속에서 어떤 인물이 만들어지기 시작했다. 오랜 세월 그는 모든 것이 시작될 순간을, 인생이 '진짜로' 시작될 순간을 기다렸다. 그는 모든 것이 그지 준비일 뿐이라고 느꼈다. 기간시설의 확충, 진짜를 예비하는 행위일 뿐이라고. 하지만 갑자기 그 예비 행위가 터져버렸다. '현재'는 존재했고, 그는 그 '현재'에서 활동하고 있었다.

"그래, 어쩌겠어. 그 머저리가 대가로 뭘 달라는데." 벤처 부인은 계단을 내려오며 말했다.

"누가요?" 오스나트가 책장들 깊숙한 곳에서 물었다.

"레온 말이야. 내가 너한테 얘기했던 녀석." 벤처 부인이 말했다. "그놈이 위층에서 나를 기다리고 있어. 내가 녀석에게 확신을 줄 만한 술병을 하나 가져오겠다고 했다."

"무슨 경험이요?" 벤이 물었다. "이쪽 통로에서 흥미로운 것들을 몇 개 봤는데."

벤처가 그를 따라 통로를 걸어왔다. "그 녀석은 여행을 좋아해." 그녀가 말했다. "괜찮은 이국적인 여행도 봤나?"

"네, 이쪽이에요." 벤이 말했다. 그는 통로 앞쪽으로 가 맨 위 선반을 보았다.

"아, 여기 있네요." 마침내 그가 가리켰다. "이 선반 전체가 다 여행에 관한 거예요. 사장님 보시기에 좋은 걸로 고르세요."

벤처 부인은 술병들을 훑어보았다. 술병들은 비교적 크기가 크고 불룩했으며 짙은 색 액체로 가득 차 있었다. "대부분은 라 핀타와 니냐로군." 그녀가 말했다. "하지만 정말로 그 녀석의 마음을 사로잡을 건 산타 마리아일 듯하구나. 세 병 있는데 하나 내려다오."

벤은 팔을 뻗어 선반에서 술병 하나를 조심스럽게 내렸다. 벤처가 술병을 받아 갔다. "너 정말로 더 나아 보이는구나." 그녀가 말했다. "자세가 뭔가 달라졌어. 좀 더 현실감 있어 보이는데. 그건 그렇고, 아직 못 찾았니?"

"아무것도 없어요." 오스나트가 말했다. "정말로 그런 칵테일이 있다고 생각하세요? 울프가 그런 개념을 이야기한 적이 있나요?"

벤처는 입구에 서서 방 쪽을 돌아보았다. "아니." 그녀가 말했다. "그런 얘기는 전혀 하지 않았어. 하지만 이제 보니, 울프가 아무 말도 하지 않은 프로젝트가 수도 없이 많은 것 같구나. 울프는 여기에 대해서도 말한 적이 없거든." 그녀는 책장으로 가득한 방을 가리키더니 떠났다.

"음, 칵테일을 찾아보는 건 별로 좋은 생각이 아닌 것 같아요." 오스나트가 말했다.

"왜요?" 벤이 물었다.

"그럼 스테판의 일을 대신 해 주게 되잖아요." 그녀가 말했다. "지금은 아무도 칵테일이 어디에 있는지 몰라요. 그런 칵테일이 존재하는지조차 모르죠. 그건 스테판도 마찬가지예요. 하지만 우리가 칵테일을 찾아내면, 스테판이 우리한테서 칵테일을 훔치기만 하면 되죠."

"우리가 먼저 박물관에 칵테일을 갖다주면 못 그러겠죠."

"그럼 애초에 왜 그 칵테일을 찾는다는 거예요? 원하는 사람이 직접 찾아보라고 하지."

"스테판이 직접 칵테일을 찾아본다고 해도, 일단 방해가 되는 우리를 처리한 다음일 걸요." 벤이 말했다. "최고의 선택은 아니죠."

"이제는 스테판이 그렇게 걱정되지는 않아요. 지금은 당신한테 그 모든 인생 경험이 있으니까." 오스나트가 말했다. 그녀는 두 손을 내저으며, 놀리듯 무시하는 표정으로 미소 지었다.

"그 인생 경험이 나한테 지나친 자신감은 주의하라는데요." 벤은 술병 사이 공간에서 그녀와 눈을 마주치며 말했다.

벤은 어느 선반 깊은 곳에서 불분명한 이름표가 붙어 있는 단지를 보았다.

그는 안으로 손을 뻗어 조심스럽게 단지를 꺼냈다. 꿀단지였다. 아무 무늬 없는 흰색 이름표가 단지를 감싸고 있었으며, 이름표에는 '387번째 시도'라고 적혀 있었다.

정말이지, 가능성이 있어 보였다.

벤은 뚜껑을 열고 안을 보았다. 꿀은 굳어 있었다. 하지만 데우기만 하면 다시 먹을 수 있을 게 분명했다. 단지 가장자리에서 설탕 잔여물이 반짝였다. 벤은 손가락으로 조심스럽게 쓸어, 알갱이가 된 오래된 꿀 일부를 퍼냈다. 이런 걸 입에 넣는 게 현명한 일일까?

그는 어깨를 으쓱하고 손가락을 핥았다. 단지를 닫아 다시 원래 자리에 돌려놓았을 때에야 기억이 똑똑 흘러들었다.

누군가가 그의 어깨에 머리를 기댄 채로 조용히 앉아 있는, 가볍고 투명한 기억. 영국 억양의 누군가가 배경에서 느릿느릿 노래를 부르고 있었다. 눈에 들어오는 그림은 아른아른했다. 늦은 오후, 빽빽한 나뭇가지 사이로 들어오는 빛 같았다. 기억 속의 흐릿한 작은 새 한 마리가 나뭇가지 사이를 폴짝폴짝 뛰어다녔다. 아무리 집중해도 그 이상은 볼 수 없었다. 그 기억은 편안하고 섬세한 느낌을 주었다. 공기 중에는 초콜릿 향기가 감돌았다. 그게 전부였다.

이런 식으로는 몇 시간, 며칠을 계속해도 아무것도 찾지 못할지 몰랐다.

잘은 모르지만 칵테일에는 엉뚱한 이름표가 붙어 있을지도 몰랐다. 그래야 사람들을 혼란스럽게 할 수 있을 테니까.

"네, 이런 식으로는 안 되겠네요." 벤이 말했다. 그는 통로 안쪽에서 성큼성큼 걸어 나와 입구의 책상으로 갔다.

《다가올 날들을 위한 안내서》가 책상 위에서 그를 기다리고 있었다. 표지가 머리 위에서 깜빡이는 불빛을 받아 빛났다.

"뭘 어쩌게요?" 오스나트가 물었다.

"책을 좀 읽어 보려고요." 벤이 말했다. 그는 책을 펼치고 읽기 시작했다.

2분 뒤, 그는 책을 덮어 책상에 올려놓았다.

"그래서?" 오스나트가 물었다.

"N-22번 통로예요." 벤이 말했다.

"끝내주네요!" 오스나트의 동공이 커졌다. 그녀는 책을 집어든 다음, 책과 벤을 번갈아 보고 다시 책을 보더니 책을 도로 내려놓고 미소 지으며 말했다. "말 그대로 끝내줘요."

그녀는 통로 쪽으로 걷기 시작했지만, 벤이 그녀를 막았다. "일단 열쇠가 필요해요."

"그 녀석 표정을 봤어야 해." 벤처 부인은 저장고로 돌아와 말했다. "난 그 녀석이 즉석에서 심장 마비라도 걸리는 줄 알았다. 두 방울을 마시더니, 흥분해서 눈에 눈물이 고이더구나."

"전화번호는 받으셨어요?" 오스나트가 물었다.

"당연하지." 벤처 부인이 말했다. "그 자리에서 바로 전화를 걸던 걸. 녀석은 술병을 마개로 막더니 핸드폰을 꺼내고 전화를 걸었다. 박물관에서 자정에 큐레이터를 만나기로 했어. 그가 안에 있다가, 우리가 인터폰으로 호출하면 문을 열어 줄 거야."

"자정까지라면 시간이 별로 안 남았는데요." 오스나트가 말했다.

"바로 그거야." 벤처 부인이 말했다. "그런데 너희들은 왜 여기 있는 거냐? 우리한테 필요한 물건을 미친 듯이 찾아봐야 할 텐데."

"벤이 책을 사용했어요." 오스나트가 말했다.

"아, 좋은 아이디어구나." 벤처 부인이 말했다. "그래서…?"

"N-22번 통로예요." 벤이 말했다. "하지만 일단은 이 작은 벽장에서 열쇠를 찾아야 해요."

그는 벽장으로 가서 허리를 숙이고 문을 열었다.

오스나트와 벤처 부인이 목을 길게 늘어뜨렸다.

안에는 세 개의 선반 전체에 걸쳐 매니큐어처럼 보이는 작은 병들이 훈련된 병사들처럼 서 있었다.

"시험이야!" 벤처 부인이 소리쳤다.

"네?" 벤과 오스나트가 물었다.

벤처는 서둘러 책상을 돌아오더니 허리를 숙였다.

"훈련이 끝날 때마다 있었던 일이다. 울프가 학생들에게 경험을 추출해 액체와 고체에 넣는 방법을 알려 주고 나면," 벤처가 말했다. "학생들은 기말 시험을 치러야 했어. 다른 과제도 있었지만, 훈련 과정 자체에 대한 경험을 꺼내 저 작은 병들 중 하나에 압축해 넣으라는 요청을 받았지. 울프가 그것들을 보관했을 줄은 몰랐는데."

"와, 정말 형이상학적이네요." 오스나트가 말했다.

"제가 이해한 게 맞다면," 벤이 말했다. "훈련 과정을 거칠 이유는 사실 없었던 거네요. 해야 할 일이라고는 저 병들 중 하나를 마시는 것뿐이니까요. 그럼 방법을 터득하게 되는 것 아닌가요?"

"그래." 벤처 부인이 생각에 잠겨 말했다. "그 말이 맞아. 나도 언젠가 울프에게 그렇게 말했어. 하지만 내 생각에, 울프는 사람들을 가르치는 걸 좋아했던 것 같다. 사람들과 상호 작용하는 걸 좋아했거든. '각자가 조금씩 달라.' 언젠가는 울프가 그렇게 말하더구나. '가능하다면 학생 한 명 한 명에게 개인적인 관심을 기울이는 편이 낫지.' 모두가 사용하게 될 단 하나의 경험을 만드는 것이 효율적인 길이었을지 몰라. 하지만 울프는 경험을 풍부하게 만드는 문제에 관해 늘 효율성을 지지한 건 아니었어. 다만 이번에는 그 경험이 울프 자신의 경험인 거야."

"그러니까 울프가 모든 학생의 시험 과제를 여기에 보관했다는 건가요?" 오스나트가 계속 책상 너머로 허리를 숙인 채 물었다.

"그래, 그런 것 같구나." 벤처 부인이 병 몇 개를 꺼내 손에 들고 흔들어보았다. "이중에 내가 아는 사람도 있는지 궁금한걸." 그녀가 말했다.

벤은 벽장을 뒤진 끝에 키 체인에 달린 보라색 강아지 모양의 작은 열쇠고리를 꺼냈다. "이게 열쇠예요." 그가 말했다.

그는 단호하게 허리를 펴고 통로 쪽으로 돌아섰다.

오스나트와 벤처 부인이 서둘러 그를 따랐다.

그들은 조용히 걸었고, 마침내 벤이 소리쳤다. "N!" 그리고 그는 통로로 접어들었다.

1… 4… 12… 15….

"22." 벤이 말했다.

그들은 멈춰 서서 눈앞의 책장을 바라보았다.

맨 위의 선반 세 개가 묵직해 보이는 커다란 문 뒤에 감춰져 있었다. 섬세한 소용돌이 무늬가 문의 주위를 따라 그려져 있었고, 두 문짝은 가운데 부분이 강철 자물쇠로 고정돼 있었다.

나무 문의 오른쪽 아래 구석에는 흰색 스티커가 있었다. 작은 해골 모양이었다.

"별로 좋은 신호는 아닌 것 같은데." 오스나트가 말했다.

벤은 키 체인을 꺼내 열쇠 하나를 꽂아 보았다. 자물쇠는 열리지 않았다. 그는 열쇠를 빼고 손에서 키 체인을 돌려 다음 열쇠로 향했다. 그는 마음속으로, 놀랍게도 지금 벽장 앞에 서 있는 사람이 다름 아닌 자신이며 벤처 부인과 오스나트는 그의 뒤에서 기다리고 있다는 것을 깨달았다. 그가 앞장서고 있었다.

두 번째 열쇠로도 자물쇠 속 기계 장치는 돌아가지 않았다.

세 번째 열쇠는 아예 열쇠 구멍에 맞지도 않았다.

"어서, 어서." 벤은 자기도 모르게 조용히 말했다.

네 번째 열쇠가 바로 미끄러져 들어갔다. 벤이 열쇠를 돌리자 찰칵 소리와 함께 자물쇠가 열렸다.

그는 풀린 빗장을 젖혀 아래쪽 선반에 놓았다. 그런 다음 그는 오스나트와 벤처 부인을 돌아보았다. 그는 그들을 향해 살짝 고개를 끄덕였고, 벤처 부인도 마주 고개를 끄덕였다.

그는 두 손을 얹고 문을 활짝 열었다.

그들은 술병들과 세부사항으로 가득한 이름표들을 살펴보고, 더 잘 읽어 보려고 이따금 코를 술병 쪽으로나 술병에서 먼 쪽으로 움직이며 첫 5초가량을 침묵 속에 흘려보냈다.

"와아." 오스나트가 마침내 말했다.

"아이고." 벤처 부인이 웅얼거렸다.

"끝내주는데." 벤이 말했다.

24

레온은 두 번째로 불을 켰다가 뭔가 잘못됐다는 것을 알았다.

그는 온갖 재정적 부담을 지고 있었지만, 전기가 끊길 정도는 아니었다. 그는 몇 초 동안 가만히 서서 눈이 어둠에 익숙해지기를 기다렸다. 벤처가 그에게 준 술병(그 술병에 대해 할 수 있는 말이라고는 "!"뿐이었다)이 든 가방은 바닥에 놓여 있었다. 가구와 방 안 물건들의 윤곽선이 서서히 드러났다. 하지만 정말이지, 그곳은 그의 집 같지 않았다. 누군가가 집을 다시 정리한 듯했다.

엉망진창이 된 것은 없었다. 주거 침입이 있었던 건 아니었다. 예전에 빈집 털이를 당한 적이 있어서 잘 알았다. 이건 그냥 누군가가 그의 집을 다시 정리하고 전기를 끊은 것이다. 피아노는 방의 반대편에 있어야 했다. 텔레비전은 이제 바닥에 있었다. 벽에 걸려 있던 그림 세 개도 자리가 바뀌었다.

그의 소파는 한쪽 구석에서 방 한가운데를 마주 보고 있었다.

그리고 소파 위에 누군가 앉아 있었다. 그 사람의 시커먼 머리가 어둠 속에서도 뚜렷하게 보였다.

"누구세요?" 레온은 주먹을 말아 쥐며 조용히 물었다.

"어떻게 지내, 베네수엘라?" 남자가 조용한 목소리로 말했다. 레온은 그 목소리를 알아들었다.

"뭘 바라는 거야?" 그는 자신의 호흡에 긴장된 떨림이 기어드는 것을 느꼈다.

"딱히. 너도 알잖아." 소파의 낯선 이가 말했다. "하루가 끝나고, 어떻게 그 하루가 흘러갔는지 의아해하며 집에 돌아오는 기분."

"완전히 평범한 하루였어." 레온이 말했다.

"그래?" 그림자가 말했다. "소문으로는 네가 재미있는 하루를 보냈다던데. 아주 오랜만에 바 없는 바에 들렀다고."

레온은 아무 말도 하지 않았다. 저자가 원하는 게 그 술병일까?

"소문이란 위험한 존재야, 베네수엘라." 손님이 말했다. 그의 얼굴은 여전히 숨겨져 있었으나 그의 정체는 분명했다. "예를 들어, 어떤 소문에 따르면 네가 네타냐의 해변을 산책한 다음 그 기억을 희석해서 모나코의 해변을 산책한 경험이라고 속여 판다던데."

"거짓말이야." 레온이 말했다.

"당연히 거짓말이겠지. 나야 네가 프랑스 놈들 주변을 어슬렁거린다면 충분히 그런 사기를 칠 수 있다고 생각하지만."

"원하는 게 뭐야?" 레온이 다시 물었다.

"딱히 없어. 그냥 궁금할 뿐이야." 그림자가 불길한 목소리로 말했다. "내 하루가 어땠는지 말해 줄테니까 너도 얘기해 줘. 훌륭한 동반자 관계는 그런 식으로 만들어지는 거니까. 맞지?"

레온은 호흡을 가라앉히려 애썼다.

"하지만 네가 먼저야, 친구." 그림자가 조용히 말했다.

레온은 돌아서서 안쪽 방으로 달려갔다. 빨리 움직이면 뒤쪽 창문으로 나갈 수 있었다.

순간 입구에서 복도까지 가느다란 철사가 팽팽하게 당겨졌다. 그는 어둠 속에서 철사에 발이 걸려 얼굴로 넘어졌다.

뭔가가 그를 공중으로 들어 올리고 있다는 걸 느꼈을 때도 그는 아직 넘어진 충격에서 회복하지 못하고 있었다. 그는 몸이 빙글 돌고 두 다리가 머리와 함께 벽에 부딪히는 것을 느꼈다. 날카로운 통증이 척추를 타고 솟구쳤다. 누군가의 손이 그를 움직였지만, 그는 그 손의 움직임을 따라가지 못했다. 당연히 거기서 벗어날 수도 없었다. 움직임의 소용돌이가 멈추자 그의 몸은 허공에서 비틀려 있었다. 머리는 이상한 각도로 틀어져 있고, 오른팔은 비틀려서 꼼짝하지 못했다. 그는 자신의 다리가 허공을 지나 복도의 벽에 맞닿자 다리를 움직여 보려 했다.

"지금은 움직이지 않는 편을 권하지." 가까워진 목소리가 속삭임처럼 들렸다. 귓구멍 근처에서 들려오는 것 같았다. 살갗에 닿는 숨결이 느껴졌다.

"네가 지금 하고 있는 자세는," 목소리가 말했다. "'망설이는 교수형 집행자'라고 불려. 왜 그런지 설명해 줄까?"

레온은 생각을 진행하기가 어려웠다. 등에서 느껴지는 통증과 무력감에 몸이 굳었다.

"이건 그렇게 잘 알려지지 않은, 어깨를 고정시키는 방법이야. 이번에 교수형 집행자 역할을 하는 사람, 망설이는 사람은 나고. 지금 네 자세는 약간 복잡해. 하지만 보다시피, 내가 너를 묶어 둔 이 부분 덕분에 나는 두 가지 단순한 행동을 할 수 있어. 일단 네 목은 이미, 뭐랄까, 80퍼센트는 부러진 정도로 늘어나 있지. 나는 아주 조금만 더 힘을 줘도 네 목을 대나무처럼 꺾을 수 있어. 자, 내가 약간 더 힘을 줄 테니 무슨 일이 일어나는지 봐."

레온은 끙끙댔다. 그는 얼굴이 돌아가는 것을 느꼈다. 머리가 몸에서 분리되기 일보 직전인 것만 같았다.

"느껴져?" 낯선 이가 물었다.

레온은 말을 할 수 있는 자세가 아니었다. 숨 쉬는 것 자체가 시련이었다.

"내 말 알아듣겠으면 혀로 쯧쯧 소리를 내 봐."

공포에 사로잡힌 그는 간신히 혀로 몇 차례 소리를 냈다. 그러자 힘이 줄어들었다.

"좋아." 범인이 말했다. "자, 한편으로는 네 팔이 붙들려 있는 방식 덕분에 나는 최소한의 힘만으로 네게 작지 않은 수준의 고통을 줄 수 있어. 봐, 이런 식이야."

레온은 비명을 질렀다. 견딜 수 없는 고통이었다. 남자는 힘을 풀었다.

"믿기 어려울 정도지?" 그가 물었다. "내가 거의 움직이지 않았는데도 이 정도야. 처음 시작할 때는 네가 '뭐, 그냥 관절이 좀 아픈 것뿐이네'라고 혼잣말을 할지도 모르지. 하지만 1밀리미터만 더 당기면 고통이 사방으로 퍼져 나가고 너는 온 팔에 불이 붙은 듯한 느낌을 받게 돼. 내가 아예 힘을 주지도 않았는데 말이야! 놀랍지?"

벤처는 대체 그를 어떤 곤경에 빠뜨린 걸까? 이 미친놈이 그를 추적하게 만들 정도로 중요한 물건이라니, 도대체 뭘까?

"자, 네가 잘 훈련받은 전사라면 망설이는 교수형 집행인 자세에서 벗어나는 방법이 최소 세 가지 있다는 사실을 알 거야." 범인이 말했다. "하지만 너는 훈련을 받지 않았지. 설령 네가 여기서 벗어날 방법을 안다 해도 이렇게 좁은 통로에서 그 방법을 쓰기는 어려울 테고. 두 발을 움직일 공간이 거의 없으니까 말이야. 그러니 난 이렇게 경고할 수밖에 없어. 네가 조금이라도 풀려나려고 움직인다면, 그 결과 나는 두 가지 선택지 중 하나를 틀림없이 고르게 될 거야. 알아들어?"

레온은 세차게 숨을 몰아쉬다가 눈을 감고 조용히 숨을 내뱉었다. "알았어."

"좋아. 이제 처음부터 시작해 보자. 제대로 말이야. 자, 네 하루는 어땠어?" 범인이 그렇게 묻고 덧붙였다. "빨리 말해 주면 좋고. 30분 뒤에 우리 보스랑 회의가 있거든. 내 짐작이지만 말이야. 잠깐, 확인해 봐야겠다." 그는 손목시계를 보려고 손목을 약간 비틀었다. 레온은 고통스러워 울부짖었다.

"아, 미안. 잊어버렸네." 낯선 이가 말했다. "근데 맞아. 우리한테 남은 시간은 겨우 30분 남짓이야."

25

결국 그는 2분을 남기고 그곳에 도착했다. 이번에는 4호가 문 앞에 서 있었다.

스테판은 4호가 작은 이어폰으로 괜찮다는 응답을 받고 문을 열어 줄 때까지 인내심 있게 기다린 다음, 아무 관련 없는 사람 특유의 예의 바른 태도로 그에게 고개를 끄덕이고서 극장으로 들어갔다.

보스에게는 친구가 없었다. 그나마 전처가 몇 명 있었는데, 그들은 세상 모든 재산을 준다 해도 그의 집에 한 발짝도 들여놓지 않으려 했다. 어쩌면 월 스트리트에서 주식을 거래하는 아들과 아빠의 신용 카드를 사용해 런던에서 자신만의 패션 브랜드를 연 딸을 친구라고 볼 수 있을지도 모르겠다. 하지만 보스에게는 앉아서 인생에 대해 이야기할 사람이 아무도 없었다. 그는 그런 사람이 있어야 할 필요도 느끼지 못했다. 개인적 상호 작용은 보스가 좋아하는 행동이 아니었다.

그런데도, 그는 웃음이 나올 정도로 커다란 저택의 수많은 홀 중

한 군데에 오십 명까지 수용할 수 있는 극장을 세워야겠다고 생각했다. 집주인(과 청소 직원들)을 제외한 누구도 극장에 발을 들여놓지 않으리라는 점은 분명했는데도 그곳에는 모든 장비가 갖추어진 극장이 있었고, 이 집의 주인에게는 어째서인지 그 점이 완벽하게 논리적으로 보였다.

그의 보스는 냄새가 강한 햄버거 쟁반을 무릎에 걸쳐 놓고 두 번째 줄에 앉아 있었다. 나중에 먹으려는 듯 커다란 팝콘 통은 발치에 놓아둔 채였다.

그의 옆 좌석에는 작은 리모컨이 놓여 있었다. 그는 스테판이 들어오자 그 리모컨을 집어 들고 화면에 나오던 영화를 멈추었다. 스테판은 극장으로 들어갔다. 그의 머리 그림자가 화면에 비쳤다.

"좋은 영화로군." 보스는 햄버거 가장자리의 즙을 핥으며 말했다. "세 번째로 보는 거야. 첫 장면부터 시선을 사로잡아. 짐 캐리가 계집애처럼 울어대는 꼴이라니. 평범한 것과 하도 거리가 멀어서, 계속 눌러앉아서 그 이유를 알아봐야겠다는 기분이 들지."

"그렇군요." 스테판이 말했다. 보스는 대화를 하고 싶어 하지 않았다. 상대방이 자신의 말에 동의하기만을 바랐다.

"메를로는 가져왔나?" 보스가 물었다.

"네." 스테판이 말했다. 그는 다가와서 술병을 팝콘 통 옆에 내려놓았다.

"좋아." 햄버거를 든 남자가 말했다. "이번에는 더 요청할 게 없네."

스테판은 아까의 자리로 물러났다.

"사실," 그가 말했다. "제가 한 가지 제안을 드리려 합니다."

두 번째 줄에 앉은 남자의 오른쪽 눈썹이 약간 떨렸다. 스테판은 그게 계속해 보라는 허락을 의미한다고 생각했다.

"제가 어떤 정보에 관심을 갖게 되었는데요." 그가 말했다. "보스께서 관심을 가지실 만한 귀중한 물건이 다량으로 들어왔다는 정보입니다."

"최소한 우리 일에 관해서는, 내가 오직 특정한 종류의 물건에만 관심을 갖는다는 걸 자네도 알 텐데."

"방금 말씀드린 것이 바로 그런 물건입니다."

남자는 햄버거를 쟁반에 내려놓고, 쟁반은 바닥에 내려놓았다.

그는 가늘게 뜬 눈으로 그를 바라보며 팔짱을 끼더니 의자에 깊숙이 기대앉았다.

"다량이라면 어느 정도를 말하는 건가?"

"아주 많습니다."

"내 도서관보다도?"

"도서관보다는 훨씬 많습니다." 스테판이 말했다. "음료만 있는 것도 아니고요."

"그렇군."

"현대의 물건만 있는 것도 아닙니다."

"알았네." 그는 잠시 생각했다. "믿을 만한 정보인가?"

"매우 믿을 만한 정보입니다." 스테판이 말했다. "제가 직접 가 봤습니다. 어느 정도 규모인지 보았습니다. 지금 제가 말씀드리는 건 하임 울프가 죽기 전에 만든 저장고입니다. 제가 처음 본 바로는 물건이 수천 점 있는 것으로 추산됩니다."

"정확히 무슨 경험이 들어 있는지도 모르는데, 내가 자네한테서 물건 수천 점을 살 거라고 생각하나?"

"아니오."

"그럼 뭘 제안하는 거지?"

스테판은 한 발짝 더 다가갔다. "사람이 몇 명 필요합니다. 훈련된 인원으로요. 저는 그곳을 점령하고 싶습니다. 그곳에 대해 아는 사람들을 이 판에서 걸어 내고, 그 모든 물건을 경비가 딸린 창고로 옮기고자 합니다."

"그런 다음에는?"

"그런 다음에는 그 물건들을 전부 목록으로 만들어서, 보스와 50 대 50으로 나누고 싶습니다."

"자네는 그걸 다 어쩔 생각인가?"

"무슨 물건이든 거래할 시장이 있는 법이지요." 스테판이 말했다. "단, 보스가 먼저 고르십시오. 보스가 절반을 먼저 고르시고, 제가 나머지를 가지겠습니다."

의자에 앉아 있던 남자는 손을 뻗어 팝콘 속에 집어넣더니 한 줌을 입에 쑤셔 넣었다. 그는 스펀지 같은 팝콘 알을 우적거리며 잠시 생각에 잠겼다. 스테판은 기다렸다.

"사람은 몇 명이나 필요한가?"

"여섯입니다." 스테판이 말했다.

"그렇게 많이?"

"확실히 해 두고 싶어서요." 스테판이 말했다. "그것도 일 처리를 제대로 하는 사람들이 필요합니다. 훈련된 사람들이요. 그냥 근육 덩어리들만으로는 안 됩니다."

"자네는 내 부하들을 그리 높이 사지 않는군."

"높이 사는 사람들도 있습니다. 그만큼은 아닌 사람들도 있고요."

보스가 팝콘을 한 줌 더 먹고, 한 번 더 천천히 씹는다. 스테판은 인내심 있게 기다렸다.

"안 돼." 마침내 보스가 말했다. "난 됐네."

"다시 생각해 보시지요." 스테판이 말했다. "방금 말씀드린 건 경험으로 가득한 특별한 저장고입니다. 울프가 멋진 작업을 해내서, 충분히…."

"싫다고 했네."

"제가 말씀드린 게 무엇인지 아실 수 있게 표본을 몇 가지 가져올 수도 있습니다."

"'싫다'는 말의 어느 부분을 이해하지 못하는 건가?" 보스가 물었다. "난 필요 없어. 골치 아파. 불필요한 투자야. 나는 자네가 내 밑에서 일하는 것을 그만두고 스타트업을 차리는 데 도움을 주고자 내 부하들을 내주고 싶은 마음이 없네. 그건 논리적이지 않아. 나는 자네를 부리고 싶고, 자네가 지금 하려는 게 무엇인지 정확히 알고 있네.

알겠지만, 거물이 되고 유명해지고 부자가 되고 성공을 거둔다고 해도 '와, 난 참 대단해' 하는 기분이 저절로 따라오는 건 아니야. 그냥 나머지 세상이 작고 단순하고 더 평범하게 보일 뿐이지. 한때 인간 이상으로 보였던 사람들, 따라잡을 수 없을 것처럼 보였기에 우러러보았던 사람들이 고등학교 시절에 사귀었던 여드름투성이 친구와 똑같은 실물 크기로 줄어든다네. 한때 꿈꾸었던 이국적인 장소들이라고 해서 다른 어느 곳보다 산소가 많은 것도 아니며, 그 곳들도 똑같이 빌어먹을 태양 아래에 있다는 걸 알게 되지. 게다가 매끄럽게 진행되리라고 상상했던, 세상을 바꾸는 행동들은 절대로 상상처럼 되지 않아. 그런 행위를 완수하는 길은 다른 모든 길이 그렇듯 작은 구멍들로 곰보가 져 있지. 모든 것이 실망할 거리가 돼. 단지 그것이 여전히 '보통이라는' 이유만으로 말이야.

조금 지나면 놀라움을 표현할 능력, 참신함을 느낄 능력을 잃게 되지. 모든 것이 이미 아는 것, 평범한 것이야. 그때 자네가 필요한 걸세. 나는 경험을 도매가 아니라 하나씩 하나씩 수집해. 맛보고, 즐기고, 감각을 환기하고 싶어질지 모르는 경우를 대비해 보관해 두지. 갑자기 나 자신에게 그런 경험이 수백 개나 감당 못할 정도로 생기면 무슨 일이 일어날지 아나? 나는 중독될 거야. 가만히 앉아서, 좀비처럼 온종일 벽을 쳐다보겠지. 나는 경험을 지배하는 대신 경험에 지배당하게 될 거야. 자네가 내게 제안하는 것은 내가 생각할 수 있는 최악의 것이네. 직원도 잃고, *나아가서* 자제력의 상실이라는 상태로 끌려 들어가라니. 많은 걸 갖고 있다고 해서 내가 균형의 중요성을 모르는 건 아니네. 답은 거절이야."

스테판은 돌처럼 고요하게 서 있었다. 그가 보스에게서 들은 가장 긴 연설이었다. 어쩌면 눈앞에 앉아 있는 남자의 식욕과 탐욕에 너무 많은 기대를 걸었던 것인지도 몰랐다.

그의 계획이 조금 틀어진다. 그는 칵테일이 없어도 지낼 수 있었지만, 그것을 포기하고 싶지 않았다. 지난 몇 년은 서로 쌓여 있는 행위들의 모음, 목표를 향해 올라가는 계단들이었다. 지금 그는 겨우 중간점에 다다랐다. 아직도 몇 달에 한 번씩 계획을 갱신하고 있었다. 하지만 방향은 분명했다.

그가 일을 하면서 쌓은 모든 경험은 보스뿐 아니라 스테판도 노련하게 만들었다. 그는 권력의 중심으로 다가가기 위해 간단한 조작을 하는 방법들을 배웠다. 그는 자신이 속한 종족의 마지막 인물이자 유일한 존재가 되려고, 다른 사람들에게 자신의 메시지를 이식하는 방법을 아는 단 한 사람이 되려고 다른 경험자들을 쓰러뜨렸다. 결국 모든 정치인과 세상의 모든 돈 많은 사람들이 그의 문앞에 엎드려 그에게, 유일한 공급자에게 누구도 갖지 못한 강점을 달라고 엎드릴 것이다. 그러면 그는 무엇을 누구에게 처방할지 결정하고, 천천히 자신의 뜻에 따라 그들을 주무르며 통제의 그물망을 짤 생각이었다. 결국은 그가 그들을 소유하게 된다, 그 반대가 아니라.

칵테일은 그를 알맞은 방향으로 강하게 밀어 줄 수 있었다. 칵테일은 그에게 철권통치에 관한 지식과 잡것들을 떨쳐 버리는 능력,

그 자신을 프리랜서 경험자라는 단순한 신분에서 권력의 전당 가장 안쪽에 있는, 뭐든 제멋대로 할 수 있는 일종의 정상까지 나아가게 해 줄 능력을 전해 줄 테니까 말이다. 칵테일에 들어 있는 경험의 도움을 받으면 그 누구보다 강한 자가 될 수 있는데, '충분히 강한' 정도에서 만족할 이유가 있을까?

"이제 가 보게. 자네 서비스가 필요해지면 다시 이야기하지." 보스가 말했다.

그는 새로운 길을 그려야 했다. 이곳에 온 목적을 달성하지 못하고 떠날 수는 없었다.

"다른 것도 있습니다." 스테판이 조용히 말했다.

"내 시간을 낭비하지 말게."

"플라톤의 교육 철학을 아십니까?"

"자네는 내가 영화를 마저 보지 못하도록 방해하고 있어."

상황이 위험해졌지만, 그는 멈추지 않았다.

"플라톤에 따르면 우리는 외부에서 새로운 것을 배우는 게 아닙니다. 영원한 영혼은 모든 것을 알고 있고, 모든 배움은 그저 우리 안에 이미 존재하는 것을 떠올리는 것일 뿐이지요." 스테판이 말했다.

"선을 넘는군, 자네."

"제가 하임 울프와 함께 공부하는 동안, 하임 울프는 제게 몇 가지 아이디어를 이야기했습니다." 스테판이 말을 이었다. "배움이란 잊힌 기억을 되찾는 것에 불과하다는 생각에서 그치지 않고, 우리에게 일어나는 모든 일이 사실은 잊힌 기억이라는 내용이었죠. 그렇게 보면 경험은 사실 '떠올리지 못함'이라는 공간에서 '떠올림'이라는 공간으로 기억을 이전하는 것일 뿐입니다."

"결정론에 관해 얘기하는 거로군." 보스가 지친 듯 말했다.

"아뇨, 아닙니다." 스테판이 말했다. "울프에 따르면, 우리의 내면에 존재하는 가능한 기억의 길은 하나만이 아닙니다. 모든 가능성이 우리 안에 기억으로 깃들어 있습니다. 우리는 단지 걷고 싶은 기억의 길을 선택하는 것이지요. 기시감이란 그저 '떠올리지 못함' 구역에서 '보통' 구역으로 '새어 나온' 기억일 뿐입니다. 우리는 4차원에, 시간이라는 차원에 갇힌 채로 삶을 살펴봅니다. 하지만 누군가가 그런 제약을 넘어서서 다음 차원에서 우리를 바라본다면, 그는 우리가 이미 기억하고 있는 것들과 아직 기억하지 못하는 것들 사이에 아무 차이를 두지 않고 기억의 진행 전체를 보게 될 것입니다."

보스는 리모컨을 집어 들고 화면을 가리켰다. "한마디만 더 하면, 내 부하들에게 자네를 여기서 치우라고 하겠네." 그가 말했다.

"하임 울프는 미래의 기억을 담고 있는 술을 혼합하는 데 성공했습니다." 스테판이 말했다.

보스는 그를 보며 리모컨을 내려놓았다. "'미래의 기억'이라니 무슨 뜻인가?" 그가 물었다.

"들으신 그대로입니다." 스테판이 말했다. "그걸 마시면, 미래에 일어나게 될 경험이 떠오르는 거지요."

"자네가 찾은 창고에 그런 기억이 있다?"

"네."

"미래를 예언한다는 거군."

"예언은 역방향의 기억이니까요." 스테판이 말했다.

"자네 말로는, 그 술이…."

"'아직 기억하지 못함' 영역에서 '이제는 기억함' 영역으로 기억이 새어 나오도록 도울 수 있다는 겁니다. 이건 기억 보존 기술의 변종이 아니라 완전히 다른 과정입니다. 별도의 기술이지요. 이 술은 내면의 무언가를 열어, 그 닫힌 공간으로의 접근을 가능하게 합니다."

"허풍이야." 보스가 일어서며 말했다. "그런 게 존재할 리 없어. 어떻게 그런 게 가능한가?"

"제 제안은 이겁니다." 스테판이 말했다. "저는 미래 경험으로의 접근을 가능하게 하는 술병을 제외하고, 창고에 있는 모든 내용물을 가지겠습니다. 그 술병들은 보스가 가지십시오."

그들은 일어서서 서로를 재 보았다.

스테판은 그들이 고용주와 피고용인이라는 예전의 관계로 다시는 돌아가지 못하리라는 사실을 알았다. 눈앞의 남자가 그 사실을 알아채기 전부터 말이다. 그들은 대등한 상대였다. 스테판이 내민 것은 사업 제안으로 둘러싸인 협조 요청으로 둘러싸인 도전장이었다. 그는 다른 모든 경험보다도 매력적인 선택지를, 궁극의 미끼를 제시했다.

만일 부정적인 답이 나온다면 그는 살아서 이 홀을 벗어날 수 없을 것이다. 판돈이 너무 커졌다. 눈앞의 남자는 그를 죽이고 모든 것을 독차지하는 편이 더 낫다고 생각할지도 몰랐다. 자기가 편한 때에, 자기만의 방식으로.

"세 명을 내주지. 증거로 미래의 기억을 한 병 가져오게." 보스가 말했다. "내가 미래의 기억을 마시고 그 안에 자네가 말한 것이 들어 있다는 걸 확인하면, 나머지는 자네가 전부 가져도 되네."

스테판은 손을 내밀었다. "그렇게 하시죠."

"나는 악수를 하지 않아." 보스는 비웃더니 다시 앉았다.

스테판은 다시 손을 몸 옆에 붙였다.

"그러시다면," 그가 말했다. "대신 이걸 드릴 수 있게 해 주십시오."

그는 안주머니에서 작은 빨간색 병을 꺼내 메를로 옆에 내려놓았다.

보스는 팝콘 너머로 술병을 보았다. "그게 뭔가?" 그가 물었다.

"작은 깜짝 선물입니다." 스테판이 말했다. "제 고마움의 증표지요. 저는 보스께서 자산을 아무에게나 그냥 넘겨주지 않는다는 사실을 알고 있습니다. 이건 보스께서 제 제안을 받아들이실 경우에 대비해 가져온 작은 경험입니다."

"안에 뭐가 들어 있지?"

"직접 알아보시는 게 좋겠습니다." 스테판이 말했다. "제가 드릴 수 있는 말씀은 자기 전에 드시는 걸 추천한다는 것뿐입니다. 그러면 느낌이 더 강해지거든요."

"흥미롭군." 보스가 말했다. "오늘 밤에 마셔 보지. 밖에 있는 녀석에게 황색 보안 등급을 가진 사람 세 명을 아무나 선택하라고 했다고 전하게. 알아들을 걸세."

그는 리모컨의 버튼을 누르며 대화가 끝났다는 신호를 보냈다.

스테판은 천천히 극장에서 나왔다. 등 뒤에서 문이 닫혔다.

그는 감히 미소를 짓지 못했다. 하지만 그는 안에 있는 남자가 유혹에 저항하지 못하고, 다름 아닌 오늘 밤에 술병에 들어 있는 것을 마시리라는 것을 알고 있었다. 그 자리에 있고 싶었지만, 너무 위험했다. 그는 마음속 눈으로 보스가 술을 마시고 나서 침대에 누워, 생각 속에 경험이 형성되기를 기다리는 모습을 보았다. 하지만 이번 술병에 담긴 것은 경험이 아니었다. 그 안에는 아무것도 없었다. 그저 처음에는 약간의 한기를, 그다음에는 가슴의 통증을 일으키는 물질이 들어 있을 뿐이었다. 전체 과정은 4초밖에 걸리지 않을 테고, 모든 것이 일반적인 심장 마비로 마무리될 것이다. 시신이 아침까지 발견되지 않으리라고 생각하는 편이 합리적이었다. 경험은 없었다. 그저 독극물뿐.

"보안 팀장과 얘기해야겠는데." 그가 문밖의 경비원에게 말했다. "황색 보안 등급을 가진 사람을 세 명 써도 좋다는 허락을 받았다."

처음에는 그 술병에 경험도 넣을까 생각했다.

거울 앞에 서서, 마신 사람의 심장이 멎기 직전에 그의 머릿속에 울려퍼질 말을 한다면 어떨까? 그 한마디로 스테판은 자신을 죽이

420

러 스위스까지 왔던 부부를 고용한 사람이 누구인지 알아냈다고 말할 생각이었다. 보스에게 고용인들이 제대로 떠나게 놔두는 대신 피라미드를 쌓던 노예처럼 그들을 죽여 버리는 습관이 있다는 사실을 알아냈다고. 하지만 그는 예전부터 불필요한 비애를 좋아하지 않았다.

결국 그는 할 일을 했을 뿐이다. 지금 벌어지는 일 중에 특별한 것은 아무것도 없었다. 그는 그렇게 생각했다. 당신은 2년 반이나 내게 돈을 주고 당신 영혼에 독을 퍼뜨리게 했어. 지금 내가 하는 일은 그저 당신의 경험을 조금 다양화하고, 당신의 몸에 독을 퍼뜨리는 것뿐이야.

경비원은 작은 마이크에 몇 마디를 중얼거리고 답이 들려오기를 기다렸다.

"이쪽으로 오십시오." 그가 스테판에게 말했다.

스테판은 그를 따라갔다.

26

"네, 이젠 충분히 자정에 가까운 시간인 것 같네요." 벤이 말했다.
"갈까요?"

그들은 벌써 한 시간 반 동안, 대체로 침묵을 지키며 박물관 입구 맞은편의 자동차 안에 앉아 있었다. 오스나트는 맛이 다 빠진 껌을 씹으며 등받이에 몸을 기대고 눈을 감았다. 벤은 운전석에 앉아 인도를 오가는 사람들을 지켜보며 머릿속으로 가능한 시나리오를 돌려보았다.

"가야겠죠." 오스나트가 눈을 뜨며 말했다.

그들은 차에서 내려, 소리 없이 문을 닫으려고 노력했다.

거리는 비어 있지 않았다. 이따금 자동차들이 지나갔고, 보행자들도 꾸준히 드문드문 지나다녔다. 하지만 박물관 입구의 광장에는 아무도 없었다.

박물관 왼쪽의 도서관은 당연히 닫혀 있었다. 도서관까지 길게 이어지는 어두운 계단도 황량했다. 도서관 입구 위쪽에서는 전광판 전체에 빨간색 글자들이 깜빡이며 다가오는 독서회와 다음번

학교 휴일에 열릴 아동용 연극을 공지하고 있었다.

눈앞의 박물관도 닫혀 있었다. 다만, 박물관 입구는 먼 곳의 약속된 땅처럼 밝혀져 있었다. 광장에는 금속으로 만들어진 커다랗고 뚱한 조각상들이 말뚝처럼 박혀 있었다. 광장 전체 이곳저곳에 커다란 정사각형 돌에 붉은 나무들이 들어 있었다.

벤과 오스나트는 나무들과 조각상들 사이를 지나 박물관으로 다가갔다. 벤은 '이틀 전에 누군가 나타나서 나한테 48시간 후 이런 일을 하고 있을 거라고 말했다면 아마 그 말이 무슨 뜻인지조차 몰랐겠지'하고 생각했다.

그들이 받은 지시는 버저를 세 번 울리고 '누군가가' 문을 열어줄 때까지 기다리라는 것이었다. 일단 안으로 들어가면, 그들은 큐레이터의 핸드폰으로 전화를 걸어 다음 지시를 받을 예정이었다.

"텔아비브의 밤공기 만한 건 없어. 그렇지?"

벤과 오스나트는 그 말에 뒤를 돌아보았다. 스테판이 두 손을 주머니에 넣은 채, 얼굴 가득 만족스러운 미소를 띠며 등 뒤에 서 있었다. 주위를 빠르게 둘러보니 짙은 색 정장을 입은 인물 셋이 다른 조각상 뒤에서 나타나 그들을 둘러쌌다. 스테판도 어느 조각상 뒤에 숨어 있었던 것 같았다.

벤은 슬쩍 주위를 둘러보았다. 네 사람은 겨우 2미터쯤 떨어져 있었다. 벤의 등 쪽에 있는 나무가 인도의 보행자들로부터 그의 모습을 가려 주었지만, 어느 수준 이상의 활동이 일어나면 관심을 끌게 될 것이다. 오스나트가 벤에게 조금씩 다가왔다. 스테판이 활짝 미소 지었다.

"짧게 할 수도, 길게 할 수도 있어." 스테판이 조용히 말했다.

벤은 빠르게 움직였다. 네 사람과 싸우는 건 어려운 일이었다. 사실상 불가능했다. 현실에서는 영화에서와 달리 그들 각자가 공격할 차례를 기다리지 않았으니까.

그는 가장 가까운 남자에게 달려들어 그의 가슴과 목을 두 차례 가격한 다음, 두 번째 남자를 방어하려고 돌아섰다가 얼어붙었다.

그가 공격한 건장한 남자는 바닥에 쓰러져 낑낑대고 있었다. 그러나 다른 둘은 전혀 움직이지 않았다. 벤을 공격할 거라고 예상한 남자는 팔짱을 끼고 서 있었으며, 세 번째 사람은 이제 묵직한 권총을 들고 오스나트 곁에 서서 그녀의 관자놀이에 총을 대고 있었다.

"길게 하자는 것 같네." 스테판이 말했다. "유감이야." 그는 바닥에 쓰러진 정장 차림의 인물에게로 다가가 그가 일어나도록 도와주었다. 벤은 그 자신과 총을 든 남자 사이의 거리를 쟀다. 방법이 없었다.

"네가 처한 상황을 분명히 이해하고 있었으면 좋겠는데." 스테판이 말했다. "한 번만 잘못 움직이면 여기 있는 네 여자 친구의 뇌에 총알이 박힐 거다. 이 친구가…. 너 이름이 뭐였지?" 스테판이 총을 든 남자에게 물었다.

"제라입니다." 정장을 입은 남자가 말했다.

"제라…. 진심이야? 와." 스테판이 말했다. "성은? 폴티치초프스키?"

"아뇨, 성은…."

"상관없어. 상관없고 말고." 스테판은 별 일 아니라는 듯 손을 내
저었다. "아무튼 이 친구가 머리에 총알을 박아줄 거야. 지금 안 건
데, 이름이 제라라네."

그는 벤에게로 다가와 그의 얼굴을 바싹 끌어당겼다. 벤은 그의
피부에 난 모공까지 보였다. "무릎 꿇어." 스테판이 으르렁거렸다.

"너도." 스테판은 먹잇감이라도 된 것처럼 주변을 빙글빙글 돌던
오스나트를 보며 덧붙였다. "둘 다 무릎 꿇어."

벤과 오스나트는 나란히 무릎을 꿇었다. 박물관을 등지고 두 손
을 바닥에 댄 채, 얼굴은 스테판과 그의 뒤쪽에 있는 불그스름한 나
무를 마주 보았다. 제라는 계속 오스나트를 총으로 겨누었고, 벤이
방금 쓰러뜨렸던 남자는 이제 자기 총을 벤의 머리에 겨누고 있었
다. 세 번째 얼간이는 그들 사이에 서서 팔짱을 끼고 근육을 과시
했다.

"그러니까, 벤처 부인이 무언가를 안전하게 지키고 싶어 했다는
건 분명하군." 스테판이 말했다. "왠지 모르겠는데, 그 물건이 바로
내가 찾던 바로 그 물건이라는 느낌이 들어."

그는 쭈그리고 앉아 벤의 눈을 들여다보았다. "내 칵테일은 어디
에 있지?"

"못 찾았어." 벤이 말했다. "우리는 조언을 구하러 온 거야."

"설마!" 스테판이 말했다.

"그런 칵테일이 존재하는지조차 분명하지 않아."

"칵테일은 존재해, 존재하고 말고." 스테판이 코웃음쳤다. 그는 자리에서 일어나 기지개를 켜더니 벤의 얼굴을 걷어찼다. 벤은 신음하며 바닥에 축 늘어졌다.

"조언을 구하러 왔다니!" 스테판이 벤의 배를 걷어찼다. "왜, 상담가한테 전화기가 없었나?"

그는 멱살을 잡고 신음하는 젊은이를 일으켜 세웠다. "넌 전에도 내 성질을 돋웠어. 알아?" 그가 조용히 말했다. "이 모든 일이 끝나면, 나는 더 이상 너에게 친절하게 굴지 않을 거야. 지금은 친절하게 구는 중이야. 이게, 지금 여기서 일어나는 일이 친절한 거라고. 나중에는…. 친절하지 않게 되겠지." 그는 벤의 턱을 주먹으로 쳤다. 벤의 머리가 양옆으로 휙 돌아갔다.

"괴로울걸." 스테판이 벤에게 말했다. "하지만 다른 사람들이 너를 발견한다 해도 그 괴로움이 어느 정도였는지는 아무도 모를 거야. 사고처럼 보이게 만들 거거든. 사람들이 네가 죽었다는 사실을 애도하면서도, 동시에 그런 식으로 죽을 만큼 멍청한 짓을 어떻게 저지를 수 있었는지 궁금해하도록 말이지. 걱정하지 마, 내가 뭔가 생각해 낼 테니까. 난 생각하는 데 재주가 있거든."

오스나트가 천천히 고개를 들었다. 그녀의 머릿속에서 생각의 줄기가 딱 맞물렸다. "모든 경험자들을 제거한 사람이 너구나." 그녀가 말했다. "그 사고들, 실종 사건들. 전부 너였어."

"너한테 말해도 된다고 한 기억은 없는데." 그가 말했다. 하지만 그의 눈은 빛나고 있었다.

"일으켜." 스테판이 팔짱 낀 남자에게 말했다. 육중한 존재감을 가진 그 남자가 다가오더니, 등 뒤에서 벤의 어깨를 꼼짝 못 하게 끌어안았다. 스테판은 두 손으로 벤의 옷을 쓸어보고 더듬었다. 몇 초 뒤, 그는 승리감에 차서 한 걸음 물러났다. 그의 손에는 작은 금속 병이 들려 있었다.

그는 광장으로 쏟아지는 빛에 비추어 병을 살펴보았다. 벤은 다시 강제로 무릎을 꿇고 앉았다. 이번에도 그의 머리에 총이 겨누어져 있었다. 금속 병은 주머니에 들어가는 크기의 플라스크로, 단순한 형태에 전체 길이가 200밀리미터쯤 됐다. 스테판은 뚜껑을 열고 병을 코에 가져다 댔다.

"자, 오늘의 수업에서 가장 중요한 점을 설명하지." 스테판이 말했다. "이쪽 계통에서 충분히 일을 하고 나면, 사물을 알아보는 방법을 배우게 돼. 난 일 처리에 필요한 정도 이상으로 술을 마시지 않은 지 여러 해가 지났지만, 이 안에 최소 네 종류의 위스키와 브랜디 한 가지가 섞여 있다는 것쯤은 확실히 알겠어. 앞으로 30분 동안 앉아서 냄새를 맡으면 여기에 들어 있는 술의 정확한 양과 종류도 말할 수 있겠지만, 요점은 간단해. 엄밀한 설명에 부합하지는 않지만, 지금 이 플라스크 안에 들어 있는 것은 딱히 더 나은 표현이 없는 한…." 그는 벤에게로 얼굴을 가까이 댔다. "칵테일이라고 부르는 게 좋겠군."

그는 다시 허리를 쭉 펴고 서서 열린 병의 냄새를 맡았다.

"그래." 그가 말했다. "꽤 좋은걸."

"어이." 누군가가 등 뒤에서 소리쳤다. "무슨 일이오?"

어느 보행자가, 손에 회색 모자를 들고 있는 노인이 그들을 발견했다. 박물관 광장에, 각자 머리에 총이 겨누어진 채 무릎을 꿇고 있는 한 남자와 한 여자는 매일 보는 광경이 아니었다. 스테판은 그를 돌아보았다. 그는 몸을 휙 돌리면서, 단 한 번의 매끄러운 동작으로 총을 꺼내 걱정하는 시민의 얼굴에 겨누었다.

"우린 아무 문제없는데." 그가 미소 지으며 말했다. "당신은?"

거리가 있었지만, 모자를 든 남자는 이 상황에 문제가 있다는 것을 알 수 있었다.

그는 방어적으로 두 손을 들어 올리며 미안하다고 웅얼거리고, 휘청거리며 재빨리 멀어져 갔다.

스테판이 돌아서서 총을 원래의 자리로 돌려놓았다.

"좋아, 이젠 시간제한이 생겼어." 그가 말했다. "저놈이 경찰을 부를 텐데, 우린 경찰과 역기고 싶지 않거든. 나는 경찰 죽이는 걸 싫어해. 그 녀석들은 복수를 좋아하니까. 여기 폴티치초프스키도 전과가 한두 가지 있는 것 같고."

그는 플라스크를 들어 올리고 말했다. "그러니 시간 낭비는 하지 말도록 하지. 건배." 그는 플라스크를 입술에 댔다. 벤과 오스나트, 세 명의 근육질 남자들은 그가 한 번, 두 번, 세 번 술을 마시고 또 마시는 모습을 조용히 지켜보았다.

그는 술병을 떼고 재미있다는 듯 그들을 보았다.

거의 즉시 효과가 나타나야 했다.

"이거 엉망이군." 그가 말했다. "이 술을 섞는 데는 아무런 논리가 없어. 꼭 휘발유와 암모니아 혼합물을 마신 것 같은데. 역겹지만, 수고할 가치는 있겠지?"

벤은 조용히 그를 보았다. 그는 천천히 숨을 들이쉬며 오랫동안 눈을 감고 있었다.

"뭐, 좋아. 대답할 필요 없어." 스테판이 말했다. 그는 플라스크를 들어 한 번 더 마셨다.

그는 눈앞의 다섯 사람을 보았다.

그의 눈에 들어온 모습은 한심했다.

두 젊은이는 무릎을 꿇고 있었다. 나란히, 뒤통수에 총이 겨누어진 채로. 그들의 눈은 스테판의 동작 하나하나에 매달렸다. 그는 제라가 오스나트의 머리에 겨누고 있는 총을 자세히 살펴보았다. 좋은 권총이었다. 안정적인 6연발 권총. 조금 구식이기는 하지만, 보관 상태가 좋았다. 그걸 보면 허들 경주를 할 때 심판이 쏘았던 권총이 생각났다. 솔직히 별로 유쾌한 기억은 아니었다. 4년, 자그마치 4년의 훈련을 받았는데 그는 결국 세 번째 허들을 넘을 시간을 잘못 맞추는 바람에 꼴찌로 들어왔다. 고통스러웠다.

하지만 지금은 그런 기억을 떠올릴 순간이 아니었다. 지금쯤이면 칵테일이 효과를 발휘해야 했다. 통치와 리더십에 관련된 문제에 집중해야 할 것이다. 어쩌면 전투에도. 칵테일에는 전장에서의 전략적 교훈에 관한 내용도 일부 있을 게 틀림없었다.

하지만 그가 아무 노력 없이 떠올릴 수 있었던 유일한 전투는 엄청난 소음과 차라리 몰랐으면 싶은 매캐한 냄새로 가득한 전투 뿐이었다. 헬멧이 잘 맞지 않았다. 그는 달리고 달리고 또 달리며 은신처에 가려고 노력했다. 옆의 땅이 폭발했다. 그가 예상한 것보다 훨씬 큰 쩌렁쩌렁한 소리가 났다. 청각이 잠시 흐려지더니, 긴 삐소리로 바뀌었다가 조용한 공포 속에서 허공으로 떠오르는 친구의 모습으로 변했다. 뜨거웠다. 견딜 수 없을 만큼. 목구멍에 맺히는 두려움은 당혹스럽게만 느껴졌다. 가장 친한 친구가 몇 미터 떨어진 곳에서 조각조각 찢겨나가는데 아무것도 하지 못하다니. 패배할 것이다. 패배하고 말 것이다. 그는 놈들이 와 자신을 포로로 잡을 때까지 그냥 기다려야만 했다.

네 사람이 그를 내려다보고 있었다.

벤의 머리에 총을 겨눈 7호가 눈을 가늘게 떴다.

"보스, 괜찮으십니까?"

그는 7호의 정장 아래에서 근육이 움직이는 모습을 본다. 그런 식으로 부푼 근육 덩어리를 숨긴다는 건 쉬운 일이 아니다. 중학교 시절에 그를 심하게 두들겨 패던 녀석과 같은 근육이다. 사람들은 그 녀석을 골디락스라고 불렀다. 그는 저항하려 했지만, 그럴수록 놈들을 부추길 뿐이었다. 1, 2주에 한 번씩 누군가가 제안을 하면,

그는 쉬는 시간마다 체육관 뒤로 끌려 나가곤 했다. 누군가는 담배를 피우며 지켜보고, 누군가는 주먹질을 했다. 그들은 그를 비웃고 욕하며, 그가 숨기기 어려워할 만한 부위를 피해서 때렸다. 가끔은 종을 가져와서 싸움 경기라도 하는 것처럼 굴기도 했다. 내기도 하고 뭣도 하는 정식 경기인 것처럼. 그가 마주 공격하고 저항하려 했다는 사실은 그에게 불리하게만 작용했다. 가끔 그들은 지루함을 느끼고 새로운 도전과제를 설정하곤 했다. 그의 바지 뒤쪽에 콩알탄을 집어넣거나 그에게 휘발유를 끼얹으며 불을 지르겠다고 위협하고, 축구공을 차서 그를 맞히고 또 맞혔다. 사타구니를 맞히면 점수가 두 배였다.

"보스?" 7호는 이제 걱정스러운 표정이었다.

그는 스테판이 반응을 보이지 않는 이유를 알아보려고 다가왔다. 불가피하게 총을 들고 있던 손이 약간 처졌다.

스테판은 무슨 일이 벌어질지 알았다. 그는 7호에게 대체 뭘 하는 거냐고 소리를 지르는 데 성공할 뻔했지만, 목소리가 목구멍에서 나오지 않았다. 하긴, 소리를 질러봐야 무슨 소용이겠는가? 벤은 빨랐다. 온 힘을 실어 공격했다. 여자는 구경꾼처럼 지켜보기만 했다. 그녀는 자기 머리에 겨누어진 총과 그 총을 들고 있던 남자가 허공으로 내팽개쳐지자 눈을 감았다.

그의 기억 속에서 여자들은 늘 그를 떠났다. 늘 날카롭고도 결정적인 방식으로, 모욕적으로, 공개적인 장소에서. 보통은 그렇게 그를 떠나자마자 다른 누군가의 자동차에 올라탔다. 그들은 옷에서 빵 부스러기를 털어내듯이 자신들의 삶에서 그를 몰아냈다. 짧은 전화 통화로, 마음껏 자유롭게 웃으면서. 넌 나한테 부족한 남자야. 아니 왜 이래? 정말 내가 진심이라고 생각했어? 널 참아준다는 건 불가능한 일이야. 세상에, 넌 그가 나한테 어떤 느낌을 가져다주는지 모를 거야. 너는 절대로 그럴 수 없을걸.

그들이 머릿속을 줄지어 지나갔다. 그들의 얼굴, 머리 스타일, 온갖 색깔의 눈동자, 낄낄거리며 비웃는 얼굴들. 그도 자신을 비웃고 싶었다.

이제 스테판의 눈앞에는 여전히 무릎을 꿇고 있는 여자와 정신을 잃고 바닥에 쓰러져 있는 덩치 큰 남자 세 명, 눈이 붉어진 채 화를 내고 있는 한 명이 있었다.

스테판은 마음속 깊은 곳에서부터 이해하기 시작했다. 몸이 가라앉는 것만 같았다. 그는 지금 벌어지는 일에 흥미를 잃어갔다. 이게 다 무슨 의미람? 그에게는 무슨 일이든 제대로 풀린 적이 없었다. 패배. 그것이야말로 그의 인생에서 반복되는 음정이었다. 그와 패배는 잘 아는 사이였다. 여기에서 일어난 일은 실수다. 그가 속았다.

이것은, 그가 마신 것은 승리가 아니었다.

이제는 벤의 얼굴이 가까워져 있었다.

"왜?" 벤이 말했다. "좀 더 마시지 그래?"

벤은 손을 뻗어, 스테판의 입술에 닿을 때까지 플라스크를 들어 올렸다. 스테판은 고함을 지르고 싶었지만, 마음속 무언가가 박탈에 너무 익숙해져 있어서 어떠한 저항도 튀어나오지 않았다. 그는 액체가 목구멍을 흘러내리는 것을 느꼈다. 폐가 움찔하며 날카롭게 기침을 토해냈다. 플라스크가 그의 손에서 떨어져 쨍그랑하며 박물관 광장의 돌바닥에 부딪혔다. 남아 있던 약간의 액체가 쫄쫄 흘러나오며 돌 사이의 틈으로 똑똑 떨어졌다. 스테판은 그 자리에 서서 기침하며 폐에 공기를 끌어들이려 애썼다. 벤이 그의 눈앞에 서서, 단호한 눈으로 그를 지켜보고 있었다.

이런 얼간이 같으니. 대체 무슨 생각을 했던 거야?

넌 안 돼. 아무것도 할 수 없어.

네가 손을 댔던 모든 것은 부스러져 폐허가 되었어. 뒤를 돌아봐. 네 이력서를 확인해 봐. 네가 시도한 모든 프로젝트는 참담하게 실패했지. 네가 맺은 모든 관계는 거짓말 위에 지어진 것이었어.

네가 아무리 노력하고 애써도, 아무리 많은 공을 들여도 마찬가지야. 너는 늘 실패해 왔어. 너는 패배자야. 노력은 해서 뭐하려고?

벤이 그를 밀쳤다. 세게 민 것도 아닌데 스테판은 뒤로 넘어졌다. 머리가 돌에 부딪힌다.

벤이 천천히, 한 걸음씩 다가와 그의 가슴을 깔고 앉았다. 두 다리로 스테판의 팔을 땅에 고정했다.

"자, 기분이 어때?" 벤이 물었다. "응? 어떠냐고?"

그는 스테판의 얼굴을 쥐고 약간 들어 올렸다. 스테판은 죽은 듯한 눈으로 그를 바라보았다.

"모든 게 실패로 보이니 기분이 어때?" 벤이 속삭였다. "갑자기 모든 게 쉽게 이루어지지 않지? 우리 쪽에 와 보니까 어떠냐고?"

그는 역겨움을 이기지 못하고 스테판의 머리를 떠밀었다. 스테판의 머리가 둔중하게 쿵 하며 돌에 부딪혔다.

"응?" 벤이 외쳤다. "어때? 아프지?"

그는 오른손 주먹을 들어 허공에 기울이고 있다가 스테판의 얼굴에 처박았다. "이건?"

그 다음은 왼쪽 주먹. "이건?"

스테판은 그의 밑에 누워 있었다. 움직이지 않고. 저항하지 않고. 얼굴뼈가 통증으로 욱신거렸지만, 그는 입을 열려는 시도조차 하지 않았다.

오른손("이건?"), 왼손("아파?"), 오른손("응?"), 왼손, 오른손, 왼손.

저항할 의미가 없었다. 이것이 내 유전자다. 나를 때려. 나를 끝장내. 나는 나 자신조차 끝장낼 수 없었어.

알약으로도, 기초 훈련 때 화장실에서 나 자신에게 겨누었던 라이플로도, 런던 다리에서 뛰어내린 경험으로도. 나는 자살조차 제대로 하지 못했어.

하지만 이건 내가 아니야. 스테판 내면의 무언가가 소리쳤다. 이건 나한테 일어난 일이 아니야! 그 모든 일은 나한테 일어난 게 아니라고! 내가 아니야! 저항해! 다른 걸 생각해! 네가 정말로 한 일과 하지 않은 일을 구분할 방법을 찾으라고!

그의 머릿속에서 여러 장면들이 끊임없이 번쩍였다. 그에게 혜드락을 걸고서, 자기들이 시험에서 부정행위를 했다는 얘기는 아무에게도 하지 않는 게 좋을 거라고 소리치는 금발 아이. 그가 도박을 그만두지 못했기에 망해 버린 사업. 그가 무력하게 아이의 이름을 소리치는 동안, 불에 휩싸인 집 안에서 연기의 장막 뒤로 사라지던 딸아이의 얼굴. 팔에 고무줄을 묶고 핏줄에는 바늘을 꽂은 채 누워있을 때 버려진 은신처를 빠르게 지나가던 쥐들. 그가 태아처럼 몸을 구부리고 주방 탁자 밑에 머물러 있는 동안 다른 방에서 비명을 지르던 아내의 목소리. 그는 일어나서 아내의 공격에 맞설 수 없었다.

그는 영혼이 비어가는 것을 느꼈다. 수백만 관중 앞에서 벌어진 타이틀전에서 최후의 일격을 맞았던 찰나의 순간에 그랬듯이, 얼굴이 링 바닥에 부딪히기 전 패배가 영원히 그의 안에 자리를 잡았다는 것을 알았을 때 그랬듯이.

벤은 헐떡이고 있었다. 그는 주먹으로 스테판에게서 반응을 끌어내려 애썼다.

오른손—"어디로 갔어? 그렇게 비웃어대던 패기는 다 어디 간 거야?"—왼손—"어디로 갔느냐고?"

"벤!" 오스나트가 소리친다.

"이제 날 한 번 무시해보지 그래!" 벤이 오른 주먹으로 다시 그를 쳤다. "어디 해 봐!"

"벤!"

"어디 갔느냐니까?"

"벤!" 오스나트가 소리치며, 그가 한 번 더 주먹질을 하기 전에 그의 손을 잡았다. "이제 그만해요." 그녀가 말했다.

"나는…."

"뭐가 문제예요?" 그녀가 그를 붙든다. "왜 그래요? 이 정도면 충분하다고요."

그녀는 벤을 스테판에게서 떼어내 옆으로 데려갔다. 스테판은 바닥에 누워 있었다. 그의 눈은 하늘을 쳐다보았다. 얼굴이 거의 뭉개졌지만, 다른 모든 것 때문에 통증조차 작게만 느껴졌다.

"대체 왜 그래요?" 그녀는 벤의 어깨를 잡는다. "방금 그건 뭐냐고요?"

"왜 다들 날 싫어했을까요?" 그가 목이 멘 소리로 말한다. "왜 다들 나한테는 관심을 줄 가치가 없다고 생각했을까요?"

"뭐라고요? 그게 무슨 말이에요?"

그는 조용히 울었다. 그가 몰랐던 일부가 녹아내리며 밖으로 흘러나왔다.

"저 녀석을 봐요. 저게 나였어요." 그가 마침내 말한다. "저 녀석을 보라고요. 저게 무슨 뜻인지 알겠어요?"

오스나트는 스테판에게로 휙 눈길을 돌렸다. 그는 땅에 누워, 자기 환멸의 짐을 진 채 무겁게 숨을 쉬고 있었다. "어느 정도는요. 완전히 이해하지는 못하겠지만, 내가 이해할 수 있는 한에서는 이해해요." 그녀가 말한다. "하지만 이 모든 건, 이 모든 분노는…. 숨을 쉬어요. 긴장 풀고요. 이럴 필요는 없잖아요."

벤은 반응하지 않았다.

"벤, 내 말 들어요." 오스나트가 그에게 말했다. "이러지 말아요. 그런 생각하지 말라고요. 우리가 원했던 건 저 사람을 이 판에서 치우는 것뿐이었어요. 저 사람이 우리를 방해하지 못하도록, 저 사람이 아무도 해치지 못하도록 하는 것. 그게 전부예요. 우리가 해냈어요. 당신 아이디어대로 혼합한 칵테일이 통했다고요. 저 사람은 여기 없어요. 오랫동안 아무도 해치지 못할 거예요. 언젠가 극복하긴 하겠지만, 한동안은 아니에요. 그렇다고 당신이 개자식이 될 필요는 없잖아요. 지금 이 순간에는 절대 필요하지 않은 일이에요."

그가 심호흡 했다.

"나도 다른 사람들과 같아지고 싶었어요." 그가 조용히 말했다. "내가 원했던 건 다른 사람들하고 같아지는 것뿐이었어요."

"다른 사람과 똑같은 사람은 아무도 없어요. 그런 건 존재하지 않아요. '다른 사람'은 상상 속의 존재니까."

그는 다시 숨을 들이쉬고 눈을 들어 그녀를 보았다.

"괜찮아요?" 그녀가 물었다.

그가 고개를 끄덕였다.

"아니, 대답해요. 말로. 괜찮아요? 진정했어요?"

"괜찮아요." 벤이 조용히 말했다. "고마워요. 난 괜찮아요."

그는 고개를 들고 주변에 모여든 사람들을 보았다. 행인들이 근처에 모여 서서, 놀라기도 하고 궁금하기도 한 마음에 지켜보고 있었다. 그들은 눈을 휘둥그렇게 뜨고 현장을 바라보았다.

"다들 이제야 나를 보네?" 그가 웅얼거렸다.

그는 눈을 감고 깊이 숨을 들이쉰 다음 다시 눈을 뜨고 오스나트의 얼굴을 똑바로 마주 보았다.

"내 말 들려요?" 그녀가 물었다. "벤, 내 말 들리냐고요?"

"들려요."

"확실해요?"

"네."

"좋아요. 이제 여기서 빠져나가요. 몇 초 후면 경찰이 나타날 거예요."

"네." 그가 숨을 내쉬었다.

"좋아요." 오스나트가 말했다. "하지만 일단…."

그녀는 스테판에게 다가가 허리를 숙이고 그를 내려다보았다. "난 지금도 네가 이보다는 나은 사람이 될 수 있었다고 믿어." 그녀가 속삭였다. "하지만 나는 떠날 거야. 너랑은 끝이야."

그녀는 허리를 펴고 말했다. "이제 가요."

벤은 고개를 돌렸다. 스테판의 두 눈이 그에게로 이끌렸다. 미안.

벤은 그렇게 생각했다. 스테판이 눈을 깜빡였다.

"가요." 벤이 말했다.

그들은 달리기 시작했다.

스테판은 드러누워 있었다. 패배 속에 뒹굴면서. 그의 모든 실패 속에 뒹굴면서.

그는 두 손을 조심스럽게 움직여보았다. 일어나려 애썼다.

그는 옆으로 돌아눕는 데 성공했다. 두 다리를 구부리고 일어선 자세를 취했다. 네가 거둔 성공을 생각해. 그는 자신에게 타일렀다. 네가 이룬 모든 일들을 생각해. 네가 가진 모든 것들을, 네가 얻어 낸 것들을, 네가 정복한 것들을 기억하라고.

그는 주변에서 웅얼거리는 소리를 들었다. 사람들이 모여 있었 다. 빠져나가야 했다, 빠르게.

그는 한 발 한 발 자신과 무력화된 멍청이들 사이에 거리를 벌렸 다. 현장에서 빠져나가야 했다.

성공을 생각해.

네 안에 있는 모든 강한 것들을 떠올려.

너는 패배하지 않았어.

이건 정말로 너한테 일어난 일이 아니야. 저놈들 소행이지. 정말 로 일어난 일이 아니야. 그는 앞으로 몇 발을 더 내디뎠다가, 오래 된 꿈속에서처럼 권총을 꺼내 휘둘러대기 시작했다. 주변의 사람 들이 흩어지고 물러났다. 그는 계속해서 발을 끌며 걸어갔다. 인도에서 차도로 내려섰다.

그는 최대한 빠르게 길을 건너려 했지만 두 발이 반응하지 않았다. 우울함이 그를 감싸오는 것이 느껴졌다. 몸이 마비될 것만 같은 절망감이었다. 술을 마신 직후에는 이렇다. 스테판은 알고 있었다. 회복할 시간이 한 시간만 주어지면 좋겠는데.

그는 자동차가 다가오는 소리를 듣고 간신히 고개를 돌려 그 차를 보았다. 자동차는 너무 빠르게 움직이고 있었고, 경악한 운전자는 제 시간에 차를 멈출 수 없을 것 같았다.

성공을 생각할 수 없다면, 다른 사람의 실패 속에서 뒹구는 일만은 삼가야지. 최소한 너 자신의 실패 속에서 뒹굴어.

너는 그녀를 보호하지 못했어.

그녀를 지키지 못했어.

부끄러운 줄 알아야지.

너는 네가 가졌던 단 한 사람을 버렸고, 그녀가 사라지자마자 그녀를 배신했어.

자동차가 그를 쳤다. 고통이 다른 모든 고통을 뚫고 솟아오르는 데 성공했다. 그는 자신의 몸이 붕 뜨는 것을 느꼈다. 너는 실패했어. 너는 그녀를 지켰어야 해. 그녀를 보호했어야 해. 너는….

그는 몸이 떠오르는 것을 느꼈다. 그것만이 네 실패야. 나머지는 네가 흡수한 실패에 불과해. 하지만 중요한 실패는 오직 그것 한 가지뿐이지.

그는 오랫동안 공중을 취한 듯이 떠다닌 뒤 길에 떨어졌을 때, 코트의 안주머니에서 주사기가 그의 가슴 무게에 눌려 부서지는 것을 느꼈다. **너는 내 눈을 보고, "난 네가 나 자신에게서 나를 지켜 준다고 생각해"라고 말했어**의 여러 방울이 그의 셔츠로 스며들어 완전히 사라졌다. 머리가 아스팔트에 부딪혔고 주변 모든 것이 박살났다.

오랜 시간이 지나 다시 눈을 떴을 때, 그는 그를 내려다보는 의사를 보게 될 것이다.

의사는 머리 부상에 관해서, 혼수에서 깨어난 일에 관해서, 신분증이 발견되지 않았다는 점에 대해서 이야기한 다음 그에게 그가 있는 병원의 이름과 그가 병원에서 보낸 시간, 그가 도착했을 때의 상태에 대해 알려줄 것이다.

그는 머릿속에서 길을 잃은 채 마구 내달리며, 문을 열어젖히고 텅 빈 선반들이 벽에 둘러쳐져 있는 황량한 방들을 발견하게 될 것이다. 그러다가 눈앞의 사람이 대화로 그를 달래려 하면 입을 열고 묻게 된다. "저는 누구인가요?"

27

좋습니다. 잘 들으세요. 계속 찾아보는 건 의미가 없습니다.

칵테일은 없어요. 어떤 칵테일도 존재하지 않습니다.

아니, 울프가 획기적인 발견을 전혀 하지 못했다는 얘기는 아니에요. 울프는 말만 들어도 머리가 멍해질 만한 발명품들을 만들어냈지만, 고대의 칵테일은 그가 발견한 것이 아닙니다. 최소한 그런면에서는 스테판이 오해한 것이지요.

하지만 여기에 그런 칵테일이 일부 있었다고 한들 그냥 놔두시기를 권합니다. 스테판이 당신을 기다리고 있으니까요. 스테판은당신이 "뭔가 중요한 것"을 맡기려고 박물관에 가려 한다는 걸 알고 있습니다.

네, 물론 당신은 당신만의 '칵테일을 제조'할 수 있습니다. 술을섞고, 혼합된 경험들을 만들어내는 것이지요. 당신이 무슨 이유에서든 그런 일을 하고 싶다면(찡긋) N-22의 닫혀 있는 선반을 확인해 보세요.

일단은 열쇠를 가져가야 합니다. 열쇠는 입구 근처의 작은 벽장에 들어 있습니다. 네, 상자처럼 생긴 벽장이요. 그 안에는 작은 병들이 잔뜩 들어 있습니다. 나도 알아요. 하지만 그 아래에 열쇠고리가 몇 개 있습니다. 필요한 건 보라색 열쇠고리입니다.

N-22열에 들어가 쭉 내려가세요. 천천히. 서두르지 마십시오.
어느 순간, 당신은 오른쪽에 있는 선반 중에서 닫힌 나무 문 뒤의 공간을 보게 될 겁니다.
벽장에서 가져간 열쇠로 그 문을 여세요.

바로 그겁니다.

네, 별 말씀을요.

28

"난 절대 그렇게 큰돈을 낼 수 없어." 벤처 부인이 말했다.

귀 뒤에 연필을 꽂은 남자는 낙심한 표정이었다. "그냥 나무로 덮어놓을 수는 없잖아요!" 그가 말했다. "바 전체를 분리해야 한다니까요. 망가진 게 주변부가 아니라 기초 부분이라고요."

"바 전체를 교체하라니, 네가 듣기엔 그게 합리적인 것 같아?"

"하지만 여기 망가진 걸 좀 보세요! 보시라고요!"

"이봐, 난 벽 수리 비용도 내야 하고 테이블과 의자도 사야 해. 바닥 수리 얘기는 아직 꺼내지도 않았고. 마루에 쪽모이 세공을 하라고 권할 생각은 하지도 마."

"누가 여기에 수류탄을 던진 게 제 잘못인가요?" 그는 어깨를 으쓱했다. "잘 생각해보세요. 합리적으로."

"이 가게 이름이 뭔지 알긴 아는 거야? 내가 눈 뜨고 있는 한, 넌 바 전체를 가지고 나가거나 이걸 고치는 걸로 만족하는 수밖에 없을 거야."

벤과 오스나트는 한쪽 구석 테이블에 앉아 둘의 대화를 따라갔다.

"저 사람 곧 울 것 같은데요." 오스나트가 말했다.

"얼마나 오랫동안 이 얘기를 한 거예요? 30분?" 벤이 물었다.

"벤처 사장님은 자기가 원하는 걸 얻어낼 때까지 작업자들을 미치게 만드는 취미가 있어요." 오스나트가 말했다. "예전에 사장님이 에어컨 수리기사한테 무슨 짓을 했는지 당신도 봤어야 하는데. 저건 오늘 사장님 기분이 좋아서 다행인 정도라니까요."

아침의 소음이 거리에서 들려왔다. 둘은 물잔 두 개를 사이에 놓고 앉아 있었다. 이건 일종의 암묵적인 약속이었다. 당분간은 물만 마실 것.

"어젯밤은 고마웠어요." 벤이 말했다. "내가 완전히 정신을 놓기 전에 막아 줘서."

"별말씀을." 오스나트가 말했다. "우리 모두 그런 순간이 있잖아요."

그들은 잠시 조용히 앉아 있었다.

"그 사람 눈 봤어요?" 오스나트가 물었다. "끝장났던데. 자물쇠를 달아서 그런 경험을 보관해 두다니, 울프는 자기가 무슨 일을 하고 있는지 제대로 알고 있었던 거예요. 그거 꽤나 잠재력이 큰 물건이던데. 스테판이 그 경험을 어떻게 다룰지 모르겠어요."

"결국은 극복하게 돼요." 벤이 말했다. "스테판 같은 사람은 확실히 극복하겠죠. 하지만 당분간은 활동하지 못할 겁니다. 벤처가 아래층 물건들로 하고 싶은 일을 할 시간은 충분하겠죠."

"사장님이 뭘 하고 싶어 하는데요?"

"보물 창고 전체를 살펴보고 목록을 만든 다음, 가장 중요한 물건들을 박물관에 안전하게 맡기고 싶어 하더라고요. 나머지는 여기에 두고 자물쇠를 채울 거래요."

"하나도 팔지 않겠다는 거예요?"

"그럴걸요. 후대에 물려 줘야 할 유산이라고 하던데. 우리가 돌아온 이후 사장님이 꽤 감상적으로 변했더라고요."

"사장님이 저 아래에서 뭘 발견하게 될지 궁금하네요. 울프가 온갖 이상한 것들을 발명했을지도 모르고."

"그러게요." 벤이 말했다. "나는 칵테일이나 울프가 했다는 다른 이상한 실험들이 모두 과장된 것이라고 생각하지만요. 울프는 대체로 수집가였어요. 하지만 저 아래에는 작은 보석들이 있을지도 모르죠. 벤처 사장님이 나한테 저장고에서 일하고 싶으냐고 물어보더라고요. 사서로서의 내 기술을 활용해 목록을 만들고, 새로운 훈련 과정을 시작하고, 새로운 경험자들에게 우리가 저 아래에서 찾아낸 술병을 써서 요령을 알려주고 싶은지…."

"그래서 뭐라고 했어요?" 오스나트가 물었다.

벤은 입술을 비죽였다. "모르겠어요. 고민 중이에요. 지난 며칠은 아주 특이했잖아요. 난 어떤 시련을 지나온 것 같은 느낌이에요. 그걸 뭐라고 불러야 할지조차 모르겠지만. 나 자신을 뭐라고 불러야 할지도 모르겠고요. 당신은요? 뭘 할 생각이에요? 평소처럼 여기

446

서 계속 일할 건가요?"

"모르겠네요." 오스나트가 말했다.

"어쩌면 우린 조언이 필요한 건지도 몰라요." 벤이 말했다.

"그럴지도." 오스나트가 미소 지었다.

그들은 탁자 가장자리에 놓인 책을 힐끗 보았다.

"누가 펼쳐볼까요? 나 아니면 벤?" 오스나트가 물었다.

"상관없을 것 같아요." 벤이 말했다.

오스나트는 손을 뻗어 책을 집어 들었다. "좋아요." 그녀가 말했다. "지금 우리가 알아야 할 게 무엇인지 살펴보죠."

그녀는 페이지를 휘리릭 넘겨 책을 활짝 펼치고, 책장을 본 다음 벤이 볼 수 있도록 책을 돌려놓았다.

페이지는 비어 있었다.

벤은 미소 지으며 잔으로 손을 뻗었다. 오스나트는 책을 덮어 원래 자리에 돌려놓았다. 그녀는 손가락으로 잔의 옆 부분을 쓸었다.

"난 여행을 좀 해 보려고요." 그녀가 생각에 잠긴 채 말했다. "몇 가지를 더 경험하고 사람들을 만나고 싶어요. 사람 사귀기 근육을 좀 단련해야죠. 하지만 난 술병에 들어 있는 것이 아니라 진짜 사람, 진짜 경험만을 원해요. 시간과 노력이 드는 여행, 오롯이 내 것인 여행. 나한테 이런저런 사건들이 일어났으면 좋겠어요. 나 자신이 그 사건들에 조금 휘말리게 해야지."

그녀는 눈을 들어 벤을 보았다. "당신은?"

"모르겠어요." 그가 말했다. "새로운 직업을 찾아봐야 할지도 몰라요. 하나 분명한 건, 더는 괄호 사이에서 살아가지 않겠다는 거예요. 그건 확실해요."

"너희들 괜찮으냐?" 벤처 부인이 다가와 물었다.

그들은 미소 지으며 고개를 끄덕였다.

"다른 건 정말 필요 없고? 구운 치즈라든가? 레모네이드라든가? 깨끗해, 내가 장담하마."

"괜찮아요." 오스나트가 말했다. "물만 마실게요."

벤처는 어깨를 으쓱했다. "그래. 좋을 대로 하거라."

"저기요." 벤이 갑자기 말했다. "혹시 제 책 가지실래요?"

벤처는 탁자에 놓인 책을 가리켰다. "네 안내서 말이냐?"

"네." 벤이 말했다. "갖고 싶으시면 가져가세요. 아래층 책장에 두세요. 방공호예요."

"지하실이다."

"아무튼요. 지하실에 두세요." 그는 미소 지으며 그녀에게 책을 내밀었다.

벤처 부인은 책을 받아가더니 이리저리 돌려 보았다.

"좋구나." 그녀는 마침내 말하더니 돌아섰다.

오스나트는 기다렸다가 벤에게 미소 지으며 잔을 들었다.

"뭐에 건배할까요?" 그녀가 물었다.

벤은 생각에서 깨어났다. "좋은 질문이네요." 그가 말했다. "진짜 경험을 위하여?"

"가능한 변화를 위하여?"

"바 없는 바를 위하여?"

"책의 빈 페이지들을 위하여?"

벤은 미소 짓고 잔을 들었다. "가능성이 너무 많아요."

"좋아요, 그럼. 가능성을 위하여." 오스나트에게 말했다.

"가능성을 위하여." 벤도 동의했다.

그들은 잔을 부딪혔다.

29

밤과 장소.

어느 밤과 어느 장소.

마을 전체에서 술병이 열리고 있다. 온갖 술병들이.

연인들, 친구들, 외톨이들, 전혀 모르는 사람들이 서로 다른 크기
의 잔을 부딪히며 술을 한두 모금 마시고 이야기를 하고 있다.

그 시간에 대해서. 그들이 이야기하는 그 시간은….

마을 어딘가의 불 켜진 지하실에서는 신이 난 젊은 사람들이 둥
글게 앉아 있다. 그들 앞에는 작은 유리잔이 놓여 있다. 가운데에
있는 여자가 그들에게 수업을 시작하기 전에 그 술을 마시라고 말
한다.

한 층 위의 바에서는 더 큰 잔들이 채워지고 있다.

마을 전체에서, 전 세계에서, 사람들은 무언가를 홀짝이고 삼키
며 옆 사람에게 무언가 이야기하고 있다.

누군가는 웃고,

누군가는 듣고,

누군가는 말한다.

그 일 기억 나?

그때 기억 나?

이 얘긴 꼭 들어야 해.

내가 걔한테 무슨 일이 있었는지 말해 줬던가?

그럴 리가, 믿을 수가 없는데.

　　　난 기억 나,

　　　　　정말 믿을 수가 없었어.

30

그래서, 어떻습니까?

괜찮아요. 대답하지 않아도 됩니다. 전화할 필요도 없어요. 카페에서 만나 잠시 수다를 떤 그 순간, 나는 당신이 이 책을 당신 이름으로 출간하게 해 주리라는 걸 알았어요. 당신이 이 글을 다시 읽기까지는 시간이 좀 걸렸지요. 하지만 당신이 (사실상) 이 글을 다 읽은 지금, 나는 당신이 내 제안에 동의하리라는 걸 알고 있습니다.

자, 이제 와서 놀란 척하지는 맙시다. 이젠 당신이 어디에 앉아 있는지, 뭘 하고 있는지 등등을 묘사하는 식으로 북 치고 장구 칠 필요가 없잖아요? 당신도 알고 있으니까.

그러니까 일단은, 고맙습니다.

당신이 이 책을 출간한다니 정말 기쁩니다.

벤이 싸움에 대비하기 위해 그 모든 위스키를 다 마셔야 하는 순간에 이르렀을 때, 당신이 이건 좀 과하다고 생각했다는 걸 알고 있어요. 하지만 나는 당신이 생각을 바꿔서 다행이라고 생각합니다.

적어도 나는 더 이상 당신을 귀찮게 하지 않을 거예요. 당신은 사람들에게 이 책이 당신 책이라고 얼마든지 말해도 좋습니다.

나는 그저 마지막으로 작은 부탁을 한 가지 하고 싶을 뿐입니다.

내가 제대로 매듭짓지 못한 실오라기가 하나 있는데 당신이 해줬으면 합니다. 걱정하지 마세요. 글을 쓰거나 너무 많은 생각을 할 필요는 없으니까.

나는 이 책이 출간되기까지 거쳐야 할 과정이 아직 남아 있다는 사실을 알고 있습니다. 편집이니, 표지 디자인이니 하는 것들 말이지요. 내가 말하는 건 그런 게 아닙니다. 나는 책이 출간되고 나서 해야 하는 행동을 말하는 겁니다.

이 책이 나온 지 6주가 되었을 때, 나 대신 어느 특별한 장소에 가주기를 바랍니다.

짙은 색 옷을 입어야 해요. 정확히 무슨 옷인지는 중요하지 않아요. 하지만 뭐든 당신이 입은 옷 위에 긴 검은색 코트를 걸쳐야 합니다. 야구 모자도 쓰고요. 짙은 파란색으로. 당신한테 그런 모자가 하나 있지요.

우리가 만난 날 아침, 당신이 갔던 서점으로 가세요. 내가 무슨 서점을 말하는지 알 겁니다. 그래요, 그 서점이요.

하지만 안에 들어가지는 마세요. 초저녁에 그리로 가서 길 건너에 서 있으세요. 그냥 그 서점을 지켜보는 겁니다.

당신은 어느 순간 한 젊은이가 안으로 들어가서 주위를 둘러본

다음, 쌓여 있는 내 책들 쪽으로 다가가는 걸 보게 될 겁니다. 내 말은, 당신 책 말이에요. 그는 책을 집어 들고 뒤표지를 읽은 다음 창밖을 내다보겠지요. 그리고 당신을 똑바로 보게 될 겁니다. 그를 똑바로 마주 보세요.

미소 짓지 말고! 그냥 보기만 하세요.

그가 책을 사면, 그를 따라 집까지 가세요. 너무 가깝지 않게 충분한 거리를 두어야 합니다. 그가 불안해하지 않도록이요. 가능하다면, 그가 아예 당신을 보지 못하는 게 최선입니다. 뭐랄까, 감시를 하는 거지요.

그가 집에 들어가면 길 건너편에 잠시 더 서 있으세요. 이번에는 그의 집 앞에 서 있는 거지요. 그 젊은이의 집 창문은 3층 오른쪽 두 번째 창문입니다. 그냥 한 20분 정도 그곳에 서 있기만 하세요. 최대 30분입니다.

그런 다음 집에 가세요. 그게 전부입니다.

무슨 말인지 알아들었을 거라고 생각합니다.

고마워요. 정말로 고맙게 생각합니다.

에필로그

"안에 뭐가 들었어요?" 소년은 눈을 휘둥그렇게 뜨고 광대가 들고 있는 흰 접시를 보며 물었다. 서로 다른 모양의 프랄린 세 개가 예쁜 삼각 대형을 이루고 접시에 놓여 있었다.

광대는 그를 보고 다시 접시를 보았다. "아, 좋은 질문이야." 그가 말했다. "여기, 이 둥근 것은 헤이즐넛 크림이 들어 있고, 그 옆에 있는 이것은 그냥 초콜릿이 들어 있어. 하지만 약간 바삭바삭한 식감이 나지. 그리고 세 번째에는 캐러멜이 들어 있어."

아이는 심각한 표정으로 그를 보았다.

그는 몸을 들락거리며 에워싼 관들을 꼽은 채 열 달째 병원에 누워 있었다. 디즈니 스티커로 뒤덮인 잿빛 벽이 그의 두 번째 집이었다. 그는 이 광대를 알고 있었다. 그에게는 뭐든 두 번은 물어봐야 했다.

"그건 그런네요." 소년은 아무도 듣지 못하도록 소용히 물었다. "**안에는** 뭐가 들었냐고요?"

"아아." 광대가 머리를 가까이 숙이고 속삭였다. "진짜 안에 말이지?"

"네. 진짜 안에요."

"글쎄, 어디 보자." 그는 초콜릿 세 개를 가리켰다. "여기에는 내가 지난주에 가 본 골란 공원으로의 여행이 들어 있어. 날씨가 아주 좋았고, 양떼도 좀 봤지. 여기에는 지난 주 경마가 들어 있는데, 나는 결승점 너머 뒤쪽에 앉아 있었단다. 좋은 표를 구하지 못했거든. 그리고 여기에는 내가 바로 어제 산책길을 따라 자전거를 타고 갔던 경험이 들어 있어. 왕복으로."

아픈 아이는 초콜릿을 번갈아 살펴보며 입술을 축였다. 얼굴이 잔뜩 집중하고 있었다. 중요한 결정을 내려야 했다.

"자전거요." 마침내 그가 말했다.

"자전거?" 광대가 조용히 물었다. "확실하니?"

"헤이즐넛 크림이 든 것 맞죠?" 아이가 물었다.

"그래."

"그럼 자전거요."

벤은 빨간 코 아래에서 미소 지었다. "바로 나갑니다, 헤이즐넛 크림 자전거 여행."

그는 접시를 아이에게 건네주었고, 아이는 자기가 고른 프랄린을 집어 들었다. 입에 초콜릿을 집어넣기 전에 그는 비밀을 지키라는 뜻으로 입에 손가락을 댔다. "쉿!"

"쉿!" 벤도 마주 속삭였다.

한 시간 뒤, 그는 여전히 빨간 코를 끼운 채 집으로 들어갔다.

"우리 광대가 왔네!" 그녀가 깡충깡충 뛰어와 그의 목에 매달렸다. "우리 예쁜이, 오늘 어땠어?"

"이젠 예쁜이야? 아주 좋았어." 그는 미소 지으며 그녀의 눈을 마주 보았다.

그녀는 그의 코에서 빨간 공을 떼어 냈다. "방해 돼." 그녀는 그렇게 말하며 벤에게 입을 맞추었다.

"난 자기가 집에 일찍 오는 게 좋더라." 둘이 서로 떨어지자 그녀가 말했다.

"나도." 그가 미소 지었다.

그는 시선을 내려 그녀의 배에 손을 얹었다. "세입자님은 어떻게 지내시나?" 그가 물었다.

"월세도 안 내고, 요구사항이 엄청 많네요." 그녀는 그의 손 위에 손을 두며 말했다. "다행히 두 달 뒤면 계약이 끝납니다."

"그런데 이건 무슨 냄새야?"

그녀는 뒤로 물러나 주방 쪽을 돌아보았다. "오늘 실험을 좀 했거든." 그녀가 말했다. "새 프랄린을 만들었어. 이름을 붙이고 안에 뭘 넣을지 결정해야 해."

"어떤 건데?" 벤은 셔츠 단추를 풀며 물었다.

"다크 초콜릿에 체리주와 캐러멜 약간을 섞고, 맨 위에는 작은 소용돌이 모양 화이트 초콜릿을 얹었어." 그녀가 시식용 프랄린을 하나 가지고 돌아왔다. "아 해 봐!"

그는 입을 벌렸고, 그녀는 수제 초콜릿을 안에 넣었다.

"흠." 그가 말했다. "음, 으음, 흠."

"어때?"

"으음." 그가 말했다.

"이따가 쇼핑 가서 이거 몇 개 더 만들 재료를 사 오자. 알았지?"

"이따가 어떻게 가?" 그가 물었다. "오늘 밤에 결혼식 있는 거 잊었어? 난 이 하얀색 분장을 씻어내고 샤워를 해야 해. 결혼식장이 어디인지도 모르는데 지각하고 싶지 않다고."

"아아, 맞네, 맞아." 그녀가 이마를 탁 쳤다. "당신 친구가 결혼한다고 했지. 이름이 뭐랬더라?"

"오스나트." 그는 그렇게 말하고 신발을 벗기 시작했다. "늦지 않게 가고 싶어. 좋은 친구거든."

"가야지, 가야지. 누구랑 결혼한다고?"

"난 잘 모르는 사람이야." 그가 말했다. "하지만 둘이 만난 사연이 놀랍더라. 오스나트가 전 세계를 여행하던 중이었어. 아르헨티나, 뉴질랜드, 유럽, 온갖 군데를 다. 어느 날, 스페인에서 프랑스로 가는 기차에서 검표원을 만났는데 오스나트는 그 사람이 하는 말을 한마디도 알아들을 수 없었대. 그 사람이 대체 뭘 원하는 건지 말해 줄 수 있는 사람을 찾아서 주위를 둘러보았지만, 객실이 비어 있었다더라고. 뒤쪽 벤치에서 잠들어 있는 딱 한 사람만 제외하고 말이야. 그래서 오스나트가 그 사람을 깨웠고, 그 사람이 오스나트를 도와주었어. 둘은 서로 아는 사이라는 걸 알게 됐고. 그 사람은 오스나트가 예전에 일했던 바의 단골손님이었대. 길 건너 건물에 사는 사람이었는데 둘이 한 번도 얘기해 본 적이 없다고 하더라. 그러다가 1년 반이 지나서, 집에서 천오백 킬로미터도 더 떨어져 있는 유럽 한복판의 기차에서 만난 거야."

"그때부터 같이 여행했겠구나."

"응. 그러다가 이젠 결혼하는 거야."

"남자가 계속 코앞에 살고 있었는데."

"그러게 말이야. 끝내주지?"

"그러네." 그녀가 고개를 끄덕였다. "시간 얼마나 남았어?"

"음, 나가야 할 때까지?" 그가 물었다. "약 30분 정도."

"좋아, 그럼 이리 와." 그녀가 그렇게 말하고 벤의 손을 잡았다. "소파에서 좀 안고 있자."

"진짜, 지금은 안 돼. 시간 가는 줄 모르고 있다가 늦을 거야." 그녀가 잡아당기자 그가 부드럽게 항의했다.

"임신한 여자의 부탁은 거절하는 거 아니야." 그녀가 손가락을 흔들어 보이며 말했다. "그 여자가 당신 상관이기도 할 때는 특히 그렇고."

"당신이 내 상관은 아니지! 동업이라고 했잖아!" 그녀가 그를 소파에 쓰러뜨리고 스테레오로 다가가자 그가 고집을 부렸다.

"지금까지 모든 프랄린 아이디어를 낸 사람은 나야!" 그녀가 자기 쪽으로 열린 스테레오에 시디를 넣으며 말했다.

"아무튼." 그가 말했다.

"중요한 문제라니까." 그녀는 그의 곁에 앉아 그의 어깨에 머리를 기댔다. 그녀의 두 발이 위쪽으로 올라가며 소파 위에서 구부러졌다. 둥글게 말린 그녀의 몸이 가까이 안겨 왔다.

〈예스터데이〉가 흐르기 시작했다. 그녀는 비틀스를 무척 좋아했다. 그녀는 그의 어깨에 머리를 기댄 채 앉아 있었다. 그녀의 몸에서 나온 온기가 그에게 스며들었다. 맞은편에서는 열린 발코니 너머로 폴짝폴짝 뛰어다니는 알록달록한 새 한 마리가 보였다.

"흠." 그는 자기도 모르게 말했다.

"왜?" 그녀가 고개를 들었다.

"아무것도 아니야." 그가 미소 지었다. "갑자기 기시감이 들어서."

"뭐가 들었다고?"

"기시감."

"흐음. 뭐, 그래." 그녀는 다시 그의 어깨에 머리를 기대고 더욱 가까이 안겼다.

"10분 뒤에는 가서 샤워를 할 거야." 그가 말했다.

"네, 네. 잘 알고 있습니다." 그녀는 고개를 들고 광대 분장을 한 그의 뺨에 입을 맞췄다.

감사의 말

모든 책은 암호를 해독하는 암호다.

책이 암호인 이유는 아무도 그 책이 쓰인 방식대로 정확하게 그 책을 읽지 않기 때문이다. 모두가 조금씩 다르게 읽는다. 독자가 해독한 내용은 암호를 적용한 사람의 의도와 절대 동일하지 않다. 하지만 책은 작가의 내면에 있음에도 작가 자신도 몰랐던 것을 해독해 주기도 한다. 암호를 작성하는 와중에 말이다.

이 책은 15년이라는 세월에 걸쳐 쓰였으며, 초고를 쓴 뒤 거의 열두 번의 개고를 거쳤다. 이런 오랜 과정의 이면에는 모두에 의해 해독될 수 있으며 이 세상 모든 사람에게 직접, 어느 순간에든 말을 걸 수 있는 책을 내가 쓸 수 있으리라는 잘못된 생각이 놓여 있었다.

15년이 흐른 뒤, 나는 중요한 사실 두 가지를 깨달았다.

첫째, 내가 내 이름으로 이 책을 출간할 수는 없다는 사실이다. 이 책이 통하려면 누군가가 자신의 등 뒤에 기꺼이 나를 숨겨 주어야 했다. 내가 작은 서점에서 우연히 발견한 책 한 권이 바로 그 사람에게로 나를 연결해 주었고, 그 사람이 결국 그 일을 맡아 주었다.

둘째, 모두에게 말을 거는 책을 쓸 수는 없다. 해독에 사용하는 열쇠는 사람마다 다르다. 백 명, 심지어 서른 명에게도 직접 말을 거는 책은 쓸 수 없다.

그래서 결국 나는 네 사람을 위한 책을 쓰기로 결정했다.

그들이 전부 이해하지는 못하더라도, 최소한 나는 노력했다고 말할 수 있다. 내가 정말로 그들과의 접촉을 원했다고 말이다. 내가 손을 내밀 수 있었던 가장 넓은 범위의 독자가 그 네 사람이었다. 그리하여 마침내 이 책이 쓰였다.

나는 그 네 사람에게 감사를 전해야 한다.

그러니, 고맙다.

내가 아는 그 누구보다 괄호 속 단어들을 많이 쓴 벤에게.

비행기에서 뛰어내리고 영국 팝을 듣는 것을 무척 좋아하는, 보조개가 있는 바텐더 오스나트에게.

모두에게 이 책이 자기 것이라고 말해 주기로 한 요아브에게.

그리고 당신에게.

옮긴이 강동혁

서울대학교 영문학과와 사회학과를 졸업하고 동 대학원에서 영문학 석사 학위를 받았다. 독자들에게 사랑받고 새로운 생각거리를 제공해 주는 책을 쓰거나 소개하겠다는 목표로 활동 중이다. 옮긴 책으로 압둘라자크 구르나의《그후의 삶》, 조너선 프랜즌의《크로스로드》, 치고지에 오비오마의《어부들》, 앤디 위어의《프로젝트 헤일메리》, J. K. 롤링의《해리 포터 시리즈》(개정판) 등이 있다.

다가올 날들을 위한 안내서

첫판 1쇄 펴낸날 2022년 7월 15일

지은이 요아브 블룸
옮긴이 강동혁
발행인 김혜경
편집인 김수진
책임편집 곽세라
편집기획 김교석 조한나 김단희 유승연 임지원 전하연
디자인 한승연 성윤정
경영지원국 안정숙
마케팅 문창운 백윤진 박희원
회계 임옥희 양여진 김주연

펴낸곳 (주)도서출판 푸른숲
출판등록 2003년 12월 17일 제2003-000032호
주소 경기도 파주시 심학산로 10(서패동) 3층, 우편번호 10881
전화 031)955-9005(마케팅부), 031)955-9010(편집부)
팩스 031)955-9015(마케팅부), 031)955-9017(편집부)
홈페이지 www.prunsoop.co.kr
페이스북 www.facebook.com/prunsoop   **인스타그램** @prunsoop

ⓒ 푸른숲, 2022
ISBN 979-11-5675-969-0(03890)